KB237186

80년 5·18 당시 광주시 중심가 요도

80년 5·18 당시 광주시 요도

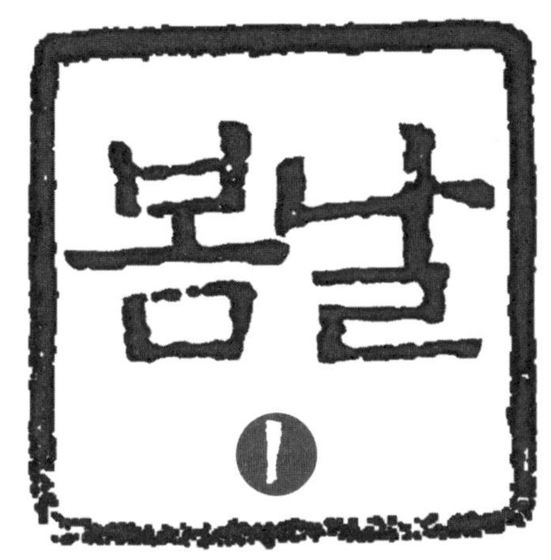

임·철·우·장·편·소·설

1997

임철우 장편소설

봄날 1

초판 1쇄 발행 1997년 11월 7일
초판 16쇄 발행 2025년 9월 26일

지은이 임철우
펴낸이 이광호
펴낸곳 ㈜문학과지성사
등록번호 제1993-000098호
주소 04034 서울 마포구 잔다리로7길 18(서교동 377-20)
전화 02) 338-7224
팩스 02) 323-4180(편집) / 02) 338-7221(영업)
전자우편 moonji@moonji.com
홈페이지 www.moonji.com

© 임철우, 1997. Printed in Seoul, Korea
ISBN 89-320-0963-5
ISBN 89-320-0962-7(세트)

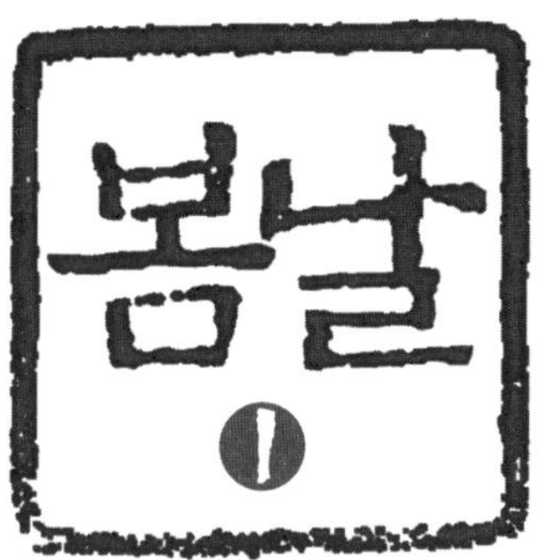

끝내 아무도 달려와주지 않았던 그 봄날 열흘,
저 잊혀진 도시를 위하여 이 기록을 바친다.

오, 난파당한 조국이여
아직도 우리는 애국가를 부르고 있음.
바다에 빼앗기지 않은 시신을 싣고
바람의 궐기를 기다리고 있음.
어떤 배도 근처를 지나지 않음……

──임동확, 「긴급송신 S. O. S.」에서

책을 내면서

한 사람의 생애에서 더러는, 저 혼자 힘으로는 결코 건널 수 없는, 운명과도 같은 거대한 강물과 맞닥뜨리기도 하는 법이다. 그해 5월, 그 도시에서 바로 그 강과 마주쳤을 때 나는 스물여섯 살의 대학 4년생이었다. 누구도 원치 않았지만, 폭풍처럼 몰아치는 그 격한 물살에 휩쓸려 수많은 사람이 죽거나 불구가 되었고, 혹은 평생 지우지 못할 정신과 마음의 외상을 얻었다.

그 맞은편 강기슭에 거품처럼 떠밀려 닿았을 때, 나는 참 요행으로 그것을 건넜다고 잠시 생각했다. 그러나 어느 사이엔가 내 두 손이 누군가가 흘린 붉은 피로 흥건히 젖어 있음을 난 깨달았다. 한동안 그 불길한 핏자국을 지워내려고 몸부림쳤지만, 그것은 끝끝내 내게 낙인처럼 남아 있었다. 결국 그것은 내 몸의 일부가 되었고, 조금씩 흐릿해지기는 할망정 그것과 함께 앞으로도 평생을 보내게 되리라는 것을 이제 나는 안다.

지금 나는 이편 기슭에 주저앉아서 그 도시의 사람들이 건너온 저 거대한 강폭을 다시금 바라본다. 17년이란 세월이 흐르는 동안 그날을 바라보는 세상의 눈길도 많이 바뀌었다. 처음 7년은 다만 맹랑한 유언비어 혹은 과장된 전설이었고, 다음 3, 4년은 텔레비전 속의 제법 요란한 국회 청문회 연속극 같은 것이 되더니, 이제는 너나없이 이쯤 해서 역사 속의 해묵은 일지 정도로 정리되어지기를 바라고 있는 듯하다.

많은 사람들이 이제는 거리낌없이 말한다. 오늘 우리들 눈앞을 흐르는 저 강은 그때의 강물이 아니라고. 그 폭풍의 강은 아주 오래 전에 흘러가 이제는 돌이킬 수 없는 먼 과거의 바다로 흘러들어갔노라고.

그러나 한 가지, 그들은 잊고 있다. 총구 옆 혹은 뒤편에 비켜나 있었던(물론 그것은 누구의 탓도 아니다) 사람에게 그것은 단지 하나의 중요한 역사나 사건의 항목으로 어렵지 않게 정리될 수 있을지 모르지만, 한번 총구 앞에 세워졌던 사람들에겐 그것은 영원한 악몽이거나 좀처럼 치유되기 어려운 생채기라는 사실을. 어차피 고통은 그것을 기억하는 사람의 몫일 수밖에 없다는 사실을.

그러기에 여전히 그 도시 사람들은 저 강기슭을 차마 떠나지 못하고 안타깝게 서성거리고 있는지도 모른다. 마치도 억울한 망자들의 넋이나마 한사코 건져내야겠다는 듯이. 아니면, 미처 못다 한 저마다의 눅진한 설움과 분노와 아픔의 호곡을 마저 터뜨리지 않고서는 견디지 못하겠다는 듯이. 설사 그것이 다른 사람의 귀에는 지겨운 넋두리나 탄식쯤으로밖에 들리지 않는다 하더라도 말이다.

그 도시 사람들이 그러하듯, 나 또한 아직도 생생히 기억한다. 수만 명 대한민국 국군의 총과 탱크에 포위된 채 분노와 죽음의 공포에 치떨며, 그 버려진 도시에서 그들만의 힘으로 홀로 견뎌내야 했던 그해 봄날 열흘의 낮과 밤을. "우리는 죽어가고 있는데, 서울! 서울은 무얼 하고 있는가! 부산은, 인천은 왜 이리도 잠잠한가!"하고 외치며, 방송마저 중단된 먹통 라디오 채널을 애타게 돌려대던 순간들을. 밀려오는 탱크의 굉음에 쫓기며 구원의 손길을 목이 터져라 외치던, 그 마지막 날 신새벽의 애끓는 절규를…… 그리고 끝끝내 어느 누구도 그 도시를 위해 달려와 주지 않은 채, 언제나처럼 밝아오던 그 눈부신 27일의 아침을.

구원의 손길은 끝내 어디에서도 오지 않았고, 그렇게 그 도시는 소리없이 진압되었으며, 그 도시 사람들에겐 오래도록 폭도의 누명이 씌워졌다. 그리고 이젠 많은 것들이 달라진 것처럼 보인다. 학살극의 주역인 두 전직 대통령은 옥에 갇혀 있고, '광주 사태'라는 명칭은 '광주 민주화 운동'으로 바뀌어졌으며, 말끔히 단장된 망월동 묘역엔 웅장한 추모탑이 세워졌다.

하지만, 과연 그것으로 모든 것은 마무리된 것인가. 진정 지금은 그 비극적인 사건이 영원히 역사의 장으로 철해져도 무방할 때인가. 남은 것은 정말 아무것도 없는가. 아니 무엇보다, 아직도 강기슭을 서성이고 있는 그 도시 사람들에게, 최소한 '미안했다'는 한마디 대신, '화해'니 '용서'니 '역사의 장에 맡기자'느니 하는 말들을 이렇듯 쉽사리 강요해도 좋을 만큼 이 시대는, 그리고 우리들은 정말 떳떳한가.

그 질문에 대한 답을 명쾌하게 내릴 만한 권리도 자격도 실상 내겐 없다. 고백건대, 그 열흘 동안 나는 아무 일도 하지 못했다. 몇 개의 돌멩이를 던졌을 뿐, 개처럼 쫓겨다니거나, 겁에 질려 도시를 빠져나가려고 했거나, 마지막엔 이불을 뒤집어쓰고 떨기만 했을 뿐이다. 그·때문에 나는 5월을 생각할 때마다 내내 부끄러움과 죄책감에 짓눌려야 했고, 무엇보다 내 자신에게 '화해'도 '용서'도 해줄 수가 없었다.

그러나 난 언제부턴가 다시 생각해보기로 했다. 어쩌다가 보니 작가라는 이름을 얻게 되었고, 최소한 그것만으로도 내가 건너온 그 강에 대하여, 그 뜨거운 불의 기억에 대하여 동시대 사람들에게 이야기해야 할 의무가 있다는 사실을 나는 받아들이기로 했다. 이 소설은 그렇게 해서 태어난 것이다.

이 소설은 애초엔 전편 격인 『붉은 산, 흰 새』의 연장선상에서 구상되었던 것이다. 『붉은 산……』이 『문학과사회』에 처음 연재된 것이 1988년 가을이니, 그것까지 포함하면 이 소설에만 꼬박 10년을 매달려온 셈이다.

처음엔 둘을 함께 묶을까도 생각했으나, 어차피 소재 자체도 다르고 또 다루고 있는 시간대와 무대 공간이 다른 까닭에, 각기 독립된 작품으로 펴내기로 했다. 『붉은 산……』이 내 고향인 전남 완도군 평일도에서 1977년에 있었던 실제 사건을 토대로 6·25와 분단 문제를 주제로 삼고 있다면, 『봄날』은 1980년 5월 16일부터 27일까지의 한정된 시간을 통해 온전히 '5·18 광주 민중 항쟁' 전기간 동안을 다루고 있다.

그런 사정 때문에, 『붉은 산……』에 등장하는 주요 인물 중 '한씨 일가'의 두 인물(원구, 무석)은 『봄날』에 다시 등장한다. 1권 초반부에 그들의 이야기가 약간 다루어지는데, 이들의 가족사에 관해 더 자세히 알고 싶은 독자는 이미 나온 『붉은 산……』을 읽으면 될 것이다. 그러나 그 부분을 읽지 않았다고 해도 『봄날』을 읽는 데는 무리가 없다. 전자가 6·25 세대의 이야기임에 반해, 『봄날』은 전후 세대인 세 아들(무석, 명치, 명기)을 중심으로 전개되며, 또 사실상 이들 세 인물은 스토리라인의 한 중심

축을 이루고는 있으나 작품의 전체적인 구조상 앞선 『붉은
산……』과는 거의 연관이 없는 까닭이다.

　이 소설에서 나는 실제 벌어진 당시의 모든 상황과 정황을 최
대한 사실적으로 담아내려고 노력했다. 실상 열흘이라는 기간이
산술상으로는 짧은 시간이지만, 5·18의 경우는 단순한 시간 개
념의 울타리를 훨씬 뛰어넘는다는 특수성을 가진다. 한 도시 전
역에 걸쳐서 많게는 수십만 명이 동시에, 끊임없이, 격렬하게 요
동치는 상황 안에는 그야말로 서로 다른 수백 수천 가지의 사건
과 무대와 장면, 그리고 수만 수십만 가지의 서로 다른 체험과
반응과 해석이 공존할 수밖에 없다. 가히 거대한 폭포처럼 급격
하고 복잡 다양하게 분출되는 그 같은 흐름들을 불과 몇 권의 소
설로 충분히 담아낸다는 건 애당초 불가능한 일이다.
　때문에 나는 그 전체적인 흐름을 따라가되, 세부적인 구성에
있어서는 보다 핵심을 이루는 몇몇 중요한 사건과 사실들을 중
심 기둥으로 삼아 소설을 전개시키고자 했다. 역사적인 실재 사
건을 소설로 다루는 데는 작가의 상상력이란 필수적이면서 또한
위험 부담이 따른다. 사실과 상상력——그 둘 사이에서, 적어도
이번 소설에 관한 한, 나는 최대한 사실성에 의지하려 했다.
　그를 위해서 수많은 사람들의 체험담이나 증언, 이미 발표된
자료들을 충분히 참고했다. 물론 내 자신의 체험 역시 유용했다.
특히 이 분야에선 기념비적이라고 할 2만 5천여 매의 방대한 자
료집인 『광주민중항쟁사료전집』(한국현대사사료연구회 편)에
수록된 5백 명의 증언록은 많은 도움이 되었다. 물론 그 같은 자
료들간에는 필연적으로 각기 어느 정도의 편차가 드러나게 마련

인데, 나로서는 신중한 검토 과정을 거쳐 나름대로 최대한 객관적인 사실을 토대로 그것들을 작품 속에 재구성하려고 노력했다.

또 실제 사건 발생 시각에서부터 당시의 시가지 풍경, 건물의 위치, 도로와 골목, 시민들의 분위기 등등에 이르기까지 가급적 사실 그대로 재현하고자 애썼다. 이 소설을 읽어가다 보면, 어떤 공간이나 상황에 대해 더러 지나치리만큼 세세하고 지루하게 묘사한 부분이 적지 않을 터인데, 그것은 당시의 시간적·공간적 상황을 최대한 사실적으로 전달하고자 하는 작가의 욕심 때문이다. 물론 그 욕심이 때로는 소설적인 긴장감을 다소 이완시켰을지도 모른다. 하지만, 솔직히 고백하건대, 나로서는 이것이 단지 소설로서만이 아니라 비교적 사실에 충실한 하나의 기록물로서도 남을 수 있기를 바라면서 이 작품을 써왔던 것이다.

이 소설에 매달려온 지난 10년 동안 몸과 마음이 꽤나 힘들었다. 이젠 세인의 관심도 흥미도 사라져가고 있는 문제를 고집스레 붙들고 집착하는 내 모습이 안돼 보였는지, 주변으로부터 충고 겸 위로도 많이 받았다. '아직도 5월이냐. 어서 그걸 끝내고 새롭게 시작해야지 않겠느냐.' 그들 대부분은 세상이 어찌 변해가는지도 모르고 답답하게 그러고만 있느냐는 투였다. 여기에만 매달리느라 작품 발표가 뜸하자(사실 이 소설 중 5천 5백 매 분량은 순전히 미발표 원고이다), 이젠 저 친구도 소설을 쓰지 못하게 된 게 아닌가라는 소리도 심심찮게 들었다.

그럴 때면, 혹시 나만 혼자 이렇게 미련스레 동굴 속에 처박혀 있는 게 아닌가 하는 조바심과 두려움도 없지 않았다. 그때마다 5·18 당시의 사진들을 벽에 가득히 붙여놓고 이를 악물어보기도 하고, 책꽂이 절반을 채울 분량의 자료들을 뒤적여가다가 나도 모르게 울분에 차올라 혼자 책상에 앉아 컥컥 울음을 터뜨린 적도 많았다.

당시의 상황을 재현해내는 작업 자체가 참으로 고통스런 반복 체험에 다름아니었다. 지난 10년 동안 나는 내내 5월 그 열흘의 시간을 수없이 다시 체험해야만 했고, 수많은 원혼들과 함께 잠들고 먹고 지내야 했다. 그러는 동안 가끔은 정서적으로나 정신적으로 몰라보게 피폐되어가는 듯한 내 자신을 깨닫고 깜짝깜짝 놀라기도 했다. 고통스런 기억의 반복 체험이란 것이 얼마나 사람을 소모시키는 것인지, 처음으로 알았다.

솔직히 이젠 너무나 지쳤다. 내게 남은 마지막 힘까지 다 쏟고 난 심정이다. 그리고 두렵다. 누구보다 광주 시민들의 눈이 두렵다. 이 소설이 행여 5월을 온몸으로 통과해온 많은 분들에게 조금이라도 누를 끼치게 되지 않기를 바란다. 만약 그렇다면, 그 모든 책임은 내게 있다.

이 책이 나오기까지 참으로 고마운 분들의 도움이 컸다. 항상 말없이 지켜보시며 따뜻하게 격려해주신 김병익 선생님. 광주의 여러 친구들, 선후배님들. 힘겨워할 때 늘 마음의 버팀목이 되어준 이육바형. 책을 만드느라 애써주신 '문학과지성사'의 채호기 형과 염현숙·안수연씨, 그외 여러분들. 그리고 항상 정성을 다해준 아내 윤해영. 이 모든 분들께 마음 깊이 감사를 드린다.

1997년 11월

임 철 우

"나를 믿어주시오. 우리가 한 거사를 지켜봐주시
오. 귀하께서는 언젠가는 나를 자랑스럽게 여기게
될 것입니다."
—— 전두환 소장. 12·12 직후 글라이스틴 미대
사, 위컴 한미연합사령관을 찾아가서

1980년 5월 16일 새벽, 산수동 오거리

무슨 까닭이었을까. 맨 처음 눈길이 가 닿는 순간, 원구는 그
것이 누군가의 잘려져나간 팔뚝이라고 생각했다. 그것도 불에
타 까맣게 그을려 있는⋯⋯

원구는 자신의 발 앞에 무슨 불길한 짐승처럼 소리없이 엎드
려 있는 그 검고 뭉툭한 물체를 한동안 질린 표정으로 엉거주춤
내려다보고 서 있었다.

이른 새벽의 골목은 텅 비어 있었고, 이따금 저만치 큰길 쪽에
서 빠르게 지나가는 자동차의 소음이 들려오고 있을 뿐이었다.

원구는 얼핏 자신이 아직도 좀 전의 그 흉흉한 꿈속에서 채 깨
어나지 못하고 있는 건 아닌가 의심스러웠다.

누굴까. 이건 누구의 팔뚝일까. 대체 누가 이 흉측스런 살덩이를 내 집 앞에 던져놓았을까. 왜, 무슨 까닭에……

원구는 잠이 덜 깬 사람처럼 눈을 다급하게 껌벅이며, 철제 대문 모서리를 두 손으로 움켜쥐었다. 느리게 출렁이며 풀리어가기 시작하는 신새벽의 어둠 속에서 그것은 여전히 한 개의 검은 점으로 또렷하게 박혀 있었다.

저도 모르게 원구는 후두둑 몸을 떨었다. 전신의 뼈 마디마디가 한 순간 갈기처럼 빳빳하게 곧추 일어서는 듯한 아찔한 충격이 호흡을 멈추게 만들었다. 그것은 공포였다. 밑도 끝도 헤아릴 수 없는 완벽한 어둠의 공포. 그의 기억 저편 까마득한 밑바닥으로부터 수없이 많은 그 어둠의 기억들이 일제히 우우 떠오르다가 이내 깜박 스러져버렸다.

그 짧은 소용돌이 속에서 원구는 숱한 환영들을 보았다. 얼굴 윤곽조차 분간할 수 없도록 짓이겨진 아버지의 시신…… 그 시신을 온통 새까맣게 뒤덮은 채 구물거리고 있던 수십수백 마리의 게떼…… 마당 복판에 쓰러져 나뒹굴며 비명을 질러대고 있던 아내 귀단의 모습…… 그리고 증오에 찬 눈으로 자신을 똑바로 노려보던 무석의 얼굴과 그 녀석의 절규. 아버지, 나는 아버지의 무엇입니까. 말해주십시오. 나는 대관절 누구입니까. 누구냔 말입니까아……

원구는 숨을 헐떡였다. 대문 모서리에 이마를 기댄 채 그는 한동안 눈을 감고 그대로 굳어 있었다. 얼핏 다시 눈을 떠보니, 어느새 대문간 천장에 달린 살구알만한 외등에 환하게 불이 들어와 있었다.

"아니 당신, 왜 그러시우. 거기 누가 와 있는가라우?"

아내 청산댁이 현관문을 열고 나오며 그렇게 묻고 있었다. 하지만 원구는 그 자리에 엉거주춤 선 채 발 앞의 그것에서 시선을 떼어내지 못했다.

청산댁이 이내 잰걸음으로 다가왔다.

"에그머니나! 이, 이것이 뭣이다요! 칼이 아닌갑네!"

청산댁이 숨넘어갈 듯 낮게 비명을 질렀다.

정말, 그러고 보니 그건 칼이 분명했다. 칼은 대문 바깥 콘크리트 계단 맨 위에, 날 끝을 정확히 마당을 향하고 놓여져 있었다.

"카, 칼이 왜 여기에……"

원구는 신음하듯 뇌까렸다. 바로 조금 전, 새벽 산책을 나가기 위해 언제나처럼 대문을 열고 무심코 첫발을 내딛는 순간, 그것은 그의 왼쪽 발에 밟혔던 것이다.

"시상에, 이거이 무슨 일이다냐. 누가 해필이면 우리집 앞에다가 이런 짓을 했을까. 아이구머니, 사지가 다 벌벌 떨리네."

청산댁은 원구의 등뒤에 몸을 숨기듯 하고 서서, 골목 쪽으로 시선을 두리번거렸다. 그녀의 음성이 잔뜩 겁에 질려 있었다.

"간밤에 무슨 수상한 기척 같은 건 없었지?"

"몰라라우. 아무 소리도 못 들었는디, 혹시 강도가 들어올라다가 그런 게 아닐까요?"

"강도?"

"언젠가도 그런 일이 있었던 거, 생각이 안 나요, 당신?"

참, 그럴지도 모르겠군. 원구는 청산댁의 얼굴을 바라보았다.

꽤 오래 전이긴 하지만, 그런 일이 한 번 있긴 했다. 광주로 올라온 첫해, 계림동 중국인학교 근처에서 셋방살이를 하던 무렵이었을 것이다. 그때는 담벼락 바로 안쪽에 그 칼이 떨어져 있었다. 뭉툭한 군용 대검 같았는데, 이틀 후엔가 파출소에서 순경 하나가 찾아와서는 그 칼을 받아들고 나갔다. 골목 맞은편의 이층집을 털려던 도둑이 다급한 김에 그걸 담 너머로 훌쩍 내던져 놓고 도망치다가 야경꾼들에게 붙잡혔다고 했던가.

"그렇다면 다행이지만, 하여간 이것을 여기 이대로 둘 수는 없잖은가."

그러면서도 원구는 그 기분 나쁜 물건을 어떻게 처치해야 좋을지 몰라 발 밑을 내려다보았다.

자세히 보니, 그건 한 자루의 볼품없는 부엌칼에 지나지 않았다. 손때와 구정물에 절어 있는 듯한 그 칼은 불과 몇 시간 전까지만 해도 어느 집 부엌의 도마 위에 놓여져 있었을 게 분명했다. 그 투박한 칼자루엔 아직도 생선 비린내라든가 김치 냄새 따위가 묻어 있을지도 모른다.

원구는 그 불길하고 혐오스러운 쇠붙이를 한 손으로 집어들었다. 얇고 흰 종이쪽지 하나가 쇠붙이에 붙어 있다가 펄렁 떨어져 내렸다.

"그건 또 뭣이라요?"

"글쎄."

그제서야 원구는 칼이 바로 그 종이 위에 얌전히 놓여져 있었다는 사실을 깨달았다. 무릎을 굽혀 종이를 집어들었다. 한지였다. 두 겹으로 접혀져 있는 그것을 조심스레 펼쳐보았지만. 아무것도 씌어져 있지 않은 백지였다. 갑자기 뒤에서 청산댁이 딱 손뼉을 쳤다.

"오라, 이제야 알았소. 누군가 방액(防厄)이랍시고 이 짓거리를 한 거여라우. 시상에나!"

사탄이구먼. 마귀여, 마귀. 오 주여. 청산댁이 낮게 뇌까리며 성호를 그었다.

"방액이라니?"

"아, 내 생각이 틀림없어요. 보나마나 어느 숭악스런 점쟁이가 액을 쫓는답시고, 이렇게 하라고 시켰겠지라우. 그 한지를 본께 생각이 났소만, 얼마 전에 우리 성당의 어떤 교우도 자기 집 문 앞에서 식칼을 하나 주웠다고 하더라니께요. 알고 보니 그 근방에 있는 다른 서너 집도 그런 일을 똑같이 당했답디다 글쎄."

"점쟁이가……"

"원, 세상에, 천벌을 받아야 싸지. 지금이 어떤 시대간디, 그 따위 무당 점쟁이 말을 듣고서, 남의 집 대문 앞에다가 이런 더럽고 망측스런 물건을 몰래 버리고 내뺀당가이. 애꿎은 남의 집에 자기네 액을 떠넘겨놓고 자기들만 잘살라고 하는 심뽀가 대체 사람의 도리여? 에이, 짐승만큼도 못한 짓거리 조까 봐아. 쯔쯔쯧."

그러면서 청산댁은 마당을 질러 집 안으로 부르르 달려들어가는 거였다.

원구는 칼을 쥔 채로 한동안 멍하니 서 있었다. 그제서야 비로소 조금씩 의혹의 실마리가 풀릴 것 같기도 했다.

그 역시 그런 애기를 들은 기억이 있다. 집안 식구 중에서 누군가 오래 앓아 누워 있거나 혹은 좋지 못한 사고를 당하여 점을 치러 찾아오는 사람들에게 무당 점쟁이들이 신통한 비방이랍시고 그런 짓을 시킨다고들 했다. 가령 자기 집 부엌에서 사용하는 칼을 어느 방향으로 얼마쯤 떨어진 집 앞에다가 놓아두면, 자신들의 집에 낀 우환이나 재앙이 그쪽 집으로 대신 옮겨간다는 식의 얘기인 모양이었다.

그러고 보니, 집에서 멀지 않은 산기슭에 고두메라는 이름의 마을이 있는데, 언제부터인가 그 마을 주변으로 점쟁이들이 모여들어 살기 시작한다는 소문이 있었다. 아침 산책길에 잣고개를 올랐다가 내려오는 길에 보면, 고개 아래쪽으로 게딱지마냥 오종오종 들어앉은 낮고 허름한 고두메 마을의 지붕들 사이에 껑충하니 솟은 대나무들이 꽤 여럿 보였다. 점쟁이가 살고 있는 집임을 알리는 표시였다. 만일 아내 청산댁의 추측이 사실이라면, 이번 일도 필시 그들 중 누군가가 시킨 짓임에 틀림없을 터였다.

어처구니없는 일이었다. 자신에게 닥친 불행을 이름도 얼굴도 모르는 타인에게 제멋대로 떠넘기겠다는 그 단순하고도 이기적인 심사가 터무니없이 어리석어 보이면서도 한편으로는 가증스럽기까지 했다. 도대체 아직도 그런 케케묵은 점괘 따위를 믿고서, 도둑질하듯 한밤중에 남의 집 대문 앞에 그걸 놓고 달아났을 누군가를 생각하며 원구는 작게 헛웃음을 흘렸다.

그렇지만, 어째서일까. 원구의 마음은 여전히 개운치가 않았다. 가슴 저 밑바닥 어딘가에 바위처럼 검게 웅크려 가라앉은 까닭 모를 불안과 두려움은 아직 그대로 무겁게 남아 있는 채로였다.

원구는 그 꺼림칙한 쇠붙이를 들고 엉거주춤 서서, 어째서 아까는 그렇듯 엉뚱한 착각을 일으켜야 했는지 스스로도 알 수가 없었다. 하필이면 그렇게 끔찍한 연상을 했을까. 누군가 뭉툭하게 잘라낸 팔뚝을 보란 듯이 집 앞에 던져놓고 갔으리라는 생각에 원구는 좀 전까지 파랗게 질려 있었던 것이다.

청산댁이 접시를 들고 나왔다. 접시 속에 성수(聖水)를 담아온 모양이다. 독실한 천주교 신자인 그녀는 성당에서 특별히 축성을 받은 물이라면서 언제나 그것을 병에 담아 소중히 보관했다.

"주 예수 그리스도의 이름으로, 사탄아 물러가라. 물러가라 사탄아. 악귀야 물러나라."

재빨리 성호를 긋고 나서, 청산댁은 손가락으로 물을 찍어내어 대문 주변 여기저기에 휙휙 뿌려대기 시작한다.

원구는 그런 그녀를 오늘만은 그대로 내버려두었다. 성수랍시고 보물단지마냥 애지중지하며, 걸핏하면 아무데나 휙휙 뿌려대곤 하는 아내를 볼 때마다 원구는 도무지 시답잖은 짓 같기만 해서 늘상 핀잔을 주곤 했던 것이다.

"이건 여기다 뒀다가 쓰레기차 오거든 내버리도록 하구려. 애들 손대지 못하게 하고. 참, 밖에 나가서 공연히 쓸데없는 소릴랑은 하지 마. 알았소?"

"왜요? 우리가 무슨 죄를 지었수?"

"잔말 말고 입조심 해. 이게 무슨 좋은 일이라고 동네방네 떠들고 다닐 셈이야?"

"아, 알았어라우."

원구는 칼을 한지로 둘둘 말아서 문간 옆 쓰레기통에 쑤셔박아넣고는 집 안으로 다시 들어와버렸다.

"손이나 깨끗이 씻고 들어가시지 그래요. 부정탄 더러운 걸 만졌으니께."

청산댁이 등뒤에서 소릴 질렀다. 그녀는 다시 대문에 성수를 뿌리고 중얼중얼 기도를 하고, 그러고도 맘이 놓이지 않는지 빗

자루로 바닥을 쓸어낸다 소금을 뿌린다 하면서 한동안 부산을
떤다.

"오늘 아침 산보는 그만두시기로 하셨소?"

방안으로 뒤따라 들어온 청산댁이 물었다. 원구는 말없이 방
바닥에 드러누웠다.

"더 주무시구려. 공연히 뜬금 없는 일로 새벽부터 속이 상하셨
겠수. 그것 때문에 또 신경쓰고 혈압약 먹지 마시우. 내 말이 틀
림없어라우. 액맥이한다고 누가 그 짓거리를 해놓은 것이라니께
요."

눈을 감은 채 이마를 잔뜩 찌푸린 표정으로 드러누워 있는 남
편을 바라보며, 청산댁은 다짐하듯 재차 그렇게 말하고는 전등
스위치를 딸각 내린 다음 부엌으로 나가버렸다.

원구는 눈을 떴다. 엷은 어둠이 방안을 가득히 채우고 있었다.

어둠은 원구를 언제나 두렵게 만들었다. 나이 오십이 다 된
지금까지도 그는 어린아이처럼 어둠을 싫어했다. 그것은 한치의
깊이도 부피도 헤아릴 수 없는 함정 같았다. 어둠과 마주할 때마
다 그는 완벽한 함정의 암흑 저 뒤편에 음험하게 도사리고 있는
어떤 소름끼치는 살기와 섬뜩한 적의를 감지해내고는 불현듯 몸
서리를 쳐야만 했다.

"형님, 교도소에 있던 조양재 영감이 죽었답니다. 그 소식 들었
습니까?"

어제 아침, 최달식은 첫마디를 대뜸 그렇게 시작했었다.

원구는 그때 신문지를 펴놓고 방안에서 발톱을 깎고 있었다.
수화기를 통해 울려오는 최달식의 그 말에, 원구는 한동안 아무
대답도 할 수가 없었다. 손끝이 바르르 떨리는 것을 느끼며, 멀

거니 창밖 하늘을 올려다보았을 뿐이다.

"죽었다고, 언제……"

그는 자신의 음성이 전혀 타인의 그것처럼 멀고 생경하게만 여겨졌다.

"어제 낮에 그랬다지요, 아마. 그 영감, 세상 살고 싶은 생각을 일찌감치 포기했던 모양입니다. 며칠 간 아무것도 입에 대지를 않고 고집을 부리다가, 어제 아침에 의식을 잃었답니다. 그처럼 쉽게 숨을 거둘 줄은 몰랐는지, 교도소 담당자들도 꽤나 당황하고 있는 눈칩니다. 그 노인, 올해 나이가 일흔셋인가 그렇지요, 아마?"

"그럴걸세."

그러나 원구는 놀랍다기보다는 차라리 의외라는 기분이었다. 조양재 영감의 죽음에 대한 소식을 왜 최달식에게서 먼저 들어야 하는가를 그는 생각하고 있었다.

"기분이 어떠슈. 형님은 어쨌거나 조씨 집안으로 장가를 들었던 사람이고, 조양재 영감이야 누가 뭐래도 형님한테는 한때는 장인이었던 처지가 아닙니까. 그래서 내가 부랴부랴 형님한테 이 소식을 알려드리고 있는 거요, 허허."

최달식의 음성은 엉뚱하게도 가벼웠다. 자신의 말마따나 한때의 장인이었던 사람의 부음을 대신 전해주는 말투라고는 여겨지지가 않았다. 무슨 까닭인지는 모르지만 무척 재미있지 않느냐는, 그러므로 그 재미있고 흥미있는 소식을 함께 듣고 즐기자는 투로 들리기조차 했다.

"어떻습니까. 어차피 형님도 한번 나랑 같이 가봐야 되지 않겠습니까."

“글쎄, 나는…… 그만두겠네.”

“아니, 왜요?”

최달식의 음성에 묻어 있는 웃음기 같은 것에 불쑥 치솟는 까닭 모를 반감을 깨물며 원구는 겨우 대답했다.

“새삼스럽기도 하고…… 이제 와서 구태여 묵은 생채기를 되까발리는 짓이 될까봐 맘이 내키지를 않는구면.”

“하긴 형님 입장으로서야 당연히 그러시기도 하겠소만……”

최달식이 뭐라고 더 얘기를 늘어놓는 듯했으나, 원구는 아무렇게나 대꾸를 해주고는 수화기를 먼저 내려놓고 말았다.

원구는 손을 머리 위로 뻗어, 담배와 성냥을 더듬어 쥐었다. 라이터는 엊그제 산책길에서 잃어버렸다. 여러 해 동안 몸에 지녀왔던 것인데, 어디쯤에서 빠뜨렸는지 끝내 찾지 못하고 말았다.

탁, 타악, 탁. 손끝이 자꾸만 흔들려 성냥개비를 여럿 부러뜨린 다음에야 겨우 불이 붙었다. 원구는 담배 연기를 천천히 토해내었다.

어둠 속에서 조양재 노인의 여윈 얼굴이 떠올랐다.

귀단과 혼례를 치르고 나서 처음 인사를 드렸을 때 애써 흡족하고 대견한 웃음을 감추고 있던 얼굴, 실성한 귀단이가 끝내 어디론가 종적을 감추고 말았을 무렵 일송리 자신의 집으로 불쑥 찾아와서는 마주앉은 채 오랫동안 말없이 눈을 감고 있던 모습, 그러다가는 긴 한숨만 남기고 해 저문 고샅을 홀로 허청허청 걸어내려가던 뒷모습…… 그리고 삼 년 전 바로 그 사건 때문에 팔목에 수갑이 채워진 채 화포리 선창으로 끌려나가던 광경 같은 것들이 하나하나 떠올랐다가 지워졌다.

'그가 세상을 떠났다고…… 그 나이에…… 일흔셋이라는 나이에 교도소 감방 안에서 혼자…… 그의 시신은 지금 어디에 어떤 모습으로 누워 있을까. 낙일도에서도 그 소식을 받았을 터인데, 누가 올라왔을까. 귀단의 어미는 삼 년 전의 그 사건으로 교도소에서 풀려난 직후에 세상을 떴다고 하니, 남은 가족이라고 해야 며느리 충도댁하고 손주며느리 정도밖엔 없을 텐데.'

비로소 원구는 아무래도 자신이 갔어야 했던 게 아닌가 하고 후회를 한다. 가슴 한복판으로 한 줄기 회한과 죄책감이 아프게 스치고 지나갔다.

그러나 그는 이내 완강히 고개를 흔들었다.

"내가 지금 무슨 엉뚱한 생각을 하고 있는 건가. 나와는 아무 관계 없는 일이다. 그것이 왜 내 책임이란 말인가."

원구는 벌떡 몸을 일으켜세웠다. 넘어질 듯 다리가 후들거렸다. 핑 현기증이 이는 걸 느끼며 그는 한동안 벽에 등을 기대고 서 있다가 이윽고 방을 빠져나왔다.

거실은 아직 어두웠다. 아내는 부엌에서 아침을 짓고 있는 모양이고, 막내딸은 잠에 취해 있을 거였다. 이층방은 명기가 사용하고 있었다. 어젯밤에도 녀석은 집에 들어오지 않았다. 대학생이 된 지 겨우 석 달째인 그 녀석은 벌써부터 걸핏하면 밖에서 자고 들어오기 일쑤였다. 연극인가 뭔가를 한답시고 요즘은 정신이 없는 눈치였다.

원구는 골목을 빠져나와 한길로 나섰다. 몇 해 전까지만 해도 그곳은 비만 오면 팥죽길이었다. 전에는 야산이었던 자리에 갑자기 동네가 날림으로 들어서면서 포장도로로 변하긴 했지만, 요즘도 걸핏하면 하수도가 막힌다 수도관이 터진다 해서, 파헤

쳤다가 메우고 또다시 파헤치는 짓을 되풀이하곤 했다. 엊그제도 시청에서 인부들이 동원되어 곡괭이질을 해대는 눈치더니만, 불룩한 흙더미가 도로가에 여기저기 쌓여 있다.

원구는 잣고개로 오르는 비탈진 길을 천천히 거슬러 걷기 시작했다. 습기를 머금은 새벽 공기가 눅눅하다. 숨이 가빠왔다. 원구는 잠시 걸음을 멈추고 심호흡을 했다.

"어, 어머니를 찾아야 합니다, 아버지. 어머니가 여기 이, 있대요, 광주에."

무석의 음성이 문득 원구의 귓전을 때렸다.

녀석의 입에서 느닷없이 그 말이 튀어나왔을 때, 원구는 한 순간 뒤통수를 세차게 얻어맞은 것 같았다. 무석이 집을 뛰쳐나가던 바로 그날이었다.

"뭐라고, 너 지금 뭐라고 그랬지?"

원구는 입술이 바르르 떨리는 걸 느끼며, 녀석을 무섭게 쏘아보았다.

"어머닐 보았답니다. 고모가 아까 집에 들렀다가, 저한테 분명히 그렇게 말해주셨습니다. 대인시장에서 직접 만났답니다. 불쌍해서, 손에 돈까지 쥐어주고 왔답니다. 아시겠어요?"

놀랍게도 무석은 그 말만은 전혀 더듬거림이 없이 또렷하게 발음하고 있었다. 게다가 대담하고 당찬 눈빛으로 이쪽을 똑바로 노려보고 있었던 것이다. 무엇보다 바로 그것이 원구를 놀라게 했고 참을 수 없을 만큼 분노하게 만들었던 것인지도 모른다.

"뭐가 어쩌고 어째? 그래서 그게 어쨌단 얘기냐. 왜 그 따위 소리를 나한테 시방 씨부렁거리느냔 말이다!"

"아버지, 무슨 말씀이세요. 아무리 실성한 사람이라고 해도,

저희들의 어머닙니다. 저와 명치를 낳아준 치, 친어머니가 아닙
니까.”

“이놈의 자식이!”

“왜요? 이젠 저도 할말은 해야겠습니다. 전 어린애가 아닙니다.
제 나이 스물아홉이에요. 어머닐 더 이상 저대로 둘 수는 없습니
다. 그건 아버지의 책임이기도 하, 하잖습니까!”

순간 원구는 눈앞이 노오랗게 무너지는 것만 같았다. 무석이
그처럼 단호하게 대드는 일은 단 한 번도 없었다. 두 눈을 꼿꼿
하게 치켜뜬 채 입술까지 하얗게 떨며 마주 쏘아보고 있는 녀석
의 모습이 믿어지지가 않았다. 이럴 수가 없다. 이 녀석이 어찌
감히 내게 이럴 수가 있단 말인가. 엄청난 분노에 원구는 전신이
벌벌 떨려왔다.

“아가리 닥치지 못해? 버르장머리 없는 놈. 그게 왜 내 탓이란
말이냐! 집이랑 자식새끼까지 내팽개쳐놓고 제 발로 스스로 걸
어나간 년이 설사 어디에서 술을 팔든 갈보짓을 하든 무슨 상관
이냔 말이다!”

원구는 이미 제정신이 아니었다. 생각지도 못한 욕설이 마구
튀어나오고 있었다.

“그, 그런 말을…… 아무리…… 아, 아버지가!”

무석이 주먹을 꽉 움켜쥐며 소릴 질렀다. 그걸 보는 순간 원구
는 기어코 눈이 뒤집히고 말았다. 원구는 무석의 얼굴을 후려쳤
다. 눈앞에 아무것도 보이지 않았다. 다만 엄청난 분노에 휩싸인
채 그는 마구 주먹을 휘둘렀다. 무석이 얼굴을 감싸며 비틀거렸
다. 얼굴을 가린 손가락 사이로 코피가 터져 흐르기 시작했다.

“아, 아버지……”

"아버지라고? 왜 내가 네놈의 애비란 말이냐! 천만에! 말해주랴? 난 네놈한테 피 한 방울 나눠준 적 없어. 똑똑히 들어둬. 네놈은 내 자식이 아니다! 알아? 네놈이야말로 누구냐? 누구의 새끼냔 말야!"

원구는 그 순간, 완전히 미친 사람처럼 이를 앙다문 채 그렇게 고래고래 고함을 치고 말았던 것이다. 이내 아차, 하고 입을 다물었지만 이미 엎질러진 물이었다. 그때 자신을 쏘아보던 무석의 그 눈빛은 아직도 원구의 뇌리에 또렷하게 남아 있었다.

'아아, 왜 그랬을까. 어쩌자고, 도대체 어쩌자고 그 엄청난 소리를 내지르고 말았던 것일까. 그때, 내가 왜⋯⋯'

원구는 가로수 등걸을 한 손으로 짚고 몸을 기대었다. 등허리로 땀이 흐르고 있었다.

"글쎄⋯⋯ 용서나 화해를 말하기에는 전쟁이 남긴 비극은 아직까진 너무나 크고 깊은 것인지도 몰라. 아니, 어쩌면 전쟁은 아직도 끝나지 않고 있다고 해야겠지. 원구 자네의 경우가 그렇고, 누구보다 갑포리 조성태 일가의 경우만 하더라도 말일세⋯⋯ 하지만 앞으로 언제까지 피해자와 가해자를 더 나누어야만 할 것인가? 적어도 이젠 우리 모두 그 광기의 전쟁 속에서는 서로가 피해자이자 가해자였을 수도 있다는 사실을 어느 정도는 인정해야 하지 않을까⋯⋯ 이보게 원구. 전쟁을 모르고 태어난 우리 아이들에게까지야 우리 세대가 지고 있는 이 무서운 사슬을 또 다시 떠맡겨줄 수는 없잖은가 말일세⋯⋯"

삼 년 전, 낙일도를 찾아 내려갔을 때, 선친의 묘를 이장하던 날 밤 천진수가 하던 말을 원구는 기억했다.

용서, 용서라고?

원구는 작게 코웃음을 터뜨린다.

그때만 해도 원구는 선친의 묘를 이장함으로써 모든 것이 새롭게 시작될 수 있을지도 모른다는 생각을 했었다. 그 때문에 충동처럼 급작스런 귀향을 감행했고, 나흘을 머물면서 이장을 끝낼 수 있었다. 그러나 그건 환상이었음을 원구는 뒤늦게야 깨달았다.

그 귀향은 고향과 아버지의 죽음, 그리고 그로부터 시작된 그의 집안의 어둡고 끈질긴 불행으로부터의 탈출이 아니라, 정작 또 다른 새로운 멍에의 시작이었는지도 모를 일이었다. 조양재 노인 일가족 간첩 사건과의 뜻하지 않은 조우가 그러했고, 무석의 가출이 그러했다.

"이젠 아무것도 내게 남은 것이 없어. 정말 아무것도……"

갑자기 심한 허탈감이 전신을 엄습해왔다. 자신의 집안에 드리워져 있는 그 어두운 과거의 굴레. 귀단과 무석, 명치 그리고 조양재 노인과 교도소에 아직도 남아 있을 조씨의 가족들…… 그 모두가 질기고 완강한 그물처럼 그를 겹겹이 포위한 채 까마득한 물 밑바닥으로 그의 몸뚱이를 끌어내리고 있는 것만 같았다. 그것들은 거대한 그물코 하나하나에 저마다 무거운 납덩이로 매달려 있었고, 그것들과 함께 그는 끝없이 가라앉고 있는 거였다.

아무리 몸부림을 치며 허우적거려보아도 그는 빠져나올 수가 없었다. 허우적거리면 그럴수록 오히려 더욱더 깊은 바닥으로 가라앉는 듯한 느낌이었다.

원구는 천천히 걸음을 옮기기 시작했다. 가끔씩 자동차가 빠른 속도로 노면을 훑으며 달려 지나간다. 불 꺼진 교회당의 첨탑

끝에서 거대한 십자가가 붉은 네온 사인을 두르고 혼자 버티고
서 있다. 어두운 하늘을 배경으로 우뚝 솟아 있는 그것은 어딘가
불길하고 음험해 보였다.

저만치 고개 위쪽으로부터 하늘이 희끄무레하니 벗겨지기 시
작하고 있었다. 아침이 오고 있다는 증거였다.

어머니 이 고요한 당신의 입맞춤보다 깊게
나를 껴안을 어둠의 큰 그리움을 불러세울 수 있
다면
그 새벽녘엔 아들의 깊은 잠을 깨워줘요
그 새벽녘엔 기다렸던 길을 뜰 거예요
── 곽재구, 「새벽을 위하여」에서

5월 16일 9 : 00, 광천동

동쪽으로 난 쪽창을 통해 햇볕이 방안으로 길게 새어들어오고
있었다. 머리맡에 풀어둔 시계는 벌써 아홉시였다.

무석은 한동안 이부자리 속에 몸을 웅크린 채 멀거니 창 쪽을
올려다보았다.

방바닥으로부터 허리 아래 정도까지의 면적을 제하고는 한쪽

32

벽면의 거의 대부분을 차지하고 있는 그 창은 겨우 두 평 반이 될까말까 한 방의 크기에 비해 지나치게 넓었다. 복식 건물이라서 채광과 통풍을 위해 그랬는지는 모르지만 덕분에 여름이면 쉬파리며 모기들이 떼를 지어 몰려들었고, 오물장과 공동 변소에서 풍겨오는 악취 때문에 코를 어디에 두어야 할지 고역이었다. 게다가 지난 겨울은 내내 방안에서조차 동태 꼴로 지내야만 했었다.

간밤에도 무석은 두꺼운 겨울 모포 두 장을 겹쳐 덮었다. 벌써 오월이어서 한낮엔 제법 초여름의 기운을 느낄 정도였지만, 새벽녘엔 그 터무니없이 큰 창 틈으로 냉기가 솔솔 스며들어오는 까닭이었다.

더구나 여덟 개의 자잘한 칸으로 나누어져 있는 창유리 가운데 몇은 유리가 깨져 비닐로 땜질을 해놓았다. 지난해 여름 처음 이곳으로 방을 얻어 들어왔을 때부터 그런 꼴이었다. 그나마 남아 있는 창유리도 해묵은 먼지와 땟국물로 잔뜩 절어 있어서, 흡사 걸레쪽을 두른 듯 우중충하고 을씨년스럽기 그지없는 풍경이었다.

"아이구, 아이구우—우."

또 옆방에서 박씨의 신음 소리가 들려오고 있다. 무석은 그 소리가 들려오고 있는 벽 쪽으로 등을 돌리고 누워버렸다.

낮이나 밤이나 늘상 그렇게 시도때도없이 터져나오는 박씨의 신음은 아침나절이면 더욱 심해지는 눈치였다. 누군가 뼈마디를 망치로 마구 내리치기라도 하는 것처럼 숨넘어가게 끙끙 내질러대는 박씨의 그 신음 소리를 듣고 있노라면, 혹시 저러다가 별안간 숨줄이 뚝 끊어져버리는 게 아닐까 싶어, 무석은 이따금 가슴이 조마조마해지곤 했다.

팔베개를 하고 누운 무석의 가슴 바로 가까이까지 햇살은 기어들고 있었다. 가만히 손바닥을 펼쳐 햇살을 받아본다. 아주 여리고 가느다란 온기가 손바닥 위로 아른아른 떨어져내리는 감촉. 무석은 그 감촉을 즐기기라도 하듯 가만히 눈을 감았다.

오월. 그러고 보니 집을 나온 지 벌써 일 년 가까이 되어가는 셈이다.

아버지 한원구의 음울하고 찌눌린 얼굴이 무석의 눈앞에 떠올랐다. 사방 벽과 창문에까지 모조리 방범용 철창을 둘러쳐놓고, 햇볕 한 오라기, 바람 한줌 들어오지 못하도록 답답하게 밀폐시킨 그 전당포의 어두운 실내에서 그는 지금쯤 무엇을 하고 있을까.

어쩌면 전날 저녁에도 이미 확인해두었던 전궤 속의 현금이라든가 캐비닛 속에 보관해둔 갖가지 전당품 따위들을 다시 꼼꼼하게 점검해보고 있을지도 모른다. 그것이 매일 아침 그가 어김없이 되풀이하는 일이었으니까……

무석은 문득 길게 한숨을 내쉬었다. 빛바랜 벽지 위로 개미 한 마리가 기어가고 있었다. '정신일도 하사불성' '어제를 돌아보고 오늘을 생각하며, 내일을 위해 살아가자!' 볼펜으로 서투르게 휘갈긴 낙서가 보였다. 이전에 이 방에 살던 누군가가 그렇게 적어놓은 것이리라.

한낮에도 형광등을 켜야 할 만큼 답답하게 폐쇄된 그 점포 안에서 아버지 한원구씨는 벌써 이십여 년 가까운 세월을 보내온 셈이었다. 고향 낙일도를 떠나 광주로 이사온 첫해를 제외하고는, 그는 줄곧 산수동 오거리 골목에 있는 그 낡은 이층 건물 한

자리에서만 전당업을 해왔다.

무석은 고등학교를 졸업할 때까지 이따금 틈틈이 잔일을 도와준 적이 있긴 했지만, 방위병 근무를 마치고 나서부터는 거의 온종일을 그와 함께 점포를 지켰었다.

하지만 아버지 한씨는 안집에서 밥을 먹을 때라거나, 어쩌다가 드물게 외출할 경우 외에는 절대로 전궤나 철제 캐비닛의 열쇠를 무석에게 맡기지 않았다. 어쩌다가 점포를 조금 오랫동안 비워두었다 싶을 때면, 밖에서 돌아오자마자 전궤를 열어 현금을 확인하고 또 캐비닛 속의 귀중품 따위들을 확인해보고서야 비로소 안심을 하는 눈치였다.

그렇다고 그 동안 단 한 번이라도 무석이 그의 눈을 속이려 든 적이 있었던 것은 아니다. 하지만 그는 언제나 의심을 풀지 않는 것 같았다. 어느 때부터인가 그는 온 세상을 송두리째 믿지 않는 사람이었다. 그가 신뢰할 수 있는 사람은 이 세상엔 아무도 없으리라는 것을 무석은 알고 있었다. 그런 까닭에 무석은 그 동안 자신에 대한 아버지 한씨의 그 변함없는 불신과 의혹의 눈길을 말없이 감내하여 지내왔던 것인지도 모른다.

그러나 지난해 초여름, 결국 무석은 집을 나오고 말았다. 그곳은 무석 자신의 집이 아니었다. 아버지 한원구씨의 집일 뿐이었다. 그를 아버지라고 부를 수 없다고 생각했을 때, 무석은 더 이상 자신이 그곳에 남아 있어야 할 아무런 이유도 권리도 없다는 사실을 깨달았던 것이다. 그리고 어쩌면 다른 누구보다도 아버지 한씨 역시 그래주기를 내심 오래 전부터 바라고 있었을지도 모를 일이었다.

"뭐, 아버지라고? 왜 내가 네놈의 애비란 말이냐! 오냐, 말해주랴? 난, 난 너 같은 놈에게 피 한 방울 나눠준 적이 없다. 똑똑히 들어! 네놈은 내 자식이 아니다. 네놈은 누구냐? 어느 놈의 자식 이냐 말이다! 느이 애비가 대관절 어떤 놈인지 알기나 하느냔 말 이야!"

무석은 이불을 머리까지 뒤집어썼다. 그날 아버지 한씨의 입 에서 터져나오던 그 한마디 한마디가 무석의 고막을 징징 울리 고 있었다.

물론 무석은 자신의 출생 내력에 대한 비밀을 이미 오래 전에 알고 있던 터였다. 삼 년 전, 조부의 묘를 광주로 이장해오기 위 해 낙일도로 내려갔을 때, 묘 앞에서 밤을 새우다가 천막 속에서 우연히 그 얘기를 엿들었었다. 그때 아버지 한씨는 화포리 천진 수씨와 술을 마시다가 자조 섞인 웃음을 터뜨리며 분명 그렇게 말했던 것이다.

그러나 지난해 그날, 아버지 한씨가 자신을 향해 직접 그 엄청 난 비밀을 토해냈을 때, 무석은 새삼스레 전율했다. 지금껏 아버 지라고 여기고 있었고, 아버지라 불러왔던 사람의 입에서 그 비 밀의 정체가 벗겨지던 순간, 비로소 무석은 모든 것이 완벽하게 무너져내리는 소리를 들었다. 마지막 남은 실낱 같은 기대조차 도 뿌리째 뽑혀나갔고, 그 허허한 폐허의 한복판에 홀로 발가벗 겨진 채 남겨져 있는 자신을 무석은 확인해야만 했었다.

그날 자신의 눈앞에 버티고 서서 핏발 선 눈을 홉뜨고 노려보 던 아버지 한씨의 얼굴. 적의와 분노에 사로잡힌 채 미친 사람의 그것처럼 이글거리고 있던 그 무서운 눈빛, 그 순간 무석은 아버 지 한씨의 그 눈빛 속에서, 참으로 뒤늦게야 자신들 두 사람 사 이를 묶어놓고 있는 모든 비밀의 정체를 확인할 수 있을 것 같았다. 검고 찌들린 한 중년 남자의 음울하고 슬픈 얼굴——그 가면의 뒤에 지금껏 숨어 있었던 것은 소름끼치도록 끈질기고도 깊은 증오, 바로 그것의 뿌리였던 것이다.

그리고 무석은 깨달았었다. 그를, 아니 아버지라고 불러왔던 그 사내를 영원히 용서할 수 없을 것 같다는 사실을. 그건 그들 두 사람 사이를 위태위태하게나마 묶어놓고 있었던 마지막 남은 끈 하나가 기어코 툭 하고 끊어지는 순간이었다.

그 끈이 끊어지는 순간에 무석은 문득 까마득한 허공의 밑바닥으로 자신의 몸뚱이가 아스라이 추락해가는 듯한 절망감을 느껴야 했다. 어쩌면 그건 어린 시절 뒷산 언덕 위에 서서, 실을 끊고 흐느적흐느적 바다 위로 아득히 떠 사라져가는 꼬리연의 모습을 지켜보던 때의 그런 안타까움과 서러움 같은 것이기도 했다.

그와 함께 무석은 비로소 어머니의 존재를 뼈저리게 확인했다. 자신의 발목에 족쇄처럼 완강하게 채워져 있는 또 하나의 끈 저쪽 끝엔 바로 어머니가 있었다. 무석은 그때까지 어머니가 존재한다는 사실마저도 한사코 부인해왔었다. 적어도 그의 의식과 기억 속에서나마 어머니란 이미 존재하지 않는 이름이어야만 했다. 어머니가 실성기를 얻었을 때부터, 아니 무석 자신과 동생 명치를 남겨둔 채 행방을 감춰버린 바로 그날부터 무석은 이 세상의 반쪽을 잃어버리고 만 것인지도 모른다. 잃어버린 그 나머지 반쪽의 세계는 칠흑 같은 어둠과 절망과 망각의 세계였다. 바로 그 세계 속에 어머니가 있었다. 그 암흑과 망각의 세계 저편에 어머니를 한사코 묻어버린 채 무석은 홀로 몸부림치며 지금껏 살아온 셈이었다.

그런데 알 수 없는 일이었다.

아버지 한씨와의 끈이 끊어졌다고 여기는 순간, 무석은 어머니를 찾아야 한다는 사실을 깨달았다. 어머니는 잃어버린 저 망각과 어둠의 세계 어디쯤을 지금도 홀로 헤매고 있을 터였다. 그 어머니를 찾아야 했다. 더 늦기 전에, 어머니를 그 서럽고 고통스런 세계로부터 구출해내야만 한다고 무석은 생각했다. 그리하여 그날 무석은 마침내 그 집을 떠나오고 말았던 거였다.

하지만, 집을 나온 후 거의 일 년이 다 되어가도록 정작 무석은 망설이고만 있을 뿐이었다.

어머니를 만나서 무엇을 어떻게 해야 할 것인가에 대한 구체적인 계획조차 아직 없었다. 우선은 어머니를 찾아야 했다. 그러나 무석이 알고 있는 거라곤 다만 어머니가 이 도시 어딘가에 살고 있을지도 모른다는 막연한 사실 한 가지뿐이었다. 어머니의 거처가 어디인지, 무슨 일을 하면서 누구와 어떻게 살아가고 있는지, 어떻게 해야 만날 수 있을 것인지조차 알 수 없었다.

무석에게 어머니의 소식을 맨 처음 전해준 사람은 바로 고모은분이었다.

전당포로부터 멀지 않은 동네에서 조그만 방앗간을 하고 있는 고모는 가끔 집에 들르곤 했다. 그날 아침 그녀에게 대문을 열어준 건 하필 무석 자신이었다.

"마침 네가 집에 있었구나. 안 그래도 널 찾아오는 길인디, 이리 좀 와보거라."

고모는 유난히 서두르는 기색으로, 무석을 보자마자 마당 한쪽으로 데려가더니 목소리를 낮추었다.

"무, 무슨 일인데요?"

"내 이때까지는 이런 일은 숨겨왔었다만, 인제는 암만해도 너한테는 얘기를 해야겠다. 생각해봐라. 너나 네 동생 명치가 어디 어린아이들이냐. 나이가 스물아홉이면 예전 같으면야 자식을 서넛은 보았을 나이다. 안 그러냐?"

다짜고짜 그런 소리부터 늘어놓고 나서 그녀는 무석의 손을 덥석 잡았다.

"놀래지 말어라. 그 여자가 왔다. 느그 어미 말이다!"

"예?"

"이 자식아. 지금 함께 살고 있는 명기네 어머니말고. 느그 친어미 말이다. 귀단네 말이여!"

무석은 훅 숨을 들이마셨다. 머릿속이 멍해져왔다.

"내가 이 눈으로 똑똑히 봤다. 바로 어제 대인시장에서 말이다이. 언젠가 해진 포구에서 얼핏 보고 나서는 첨이니께, 그새 십년도 훨씬 넘었다만, 그래도 내 눈이 틀림없제. 첫눈에 딱 보자마자 단박에 그 성님인 줄 알겄드라. 그래도 혹시 비슷한 사람을 잘못 봤는가 싶어 뒤를 살살 따라가봤는디, 맞어. 영락없는 느그 어머니여. 그래서 내가 이말이오, 혹시 성님이 아니시오, 하고 불렀어야."

어머니 귀단네는 처음엔 멀뚱한 눈으로 이쪽을 건너다보며 서 있더라고 했다. 그 눈빛이 어찌 보면 이쪽을 알아보는 것도 같고 또 전혀 기억도 못 하는 것 같기도 해서 재차 물었더니, 이윽고 무표정한 얼굴로 가만히 고개만 끄덕이더라는 거였다.

고모는 어머니를 시장 골목에 있는 팥죽집으로 데리고 들어갔다고 했다.

"오매, 어디서 느닷없이 이렇게 나타났소. 우리는 진즉 성님이

어디서 죽은 줄로만 여기고 있었는디, 어디서 어떻게 하고 살다
가 여기서 이리 만나게 되었다요, 하고 물어도 왼통 대답이 없드
란 말이다. 그냥 맬거니 넋 빠진 눈을 하고, 나만 빤히 쳐다보고
있는 것이여. 겉으로 보기는 아주 정신이 멀쩡한 사람 같드라마
는……”

　어머니는 고모가 내미는 팥죽엔 손도 대보지 않고 멍하니 죽
그릇만 들여다보고 앉아 있더라고 했다.

“아이들 얼굴은 기억하시겠소? 명치는 군대에 갔다요. 원없이
식구들 속만 썩이다가, 공수부댄가 뭔가로 지원해서 가 있답디
다. 무석이는 즈그 아부지 집에 있어라우. 아, 무석이를 몰라요?
성님네 큰아들 무석이 말이라우. 장가갈 나이가 훨씬 지났는디,
아직 집에 남아 있단께라우…… 그나저나 어디서 지금까지 뭣
하고 지냈소? 광주엔 언제부터 와서 살았소? 지금 같이 살고 있
는 사람은 누군가라우……”

　고모는 혼자서 그런저런 질문들을 계속 되풀이했지만, 어머니
는 막대기처럼 뻣뻣하게 앉아 있을 뿐 안색 하나 변하는 것 같지
않았다. 달리 어찌할 도리도 없어서, 결국 고모는 가진 돈 얼마
를 그녀의 손에 쥐어주고 일어섰는데, 그때까지도 어머니는 팥
죽 그릇만 멀거니 내려다보고 있더라는 거였다.

“그런디 참 요상한 일이여. 예전과는 딴판으로, 전혀 실성한 사
람 차림새 같지가 않더란 말이다. 허술하기는 해도 옷도 제법 말
쑥하고, 손에 시장 바구니까지 들었드라니께. 틀림없이 누구하
고 같이 살고 있는 모양이여.”

　그때 마침 대문이 열리며 청산댁이 들어왔으므로 고모는 황황
히 입을 다물고 말았던 것이다.

쿵쿵…… 쿵쿵.

벽이 울리고 있다. 무석은 그 소리를 듣고도 잠시 그대로 누워 기다렸다. 보나마나 옆방의 박씨가 언제나처럼 또 손바닥으로 벽을 두드리고 있음이 틀림없다. 아침마다 되풀이되는 일이다. 무석은 불쑥 짜증이 일었다.

"여, 여보게 총각. 거기, 없능가?"

"예, 아저씨. 왜 그러세요?"

또 한 번 벽이 울리고 나서야 무석은 대꾸를 했다.

"이리 조까 건너와줄라능가. 나, 나 좀 어떻게 해주소."

박씨의 숨가쁜 음성이 낡아빠진 콘크리트 벽을 뚫고 들려왔다.

무석은 마지못해 일어나 방문을 열고 부엌으로 나왔다. 말이 부엌이지, 그 코딱지만한 공간은 실상 이 작은 집의 현관 겸 부엌이자 연탄 창고이며 또한 신발을 벗어두는 자리이기도 했다. 전체가 일곱 평이 채 될까말까 한 면적 안에 방이 두 개, 거기에 부엌이랍시고 달려 있는 그 알량한 공간은 등을 돌려세우기조차 어려울 지경이었다.

문이 열리는 소리를 들었는지, 방안에선 박씨가 일부러 들으라는 듯 한층 더 죽어가는 시늉을 해대고 있었지만, 무석은 그의 방 문턱 바로 밑에 붙어 있는 아궁이 속을 들여다본다. 연탄은 한두 시간쯤 후에나 갈아야 할 것 같다.

"왜 그러세요. 또."

창호지가 다 찢어져나간 미닫이문을 열었다. 박씨가 오만상을 찌푸린 채 누워서 이쪽을 올려다본다. 해골바가지를 뒤집어쓰고 있는 듯한 얼굴이다.

"나 암만해도 오, 오늘 죽을란가 보네. 아이고오. 허리부터 등짝까지 한꺼번에 무너질라고 해서 금방 죽게 생겼네에. 으으. 쿨럭쿨럭."

박씨는 새우처럼 허리를 구부리고 누워 연신 밭은기침까지 토해낸다. 기침을 할 때마다 앙상한 어깨가 고통스레 출렁이고 굽은 등이 꿈틀꿈틀 체질을 한다.

무석은 곁에 주저앉아 박씨의 등을 쓸어내리고 허리를 주물렀다. 박씨의 엄살만큼이나 그 일 역시 무석에겐 이미 익숙해져 있었다. 거의 매일같이 되풀이되는 행사에 진저리가 날 지경이지만, 애당초 제 발로 이런 집을 골라 방을 얻어 들어온 처지라 누구를 탓할 것도 없다.

손바닥에 와 닿는 박씨의 몸뚱이는 뼈와 가죽밖에 없는 미라 그대로의 모습이다. 정말이지 말라도 너무 말라버렸다고 무석은 새삼 느낀다. 몸뚱이뿐만 아니다. 쉰둘이라는 나이라고는 도저히 믿어지지 않을 만큼 늙어버린 얼굴은 얼핏 일그러진 석고 가면처럼 보였고, 머리털은 이미 완전한 백발에 가까웠다. 그 모두가 십여 년 가까운 세월을 병고에 시달려온 대가였다.

이런 꼴을 하고서도 목숨이 붙어 있다는 것이 무석은 기이하게 느껴질 지경이다. 쓸어내릴 때마다 박씨의 앙상한 갈비뼈가 손바닥에 걸려오는 감촉 때문에 무석은 처참한 기분이 되곤 했다. 하지만 차마 그 귀찮은 사내를 미워할 수는 없을 것 같았다. 청년 시절부터 탄광에 들어가 이십 년 간 석탄을 팠다는 박씨는 결국 거기서 얻은 병 때문에 직장에서 쫓겨났고, 최근엔 병세가 더욱 심해져가는 모양이었다.

무석은 박씨 내외가 딸 하나와 함께 살고 있는 이 집의 방 한

칸을 월세 만삼천 원씩 주기로 하고 지난 여름에 들어왔었다. 수
중에 그 동안 푼푼이 모아두었던 약간의 돈이 있었으므로, 우선
거처를 마련하기 위해 찾아든 곳이 바로 이곳, 시내에서도 가장
변두리인 광천동이었다.

이곳은 근처에 공장 지대를 끼고 있어서 근래엔 사람들이 제
법 모여들어 살고 있지만, 예나 지금이나 지독히도 가난하고 궁
벽지기는 마찬가지였다. 주민들 대부분은 빈민이었고, 온통 어
디에나 시커먼 먼지와 매연을 뒤집어쓴 초라한 집들이 고약한
인분 냄새와 오물 냄새를 걸죽하니 풍기며 덕지덕지 늘어붙어
있었다. 그런 이 동네에서도 가장 궁상스럽고 험상스러운 꼴을
하고 있는 곳이 바로 이 시민아파트였다.

예전엔 이 부근 일대가 광주천 하류의 들판이었다. 시가지로
부터 멀리 떨어져 있는 이 벽촌으로 맨 처음 밀려들어왔던 사람
들은 대부분이 피난민들이었는데, 그들은 대충 비바람이나 가릴
정도로 가마니며 헌 판자쪽 따위를 얼기설기 엮어 집을 만들어
살기 시작한 모양이었다. 그러다가 육십년대말 승용차를 몰고
이 지역을 지나가다가 그 지독한 생활상에 깜짝 놀랐다는 어느
국회의원의 주선으로, 이름하여 정부 지원 사업으로 생겨난 것
이 바로 지금의 이 시민아파트라는 거였다.

그러나 말이 아파트지, 어설프기 그지없는 건물이었다. 영세
민 구호 사업이랍시고 순전히 전시용으로 겨우겨우 땜질하듯 형
체만 갖추어놓은 데다가 낡고 헐어빠져 금방 도깨비라도 튀어나
올 듯한 형국이어서, 예전에 이 자리에 있었다는 천막촌이나 판
자촌보다 그리 나을 것도 별로 없을 것 같았다. 그렇듯 콘크리트
골조에 적벽돌로 벽면을 붙여 쌓아놓은 사층짜리 건물 세 동엔

모두 백오십여 세대가 저마다 똑같이 다섯 평이 채 못 되는 공간 하나씩을 차지한 채 개미굴처럼 모여들어 살아가고 있었다.

"이젠 되었네. 고맙네그랴. 맨날 자네 신세만 져서 어쩌까이."

박씨는 뼈만 남은 손으로 무석의 손을 슬그머니 밀어내며 말했다.

"아주머니는 일 나가신 모양이네요."

무석은 엉망으로 어질러진 방안을 곁눈질하면서 묻는다. 먹고 난 밥상이 윗목에 그대로 밀쳐져 있다. 덮어놓은 신문지 틈으로 김치 사발과 콩나물 접시, 그리고 빈 주발 속에서 분주히 밥풀을 빨고 있는 시커먼 쉬파리들이 보였다. 퀴퀴하고 고약한 냄새로 가득 찬 방안은 숨쉬기가 고통스러웠다.

"응. 이틀씩이나 공치고 있다가 오늘은 새벽밥 묵고 나갔네. 학동에다가 무신 교회당을 짓는다나. 쿨럭쿨럭 저, 전부터 함께 따라댕기든 십장이 어저께 저녁에 와서 그러등만."

"자, 잘되었구만요. 교회 건물이라면 일을 꽤 여러 달 계속할 테니까요."

"글씨, 그랬으면 좋겠네마는, 어째 요새는 통 일거리가 없는 모양이시. 그거이 다아 데모 때문에 그런다네. 빌어묵을 세상이 어찌 될라고 이러는가 몰라. 테레비에서 날마다 데모하는 걸 보고 있을라치면, 저러다가 또 무신 큰 난리가 터지는 건 아닌가 싶어 걱정이드란께. 아, 느닷없이 오늘밤에라도 김일성이가 밀고 내려오면 어쩔 것이여. 뉴스에서도 그런 얘기를 하지 않든가 말이여."

"저, 전쟁이 그리 쉬, 쉽게 터질라등가요, 아무리."

무석은 오늘따라 유난히 말을 더듬거린다. 더구나 다른 사람도 아닌, 끓어오르는 가래와 기침 때문에 숨을 헐떡이느라 말을 잘 잇지 못하는 박씨와 대거리를 하고 있으려니 짜증이 치민다.

"이보게 무석이. 인자는 강씨하고는 같이 장사 안 댕기기로 했는가? 며칠 따라다니는 거 같등마는."

박씨가 몸을 일으켜 벽에 비스듬히 기대어 앉았다.

"예, 파, 팔리는 것도 신통찮고, 생각보다는 그게 히, 힘이 꽤 들더구만요. 하던 시험 준비나 다시 계속할까 합니다."

"그럴 것이네. 생전 그런 일 한번 해보지 못한 사람이니 힘도 들겄제. 까딱하다가는 생병이 날 것이시. 앞으로는 아무 생각 말고 집 안에 들앉아서 공부만 하소. 아, 고등학교까지 나온 사람이 뭣 할라고 손에 흙을 묻혀? 열심히 해가꼬 꼭 성공을 해야제이"

무석이 뭔가 일을 해야겠다고 마음을 먹은 것은 얼마 전부터였다. 그때까지 처음 몇 달은 그저 막막한 심사에 무엇을 해야 할지 몰라 방안에만 갇혀 있다가 차츰 수중의 돈이 떨어져가기 시작하자 암담해졌다.

그래도 이전부터 앓아왔던 폐가 많이 좋아져서 그나마 다행이었다. 집을 나온 뒤부터는 문득 이래서는 안 되겠다는 생각이 들어서, 그 동안 소홀해왔던 병 치료를 위해 빠지지 않고 보건소를 드나들며 약을 복용한 덕택이었을 것이다.

하지만 배운 기술이 없는 처지에 당장 어디서 마땅한 일거리가 기다리고 있을 리 만무했다. 손수레를 사서 광천동 시장으로 나가 행상을 해볼까 생각한 적도 있었다. 그렇다고 타고난 허약 체질에 노가다판으로 뛰어들 엄두는 나지 않았고, 남들처럼 무슨 공장에 들어가 처음부터 일을 배워가며 시작하기엔 너무 늦은 나이가 아닌가 싶어 망설이고만 있다가, 결국 공무원 시험을 준비하기로 결심을 굳힌 건 아주 최근의 일이었다.

그런데 엊그제, 엉뚱하게도 공동 변소 바로 옆방에 사는 강씨란 사람이 함께 일을 다니지 않겠느냐고 말을 걸어왔다. 나이가 마흔셋이라는 강씨는 소금장수였다. 녹슨 고물 손수레에 굵은 것과 가는 것 두 종류의 소금 가마니를 싣고 시장통이나 주택가 골목을 돌아다니며 됫박 소금을 팔고 있다고 했다.

"이눔의 짓거리 해온 지도 몇 년이 되았네만, 인자는 혼자 리어카 끌기도 힘이 부친단께. 마침 자네가 별 할 일도 없이 그러고 있는 것 같아서 하는 말인디, 세상 경험도 쌓아볼 겸 낼부터 나랑 같이 안 나댕겨볼라는가. 둘이서 바꿔감서 앞에서 끌고 뒤에서 밀어주고 하면 훨씬 더 수월할 꺼시여. 심심치도 안하고. 아, 번 돈은 둘이서 육 대 사 비율로 나누기로 하고 말이시. 어떤가."

"그, 글쎄요."

"아, 듣자 하니 무신 공부를 하는 중이라등만. 공무원 시험 준비하는 참인가? 거, 좋제. 한국놈 땅에서야 군인 아니면 관에 있어사 힘도 쓰고 출세도 하지 않던가. 그래도 내 생각엔 말이여, 공부만 하니라고 젊은 사람이 방안에만 그러고 있는 것보담은 때때로 세상 돌아가는 판도 구경하고 인생 경험도 쌓을 겸해서 바람 쐬는 것도 좋은 일일 것이네그려."

그렇게 해서 무석은 강씨와 함께 소금 가마니를 며칠 끌고 밀었다. 소금 자루 두 개 담긴 리어카에 어른이 둘이나 매달린다는 게 우스꽝스러운 일이었지만, 무석이 선뜻 나섰던 건 내심 그러다가 우연히 어머니를 만날 수 있을지도 모른다는 어설픈 기대

때문이었다.

그러나 첫날부터 무릎과 종아리가 퉁퉁 부어올랐고, 나흘째 되는 날은 아예 몸살로 드러눕고 말았다. 결국 일주일이 채 못된 어느 날 밤, 무석은 막걸리 한 병을 사들고 강씨에게 찾아가 더 이상 따라다니지 못하겠노라고 실토를 했던 것이다.

"아침은 해묵었는가? 거, 간밤에도 늦게까지 불이 켜져 있등만 그래. 공부도 좋제만 건강도 살펴감서 해야제. 그렇게 늦게까지 공불 하니 제때에 밥을 찾아묵을 수가 있었는가, 원."

박씨는 누렇게 뜬 얼굴을 손으로 문지르며 말했다. 사실은 전기 요금이 올라갈까봐 하는 걱정일 터이다.

"이, 이제 나가서 밥을 지어먹어야지요."

무석은 문을 닫고 나와 자기 방으로 건너왔다. 그새 열시가 넘은 시각. 담요를 개어 윗목에 밀쳐놓은 다음 다시 부엌으로 나왔다. 입 안이 깔깔하고 써서 밥 생각이 없었지만, 언제부터인가 무석은 건강을 위해서라도 끼니만은 거르지 않아야겠다고 마음을 정한 터였다.

선반에 놓인 봉지에서 쌀 한줌을 꺼낸 다음, 플라스틱 바가지에 담아 들고 복도로 나왔다. 복도는 언제나처럼 어둡고 침침했다. 좁은 복도 양쪽으로 방들이 주욱 잇대어 늘어서 있는 까닭에 햇빛이라곤 전혀 새어들지 않았다. 천장에 다 낡아빠진 형광등이 달려 있긴 했지만, 낮엔 켜두는 법이 결코 없다. 다른 아파트에서처럼 관리비 따위를 염출한다는 건 생각도 못 할 형편이었으므로, 다달이 오백 원씩 내는 오물 청소비에서 얼마씩 남는 돈으로 반장이 대충 복도 전등의 전기료를 내기로 한 모양이었다.

그러나 그 정도의 청소비조차 제때에 내지 못하는 집들도 있는 모양이어서, 이층에 사는 반장 여자가 복도에 버티고 선 채 동네방네 들어보라는 식으로 이따금 걸판지게 욕설을 퍼부어대곤 했다.

세면장은 중앙 층계 옆 좌우에 하나씩 붙어 있었다. 층계를 중심으로 각각 여덟 가구의 주민들이 공동으로 사용하는 세면장이다. 집집마다 내다놓은 크고 작은 항아리들이 가뜩이나 비좁은 공간을 점령하고 있는 데다가 수도꼭지라곤 단 한 개뿐이었으므로, 공동 세면장은 늘상 사람들로 붐비고 소란스러웠다.

특히나 끼니때가 되면 아수라장이 따로 없었다. 대부분 시장에서 행상을 하거나 근처의 크고 작은 공장에 다니는 사람들이어서, 아침 일찍 집을 나섰다가 저녁 늦게야 돌아오는 시간대가 비슷했다. 밤늦게 돌아와서 한쪽은 늦은 저녁을 짓느라 분주한 판에, 바로 그 곁에선 대야에 빨랫감을 수북이 쌓아놓고 방망이를 땅땅 두들겨대기도 했다. 또 아이들을 발가벗겨놓은 채 목욕이라도 시킬라치면 목구멍이 째져라고 터뜨리는 울음 소리며 여자들의 욕지거리에 귀청이 찢어질 지경이었다. 그래서 세면장 주변은 수도꼭지를 차지하려는 사람들끼리의 하찮은 다툼질이며 여자들의 웃음 소리와 고함 소리 따위들로 늘상 시끌벅적했다. 때문에 무석은 언제나 끼니때를 훨씬 넘기고 나서야 세면장 출입을 했다. 대개 그 즈음이면 비교적 수도꼭지 주변이 한산해졌다.

무석은 유리창 너머로 세면장 안쪽을 넘겨다본다.

처녀들 둘이 무릎을 쭈그리고 앉아 무엇인가를 손으로 다듬고 있다. 그냥 돌아갈까 하고 잠시 망설이다가 무석은 바가지를 든 채 세면장 안으로 들어섰다.

처녀들이 흘깃 쳐다보더니, 이내 눈을 내리깔고는 콩나물을 계속 다듬기 시작한다. 그녀들의 얼굴을 무석은 이미 알고 있다. 복도 오른쪽 맨 끝방에 살고 있는 처녀들인데, 아직 서로 인사를 나눈 적은 없었다.

다 같이 스물서너 살쯤 되어 보이는 그녀들 중 한쪽은 여고생처럼 단발머리를 하고 있고, 한쪽은 퍼머머리에 키가 약간 큰 편이다. 박씨의 말에 따르면, 얼굴에 주근깨가 많은 단발머리 처녀는 근처 제과공장에 다니는 모양이었다. 저녁 무렵에 도시락 가방 같은 걸 들고 아파트로 돌아오는 그녀와 몇 번 마주친 적이 있었다.

또 다른 처녀의 경우는 좀 애매했다. 약간 노르께하게 물들인 머리를 한 그녀는 무슨 일을 하는지 쉽사리 짐작이 가지 않았다. 그녀는 늘 짙게 화장을 했고, 집을 나가고 들어오는 시각이 일정치 않다는 소문이었는데, 보나마나 술집 같은 데에 다니는 여자가 틀림없다고 박씨는 장담을 했다.

무석은 쌀이 담긴 바가지를 수도꼭지 밑으로 밀어넣었다. 등 뒤에서 얼핏 작게 키득거리는 웃음 소리가 들려왔다. 무석은 귀 밑이 벌겋게 달아오름을 느꼈다.

"그거, 이리 주세요. 제가 해드릴게."

단발머리 처녀가 허리를 펴고 일어나면서 말했다.

"괘, 괜찮습니다……"

무석은 당황했다. 바가지를 한 손에 든 채 엉거주춤 물러나려 했다.

"이리 주세요. 뭐 어떤가요. 따지고 보면 다 같은 한집 식구들이나 마찬가진데요."

　그녀는 어느 틈에 무석의 손에서 바가지를 빼앗아 쌀을 씻기 시작하고 있었다.
"아저씨, 307호에 살죠? 영님이네 집. 그죠?"
　곁에서 아까부터 쿡쿡 웃음을 물고 있던 노랑머리 처녀가 장난기 섞인 시선으로 빤히 올려다보며 묻는다. 그녀의 입 안에서 껌이 짝짝 소리를 내며 씹히고 있다. 얼결에 뒷머리로 손을 가져가면서 무석은 그렇노라고 대답했다.
"총각이라면서요? 다 들었어요. 306호 한기씨가 그러든데, 공무원 시험을 준비한다고 그러대요. 근데 아저씨, 우리 미순이, 여기 이 아가씨 말예요. 어때요? 한번 사귀어보지 않을래요?"
　노랑머리 처녀는 그러면서 까르륵 웃음을 터뜨렸다.
"으마마, 무슨 소릴 하는 거야. 계집애가, 처음 보는 사람한테!"
"뭐 어때서 그러냐? 앞으로도 맨날 서로 얼굴 보고 지낼 처진데, 안 그래요, 아저씨?"
　퍼머머리 처녀는 거침없이 조잘대고는 무석에게 눈까지 찡긋해보였다. 벌겋게 얼굴을 달군 채 무석은 바보처럼 실실 웃음을 흘릴 수밖에 없었다.
"어머머, 저 얼굴 빨개지는 것 좀 봐라아. 아저씨, 꽤 순진하시네. 좋아요. 첫인상이 맘에 들었다구. 내 이름은 은숙이에요. 애는 미순이구. 아저씨 이름은 뭐예요?"
　노랑머리 처녀는 활발하다 못해 무척 당돌한 여자 같다. 묻지도 않았는데 그런 소리까지 해대며 킬킬거린다.
"하, 한무석입니다."
　무석은 허둥거렸다. 때마침 미순이라는 그 단발머리 처녀가

바가지를 건네주었으므로, 그걸 받아들자마자 서둘러 세면장을
빠져나왔다.
"아니, 한씨예요 하씨예요? 똑똑히 말을 해주어야 할 것 아니
우?"
"아니 정말 너 왜 그래? 미쳤어?"
그녀들의 목소리가 등뒤에서 들려왔다.

이 길로 줄곧 가면 임을 보겠네
거친 들 구부러진 큰 강을 건너
허이허이 가시나무 억새밭 지나
이 길로 줄곧 가면 임을 보겠네
—— 양성우, 「길」에서

5월 16일 12 : 00, 해진 포구

오월의 햇살이 바다 위로 쏟아져내리고 있었다. 수면의 잔물
결이 몸을 뒤척일 때마다 은빛 햇살들이 무수한 비늘로 눈부시
게 돋아났다가는 이내 다시 잘게 부서지기를 되풀이할 뿐 스치
는 바람결 하나 잡히지 않는 바다는 고요하기만 했다. 기이하리

만큼 깊게 가라앉은 바다의 그 정적이 오히려 수희(秀姬)의 가슴을 아까부터 답답하게 내리누르고 있었다.

수희는 까닭 모를 불안감을 애써 참아내며, 발치에 깔린 무성한 쑥 이파리를 잡아뜯어 입에 넣고는 질겅질겅 씹는다. 쑥은 썼고, 잇새로 잔모래가 지근거렸다. 그러나 수희는 그걸 뱉어내지 않았다.

도대체 왜 이럴까. 어째서 오늘은 모든 게 다 이 모양일까.

지금 이 순간, 뇌리에 떠오르는 그 어떤 생각, 어떤 영상과도 그녀의 감정은 좀체로 화해할 수가 없다. 눈앞에 보이는 세상의 모든 사물에 대해서조차도 수희는 마냥 불끈불끈 치솟는 어떤 적의 같은 것에 줄곧 시달리고 있었다..

그 엉뚱하기조차 한 적의와 분노에 사로잡힌 채, 수희는 바다를 노려보았다. 바다는 죽어 있는 것처럼 보였다. 선착장에 묶여 있는 낡은 배들도 죽어 있었다. 잿빛 등허리를 까놓고 엎드린 채 햇볕에 바래어가는 기슭의 개펄도, 그 개펄 위에 날개를 꺾고 구물거리는 몇 마리의 갈매기들까지도 이 순간 모두가 하나같이 죽어 있는 것만 같았다.

수희는 불현듯 열 손가락 모두를 곤두세워 그것들을 마구 후벼파고 싶었다. 둔중하게 정지해 있는 바다를, 잿빛 개펄을, 그리고 구물거리는 갈매기들의 그 더러운 날갯죽지들을 북북 찢어 발겨주고 싶었다. 우두둑. 순간 단단한 모래알들이 어금니에 씹혔다. 기어코 수희는 큭 울음을 삼키고 말았다.

수희는 어머니와 외숙모 쪽을 애써 외면한 채 고개를 수그리고 한동안 소리없이 울먹였다. 그러나 그녀를 울게 만든 건 슬픔이 아니었다. 시신이 되어서야 감옥으로부터 풀려나올 수 있었던 외조부 조양재 노인의 죽음이 새삼스레 애달파서라거나, 아니면 그 외조부의 한줌 뼛가루를 부둥켜안은 채 지금 자신의 곁에 맥놓고 주저앉아 있는 어머니와 외숙모 충도댁의 처량한 모습이 안쓰럽고 측은해서만도 아니었다.

수희를 울게 만든 건 정작 예의 그 알 수 없는 적의와 분노라고 해야 옳을지도 모른다. 당사자들인 그녀들에겐 아무런 선택권도 거부권도 주어지지 않은 채, 타의에 의해 일방적으로 결정되어버리는 그 얼토당토않은 운명의 부당성과 횡포에 대한 적의와 분노 말이다.

그러나 무엇보다도, 그 부당한 운명에 대항해서 싸울 힘도 용기도 애당초 자신들에게는 남아 있지 않다는 사실을 수희는 더더욱 참아낼 수가 없는 거였다.

수희는 조용히 고개를 들어 두 사람 쪽을 돌아다본다. 어머니와 외숙모는 여전히 말이 없다. 마치도 뭉툭한 질그릇처럼 두 여자는 똑같이 충혈된 눈길을 바다 쪽으로 멀리 풀어던져둔 채 그 자리에 굳어 있을 뿐이다.

어머니의 무릎 위엔 보자기에 싼 작은 상자가 놓여 있다. 어제 오후, 광주의 화장터를 나서던 그 시각부터 지금까지 그것은 줄곧 어머니 막단의 독차지였다. 그녀는 집요하리만치 그 상자에 집착했다. 광주 시외버스 정류장에서 해진(海津)행 버스를 거의 두 시간 넘게 기다리던 동안에도 그랬고, 버스 안에서도, 해진 포구에 닿아서까지도 그랬다. 그녀의 두 손은 필사적으로 그 보자기만을 움켜쥐고 있었다.

어느 땐가는 먼지 낀 버스의 차창 유리에 이마를 기댄 채 눈을 감고 있기에 잠이 든 줄만 알고 수희가 그 상자를 가만히 받아들

려고 했었는데, 어머니는 빼앗듯이 그것을 와락 움켜안는 것이
었다. 왈칵 달겨들기라도 할 기세로 쏘아보던 어머니의 충혈된
두 눈은 섬뜩하게 표독스러웠다. 그건 독기였다. 제 혈육을 빼앗
기고 나서 미쳐버린 들짐승의 눈알이 아마 저러리라 싶도록 그
짧은 순간 어머니의 두 눈엔 얼핏 살기마저 서려 있는 것 같았
다.

그러나 어머니는 한번도 울지 않았다. 적어도 어제 이후, 수희
는 그녀의 눈에 희미하게나마 떠오르는 눈물 방울 하나 보지 못
했다. 피를 나누어준 친아버지의 죽음 앞에서 그녀의 얼굴은 끝
내 돌덩이처럼 차갑게 굳어 있을 뿐이었다. 오히려 눈물샘이 다
마르도록 끝없이 훌쩍이고 있는 쪽은 외숙모 충도댁이었다.

수희가 그 소식을 맨 처럼 전해들은 것은 어제 오후 두시쯤,
간호사 기숙사로 돌아와서였다. 그 전날은 비번이었으므로, 순
천엘 다녀왔었다. 작년에 결혼한 오간호사를 만나보기 위해서였
다. 몇 달 전 만삭이 되어서야 직장을 그만둔 오간호사는 수희의
간호전문대학 선배였고, 결혼 전까지만 해도 수희와 같은 방에
서 지냈다. 그 사이 아들을 낳았다는 소식과 함께 언제건 꼭 틈
을 내어 얼굴이라도 한번 보여달라는 투정 섞인 전화를 수차 받
은 터였는데, 그 동안 미루기만 하다가 모처럼 용기를 냈던 것이
다.

그런데 하필이면 이날 어머니와 외숙모가 광주로 올라왔던 셈
이다. 대학병원 영안실에서 외조부의 시신을 단둘이 지키며 꼬
박 밤을 새웠다는 사실은 꿈에도 알지 못한 채 그녀는 오간호사
의 집에서 밤늦도록 깔깔거리며 호들갑을 떨고 있었던 것이다.

"이간호사, 어딜 갔다 오는 거야? 어제부터 찾는 전화가 여러

번 왔었는데."

"전화요? 누군데요."

저녁부터는 야근이었으므로, 미리 잠을 자둘까 하고 막 침대 속으로 기어드는 참인데 옆방의 선배 언니가 문을 열고 불쑥 들어왔다.

"근데 찾는 사람 직업이 묘하던걸. 교도관이라고 그러던데, 교도관이라믄 형무소에서 죄수들 지키는 간수 아냐?"

"교도관이라구요?"

처음엔 무슨 뚱딴지 같은 소린가 싶었다. 그런데 고향에서 어머니가 올라와 대학병원에서 기다리고 있다는 것, 더구나 거기가 영안실이라는 소리를 전해듣고 난 한참 뒤에야 수희는 어렴풋이 사정을 짚어낼 수 있었다.

수희는 그것이 외조부의 죽음을 의미함을 직감했다. 물론 교도소에 갇혀 있는 사람은 외조부 조양재 노인 혼자만은 아니었다. 그러나 작은외숙인 조성구와 외사촌오빠인 복만은 청주에 수감되어 있었고, 광주 교도소에 남아 있는 사람은 외조부 혼자였다. 삼 년 전 신문지상을 떠들썩하게 만들었던 낙일도의 그 일가족 간첩 사건으로 함께 체포되었던 사람들 중에서 아직까지 형기를 치르고 있는 사람은 바로 외가의 그들 세 식구뿐이었던 것이다.

수희가 대학병원으로 허겁지겁 달려가보니, 두어 시간 전에 외조부의 시신은 이미 화장터로 옮겨갔다고 했다. 영안실 직원을 붙잡고 그 위치를 알아낸 다음 택시를 잡아타고 화장터로 찾아갔다. 시 북쪽 외곽의 야산 기슭에 엎드려 있는 음산한 건물이었다.

얼핏 창고가 딸린 무슨 공장같이 여겨지는 그 회색 건물을 전에도 한두 번 본 적이 있었다. 31사단 부대 앞으로 뚫려 있는 도로가 그곳을 지나, 담양 병풍산 기슭까지 잇닿아 있었다. 전문대학 시절 수희네 서클은 이따금 의과대 학생들과 함께 등산을 가곤 했었는데, 병풍산을 오르기 위해 버스로 그쪽 길을 지난 적이 있었던 것이다. 그때는 그 건물이 화장터인 줄은 미처 몰랐었다.

유리문을 밀고 들어섰을 때, 수희는 복도 끝 긴 나무 의자에 우두커니 주저앉아 있는 어머니와 외숙모의 모습을 발견했다. 복도는 어둡고 음습했다. 엊그제 내린 비 탓인지 물기를 머금은 눅눅한 공기가 스멀스멀 얼굴로 번져왔다. 그 눅눅한 공기 속에 섞여 있는 야릇한 냄새. 짙은 석유 내음 속에서도 뚜렷하게 분간해낼 수 있는 그것은 바로 죽음의 냄새였다.

가벼운 현기증에 비칠거리며 수희는 다가갔다. 어머니의 여윈 손은 장작개비처럼 거칠고 딱딱했다.

"인제사 왔구나……"

힘없이 고개를 돌려 초점 잃은 시선으로 한동안 멀거니 이쪽을 올려다보고 있던 어머니는 다만 그 한마디를 뇌까렸을 뿐이었다. 거의 일 년 만에 대하는 딸과의 해후치고는 한없이 밋밋하고 딱딱했다. 그러나 그것이 수희에겐 전혀 이상스레 여겨지가 않았다.

외숙모 충도댁은 수희의 손을 움켜쥔 채 새삼스레 또 울음이 북받치는 눈치였다. 어머니와는 달리 그녀의 붉게 부어오른 눈두덩에선 금방 물기가 질겅였다. 하지만 수희 역시 왠지 울음이 나오지 않았다. 눈물은커녕 슬픔이나 안타까움 같은, 그런 상황이라면 당연하게 준비되어 있어야 할 느낌조차도 어찌 된 까닭인지 얼른 떠올라주질 않았다.

외조부의 시신은 이미 화구 안으로 들어가버린 지 오래였다. 흰 페인트칠을 한 목제 가리개 너머로 불을 일으키는 듯한 기계의 소음이 끊임없이 들려오고 있었다.

"어떻게 된 거예요. 엄마."

어머니 곁에 앉으며 수희는 물었다.

"그저께 밤중에 낙일도로 전보가 왔드라. 그래서 어저께 새벽 첫 배를 타고 느그 외숙모랑 둘이 올라와서 교도소로 가봤등마는, 벌써 대학병원으로 옮겨갔다고 안 그러냐. 병원으로 가본께, 이미 영안실에다가 치워놨드라."

어머니는 마치 남의 애기를 하듯, 전혀 감정이라곤 묻어나지 않는 음성으로 느릿느릿 뇌까렸다.

"어쩌다가 이렇게 급작스레 돌아가셨대요, 외할아버진?"

"나도 모르겠다이. 교도관이라는 사람이 줄곧 우리를 따라댕기드라만, 그 사람 애기로는, 칠십이 넘은 노인네라 워낙 몸이 쇠한 데다가 며칠째 끼니를 끊은 것이 화가 되어서 심장마비로 돌았다고……"

"끼니를 끊었어요? 그럼, 단식을 하셨다는 말예요?"

수희는 놀라서 되물었다.

"그랬다는구나. 무슨 영문인지 몰라도 사나흘째 수저엔 손도 대지 않고 그대로 밥을 물리시곤 했다지 뭐냐. 까닭을 물어봐도, 그저 밥맛이 없어서 그런다고만 할 뿐 별애기도 없더란다…… 후우. 살기가 싫으셨던 게지. 하기사 이놈의 세상, 그 나이에 그 험한 꼴을 당하고서야 무슨 기대가 더 남아 있어서 살고 싶으셨을라디야……"

"어쩌면, 그럴 수가……"

"아침에 자리에서 늦게까지 안 일어나고 누워 있길래, 같은 방을 쓰고 있는 다른 죄수가 그만 일어나라고 흔들어보니, 몸이 차디차게 식어가고 있드란다. 그래도 숨은 아직 붙어 있는 것 같아서 교도소 직원들이 급히 대학병원으로 옮겼다는디…… 의사가 들여다본께 병원으로 오는 도중에 숨이 다 가불고 말았드라지 뭣이냐."

"그럼 임종하는 사람도 없이……"

"임종이 다 뭣이냐. 영안실이란 데를 들어서서 본께로, 느그 외조부님 혼자만 쓰레기 치우디끼 한쪽 구석데기에, 그것도 맨바닥에다가 헝겊 한 장씩만 깔고 덮어서 그대로 내버려두었드란 말이다. 세상에, 인정머리라곤 눈곱만큼도 없는 인간들 같으니라고……"

그 말을 할 때에도 어머니의 얼굴엔 별다른 감정의 흔적이 드러나질 않았다. 거의 탈진해 있는 탓인지, 눈빛이며 표정, 목소리 모두가 한결같이 허옇게 표백되어 있는 것처럼 여겨질 뿐이었다.

나무 가리개 뒤쪽에서 화부인 듯한 사내 하나가 러닝 셔츠만 걸친 차림으로 모습을 드러냈다. 작고 마른 몸집이었으나, 사내의 근육질 어깨와 목덜미에는 기름인지 땀인지 모를 윤기가 기묘하게 번들거리고 있었다.

"아저씨, 인자 다 끝났으까라우?"

어머니가 벌떡 일어나 사내에게로 다가갔다.

"츳, 끝나기는! 송장을 태우기만 하면 뭣 한다요? 뼛가루는 안 가지고 갈라고 그러시요?"

사내는 대뜸 퉁명스레 내쏘고는 등을 돌리려 했다. 그런 사내의 코앞에, 놀랍게도 어느 틈에 준비했던 것인지, 어머니는 담배 한 묶음을 들이밀었다.

"아까도 부탁디렸습니다마는, 어짜든지 뼛가루는 지발 곱고 몽글게 뽀수아주시요이, 예에?"

"앗따, 염려 말랑게 그러시요이. 사람 더워 죽겄구마는, 자꼬 성가시게!"

사내는 담뱃갑을 휙 잡아채더니, 그걸 손끝으로 덜렁덜렁 흔들어대며 복도 끝에 붙은 방 문을 열고 사라져버렸다.

어머니가 다시 의자로 돌아왔을 때, 수희는 혼자서 먼저 복도를 빠져나오고 말았다. 가슴이 터질 듯 답답해왔고 머릿속이 욱신거려 견딜 수가 없었다. 더 이상 그 자리에 남아 있다가는 기어코 눈물이 터지거나 발작처럼 마구 고래고래 비명이라도 내지르고 말 것만 같았다.

건물 뒤뜨락 한쪽엔 철늦은 백목련 한 그루가 가지 끝에 마지막 꽃이파리들을 간신히 매단 채 서 있었다. 돌보는 손길이 없어서인지, 황폐한 화단엔 잡초만 무성하니 우거져 있었다. 화장터에 백목련이라니. 뭔가 어울리지 않는다는 느낌에 수희는 작게 코웃음을 쳤다. 벌써 오래 전에 시들어버린 그 넓적한 꽃이파리의 거무칙칙한 빛깔이 걸레쪽처럼 더럽고 추악해 보였다.

화단 끝에 사내 하나가 엉덩이를 걸치고 앉아 담배를 피워물고 있었다. 감색 제복 차림의 그 사내가 어쩌면 전날 기숙사로 전화를 했는지도 모른다는 생각이 들었다.

한 시간이 조금 더 지났을까. 이윽고 어머니와 외숙모가 복도를 빠져나왔다. 어머니의 손엔 보자기로 싼 작은 상자 하나가 들려 있었다.

"여기 인장을 찍어주십시오. 인수증입니다."

그때까지 화단 주변을 서성거리고 있던 예의 그 제복 차림의 사내가 다가오더니 인주곽과 종이 한 장을 한꺼번에 들이밀었다. 어머니는 말없이 엄지에 붉은 인주를 묻혀 눌러주었다.

"무척 마음이 아프시겠습니다, 아주머니. 나도 먹고 살라고 이런 일을 하고 있습니다만, 사람으로서는 못할 짓이구만요. 그럼."

사내는 혼잣말처럼 그렇게 웅얼거리고는 이내 휘적휘적 뜰을 질러 사라져버렸다.

"이젠 어쩌죠 엄마."

"어쩌기는. 낙일도로 내려가야제. 어쨌거나 당신이 나서 평생을 보낸 고향 땅인디, 뭐가 무서워서 못 간단 말이냐."

어머니는 묻지도 않는 말까지 따지듯 되물었다.

세 사람은 묵묵히 화장터 마당을 걸어나오기 시작했다. 정문으로 이어진 계단에 이르렀을 때, 웬 사내가 수위실 문을 열고 불쑥 모습을 드러냈다. 짧은 머리에 단단한 몸집을 가진 중키의 사내였다. 사내는 그녀들이 앞을 지나칠 때까지도 당돌하고 거침없는 시선으로 줄곧 이쪽을 유심히 뜯어보고 있었다. 사람의 옷을 벗겨내기라도 하려는 듯한 그 기분 나쁜 눈빛을 수희는 문득 어디선가 본 기억이 있다고 느꼈다.

"여보게, 막내고모. 저기 저 사람이 혹시?"

외숙모 충도댁이 돌연 허둥거리면서, 헐떡이듯 속삭였다.

"맞소 성님, 최달식인가 뭔가 허는 형사놈인 줄 첫눈에도 알겠소. 최판돌이의 자식이라는 그놈 말이라우."

어머니는 고개를 돌리지 않은 채 냉정하게 대답했다. 그녀는 이미 알고 있었던 것이다.

'그래, 맞아. 바로 그 사람이야. 그때 그 자리에 왔었던……'

수희는 그제서야 기억을 더듬어내었다. 재작년이던가, 완도 지역 향우회라는 단체에서 주는 장학금을 수희 자신도 한차례 받은 적이 있었다. 대학 졸업반 때였다. 고향 관내 출신으로서 광주에 진학한 학생들 가운데 몇 명을 선발하여 해마다 약간씩 의 돈을 장학금조로 지급한다고 했는데, 전혀 뜻밖에 수희도 그 대상자에 포함되어 있었다. 금남로 어느 중국음식점 이층에서 열린 그 수여식엔 꽤 많은 사람들이 참석했었는데, 바로 조금 전 그 사내의 얼굴도 거기에 끼여 있었던 것이다.

그러나 그의 직업이 형사인 줄은, 무엇보다 최판돌의 아들이 었다는 사실은 전혀 몰랐었다. 그 악명 높은 최판돌에 대한 소문 은 수희도 조금은 알고 있었다. 그러고 보니, 삼 년 전의 그 사건 으로 갑포리 외가가 완전히 쑥밭이 되다시피 했을 때, 최판돌의 아들이 수사에 한몫을 했다는 이야기를 들은 기억이 떠올랐다.

그자가 바로 저 사람이었구나. 그런데 저 사람이 왜 여기 나타 난 것일까. 삼 년이 지난 지금까지도 우리들 뒤를 추적해야만 할 무슨 까닭이 아직 남아 있다는 말인가. 그런 꺼림칙한 의문이 얼 핏 수희의 뇌리를 스쳤다.

"저 작자가 어째서 또 눈에 뵐까, 막내고모."

"낸들 그걸 아오. 사냥개맨키로 무신 냄새라도 맡아볼까 하고 나타났능갑제라우. 개새끼 같은 놈. 온 집안 식구를 사그리 붙잡 아다가 징역살이를 시켜놓고도 모자라서, 아직까장 우리 식구들 뒤를 밟아댕긴단 말이여? 대관절 저하고 우리하고 무신 철천지

원수가 졌간디."

어머니 막단은 앞장서 걸으면서 분을 깨물며 식식거렸다. 그러다가 끝내 참지 못하겠는지, 몸을 휙 돌이키며 소리를 지르는 거였다.

"오냐 이놈, 이리 한번 와봐라이! 네놈들이 삼 년 전에 고정간첩이라고 형무소에 집어넣은 칠순 노인네가 이렇게 송장이 되어가꼬 뼉다구로 나왔응게, 어디 한번 네 눈구녕으로 똑똑히 확인해보란 말이다이. 그래도 억울하고 못 믿겠으면 감옥에다가 도로 넣어보란 말이여! 놔라이. 이것 놓으랑께."

엉뚱하게도 어머니는 마구 고함을 질러대고 있었다. 유골이 든 상자를 두 손으로 움켜쥔 채 금방 되쫓아갈 기세로 버둥거리는 그녀를 말리느라고 수희는 외숙모와 둘이서 잠시 진땀을 빼야 했다.

그러는 동안에도 사내는 계단 위에 혼자 버티고 서 있었다. 팔짱을 낀 채 재미있는 구경거리라도 되는 양 태연히 이쪽을 지켜보고 있는 그 사내의 모습이 수희는 불현듯 소름이 끼치도록 징그럽고 무서웠다.

시외버스 정류장에 도착했을 때, 해는 뉘엿뉘엿 저물기 시작했다. 한 시간 반 간격으로 운행하는 해진행 직행버스는 아무 이유 없이 한차례를 건너뛰었고, 덕분에 그녀들은 먼지와 소음으로 가득 찬 대합실 한쪽에 쭈그려 앉아 두 시간을 지루하게 기다려야 했다.

남동생 수길이가 자취하고 있는 집에 전화를 해야 하지 않겠느냐며 수희가 일어서려 했을 때 어머니 막단은 한사코 그녀를 막았다.

"놔둬라. 그 아이한테는 지금껏 일부러 연락을 하지 않았느니
라."

"그렇지만 얼굴이라도 보고 내려가야 할 것 아녜요? 수길인 외
할아버지가 돌아가신 줄도 모르고 있을 텐데."

"모르고 있는 편이 차라리 낫다. 어차피 언젠가는 알게 되겠지
마는, 철모르는 어린 것한테까지 무담시 상처를 줄 필요는 없다
이. 즈이 외조부가 간첩질했다는 억지 누명을 쓴 채로 형무소에
서 눈을 감았다는 소식을 들으면 아무리 어린 놈 속인들 어찌 편
하겠냐? 아서, 놔둬라이. 그냥 저 모르는 사이에 이렇게 슬쩍 왔
다가 내려가게 된 것이 다행이여. 여름 방학이 되면 금방 내려
올 것이고."

수희의 하나뿐인 남동생 수길은 낙일도에서 중학교를 마친
뒤, 금년 봄부터는 광주로 올라와 고등학교에 다니고 있었다. 조
선대학교 정문 근처에 방 한 칸을 얻어, 정민이라는 친구와 자취
를 하고 있었다. 정민은 화포리에서 고무신집을 하는 천진수씨
의 외아들인데, 그 아이 역시 광주에 있는 고등학교로 진학을 했
던 것이다.

어머니의 심정을 조금은 헤아릴 수 있을 것도 같았으므로, 수
희는 수길에게 알리는 것을 단념했다. 대신 그녀는 병원으로 전
화를 걸어 수간호사에게 간단히 사정 얘기를 전하고는, 이날 야
간 근무를 다른 사람과 바꿔달라고 부탁했다. 어머니는 병원으
로 돌아가라고 한사코 성화였지만, 아무래도 해진 포구까지만이
라도 동행해드려야 할 것 같아서였다. 그러자면 어차피 거기서
하룻밤을 묵을 수밖에 없었다. 하루 두 차례뿐인 낙일도행 객선
편은 이미 끊어진 지 오래일 터였다.

막차를 타고 해진에 도착한 것은 밤 아홉시가 넘어서였다. 쿵쾅거리는 고물 버스를 타고 비포장 도로에서 무려 서너 시간을 시달린 통에 그녀들은 거의 기진맥진한 상태였다. 더구나 세 사람 모두 저녁까지 굶은 처지였다. 포구엔 바람이 간간이 일고 있었다. 그녀들은 그곳의 단 하나뿐인 여인숙 방 하나를 잡아들었다. 길 쪽으로 가게를 달아내어 술집을 겸하고 있는 낡은 한옥 건물이었다.

식당은 문을 닫았다면서 주인여자가 라면 세 봉지를 끓여주었으므로 그녀들은 그걸로나마 허기를 채웠다.

"수희야, 짐승만도 못한 이년의 창시 조까 봐라이. 원통하게 눈을 감은 제 시아부지를 옆에 모셔두고도 밥 두 끼 굶었다고 걸귀같이 허덕허덕 처먹고 있으니, 대체 이것이 무신 꼴이다냐. 아이고오."

후룩후룩 소리를 내어가며 국물을 떠먹다 말고, 외숙모 충도댁은 새삼스레 콧구멍을 쿵쿵거리며 눈물을 찍어냈다.

수희가 수챗가에서 대충 손발을 씻고 방으로 들어와보니, 어느새 어머니와 외숙모는 두 홉들이 소주병을 앞에 놓고 마주앉아 있었다. 소주를 홀짝이다 말고 외숙모는 연신 혼자 넋두리를 되새김질했고, 어머니는 시종 예의 그 굳은 표정으로 한숨만 내쉴 뿐이었다.

수희는 먼저 이부자리를 편 뒤, 그녀들 쪽으로 등을 돌린 채 누워버렸다. 전신이 쇳덩이처럼 무겁고 피곤했지만, 잠이 쉬 올 것 같지가 않았다. 여인숙 방은 비좁고 더러웠다. 때와 먼지에 전 벽지는 추레하니 바랬고, 낡은 비닐 장판 여기저기엔 담뱃불 자국투성이였다. 바로 옆방에선 화투를 치는 듯한 사내들의 거친 음성이 들려왔다.

수희는 담요 자락을 머리 끝까지 뒤집어쓰고 눈을 감았다. 외조부의 깡마른 얼굴이 눈앞에 떠올랐다. 수희는 외조부를 무척 따랐다. 어렸을 때 여러 해 동안을 외가에서 보낸 탓인지도 모른다. 바람기가 다시 도진 아버지가 새 여자를 얻어 완도읍에 살림을 차려놓고는 아예 거기에 눌러앉기 시작했을 무렵부터 어머니는 수희를 외가에 데려다놓고 육지를 오가며 옷감장사를 다녔던 것이다. 일찍이 홀로 된 시어머니의 손에 남매를 한꺼번에 맡겨두기가 어머니로서는 미안했으리라.

외조부는 자상한 어른이었다. 유난히도 수희를 귀여워해서 이따금 손수 등에 업고 갯가며 밭둑을 거닐며 바람을 쏘여주시곤 했었다.

"아이구, 우리 눈보. 또 눈물이 그렁그렁해지는구나. 원, 눈이 저리 크니 겁이 많을 수밖에. 쯔쯧."

외조부는 수희를 곧잘 눈보 겁쟁이라고 불렀다. 그때까지만 해도 턱수염을 길게 기르고 있어서 수희는 그 염소 꼬리 같은 수염을 손가락으로 잡아당기곤 했었는데, 그 때문에 외할머니한테 매를 맞기도 했었다. 그만 해둬. 어린아이가 무얼 안다고 그러는 거여. 그럴 때마다 우루루 쫓아나와서 덥석 안아 빼앗아가곤 하던 외조부의 얼굴을 떠올리다가 수희는 코끝이 찡해오고 말았다.

그런 그 어른이 지금은 저 작고 볼품없는 나무 상자 속에 허연 뼛가루 몇 줌으로 변해 자신의 머리맡에 놓여 있다는 사실이 수희는 믿어지지 않았다.

정말이지 어쩌다 이렇게까지 되고 말았을까. 불과 삼 년 사이에 이토록 한 집안이 송두리째 파멸해버릴 수도 있는 것인가. 수희는 어금니를 꼬옥 깨물었다.

삼 년 전인 1977년 겨울, 고향 낙일도에서 그 엄청난 사건이 벌어지고 있을 무렵 수희는 광주에 있었다. 늦게야 갑포리 외가에 대한 그 소문을 전해들었지만, 수희는 막상 고향으로 내려가고 싶지가 않았다. 두려움 때문이었다. 죽은 줄만 알았던 큰외숙 조성태가 북에서 몰래 내려와 수차 고향집을 들락거렸었다는 사실도, 또 큰외숙과 만나고 있었으면서도 외가 식구들이 줄곧 그것을 숨겨오고 있었다는 것도 수희로서는 믿어지지가 않았다. 지금껏 텔레비전 연속극이나 반공 영화에 나오는 케케묵은 얘기쯤으로 여겨왔던 일이 실제로 자신의 가장 가까운 주변에서 일어났다는 게 생판 거짓말만 같았다. 그러던 어느 날 저녁, 우연히 기숙사 휴게실에서 텔레비전 뉴스를 보다가 수희는 마침내 외가 식구들의 얼굴을 확인해야만 했던 것이다.

'낙일도 일가족 고정간첩망 일망 타진. 월북했다가 최근 남파된 아들과 수차례 접선, 암약해오다가 주민의 신고로 개가를 올림.'

그런 놀라운 내용의 자막이 벌레들처럼 구물구물 기어 지나가고 그와 함께 낯익은 외가 식구들의 얼굴 사진이 하나하나 차례로 나타났다. 조양재—70세, 간첩 조성태의 아버지. 천순금—69세, 조양재의 처. 조복만—25세, 조성태의 아들. 김업득—51세, 조성태의 처. 조성구—49세, 조성태의 동생.

그외에도 수희의 외사촌올케인 상수 엄마, 그리고 외가 쪽의 가까운 친척 몇 사람의 이름도 끼여 있었다. 순간 수희의 손에 들려 있던 콜라잔이 탁자 바닥에 떨어지며 깨어졌고, 하얗게 입술을 떨면서 쓰러지는 수희를 보고 동료들이 비명을 지르며 달려왔다.

그건 외가 식구들 거의 전부였다. 그들 모두가 일가족 고정간첩단이라는 어마어마한 죄목을 달고 한덩어리로 묶여져 있는 것이었다. 자기 이름조차 쓸 줄 모르는 외할머니 그리고 외숙모까지도……

외조부의 혈육 가운데 빠진 사람이라고는 단 두 사람. 일송리로 시집을 갔다가 아주 오래 전에 실성기를 얻어 집을 나간 뒤로 아직까지 행방을 모르는 큰이모 귀단, 그리고 수희의 어머니 막단, 바로 그 둘뿐인 셈이었다.

두어 달 후 수희는 신문에서 또다시 외가 식구들에 관한 재판 결과를 읽었다.

외조부에겐 징역 칠 년, 작은외숙 조성구에겐 십오 년, 그리고 외사촌오빠 복만은 무려 이십 년 형이 선고되었다고 했다. 그나마 다행이라면 외할머니와 외숙모, 올케가 집행유예로 풀려난 일이었다. 그러나 그 모든 불행의 원인이었던 큰외숙 조성태는 끝내 검거되지 않았다.

하지만 그것으로 외가의 파멸이 완성된 건 아니었다. 고향으로 돌아온 얼마 후 외할머니는 끝내 시름시름 앓다가 숨을 거두었고, 작은외숙의 식솔들은 어느 날 소리없이 고향을 뜨고 말았던 것이다. 남은 건 외숙모, 그리고 올케와 그녀의 두 살 난 아들 상수뿐이었다. 그러다가 그해 가을, 외숙모가 올케의 등을 억지로 떠밀다시피 해서 개가를 시켰다는 소문이 들렸다. 스물이 갓 넘은 어린 며느리를 자그마치 이십 년 동안이나 억지 생과부로 살게 할 수는 없다며, 외숙모 손수 혼처를 수소문한 끝에 강진

마량 부근 어디에 살고 있다는 홀아비에게 시집을 보냈다는 거였다. 그리하여 결국 지금은 외숙모 혼자서 다섯 살짜리 손주 상수를 데리고 갑포리 외가를 지키고 있는 셈이었다.

그것이 불과 삼 년 동안에 벌어진 일이었다. 그리고 이제 외조부가 감방에서 쓸쓸히 숨을 거두고 말았다. 한마디 유언도, 임종해주는 피붙이 하나도 없이 외조부는 일흔셋의 나이를 혼자 부둥켜안은 채 떠나버렸다.

"감옥에 있는 작은외숙과 복만오빠는 이 사실을 알고나 있을까…… 아아, 불쌍한 외할아버지. 가엾은 분……"

수희는 이불 속에서 소리 죽여 오열했다. 비로소 눈물이 철철 쏟아져내렸다. 그런 어느 참엔가 수희는 깜박 선잠이 들었다. 잠결에 수희는 술 취한 외숙모가 끊임없이 주절주절 늘어놓는 넋두리를 들었다. 간간이 어머니의 한숨 소리도 섞여나왔다. 두 여자의 넋두리와 한숨 소리는 마침내 여인숙 주인사내가 달려나와 문을 두드리며, 당장 그치지 않으면 내쫓겠다고 엄포를 놓을 때까지 계속되었다. 그리고 그때부터 수희는 정신없이 혼곤한 잠 속으로 곯아떨어져버리고 말았다.

문득 바다 쪽에서 요란한 유행가 가락이 터져나온다. 수희는 고개를 들어 그쪽을 바라보았다. 저만치 포구의 오른쪽 산모퉁이를 돌아 하얀 칠을 한 배 한 척이 마악 모습을 드러내고 있었다. 노랫소리는 그 배의 확성기로부터 울려나오고 있었다. 수희는 그것이 바로 낙일도에서 오는 객선임을 깨달았다. 그 배는 해진 포구에서 한 시간쯤 정박했다가, 손님들을 태우고 이번엔 다시 낙일도를 향해 출발할 것이다.

"배가 왔나봐요, 엄마."

　수희는 저려오는 다리를 손으로 매만지며 말했다. 어머니는 대답 대신 말없이 객선 쪽으로 시선을 던져둔 채 앉아 있을 뿐이다. 외숙모는 손가락에 담배를 들고 있었다. 그녀는 어제부터 줄곧 담배를 피워댔다. 전에는 그런 모습을 본 기억이 없었는데, 아마 집안이 그 지경이 된 후로 배우기 시작한 모양이라고 수희는 짐작했다.

　그 사이에 객선은 포구에 닿았다. 승객들이 한꺼번에 잔교로 쏟아져내리기 시작하고 있었다. 그녀들이 앉아 있는 제방과는 꽤 먼 거리라서 자세히 분간할 수는 없었지만, 필시 그들은 대부분 낙일도 사람들이리라. 불현듯 어머니가 상자를 바싹 움켜쥐며 어깨를 움츠리는 걸 수희는 느꼈다. 어머니의 시선이 갑자기 불안하게 허둥거리고 있었다. 그래. 어머니는 고향 사람들의 시선이 두려운 거야. 수희는 입술을 깨물었다.

　"간첩 조성태의 아비가 징역살이 도중에 죽어서 송장으로 돌아왔다등만."

　"송장이 다 뭣이당가. 화장을 해가꼬 뼛가루만 챙겨가지고 왔다든디."

　수군거리는 섬사람들의 목소리. 거리낌없이 구경거리를 훑는 비정한 눈초리들이 눈앞에 훤히 보이는 것만 같았다. 그건 무섭고 잔인한 일이었다.

　문득 어머니가 자리에서 몸을 일으켰다. 보자기를 외숙모에게 내맡긴 그녀는 무엇 때문인지 포구 쪽으로 혼자 바삐 걸음을 옮기기 시작하고 있었다.

　"어딜 가는 거예요, 엄마."

　수희의 다급한 물음에 대꾸도 없이 그녀는 상가 쪽으로 사라지더니, 잠시 후 무엇인가를 손에 들고 다시 나타났다. 소주병 하나와 사과 두 알이 비닐봉지 속에서 내비쳤다.

"또 술을 마시려구 그러는 거예요? 배 떠날 시각이 얼마 안 남았는데."

수희가 짜증스레 내뱉었지만, 어머니는 외숙모로부터 상자를 받아들더니, 이번엔 맞은편 야산 쪽을 향하고 제방 위로 난 길을 성큼성큼 앞장서 걷기 시작했다.

"대관절 어딜 가려는 거예요?"

"잠자코 따라온나. 가보면 알 것이니께."

어머니는 뒤도 안 돌아보고 걸음만 옮겼다. 외숙모는 뭔가 이미 짐작하고 있는 듯한 표정을 하고 묵묵히 뒤를 따르고 있었다. 수희는 영문을 모른 채 따라갔다.

제방은 포구의 좁은 만을 가로질러 맞은편 산과 이어져 있었다. 맞은편에 바라다뵈는 산은 제방이 만들어지기 전까지는 섬이었다. 말하자면 그 높다란 제방으로 인해 포구 안쪽으로 꽤 넓은 간척지가 생겨난 셈이다.

세 사람은 제방 끝에 다다랐다. 수문의 안쪽 개펄에서 아낙네 몇이 치마를 허리까지 걷어올린 채 조개를 건져올리고 있다. 어머니는 수문 위를 지나서 다시 건너편 해안 기슭으로 내려서더니, 이윽고 걸음을 멈추었다. 뒤켠으로 야트막한 바위 절벽이 버티고 서 있는 자리였다.

어머니는 물가에 박혀 있는 조금 평평한 바위 위에 자신의 흰 손수건을 꺼내어 펼쳤다. 그리고는 그 위에 유골이 담긴 상자를 내려놓고 다시 그 앞에 소주병과 두 알의 사과 그리고 마른 피문어 한 마리를 나란히 올려놓았다.

“수희야, 너도 이쪽으로 와서 절을 올리거라. 이 세상에서 느그 외할아부지를 마지막으로 뵙는 자리여.”

어머니의 음성이 떨려나왔다.

“설마 그럼……”

수희는 놀라 어머니를 쳐다보았다.

“이대로 낙일도에는 못 간다. 느그 외할아부지를 어떻게…… 이꼴을 하고 고향 땅에 뫼신단 말이냐. 우리가 화장을 시키라고 허락을 했을 때에는, 첨부터 이럴 작정을 했었더니라.”

“아무리 그렇다고, 어떻게 어머니 마음대로…… 친척들 얘기도 안 들어보고 이렇게 할 수가 있어요?”

수희는 믿기지 않아서 어머니와 외숙모를 번갈아 쳐다보았다.

“친척들이라니, 허, 모르는 소릴랑 하지 말어라. 아무도 없다. 이젠 우리 조씨 집안엔 일가붙이도 핏줄도 없어져버렸단 말이다 이. 하던 일 놓고 느그 외할아부지를 장사지내주겠다고 달려와 줄 사람이 누가 있단 말이냐. 아들 하나 잘못 낳은 죄로, 빨갱이 집안이라고 너나없이 등을 돌리는 판에, 어느 누가 우리를 반갑 게 맞아줄 사람이 있었냐. 봐라. 전보를 받고도 어째서 나랑 느 그 외숙모, 이렇게 두 사람만 광주로 올라왔겄냐. 행여 누가 눈 치라도 챌까봐 도둑질이라도 하는 것맨키로 우리 둘만 달랑 쫓 아올 까닭이 뭣이겄냔 말이여. 그것이 세상 인심이여. 낙일도 땅 인심이 그렇게 변해부렀어…… 하기사 따지고 보면 남들 탓할 게 눈곱만치도 없제. 어쨌거나 그 동안 느그 외갓집 덕분에, 가 깝든 멀든 일가친척이라는 죄로 무조건 싸잡아서 빨갱이 소리를 듣기도 했고, 또 더러는 엉뚱하게 의심을 받아 잡혀가서 엉뚱한 욕을 본 사람들이 한둘이 아니었으니 말이다. 오히려 그 사람들

한테 지은 죄를 우리가 어떻게 다 갚아야 할지 모르는 형편이
여…… 그런디, 어떻게 느그 외할아부지를 모시고 가겄느냐이.
못 간다. 이런 꼴을 해가지고서야 고향엔 다시 못 간단 말이
여…… 내가 그러자는 것이 아니다. 시방 내 가슴속에 느그 외
할아부지가 들어앉아가꼬, 이렇게 내 발길을 붙잡아놓고 한사코
못 가게 한단 말이다아……"
　어머니의 목쉰 넋두리는 차츰 느린 타령조로 바뀌어가기 시작
했다.
　그녀들은 유골이 든 상자 앞에 재배를 올렸다. 절도 마치기 전
에 외숙모가 허억, 통곡을 터뜨리며 주저앉았다. 수희도 함께 오
열했다. 그래도 어머니는 넋 빠진 사람처럼 멀거니 서 있기만 했
다. 한바탕 울음을 쏟아낸 다음, 수희는 옷매무새를 고쳤다. 난
데없는 울음 소리에 놀랐는지, 수문 쪽에서 조개를 건져올리고
있던 아낙네들이 쑥덕이며 이쪽을 바라보고 있었다.
　어머니는 보자기를 풀고 상자 뚜껑을 열었다. 떨리는 손으로
한줌을 떠내어 물 위에 흩뿌렸다. 외숙모는 아예 털버덕 주저앉
아 와이고 와이고, 몸부림을 치기 시작했다. 어머니가 말없이 상
자를 수희 앞으로 내밀었다. 수희는 그것을 받아 안고 바위 끝으
로 한 발 나아갔다. 가루는 축축하고 무거웠다. 수희는 그것을
천천히 뿌렸다. 연회색의 분말이 수면 위로 소리없이 퍼져나가
기 시작했다.
　"부디부디 편히 눈을 감으십시요, 아부지이. 서럽고 원통한 일
들일랑 다 잊어버리시고, 깊고 푸른 바다 밑에서 이리저리 떠댕
기면서 온 세상 두루두루 구경도 하시다가, 가끔은 고향 땅에도
찾아오고 그러시요이…… 차라리 돌멩이나 풀뿌리 같은 것으로

환생하실망정 다시는 이 몹쓸 놈의 세상에 사람으로는 태어나시
지 마시요. 아부지이. 불쌍한 우리 아부지이……"
　참고 참았던 울음이 기어코 어머니 막단의 목구멍에서 한꺼번
에 쏟아져나오기 시작했다. 언제까지라도 이어질 것만 같은 그
울음을 수희도 외숙모도 말리지 않았다.

"엄마, 맘을 굳게 잡수셔야 해요. 그러다가 엄마랑 외숙모까지
쓰러지실까봐 걱정이에요."
"염려 말거라. 그나저나 직장을 오래 비워놨으니 수희 너가 어
째야 쓸거나. 돌아가거들랑 윗사람들한테 말씀 잘 드려야 한다.
참, 수길이네 자취방에도 자주 들러보고 그래라. 김치 안 떨어지
도록 살펴보고. 알았제?"
　배에 오르면서도 어머니는 몇 번이나 수희에게 당부했다. 배
난간에 기대어 퉁퉁 부은 눈으로 바라보고 있을 두 사람의 충혈
된 시선을 등뒤로 느끼며, 수희는 버스 정류장을 향해 걸음을 옮
기기 시작했다.
　부우웅.
　출항을 알리는 뱃고동 소리가 길게 꼬리를 끌며 울려나오고
있었다. 수희는 뒤를 돌아보지 않았다. 자꾸만 눈물이 터지려 했
다. 저만치 광주행 버스가 보였다.

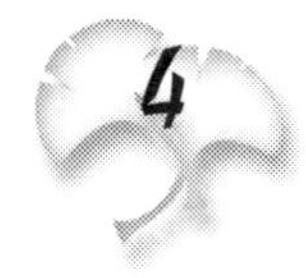

어제는 죽은 아비 때문에 울었습니다.
오늘은 죽은 오라비 때문에 웁니다.
내일은 혼자 남은 어미가 울겠지요.
── 송기원, 「솔바람」 전문

5월 16일 14 : 00, 산수동 오거리

늦은 점심을 먹고 난 원구는 뜨락으로 나와 담배를 피워물었다. 이제 겨우 두시가 넘은 시각인데도, 벌써 그늘이 마당의 거의 대부분을 뒤덮고 있었다. 마당을 사이에 두고 안채와 마주하고 있는 이층 점포 건물 때문이었다.

멋대가리라곤 전혀 없는 그 벽돌 건물이 들어선 이후로 마당은 늘상 햇볕 구경을 하지 못해 음습하고 썰렁했다. 한여름엔 큰길 쪽으로 뚫린 바람통을 막아 숨도 쉬기 어려울 정도의 한증막이 되어버리고, 겨울이면 그나마 노루 꼬리만큼씩 기어들던 햇볕 마저 슬그머니 마당을 비켜가버리고 마는 것도 모두 그 건물 때문이었다.

원구는 맞은편 이층 점포를 올려다보았다. 페인트칠이 바래어 여기저기 벗겨져나간 자국이 을씨년스레 도드라져 보였다. 새로 세들어 올 사람이 이사를 오기 전에 건물 외벽도 어차피 도색 작업을 해주어야 하리라. 23일이 잔금 지불일이니 일주일 가량 남은 셈이었다.

"큰길 쪽에다가 사무소를 내야 하는 것인디, 시일은 오살나게 촉박하고, 나와 있는 점포는 왼통 없어논께 어떡하겠소? 할 수 없이 이리로 정하기는 했습니다마는, 일단 임시로 계약 기간 일 년만 채우고 나면 다른 디로 옮길 작정이니께, 그쯤 미리 알고 계십시오."

새로 세들겠다고 찾아온 그 삼십대 후반의 사내는 누구한텐가 억지로 등을 떠밀려 들어오기나 한 듯한 투로, 첫마디가 그랬다. 오거리 큰길이 바로 코앞에 내려다보이긴 하지만, 십여 미터 정도 골목 안쪽으로 들어와 있다는 불리한 위치 조건 때문에 사업상 지장이 막심할 게 뻔하다는 따위의 걱정을 몇 번씩이나 되풀이하는 바람에 은근히 속이 뒤틀렸지만, 그래도 원구는 짐짓 웃는 낯을 지어보였다. 실상 점포를 내놓은 지 여러 달이 지나도록 세를 들어올 마땅한 임자가 나타나지 않고 있는 터였다.

사내는 비교적 번듯한 용모를 하고 있었지만 눈빛이며 말투에선 어딘가 경박한 티가 느껴졌다.

"건강 식품을 취급하신다고요?"

얼핏, 뱀탕이라든가 지렁이, 굼벵이 아니면 달팽이 따위가 연상되어 원구가 되물었을 때, 사내는 무슨 알로엔가 케일인가 하는 이름의 자연 건강 식품 대리점을 할 것이라고 한바탕 설명을 늘어놓았다.

"에, 그게 말하자면, 만병통치의 불로초나 마찬가집니다이. 그야말로 불로장생 영생불사, 신비의 약초지라우. 암이나 백혈병으로 사형 선고를 받고도 이 약초를 복용하고 나서는 기적적으로 회생한 사람이 한둘이 아니라니까요."

사내는 꽤나 허풍이 심한 편이었다.

문득 철대문이 덜커덩 흔들리면서 무엇인가 대문 안쪽으로 떨어지는 소리가 들렸다. 원구는 흠칫 그쪽으로 고개를 돌렸다. 신문이 들어온 모양이었다. 작게 뛰는 가슴을 진정시키며, 이마를 잔뜩 찌푸린 채 원구는 대문으로 다가가서 신문을 집어들었다.

'원 참, 이게 무슨 한심한 꼴인가.'

원구는 쓴웃음을 지었다. 대문이 흔들리는 소리에 그는 퍼뜩 아까 새벽녘의 그 기분 나쁜 사건을 떠올렸던 것이다. 날카로운 끝을 정확히 집 안쪽으로 향하고 반듯하게 놓여 있던 그 칼은 원구의 뇌리 한구석에 까닭 모를 불안과 불길한 예감으로 지금껏 줄곧 자리하고 있었던 것이다.

원구는 대문 빗장을 따고는 고개를 반쯤 내밀어 밖을 살폈다. 학교에서 돌아오는 길인 듯, 뒷집의 계집아이가 혼자 집 앞을 지나쳐가고 있는 게 보였다. 칼이 놓여 있던 자리를 슬쩍 훑어보고 나서 그는 다시 마당으로 돌아왔다.

'전국 대학생 가두 시위 3일째 계속'

신문 일면에 커다랗게 찍힌 활자가 맨 먼저 눈에 들어온다.

'한때 중심가 교통 마비―35개 대학 7만여 명 서울역 집결'

'격렬 시위―가스차 불태워'

'데모 지켜보는 시민, 한결같이 불안한 표정'

그런 큼직큼직한 활자들 왼쪽으로는 '불타는 경찰차'라는 제목을 단 사진 한 장이 실려 있다. 시내버스인 듯싶은 차량의 꽁무니에 시커먼 몸체의 가스차 한 대가 자욱하게 연기를 내뿜고 있고, 그 주위로 엄청난 수효의 시위 군중이 벌떼처럼 한데 엉켜 있는 모습이다.

……대학생들의 대규모 가두 시위가 연 3일째 계속되면서 더욱 과격해진 15일, 데모를 저지하던 전경대원 1명이 숨지고 데모 저지 차가 불길에 휩싸이는 등 과열상을 보였다. 이날 데모 행렬의 주집결지인 서울역에는 한때 35개 대학에서 최고 7만여 명의 학생들이 동시에 몰려 '계엄 철폐' '언론 자유 보장' 등 구호를 외쳤다……

"쯧, 철없는 녀석들!"

원구는 신문을 툭툭 털며 혀를 찼다. 요즘 들어 신문 방송 모두가 대학생의 시위 보도 일색이었다.

'이건 도대체 아수라장인지 개판인지 모르겠어. 세상이 어찌 되가는 건가 원. 이러다간 필시 또 한번 무슨 난리가 터지지.'

원구는 양미간을 잔뜩 구긴 채 대충 큰 제목들만 훑어내려갔다. 다른 면도 대부분 그런 식이다. 지난번의 사북 사태에 관한 보도와 함께 전국 여러 곳에서 공장 노동자들이 태업 사태를 일으켰다는 기사도 어김없이 들어 있다.

그때 현관문이 열리머 누군가 나오는 기적이 들렸다. 셋째아들 명기가 나오다가, 원구를 보더니 멈칫한다.

"또 어딜 나가려는 거냐? 데모 때문에 수업이 없으면 집에서 책이나 볼 일이지."

대뜸 짜증 섞인 투로 원구는 아들을 쏘아보았다.

"잠깐 약속이 있어서요……"

슬그머니 눈길을 깔고 마지못해 대꾸하는 아들 앞으로 원구는 다가갔다.

"잠깐이라니. 도대체 너, 요사이 무슨 짓을 꾸미고 다니는지 모르겠구나. 어젯밤엔 또 어디서 잤냐?"

"친구 집에서 여럿이 함께 있었습니다."

"친구 집이 여관방인 게로구나. 걸핏하면 친구 핑계를 댄다마는, 누가 그렇게 친절하게 공짜 밥에다가 잠까지 재워준단 말이냐. 손에 들고 있는 그건 뭐냐? 이리 내봐라."

허리 뒤에 감추었던 책을 명기가 쭈뼛대며 펴보였다. 연극 대본이다.

"하라는 공부는 안 하고 그까짓 연극은 무슨…… 너보고 그런 딴따라 짓이나 하라고 비싼 돈 들여서 대학 보낸 줄 알아?"

원구는 마뜩찮은 눈짓을 지어보이고는 길을 비켜주었다. 그리고는 도망치듯 대문을 빠져나가는 명기의 뒤통수에 대고 재차 소리를 질렀다.

"너, 공연히 쓸데없이 다른 못된 녀석들과 휩쓸려서 거리로 뛰쳐나가지 말어. 정치가 뭔지 쥐뿔도 모르는 주제에 함부로 앞서 날뛰다가는 세상 무서운 꼴 당하게 될 테니까 말이여. 알았어?"

그러나 맨 마지막 말은 쾅 닫히는 철대문 소리에 잘려나갔다. 원구는 담배꽁초를 발끝으로 눌러버리고는 대문을 열고 밖으로 나섰다. 명기 녀석은 그새 한길로 빠져나가고 없었다. 원구는 낮게 한숨을 내쉬었다. 오늘은 내가 왜 자꾸 이러는 걸까. 아들 녀석에게 까닭 없이 짜증을 부렸다는 생각이 들었다.

실상 집안에서 언제나 낯을 찌푸린 채 툴툴거리는 게 습관처럼 되어버린 지 오랜 그였지만, 내심 명기 녀석만은 늘 대견하게 여겨온 터였다.

명기와 막내딸 명옥은 청산댁과의 사이에서 얻은 아이들이었다. 첫째 무석과 둘째 명치놈과는 달리, 후처에게서 얻은 그 두

아이는 성격이 온순하고 모나지 않아 지금껏 별탈 없이 자라주었다. 이제 갓 여고 일학년인 막내딸 명옥이야 아직 어리광기가 남아 있는 나이지만, 명기 녀석은 올 봄 대학에 들어가더니 벌써부터 뭔가 조금씩 달라져가고 있는 듯한 눈치가 보여, 원구는 이즈음 은근히 신경이 쓰였다.

말이 대학생이지, 원구의 눈에 아들은 아직 뺨에 솜털이 보송보송 남아 있는 어린애로만 여겨질 뿐이었다. 본디 무뚝뚝하고 과묵한 원구였으므로 지금껏 집안 식구 누구하고든 이렇다 하게 따뜻하고 차분한 대화 따윌 나눠본 적이라곤 거의 없었다. 하지만 초등학교부터 고등학교를 마칠 때까지 부모 속을 썩인 적 없는 그 셋째아들에게만은, 원구가 다른 식구들에게처럼 심하게 야단을 치거나 신경질을 부리거나 하지 않아도 좋았던 것이다.

한길로 나선 원구는 저만치 버스 정류장에 서 있는 명기의 뒷모습을 발견했다. 때마침 법원 쪽으로부터 달려온 경찰 버스가 줄을 이어 원구 앞을 지나갔다. 온통 녹색으로 칠한 그 버스의 차창들은 모두 철망으로 단단히 뒤덮여 있고, 그 철망 너머로 하나같이 피로에 지친 전경대원들의 그을린 검은 얼굴들이 무표정하게 갇혀 있었다.

오늘도 시내에서 시위가 있는 모양이었다. 광주 역시 예외는 아니어서, 봄이 되면서부터 늘상 시위가 벌어지곤 했었는데, 이즈음 들어서는 부쩍 심해진 눈치였다. 벌써 여러 날째 도청과 금남로 일대는 걸핏하면 교통이 통제되곤 한다는 소문이었다.

골목을 접어들어 이층 점포로 오르는 유리문의 자물쇠를 따고 있을 때, 아래층 이발관 유리창 너머로 머리통 하나가 낼름 불거졌다. 이발사 안씨가 누런 앞니를 드러낸 채 웃음을 던진다.

“주인아저씨, 이층을 계약했다면서라우? 뭐 하는 사람이라든가요?”

“건강 식품을 취급한다나 뭐라든데, 나도 아직 잘은 모르겠네.”

“그래요? 츳, 김샜네. 나는 전번에 찾아왔던 그 화장품 대리점이 들어오기로 했능가 하고 은근히 기대를 했등마는…… 그라먼 별로 재미가 없겠소.”

“이 사람, 하필이면 화장품 대리점은 왜?”

“으흣. 그렇게만 되면 외판원 아가씨들 구경이야 실컷 하잖겠습니까. 화장품 파는 아가씨들은 인물 검사를 해서 뽑는다는디, 얼굴만 보고 있어도 절로 살맛이 날 것 아닙니까이.”

안씨는 헤프게 웃어보이고는 머리통을 안으로 집어넣어버렸다.

아래층으로 세를 들어온 지 그새 오 년째가 되어가는 안씨는 나이가 서른다섯이라는데도 아직 총각 신세를 면치 못하고 있었다. 소아마비로 한쪽 다리를 약간 저는 그 노총각은 사람이 너무 좋아서인지, 가끔은 어딘가 머리 한 귀퉁이가 비어 있는 듯 보일 때도 있었다.

벌써 여러 해째 이용업이 극심한 불황이라서 점포 월세 갚기도 힘들다면서, 안씨는 월세를 가져올 때마다 늘상 죽는 소리를 하곤 했다.

어떻게 따지고 보면 차라리 박정희 시절이 우리 같은 이발쟁이들한테는 좋았던 시절인가도 모르겠어라우. 그때야 귀만 살짝 덮어도 장발이라고 얼마나 단속이 심했었소? 경찰들이 가위 들고 장발족 쫓아다니는 꼴이 볼 만했었응께. 제 머리 길든 말든 뭣이 성가셔서 저 지랄들인고 싶어 한심하기도 합디다만, 그래도 그 덕분에 이발소 수입이사 짭짤했었다니까요.

안씨는 그런 소릴 해가면서도 막상 전업을 하겠다거나 장소를 옮기겠다는 말은 아직 꺼내지 않고 있었다.

원구는 이층으로 올라갔다. 텅 빈 실내는 을씨년스럽기조차 했다. 얼마 전까지 전당포로 사용하던 자리였다. 그때는 입구 쪽만 약간 남기고 안쪽은 칸막이를 둘러쳐놓았었다. 그 칸막이를 모두 뜯어내고 철제 방범망까지 모조리 제거하느라고 내부 벽거의 전체를 다시 보수해야만 했는데, 그 작업이 끝난 뒤 지금까지도 그곳은 비워놓고 있는 터였다.

문을 닫은 건 서너 달 전이었지만 전당포를 집어치우기로 하고 조금씩 정리를 시작한 것은 지난해 가을부터였다. 낙일도에서 광주로 이사온 이래로 꼬박 십여 년 넘게 해온 전당업이었지만, 문을 닫기로 작정을 하고 나니 아쉬움은커녕 차라리 홀가분했다.

그러나 몇 달이 지난 지금, 원구는 벌써 조금씩 허전함이랄까 무력감 같은 걸 느끼기 시작하고 있었다. 그렇다고 전당포 일을 다시 벌이고 싶은 생각 따윈 없었다. 다만 갑자기 많아져버린 시간을 어떻게 주체해야 할지 몰라 당혹스럽고 거북할 뿐이었다. 한편으로는 무슨 일이든 다시 해야 하리라는 생각을 하면서도, 그럴수록 까닭 모를 무기력감 속으로 점점 더 깊숙이 가라앉아가는 자신을 원구는 어찌할 도리가 없었다.

실내에 남아 있는 물건이라곤 책상 하나와 낡은 소파 그리고 둥근 벽시계 하나뿐이었다. 원구는 창가 소파에 주저앉았다. 유리창을 넘어들어온 햇살이 책상 위로 비스듬히 창틀의 그림자를 드리우고 있었다.

책상 바닥에 하얗게 내려앉은 먼지를 그는 잠시 내려다보았다. 그 자리엔 원래 두 개의 책상이 놓여 있었다. 다른 하나는 무석의 몫이었다.

　방위병 근무를 끝내고 나서 한동안은 자동차 정비 기술을 배우
ㄴ다고 학원엘 나다니더니, 무슨 까닭에서였는지 그것도 그만두
고 방안에만 두더지처럼 처박혀 있는 꼴을 보다못해, 차라리 그
럴 바엔 전당포 일이나 거들게 하는 게 낫겠다 싶어 무석에게 그
책상을 마련해주었던 것이다.

　약골이어서 늘상 병치레로 비실거리는 데다가, 무엇보다 심한
말더듬증 때문에 첫눈에도 얼핏 어딘가 얼뜨게 보이는 꼬락서니
라서, 남들처럼 무슨 변변한 직장을 얻기조차 애당초 그른 처지
라고 여겼던 까닭에, 원구는 그전부터 데리고 있던 아이를 내보
내고 무석에게 그 일을 맡겼었다. 일하는 게 제법 총명하고 재주
도 있는 아이여서 아쉽기는 했지만, 그래도 무석을 그 자리에 대
신 앉혀놓으면 우선은 다달이 급료로 나가는 적잖은 돈을 아낄
수 있겠다는 계산도 없지는 않았다.

　하지만 일 년 전 어느 날 무석은 집을 나가버렸고, 그 며칠 후
원구는 무석이 쓰던 책상과 의자를 치워버리고 말았다. 그것들
을 볼 때마다 울컥울컥 치밀어오르는 녀석에 대한 분노와 회한
을 매일같이 새삼스레 확인해야 한다는 것은 견디기 어려운 일
이었다.

　……아버지. 어쩌면 이것이 제가 이 세상에서 아버지라고
불러보는 마지막이 될 것입니다. 전 오늘 이 집을 떠납니다.
이제야 모든 것을 털어놓자면, 전 오래 전에 이미 모든 비밀을
알고 있었습니다. 제 몸에는 아버지의 피가 단 한 방울도 섞여
있지 않다는 걸 말입니다. 기억하십니까. 이 년 전 낙일도의

할아버지 묘 앞에서 밤을 새우던 날, 함께 계시던 화포리의 그 친구분에게 아버지께서 하시던 말씀을 저는 모두 엿들었습니다. 원수의 자식이라고, 그래요, 아버지는 절 가리켜 분명 그렇게 말씀하셨습니다…… 바로 그 순간부터 저는 이미 이 집을 떠나야 한다는 사실을 깨달았던 것입니다. 그러나 그로부터 꼬박 이 년이 흐른 지금에야 저는 비로소 이렇게 그 결심을 실행하게 된 셈입니다……

원구는 담배에 불을 붙여 물고 천천히 연기를 토해내었다.

골목 맞은편 집 슬래브 지붕 위에서 검은 비둘기 두 마리가 느린 걸음으로 돌아다니고 있었다. 이층 창가에 앉으면 서쪽으로 시가지가 멀리 내려다보였다. 낮게 엎드린 이웃 지붕들 너머로 법원과 조선대학교 앞으로 뚫린 큰길이 보이고, 멀리로는 전남대학 부속병원과 도청 그리고 사직공원 등성이 위의 전망대까지 아스라이 시야에 들어왔다.

원구가 처음 자리를 잡았을 때만 해도 이곳 산수동 일대는 아직 변두리였다. 시내 중심가로부터 그리 멀리 떨어진 거리는 아니었어도 무등산으로 이르는 가파른 산자락을 등뒤에 두른 나지막한 야산 구릉 지대인 까닭에, 다른 동네보다 유독 개발이 더딘 편이었다. 그러나 몇 년 전부터 부쩍 일기 시작한 건축 경기 덕택으로 여기저기 중소 규모의 아파트 건물들부터 하나둘 들어서기 시작하더니, 이제는 원구네 집 뒤쪽 잣고개 기슭 바로 턱밑까지 신축 주택들이 적잖게 들어차 있었다. 그 바람에 집 앞 도로가 4차선으로 확장되었고 최근에 땅값도 서너 배나 껑충 뛰어올랐다는 소문이었다.

……아버지. 전 처음엔 아버지를 용서할 수 없다고 생각했습니다. 제가 원수의 자식일지도 모른다는 사실을 빤히 알면서도 저를 아들로 받아 키우기로 결심한 까닭은 도대체 무엇이었습니까. 가련한 어머니에 대한 복수를 실행하기 위해서였습니까. 할아버지를 살해했다는 그 원수들에 대한 원한 때문이었습니까…… 그 어느 이유 때문에서건 저는 조금쯤은 아버지를 이해할 수 있을 것 같기도 합니다. 하지만 아버지. 그럼 저는 누구입니까. 아버지에게 저는 과연 무엇이어야 합니까. 자신의 가슴속에 숨겨놓은 원한과 복수를 위해 아버지는 행여 나를 선택했던 게 아닙니까. 그리하여 지금껏 삼십여 년의 세월 동안 아버지는 나를 통해 아버지 자신의 복수를 너무나 치밀하고 교묘하게, 그야말로 통쾌하고도 멋들어지게, 남몰래 계속해온 게 아니었습니까…… 아버지. 바로 그것이 내가 아버지를 지금, 그리고 앞으로도 영원히 용서할 수 없는 까닭입니다……

원구는 자리에서 몸을 벌떡 일으켰다. 입술이 바르르 떨리고 있었다.
"나쁜 놈! 배은망덕한 놈 같으니라고. 지금까지 키워준 은혜도 모르고, 뭣이 어쩌고 어째?"
원구는 어금니를 앙다문 채, 미친 사람처럼 그렇게 내뱉으며 소파 주변을 조급하게 왔다갔다하기 시작했다.
"원수놈의 자식, 원수……"
순간 원구는 무심코 내뱉은 자신의 말에 흠칫 놀랐다. 그는 머리를 세차게 흔들면서 창가로 다가섰다. 창틀 너머로 상체를 걸친 채 거칠게 심호흡을 했다. 가슴속에서 무엇인가가 마구 소용돌이를 일으키며 솟구쳐올랐고, 머릿속에서 실핏줄이 한꺼번에 터질 듯 팽팽하게 부풀어오르는 느낌이었다. 차라리 목이 터져라 고래고래 비명이라도 토해버리고 싶은 발작적이고 절망적인 충동을 그는 간신히 억눌렀다.

원구는 끝내 소파 위로 털썩 주저앉고 말았다. 그리고 두 손으로 이마를 감싸안았다. 얼마나 지났을까. 문득 누군가 계단을 밟아오르는 육중한 발소리가 들려왔다. 문을 열고 들어온 사람은 뜻밖에도 최달식이었다.

"형님. 저올시다. 허허헛."

최달식은 들어서자마자 한 손을 번쩍 들어올리며 여유만만한 웃음을 터뜨리고 있었다. 원구는 잠시 멍한 표정으로 그를 올려다보다가 이내 황황히 낯빛을 고쳤다.

"아니, 자네가 웬일인가. 여길 다 오고."

"거 첫마디가 별로 반갑지 않다는 눈치 같은데, 섭섭합니다. 허허."

"이 사람, 무슨 소린가. 뜻밖에 불쑥 나타나니까 그런 걸 가지고. 어서 이리로 앉게나."

사실 전혀 의외였다. 최달식이 무엇 때문에 자신을 찾아온 것인지 알 수는 없었지만, 원구는 어딘가 기분이 개운치 않았다. 어제 아침의 그 전화도 그랬지만, 따지고 보면 그들은 서로 왕래가 잦은 편이 아니었다.

물론 그 동안 서너 차렌가 원구 쪽에서 피치 못해 아쉬운 걸음을 한 적은 있다. 둘째 명치녀석이 고등학교 시절 주먹질을 하다가 잡혀들어갔을 때 도움을 청한 적이 두어 번, 그리고 작년 여름엔 장물 취급건으로 파출소에 불려다니는 동안에 또 최달식의 도움을 받았었다. 금패물 몇 점을 별의심 없이 전당잡아주었는데, 그것이 강도 사건의 장물인 줄은 미처 몰랐던 것이다. 전에도 그런 비슷한 실수로 곤욕을 치른 경험이 있긴 했지만, 작년 여름의 그 사건이 원구로 하여금 점포문을 닫기로 결심을 굳히게 한 직접적인 계기가 된 셈이었다.

"마침 법원에 들렀다가 오는 길에 형님 생각이 나서 들렀소이다. 형님하고 이렇게 직접 얼굴을 마주하기도 꽤 오랜만인데, 안 그래요?"

의자에 벌렁 주저앉자마자 한쪽 다리를 탁자 위에 척 걸쳐놓으며 달식이 말했다.

"서로 워낙 바쁘게 살다 보니 그렇겠지. 그러니까 이게 얼마 만이드라?"

"작년말 낙일도 향우회 모임에서 만나고 처음 아뇨?"

"그랬었구만, 참."

원구는 겸연쩍게 웃었다. 지난해 겨울 그날, 원구는 처음으로 그 모임에 나갔었다. 광주에 살고 있는 고향 출신 사람들이 그런 모임을 만들었다는 소문을 들은 적은 있었지만, 그때까지 원구는 단 한 번도 얼굴을 내비치지 않았었다. 그날도 어쩔 수 없이 끌려나간 꼴이었다. 어떻게 집을 알아냈는지, 고향 사람 셋이 불쑥 찾아들어와서는 다짜고짜 팔목을 잡아끌다시피 했던 것이다.

"요즘도 본서에서 근무중인가?"

"아니올시다. 얼마 전에 서부서로 옮겼지요. 간만에 승진을 했습니다, 계장으로. 허허허."

"어이구, 거 반가운 소릴세. 정말이야."

"뭐 그리 대단할 것도 없소이다. 오히려 내가 늦은 편입니다. 이놈의 한국 사회에서야 인사란 게 워낙 줄잡기 시합 아닙니까. 동기들 중엔 벌써 승진한 놈들이 많은데, 나만 막차를 탄 셈이지요. 실은 지난번 낙일도 그 간첩 사건 때가 나한테는 하늘이 준 기회였는데, 조성태놈이 끝내 나타나주지 않는 바람에 틀려버리고 만 거요."

그러면서도 최달식은 자랑스러움을 역력히 드러내며 연신 입을 벌리고 껄껄댔다.

엷은 국방색 점퍼 차림의 달식은 기름기 흐르는 얼굴 혈색 때문에 마흔이 다된 나이로는 보이지 않았다. 결코 큰 체격이 아닌데도, 원구는 달식을 대할 때면 늘 묘한 위압감을 느껴야 했다. 그건 딴딴하게 벌어진 가슴패기며 유도로 다졌다는 근육질의 어깨와 팔다리 때문만은 아닌, 어쩌면 형사라는 직업으로부터 몸에 밴 그 거침없는 자신만만함이라든가 도전적인 말투와 시선 따위가 더 그렇게 만드는 것인지도 모를 일이었다.

원구는 마주앉은 달식의 얼굴을 바라보며, 아무리 뜯어봐도 그의 아버지 최판돌 순경의 모습과 너무나 흡사하다는 생각을 했다. 수염숱이 짙게 돋아난 각진 턱, 거리낌없이 터뜨리는 활달한 웃음, 걸을 때면 성큼성큼 떼어놓는 확신에 찬 활갯짓과 걸음걸이, 그리고 당돌하게 상대를 쏘아보는 눈초리 따위가 특히 그랬다.

원구의 기억으로는, 달식의 아비 최순경은 성질이 불같이 급하고 넉살 또한 대단한 인물이었다. 그들 일가는 지서가 있는 갑포리의 면사무소 뒤편에서 살았으므로 원구와는 다른 마을이었지만, 원구는 최순경의 얼굴은 알고 있었던 것이다.

어쩌면 최판돌 순경이야말로 낙일도에서는 누구 못지않은 전쟁의 피해자일 거였다. 그들 일가는 한꺼번에 떼죽음을 당했었다. 후퇴하는 육지의 경찰 병력에 합류하여 최순경이 섬 남쪽의 청산도로 떠난 사이, 낙일도에 남겨진 그의 노부모와 형제들은 한날 한시에 죽음을 당했던 것이다. 이유라면 단 한 가지, 바로 최판돌이 경찰관이라는 사실 때문이었다.

당시 읍내에서 일어났던, 경찰의 보도연맹원들에 대한 학살 사건의 피해자 유가족들이 앞장을 섰다고 하는데, 온 마을 사람들이 지켜보는 앞에서 그 끔찍한 복수극은 벌어졌고, 시신들은 다시 한밤중에 먼 바다에 내다버려졌다는 소문이었다. 물론 그 무렵 복수극의 주역이었던 사람들 대부분은 한 달 후 경찰 병력이 재차 낙일도를 탈환하고 나자 이번엔 거꾸로 자신들이 자행했던 것과 유사한 방식으로 살해당하는 운명을 겪어야만 했었다.

어쨌든 그들 일가 중에서 요행히 목숨을 건진 사람은 최판돌 부부와 어린 두 남매뿐이었다. 마을로 돌아온 최판돌이 반쯤 미쳐 날뛰고 다니던 모습을 원구는 지금도 생생히 기억하고 있다. 최판돌은 복수와 증오심으로 눈이 완전히 뒤집혀버린 것 같았다. 여러 사람이 그의 손에 죽었다고 했다. 원구의 마을에서도 몇이 죽었다. 그 중엔 원구네 집 머슴이었던 용술이도 끼여 있었다. 특히 면사무소 마당에서 최판돌이가 그의 아들 최달식이 직접 보는 눈앞에서 용술을 사살했다는 대목은 두고두고 사람들의 입에 오르내리던 유명한 이야기였다.

최달식은 지금 그 일을 어느 정도까지나 기억하고 있을까. 이 자도 그때의 생채기 때문에 반평생을 피 흘리며 살아가고 있는 나처럼 속으로는 고통을 당하고 있는 것일까.

털끝만치의 갈등이나 아픔 따위 같은 건 아예 지녀보지 못한 사람처럼 너무나 여유만만하고 자신감에 넘쳐 보이는 최달식의 윤기 흐르는 얼굴을 바라보며 원구는 문득 그런 생각들을 하고 있었다.

"건강이 좋아 보이네그려."

"너무 좋아서 탈일 지경이오. 앞으로는 아침마다 부지런히 조깅이라도 나댕길 생각입니다. 몸이 불라고 그러는지 모든 게 예전 같지가 않구만요. 배도 좀 나오고, 허허. 형사가 배때기부터 뽈록 튀어나와서야 되겠소, 어디?"

달식은 손바닥으로 배를 툭툭 두드려보이며 웃는다.

"참, 지금 와서 보고야 알았습니다만, 전당포를 그만두셨구려. 왜요?"

"글쎄, 남의 눈에 별로 좋아 뵐 직업도 못 되고, 그렇다고 평생 해봤자 목돈 쥐어볼 팔자도 아닌 것 같고, 그래서 문을 닫았네."

"하기야 뭐, 그 동안 재산도 엔간히 모으셨을 테니까, 이젠 다른 사업 쪽으로 눈을 돌려보는 것도 괜찮겠소만. 참, 그 무석인가 하는 큰아들은 돌아왔습니까?"

원구는 시선을 내리깔며 고개를 저었다.

"죽지 않았으면 어딘가 처박혀 있겠지. 못난 놈."

"여태 소식도 없단 말입니까?"

"그렇다네. 전화도."

"원 저런 한심한 녀석이 있나. 그놈, 도리도 모르는 자식이구려. 기껏 키워준 은혜도 모르고, 쯧."

달식이 혀를 찼다. 달식 역시 무석의 출생 내력을 알고 있으리라는 사실을 원구는 새삼스레 기억해냈다. 원구는 어서 그가 이

불유쾌한 대화를 마치고 그만 자리에서 일어서주기를 원했다.

"둘째녀석, 그 명친가 도친가 하는 사고뭉치는 해병대에 있다고 그랬든가요?"

"공수부대에 입대했어. 강원도 화천인가 어디에 있는 모양인데, 그놈 역시 마찬가질세. 오래 전에 꼭 한 번 휴가를 왔었네만, 온통 집안을 들쑤셔놓고 간 다음엔 감감무소식이네. 원, 어쩌면 이리 자식복이라곤 없는지……"

원구는 한숨을 내쉬며 책상 위의 전화기를 끌어당겼다. 근처 송죽다방을 불러 커피 두 잔을 시켰다.

"참, 조양재 영감 말입니다."

흠칫 원구는 고개를 들었다. 뜻 모를 웃음기를 담은 달식과 시선이 마주쳤다.

"화장터로 가봤습니다. 내 손으로 직접 취조를 했으니 나하고야 인연이 있다면 각별한 인연 아뇨, 형님. 하지만 솔직히 은근히 호기심이 발동해서 말입니다. 도대체 어떤 사람들이 낙일도에서 올라왔나 싶어 구경도 할 겸 쫓아갔지요. 물론 이건 엉뚱한 생각이긴 하지만, 혹시나 또 압니까. 그 자리에 온 작자들 중엔 우리가 미처 모르고 지나친 용의자가 끼여 있을 수도 있는 일이니까 말요. 그러기만 하면야 나는 횡재를 하는 셈이고, 허허."

원구는 자신의 손끝에서 피어오르고 있는 푸른 담배 연기를 잠자코 내려다보며 앉아 있었다. 전신이 모래 속으로 천천히 빨려들어가는 듯한 야릇한 허탈감이 엄습해왔다.

"화장을 하기로 한 모양이구먼……"

"당연하잖소. 이런 날씨에 송장을 끌고 어디로 돌아다니겠소? 더구나 고향이라고 떳떳하게 찾아내려갈 염치도 없을 테고."

원구는 일어나 창 쪽으로 다가갔다. 큰길 쪽에서 자동차들의 소음이 들려오고 있었다. 앞집 지붕엔 이젠 비둘기들이 보이지 않았다.

"유족들은 왔던가?"

"유족이래야 누가 있겠소? 큰사위 되는 사람도 여기 이렇게 코빼기도 안 보이고 남아 있는 판국인데, 허헛. 여자들만 셋 왔습디다. 조성태의 처하고 여동생, 그리고 웬 처녀아이 하나가 따라 왔습디다만."

순간 원구의 가슴이 쿵 소리를 내었다. 그러나 이내 그는 머리를 저었다.

"여동생이라니…… 막단이 말인가. 동백린가 월송리로 시집을 간."

"맞아요. 형님한텐 처제가 되겠구만요. 그 처녀아이는 아마 딸 같습디다."

원구는 혼자 작게 실소했다. 무슨 엉뚱한 생각인가. 무석의 어미 귀단이 그 자리에 나갔을 턱이 없는 거였다.

"그 아이가 누군지 짐작이 가네. 막단의 큰딸일 거야."

무척 오래 전의 기억이 떠올랐다. 어느 핸가 한참 극성을 부리던 홍역을 피해, 막단은 제 큰딸을 일송리 원구 자신의 집에 한 달쯤 맡겨둔 적이 있었다. 그 계집아이의 이름이 수희인가 아마 그랬을 것이다.

"여자들만 셋이서 유골 상자를 달랑 찾아들고 돌아가는 모양이, 솔직히 보기 좋지는 않습디다. 자식 하나 잘못 낳아 빨갱이 간첩을 만든 죄로 그 지경이 되었으니, 차암, 그건 자식새끼가 아니라 철천지 원수지 뭐요…… 아니, 형님 안색이 별로 안 좋

아 보이는데, 괜찮아요? 하기야 한때는 장인으로 뫼시던 사람이
그런 꼴로 죽었으니, 형님 심사인들 편키야 하겠소만."
　그러면서도 달식은 실실 웃음을 흘리고 있었다. 원구는 불쑥
치밀어오르는 울화를 애써 억눌렀다.
　그가 여기까지 찾아와 자신에게 그런 이야기를 늘어놓는 속셈
이 무엇인지 얼른 가닥이 잡히지 않았다. 나 역시 제놈처럼 조양
재 노인의 죽음을 앞에 놓고 후련한 기분으로 낄낄거려주리라고
여기고 있는 것인가. 아니면 내가 과연 어떤 내색을 하는지, 그
걸 흥미있게 구경하려는 것일까…… 어쩌면 그 둘 다일지도 모
른다고 원구는 답을 내렸다.
　똑똑똑, 노크 소리가 들리더니 누군가 안으로 들어섰다. 머리
를 노랗게 물들인 송죽다방의 레지였다. 여자가 보자기를 풀어
찻잔을 채우고 있는 동안 달식이 다시 입을 열었다.
"그것보다도 아주 기막힌 소식을 한 가지 내가 가져왔소. 형님
도 들으면 깜짝 놀라실걸?"
　무슨 애길 또 하려는가 싶어 원구는 그를 건네다보았다.
"용술이 말요. 설마 용술이를 잊지는 않았을 테지요?"
"느닷없이 용술이 얘기는 왜……"
"그러면 그렇지. 형님이나 나나 어찌 한시라도 그놈을 잊어버
릴 수가 있을랍디까. 따지고 보면, 형님하고 나는 묘하게 같은
운명의 소유자인 셈이니까 말입니다. 우리 집안도 그렇고, 형님
춘부장께서도 빨갱이놈들 손에 희생당한 처지인 데다가, 하필
용술이놈하고는 양쪽 다 관계가 있잖습니까."
　원구는 말없이 찻잔을 들었다. 꼼짝들 말어! 여차했다 하믄 느
그 식구들 모두 한꺼번에 줄초상이 날 틴께. 느그놈들 살려줄란

다고 한밤중에 여그까지 달려와줄 놈은 이 일송리 바닥엔 한 놈
도 없으니께 말이여…… 숨을 헐떡이며 다급하게 속삭이던 사내
의 목소리.

원구는 뜨거운 커피 한 모금을 삼켰다. 먹빛 어둠 저편에 묻혀
있는 사내들의 얼굴은 알 수 없었다. 어둠과 한덩어리로 완벽하
게 엉켜 있던 그들은 다만 형체도 빛깔도 윤곽도 없는 그림자일
뿐이었다. 그러나 그 소리. 그건 누구의 음성이었던가……

그래. 용술이었다. 아버지 한조합장이 끌려가 죽음을 당하던
그날 밤, 그를 끌고 간 사내들 중에서 원구가 유일하게 가려낼 수
있었던 것은 바로 자신의 집 머슴인 용술 하나뿐이었던 것이다.

"그래서 하는 얘긴데, 형님. 내일 저녁에 꼭 나오셔야 할 자리
가 있습니다. 물론 나야 당연히 빠질 수가 없지요. 허허."

원구는 고개를 들었다.

"어딜 말인가."

"광주에 살고 있는 낙일도 사람들이 모처럼 한자리에 모이기로
했습니다. 저녁 일곱시에."

"향우회 얘기라면, 지난 연말에 한번 만나지 않았던가?"

원구는 이마를 찌푸렸다.

"아하, 이건 비공식적인 자립니다. 특별히 고향 사람들을 초대
해서 자기가 저녁을 대접하겠다는 사람이 있어요. 그런데 그 자
리가 어딘 줄 아십니까. 바로 용술이놈의 집이다, 이 말씀입니
다. 허허헛."

"그건 또 무슨 소린가?"

용술이라니. 설마 전쟁 때 죽은 그 용술이가 살아 있다는 얘기
는 아닐 터였다. 원구는 잠시 어리둥절했다.

"나도 첨엔 그 소릴 듣고 놀랐습니다. 얼마 전에 향우회 회장이 우연히 계림동 식당 골목으로 오리탕을 먹으러 들어갔다가, 거기서 용술이의 처하고 딱 맞닥뜨렸다지 뭡니까. 용술이놈이 우리 아버지한테 사살당한 뒤에 그 여자가 아들 하나만 데리고 섬을 떠났지 않았습니까, 왜. 그런데 그 동안 어디서 어떻게 돈을 모았는지 몰라도, 아, 지금 그 식당의 주인이 돼 있더라지 뭐요. 아마 식당 경영은 용술의 아들놈이 하는 모양이든데, 즈이 어미가 고향 사람을 만났다고 소개를 하니까, 그놈이 대뜸 반갑다고 펄펄 뛰면서 그러더랍니다. 조만간 날을 잡아 고향 사람들을 모두 즈이 식당으로 초대해서 인사를 드려야겠다고 말입니다."

"용술이 처하고 아들을 만났다고……"

"그렇다니까요 글쎄. 거, 기막히게 재미있는 일이잖소. 살다 보니 용술이 아들놈한테서 밥 한 그릇 얻어먹게 될 줄이야 누가 알았습니까. 허허헛."

달식은 무엇이 그리 유쾌한지 한바탕 커다랗게 웃어댔다.

그러나 원구는 웃을 수가 없었다. 용술이 처의 얼굴이 떠올랐다. 갸름하고 이목구비가 뚜렷해서 제법 고운 얼굴의 그녀는 이마 어느 쪽인가에 팥알만한 점이 박혀 있었던 듯싶다.

최판돌 순경의 손에 남편이 사살당하고 난 뒤, 그녀는 어느 날 소리없이 마을에서 종적을 감추어버리고 말았다. 그 여자가 망각 속을 걸어나와 지금 낙일도 사람들의 눈앞에 모습을 드러냈다는 거였다.

"그러니 형님. 내일 저녁엔 만사 작파하고 나오십시오. 나도 한번 용술이의 자식놈을 한번 보고 싶구만요. 회장 말로는, 그놈이 영락없이 제 아비 얼굴을 고대로 빼다박았드랍디다. 아, 형님하고 나하고야 용술이놈에게 부모 혈육을 잃은 똑같은 피해자요 동지가 아닙니까. 허허, 어디, 용술이 처가 우리 두 사람이 떡 나타나면 무슨 낯꼴을 하는지 구경도 해볼 겸해서 가봅시다그려.”

달식은 고개를 뒤로 젖힌 채 또 요란하게 웃기 시작했다.

동지. 똑같은 동지라고……?

한동안 멍한 시선을 원구는 창밖으로 던진 채 주저앉아 있었다.

“이거 봐. 너, 가만 보니까 꽤 끼가 있어 뵈는구나. 몇 살이냐. 스물둘? 호호호. 이리 가까이 좀 와봐. 젖퉁이가 뭐 이리 불룩하냐. 무슨 스폰지 뭉치를 집어넣고 다니는 것 같은데, 검사 좀 해보자니까 그래.”

눈꼬리를 흘기며 연신 키득거리는 여자의 손을 주물러대며 달식이 낄낄거리기 시작했다.

금남로는 사랑이었다
내가 노래와 평화에 눈을 뜬 봄날의 언덕이었다
금남로의 사람들은 모두 입술이 젖어 있었다
금남로의 사람들은 모두 발바닥에 흙이 묻어 있었다
금남로의 사람들은 모두 보리피리를 불고 있었다
—— 김준태, 「금남로 사랑」에서

5월 16일 16 : 00, 금남로 1가

카리아예브: 오늘 나는 내가 모른다는 것을 알았소. 당신 말이 옳았
소. 간단한 일은 아니었소. 죽이기만 하면 충분하고 사상만 가
지고 있으면 충분하다고 생각했었소. 그러나 나는 그렇게 위대
하지 못하고, 증오 속에는 행복이 없다는 것을 이제야 깨달았
소. 이 모든 잘못, 나나 다른 사람들의 이 잘못, 살인과 비굴과
부정의…… 아! 나는 그를 죽여야지. 그러나 나는 끝까지 가겠
소! 증오를 넘어서 더 멀리로!

도라: 더 멀리로요? 거기에는 아무도 없어요.

카리아예브: 사랑이 있소.

도라: 아녜요. 필요한 것은 그게 아녜요.

"가만! 명기 너 목소리가 갑자기 왜 그래. 그 나이에 벌써 해소
병에 걸린 건 아닐 테고."

대본을 탁 소리가 나게 책상 위에 내려놓으며 경훈이 짜증스
레 내뱉었다. 대본의 활자를 따라가느라 열중해 있던 모두의 시
선이 연출자 경훈의 찡그린 이마로 일제히 쏠렸다. 그 특유의 신
경질이 또 도지려나보다 싶은 낮빛들.

"저, 감기 때문에……"

명기는 얼굴을 붉히며 뒷머리에 손을 가져갔다.

"지금이 어느 땐데 사내녀석이 감기 타령이야? 거, 이상한데.
순임이도 감기 걸렸다고 그랬잖아 아까."

그러고 보니 정말 뭔가 수상하다는 투로 경훈은 서로 마주보

고 앉은 명기와 순임을 번갈아 건너다본다.

"요새 감기는 입에서 입으로 전염한다는 소문이든데, 조것들 혹시 우리 몰래 즈이들끼리 호박씨 까고 앉아 있는 거 아녀?"

선배 정수의 이죽거림에 까르르 웃음이 터졌고, 순임이가 발갛게 달아오른 얼굴을 숙였다. 그 바람에 한동안 굳어 있던 분위기가 풀리면서 저마다 한마디씩 떠들어대기 시작한다.

"경훈이형. 시계 찼어요?"

"시계? 여기 있는데, 왜?"

"난 또 시계가 없어서 형이 모르고 있는 줄 알았지. 이 뱃속에 들어앉은 거지가 잔뜩 화가 난 모양이우. 깡통을 두들겨대고, 생지랄 난리를 치는 판인데. 흐으."

"짜식, 능청은."

그때 문득 노크 소리와 함께 문이 빼꼼 열리더니 누군가 경훈을 보고 나오라는 시늉을 하고 사라졌다. 일어나 문밖으로 나가려다 말고 경훈이 돌아서서 말했다.

"나, 잠깐만 나갔다올 테니까, 연기자들은 일막 첫 대사부터 리딩 다시 시작하도록 해."

에이, 이제 그만 안 끝내냐? 배고파 죽겠는데 너무한다 증마알. 연출자니임. 불쌍한 후배들 라면이라도 먹여놓고 합시다아. 여기저기서 저마다 한마디씩 옹알거렸지만, 경훈은 들은 척도 않고 문을 쾅 닫고 나가버렸다.

"아아, 살았다. 저 신경질 머신 안 보게 되니까 나는 굶어도 살 것 같다이."

"정수형. 연출자 형이 왜 신경질이 심한지 몰라서 그래요? 그게 다 뭘 제대로 못 먹어서 그러는 거라니까요. 자기가 만성 위장병이라서 남 배고픈 사정 따윈 모르는 거요."

"그나저나 명기 너, 순임이하고 진짜 뭐 있는 거 아냐?"

태영이가 명기의 어깨를 툭 치며 앞니를 히죽 드러내보였다.

"웃기지 마아. 그저께 가두 시위 할 때 비를 맞고 뛰어다녀서 그런가 봐. 어제 아침엔 도저히 일어나지도 못하겠더라. 그렇다고 연극 연습에 빠질 수도 없고. 정말 죽을 지경이다."

명기는 맞은편의 순임 쪽을 슬쩍 쳐다보며 말했다. 고개를 숙인 채 순임은 대본을 들여다보는 척하고 앉아 있다.

사실 경훈선배의 핀잔이 전혀 우스갯소리만은 아니었다. 그날 시위가 끝난 후에도 명기는 순임과 함께 있었던 것이다. 온몸을 비에 흠뻑 적신 채 물에 빠진 새앙쥐꼴을 하고서 둘은 밤거리를 쏘다녔다. 그래야 할 이유 같은 게 달리 있었던 것도 아니었다. 시위의 열띤 분위기 끝에 남는 묘한 해방감 같은 것이었을까. 제법 굵게 쏟아지는 빗발을 맨몸뚱이로 고스란히 두들겨맞으며 밤거리를 걷는 건 상쾌하고 즐거웠다.

그러다가 이윽고 더 이상 한걸음도 옮겨놓기가 어려울 만큼 지쳤을 때, 둘은 우체국 앞 지하 다방 구석진 자리에 나란히 앉았고, 거기서 명기는 처음으로 순임의 손을 잡아보았다.

명기는 문득 현기증을 느꼈다. 곁에서 피워대는 담배 연기가 몹시도 역겨웠다. 대본을 억지로 들여다보려 했지만, 활자가 눈에 어른거렸다. 이마에 돋은 진땀을 손수건으로 찍어내며, 명기는 잠시 눕고 싶다는 생각을 했다. 감기약 탓인지, 아까 대본을 소리내어 읽어가는 동안에도 언뜻언뜻 졸음이 쏟아지는 통에 혼자 곤욕을 치러야 했던 것이다.

명기의 서클에선 해마다 봄학기에 한차례씩 연극을 공연하는 것이 전통으로 내려오고 있었다. 연극 공연은 서클 창립일 기념 행사 중 가장 큰 행사여서, 졸업해 나간 선배 동문들까지도 참석했다. 올해 공연할 작품으로 카뮈 작 『정의의 사람들』이 정해진 것은 한 달 전이었지만, 아직까지는 대사 읽기와 목소리 연기를 연습하고 있는 정도였다. 그 동안은 대부분 방과후에 교내 빈 강의실을 찾아다니며 연습을 해왔는데, 사흘 전부터는 이곳 Y회관 건물 이층 회의실 한 칸을 빌려 사용해오고 있는 참이었다.

"명기야, 난 힘들어서 참말이지 이짓 못 해먹겠다. 감정을 잡지 못한다고 맨날 욕만 얻어먹다 보니, 이젠 연출자 얼굴만 떠올려도 주눅이 들 지경이지 뭐냐."

태영이 대본으로 책상을 탁탁 두드리며 낮게 투덜거린다.

"경훈이형한테 욕 얻어먹는 사람이 어디 너뿐이냐. 맡은 역이 주인공이니까 아무래도 신경을 더 쓰는 거겠지 뭐."

"그러기에 하는 소리야. 애초에 왜 우리 같은 신입생들한테 주인공 역을 떠맡겨놓고서 이렇게 달달 볶는지 그걸 모르겠다 이 말씀야. 자기 말마따나 척 보면 삼천리라면서, 첨에 벌써 싹수가 있는 놈인지 아닌지 훤히 알았을 거 아냐?"

"짜식, 주인공 배역을 맡았다고 좋아서 방방 뛸 때는 언제고."

"방방 뛰긴 임마. 그때야 주연이면 무조건 좋은 줄로만 알았지. 솔직히, 너나 나나 어디 연극이랍시고 구경이나 제대로 해본 적이 있었냐. 어쩌다 얼굴 한번 슬쩍 비쳐주고 물러나는 시시껄렁한 단역보담야 무대 위로 부지런히 들락거리는 쪽이 훨씬 그럴싸해 보였지. 그런데 그 착각이 눈물의 씨앗이더란 말씀야. 이럴 줄 알았으면 민태가 맡은 간수 역을 내가 맡는 건데. 간수가 등장하는 건 4막에 꼭 한 번, 그것도 대사라고는 겨우 대여섯 번밖에 안 되잖아. 부럽다 부러워.”

“부러워할 것도 없다 차암. 대사가 적다고 연습에서 빼주는 것도 아니잖아. 오히려 남들이 연습하는 동안 내내 혼자 하릴없이 죽치고 앉아 있어야 하는 일도 죽을 노릇이라고 민태가 그러드라.”

“하기는 그래. 어쨌거나 난 도대체가 이 스테팡이란 인물이 맘에 안 들어. 야, 혁명가란 다 이런 식이라야 하는 거냐. 거만하고 장작개비같이 멋대가리라곤 눈곱만치도 없는 이런 과격 당원하고 나하고 어디 어울리는 구석이 있어야 말이지.”

“뭘 그래. 이 작품 속에서는 가장 매력 있는 인물이라고, 경훈 형이 그러지 않던?”

“홍. 경훈형 같은 사람 눈에야 당연히 매력 만점인 인물이겠지. 난 아무래도 혁명이니 사상이니 하는 따위를 다룬 이런 골치 아픈 작품은 안 맞아. 화끈한 러브 스토리였으면 좋았을 낀데. 으흣. 명기 넌 조컸다.”

“어째서.”

“카리아예브한테는 도라라는 애인이라도 있잖냐. 아아, 명기는 조컸어 증말.”

태영은 짐짓 순임이 쪽을 턱짓으로 가리키며 키득거렸다. 도라 역을 맡은 사람은 순임이었던 것이다.

“자 자, 이젠 잡담 그만 끄고, 다시 리딩 시작하지. 연출자가 나타나서 또 부아통 시동 걸기 전에.”

한동안 수런거리던 말소리가 멎었다. 모두들 자리에 앉아 다시 대사 연습을 시작했다. 하지만 주위가 몹시 소란스러웠다. 창문 너머로 거리의 소음이 끊임없이 새어들어왔다. 유리창을 모두 내려 닫았지만 소음은 점점 더 커져가는 듯하다.

수많은 목소리들이 만들어내는 합창과 뭐라고 연신 외쳐대는 확성기 소리가 우렁우렁 거리를 울리고 창유리를 흔들며 실내까지 마구 뛰어들어왔다. 대사를 읽어내려가던 순임이가 끝내 목을 감싼 채 얼굴을 찡그렸다. 명기도 목이 아파왔다. 거리의 소음 때문에 그들은 어느새 바락바락 소리를 질러대고 있었던 것이다. 연습은 중단되었고, 모두들 한동안 창문 쪽을 멀거니 바라보며 앉아 있었다.

"에이, 이런 상태론 안 되겠구만. 내일부터는 장소를 옮기든지 해야지 원. 잠시 휴식!"

정수가 대본을 덮으며 말했다. 그것이 신호였다는 듯 모두들 자리에서 일어나 창가로 몰려들었다.

"와아, 엄청나게들 모이는군."

"참말 굉장한 숫잔데. 아마 오늘 가장 많이 모인 거 같은데."

"저거 봐. 벌써 전일빌딩 앞쪽까지 다 들어찼어."

명기는 놀랐다. 과연 대단한 인파였다. 그쪽에선 도청 앞 광장의 일부분밖에 보이지 않았다. 그러나 전일빌딩과 그 건너편 관광호텔 건물 측면 사이까지 이미 사람들로 거의 메워져 있는 걸로 보아, 분수대를 중심으로 한 도청 앞 광장 역시 인파로 가득 채워져 있을 게 분명했다.

유리창을 통해 내려다보이는 금남로의 인파는 일제히 광장 쪽으로 느리게 흐르고 있었다. 대부분 고시학원들이 늘어서 있는 Y회관 건물 앞 거리 역시 그쪽으로 향하는 사람들의 모습이 많이 눈에 띄었다. 노랫소리가 끊임없이 들려오고 있었다. 행렬의 중심을 이루고 있는 것은 물론 대학생들이었지만, 다른 날과 달리 오늘은 더러 시민들도 합류하고 있는 듯했다. 묘하게도 경찰 병력의 모습은 눈에 띄지 않았다. 필시 광장 주변 어디쯤에선가 진을 치고 있을 터였으나, 엊그제 시위 때처럼 오늘도 집회 자체를 제지하려 들지는 않을 눈치 같았다.

"참, 오늘이 바로 횃불 시위를 갖기로 한 날이었지. 이따가는 굉장할 거야."

"오전에 학교에서 봤는데, 애들이 횃불을 만드느라고 분주하던걸. 근데, 기름을 묻힌다고는 해도, 불이 잘 붙을까 몰라. 헝겊 뭉치로 엮어놓은 품이 영 엉성해 뵈드라."

"결국 여긴 시월 할 모양이지? 서울에선 총학생회장단 모임에서 오늘부턴 교외 시위를 일단 중지하기로 결정했다던데."

"그랬다던? 그 소릴 어디서 들었냐."

"아까 라디오 뉴스에서 그러더라. 어젯밤 열두시부터 오늘 새벽까지 고대 학생회관에서 무려 여섯 시간 동안 회의를 했대. 오늘부턴 일단 정상 수업을 받기로 결정했다잖아."

아침 시내버스 속에서 명기도 얼핏 그 보도를 들었었다. 총학생회장단의 회의에선 시위를 계속하자는 주장도 있었지만, 결국 당분간 정부의 태도를 지켜보기로 결정했다는 거였다.

"이해할 수 없는데. 중지할 게 아니라 되레 계속 더 밀어붙여야 옳을 것 같은데 말야. 허수아비 대통령도 예정에 없이 오늘 저녁 귀국한다는데, 그렇게 허둥지둥 돌아오는 것만 봐도, 그치들이 되게 궁지에 몰려 다급하게 되었다는 증거라구. 이럴 때 확실히 더 밀어붙여야만 승부가 빨리 날 텐데. 안 그래요, 형?"

태영이가 곁에서 팔짱을 낀 채 거리를 내려다보고 있는 정수를 쳐다보았다.

"글쎄, 그럴까. 지도부 쪽에서도 뭔가 감이 잡혀서 그런 결정을 내렸을지도 몰라. 문제는 군부거든. 그자들의 동태에 대해서는 국민들도 전혀 윤곽을 잡지 못하고 있는 상태야. 어쨌거나 무기를 들고 있는 쪽은 그자들이니까."

콧등에 걸린 안경을 손가락으로 밀어올리며 정수가 말했다. 군대를 마치고 지난해 가을 복학한 그는 삼학년이었다. 비쩍 마른 몸집에 유난히도 창백한 얼굴을 가진 그는 명기와 태영의 고등학교 선배이기도 했다.

"바로 그렇기 때문에 더더구나 이 기회에 아주 숨통을 죄어놓아야 한다고 경훈이형은 그러든데요. 군바리들이 아예 다른 생각 따윈 꿈도 꾸지 못하도록 만들어놓아야 한다고 말이죠."

"그건 그래. 누구든 제 목숨 아까운 줄은 알 테니까, 놈들도 섣불리 총대 거꾸로 돌려잡고 달겨들긴 어려울 거야. 하지만 아직까지 변수는 잠재해 있으니까, 지나친 낙관은 절대 금물이지. 어쨌거나 잠시 시위를 중단하고 추이를 지켜보기로 했다면, 내 생각엔 잘한 결정인 듯싶다. 솔직히, 시위를 지켜보는 국민들의 시선도 조금씩 불안해하는 눈치고."

"본디 기성 세대란 언제나 비겁하고 무기력한 법 아닙니까. 4·19 때도 그랬잖아요? 학생들이 먼저 들고 일어나야만 그제서야 뒤늦게 국민들은 따라오게 되어 있다구요."

태영이 제법 목소리를 높였다. 정수가 힐끔 곁눈질을 보내며 피식 웃었다.

"녀석, 넌 너무 아는 척하는 게 탈이야. 고등학교 졸업한 지가 얼마나 되었다고 그렇게 큰소리냐 참."

"에이, 내가 뭘 얼마나 압니까. 솔직히, 여기저기서 곁다리로 주워들은 것뿐이죠 머.”

“녀석, 하여간 넉살 하난 알아줘야 한다니까.”

태영이 익살스레 낄낄거렸고, 정수는 군밤을 먹이며 덩달아 웃었다.

창 너머로 저물어가는 햇살이 비스듬히 내리비치고 있었다.

명기는 거리에 넘쳐흐르는 사람들의 물결을 말없이 내려다보았다. 어느새 목덜미와 등허리에 땀이 축축이 돋아나 있었다. 올여름은 봄을 성큼 뛰어넘어버리려는 것일까. 마치 한여름 날씨처럼 한낮의 도시는 후텁지근했다.

어쩌면 그건 날씨 탓만도 아닐지 모른다. 바야흐로 전국은 자율화와 민주화의 엄청난 열기에 뒤덮인 채 비등점에서 부글부글 끓어오르고 있는 참이다. 그 거대한 열기의 소용돌이 속에서 기대와 소망과 욕구가 한덩어리로 솟구쳐오르고 있었고, 사람들은 저마다 오래도록 억눌려왔던 무거운 짐을 훌훌 벗어 내던지고 난 듯한 야릇한 해방감과 자유로움으로 돌연 생기가 도는 눈빛들이었다.

그러나 그 풍성한 해방감과 자유로움으로 들떠오르는 대기의 저편 어딘가에 행여 음험하게 숨어 몸을 도사리고 있을지도 모르는 어떤 두려움과 불안의 실체가 또한 그들을 조바심나게 만들고 있음도 사실이었다. 도청 앞 광장으로 통한 금남로를 향해 서둘러 걸음을 옮겨가고 있는 수많은 시민들의 뒷모습에서도 명기는 불현듯 그런 기대와 불안과 조바심이 한데 뒤엉켜 있는, 어떤 복잡한 느낌들을 읽어낼 수 있을 것 같기도 했다.

신입생 여러분. 그 어느 때보다도 참으로 어렵고도 중요한 시점에 여러분들은 대학 생활을 시작하게 되었습니다…… 신입생

오리엔테이션이 열리던 날, 지도교수의 입에서 맨 처음 흘러나온 말이었다. 새로운 생활을 시작한다는 흥분으로 잔뜩 들떠 있는 상태였으면서도, 명기는 반백의 머리를 한 그 노교수의 음성에서 예의 그 엷은 불안과 조바심의 흔적을 읽어냈었다. 아마 다른 신입생들 역시 마찬가지였을지도 모른다. 결코 짧지 않은 한 시대의 숨통을 송두리째 한 손으로 완강히 틀어쥐고 있던 독재자가 하루아침에 살해당해버린 엄청난 사건이 벌어진 후, 시야는 줄곧 짙은 안개 속이었다. 그 어둡고 뒤숭숭하기만 한 안개 속에서 학력고사를 치르고 대학에 입학한 그들은 풋내기다운 어설픈 기대나 흥분과 함께 어쩔 수 없이 조금은 미심쩍고 불안해하는 눈길로 저마다 주위를 흘끔거리고 있었던 것이다.

그러나 대학 생활을 시작한 지 석 달째로 접어들고 있는 지금까지도 그 불길한 안개는 여전히 그대로 머물러 있을 뿐이다. 그 길지 않은 기간은 명기에게 경이로움과 해방감만큼이나 당혹과 충격의 경험을 안겨준 시간이기도 했다.

새 학기 개학과 함께 캠퍼스는 학원 자율화의 열기로 무섭게 달아오르기 시작했다. 총학생회 부활 문제를 비롯 학내 언론 자유 보장, 서클 활동 허용, 교수회의 기능 확대, 학칙 개정 등등을 요구하는 슬로건이 건물 곳곳에 홍보물로 걸리거나 뿌려졌고, 아울러 시국 토론회와 공청회, 어용교수 퇴진을 위한 교내 집회가 거의 매일같이 열렸다.

사월엔 총학생회장 선거와 함께 학생회가 구성되었고, 병영집체훈련 거부 선언에 이어 마침내 계엄 철폐와 민주화 추진을 촉구하는 구호와 더불어 캠퍼스의 팽창된 열기가 거리로 뛰쳐나오기 시작했다. 캠퍼스뿐만 아니었다. 4월 21일 사북 사태가 터졌고, 몇몇 대기업의 공장에서 임금 인상을 요구하는 노동자들의 시위와 휴업 사태가 잇따라 일어나기 시작했다.

오월로 접어들면서 그 열기는 이미 전국 도시의 거리를 뜨겁게 달아오르게 만들었고, 자욱한 페퍼 포그와 돌멩이 속에서 사람들은 따가운 눈두덩을 붉히며 눈물과 콧물과 재채기를 터뜨려야 했다. 그러다가 시위의 열기는 부쩍 심지를 돋우어, 며칠 전부터는 엄청난 규모로 확산되어 전국 대도시의 거리를 완전히 뒤덮기 시작하면서, 어느덧 오월도 중순을 넘어서고 있는 참이었다.

명기는 그 동안 시위와 집회에 여러 번 참가했었다. 다른 누구나처럼 명기의 가슴 역시 뜨거웠고, 혈관의 피는 물고기처럼 날렵하고 투명하게 뛰어올랐다. 세상을 읽는 눈은 아직 단순했지만, 명기는 가슴속에서 벌떡거리는 젊음의 싱싱한 정의감과 열정을 더 신뢰하고 있는 갓 스무 살짜리 대학 신입생이었다. 역사의 정당한 요구 앞에서는 그 어떤 선택의 여지란 애당초 존재하지 않는 것이라고 명기는 여기고 있었다. 때문에 주위의 다른 친구들처럼 명기는 너무나 자연스럽고 당연하게 캠퍼스의 그 뜨겁고 거대한 흐름의 큰 줄기에 쉽사리 합류했다. 그리고 그 용솟음치는 격렬한 흐름의 한가운데서 명기는 팔십년대를 시작하는 첫 번째 봄의 희망과 기대, 용기와 자유로움의 풍족한 떡과 과일을 포만하도록 나누어먹을 수 있었던 것이다.

"어, 명기야. 저길 좀 봐. 저 사람, 우리 문학개론 담당한 교수 맞지? 어용교수로 찍힌 그 최교수 말야."

갑자기 태영이가 명기의 어깨를 잡아 흔들며 창 아래 거리 한쪽을 손가락으로 가리켰다. 명기는 시선을 돌렸다.

맞은편 길 모퉁이의 약국 앞을 지금 막 지나쳐가고 있는 눈에 익은 한 중년 사내의 모습을 명기는 금방 알아보았다. 틀림없는 최교수였다. 건물의 광고 간판 틈으로 얼핏 내려다보이는 옆얼굴이 아니더라도, 약간 튀어나온 배를 앞으로 내밀 듯이 하고 걷는 특유의 걸음걸이가 분명 그였다. 최교수는 금남로 쪽과는 반대 방향으로 꺾어지더니, 가톨릭센터 뒷길 쪽으로 이내 사라져버렸다. 뒷모습이 왠지 모르게 몹시 허둥거리고 있었다.

"뭘 내놓을 게 있다고 저렇게 뻔뻔하게 거리를 활보하고 다니는지 모르겠구만. 우리과 대의원이 그러는데, 어제 수업 시간에도 슬쩍 들여다보니까, 저 교수가 혼자 강의실에 들어왔다가 아무도 없는 걸 보고는 되돌아가더란다. 소문대로 어지간히 낯짝이 두꺼운 모양이야."

태영이 코웃음을 쳤다. 명기와 태영은 최교수로부터 문학개론을 수강하고 있었다. 그러나 수업이라고 받아본 건 불과 서너 시간에 불과했다. 복학생들이 중심이 되어 발표한 각서엔 대표적인 어용교수 여덟 명 가운데 최교수도 들어 있었는데, 학생들은 그들이 퇴진할 때까지 수업을 거부하기로 결정한 까닭이었다.

어용교수 백서라는 유인물에는 최교수의 과거 행적이 다소 원색적이고 감정적인 문구로 적혀져 있었다. 백서에 따르면, 그는 과거 유신 정권하에서 '학원 정보 형사의 앞잡이 노릇을 한 자'였으며, 심지어 '민주 학생 회유책으로서 주색가로 학생을 데리고 다니는 추잡한 작태까지 연출하여 교수로서의 체통을 저버린 철저한 철면피'였다. 어용교수 명단이 교내 곳곳에 대자보로 나붙기 시작할 무렵, 강단 위에 서 있는 최교수의 낯빛은 처참할 정도로 일그러져 있었다. 그는 애써 태연한 척 웃어보이려고 애

쓰는 것 같았으나 그럴수록 학생들의 눈에 그런 그의 표정은 비굴함과 혐오감으로 비칠 뿐이었다.

"난 여러분 앞에서 구차하게 일일이 따지고 변명을 늘어놓고 싶은 생각은 없어요. 다만 내게도 할말은 많다는 것, 그런데도 지금 이런 분위기에선 그 할말을 속시원히 털어놓을 수 없게 되었다는 사실 하나만은 여러분들이 이해해주기를 바랍니다……"

학생들의 노골적인 조소와 빈정대는 수군거림 앞에서 한동안 흙빛으로 질린 얼굴을 하고 굳어 있던 최교수는 간신히 그 말만 남기고 강의실을 힘없이 빠져나가고 말았다. 그때의 그 어색하고 참담하기 이를 데 없는 강의실의 분위기를 명기는 지금도 아프게 기억하고 있었다. 그건 차라리 없었더라면 좋았을, 고통스럽고 불유쾌한 기억이었다.

"그 소문 들었어? 연구실로 찾아오라는 전갈을 받고 학생들이 찾아갔더니, 최교수는 없고 정작 정보과 형사들이 대기하고 있다가, 그 자리에서 곧바로 연행해가버린 일도 있었다더라. 명색이 스승인데, 그런 식으로 제자를 팔아먹는 법도 있냐. 츳, 인간도 아니지."

"정말 그렇게까지 했을까 싶어. 설마."

"백서까지 공공연히 나온 걸 보면 사실이겠지. 복적생들이 터무니없는 중상모략을 했을 리는 없잖아."

"어쨌건 난 그런 식의 표현이 별로 맘에 안 들어. 조금은 감정적인 요소가 개입된 여론 재판 같기도 한 느낌이고."

창문을 열어제치고 명기는 심호흡을 했다.

"하기야, 유신 정권 시절을 무사히 넘긴 교수들치고 털어서 먼지 안 나는 사람이 얼마나 되겠어? 소문에 들으니까, 맨 처음에 어용교수 명단을 뽑아놓고 보았더니 우리 대학에서만도 무려 백여 명이 넘더라지 뭐냐. 거기서 최종적으로 골라낸 숫자가 그 여덟 명이라더라."

"아무튼 난 어용교수 문제를 우리가 더 이상 들추어내지 않는 게 낫지 않을까 싶어. 누가 누굴 심판한다는 게 뭔가 꺼림칙하기도 하고……"

"그건 그래. 솔직히 기분 좋은 일은 아니지. 그 바람에 다른 교수들까지 덩달아 학생들 눈치보느라고 전전긍긍하는 것 같아서 보기에 딱하더라. 에이, 이게 뭐냐. 대학교수라면 최소한 다른 사람들하고는 뭔가 다를 거라고 믿고 대학에 들어왔더니만, 안팎으로 썩기는 어디나 마찬가진 모양이지."

"글쎄 말이다. 난 뭐가 뭔지 아직도 잘 모르겠어."

명기는 한숨을 내쉬었다.

그때 문이 열리더니 경훈의 모습이 나타났다.

"자, 오늘 연습은 그만 하기로 하자. 이런 분위기에선 더 이상 잡아놓아봤자 마음은 죄 콩밭에 가 있을 거고. 내일은 토요일이니까 연습은 오전 열시부터, 여기서야. 잊지 마."

그 소리에 일제히 좋아라고 자리에서 일어났다. 건물을 나서자마자 모두들 금남로 쪽으로 몰려갔다. 집회가 시작된 게 한참 전인 모양이었다. 여기저기 유인물이 뿌려지고 있었다. 명기도 한 장을 받아들었다. 팔절 갱지 한쪽 면에 인쇄된 결의문이었다.

결전에 임하는 우리의 결의

질곡의 8년 간, 살을 찢기는 고통을 감내했던 우리 전남대인은 움

터오는 민주의 싹을 군화에 짓밟히지 않기 위한 일대 결전을 눈앞에
두고 있다. 이러한 엄숙한 시점에서 우리는 10·26 이후의 우리의 자
세를 반성하고, 우리의 최대의 적인 유신 망령의 정체를 파헤침과 아
울러, 그들을 타도하기 위한 우리의 결의를 다지고자 한다.

10·26 이후 우리를 포함한 민주 세력은 근거 없는 낙관론으로 말
뿐인 '민주화'에 기대가 부풀었고 하찮은 일들에 대한 승리감에 도취
하여 실질적인 '민주화'를 소홀히 한 것이 사실이다. 다시 말해서 학
내 민주화나 병영집체 거부 등의 사소한 민주화의 전리품에 정신이
팔려, 선결되어야 할 정국의 민주화는 멀리 뒷전으로 물러나고, 그
주도권마저도 유신 잔당에게 빼앗겨버리는 어리석음을 범하고 말았
다.

그 동안 유신 잔당은 기득권 세력이 근간이 되어 그들의 적극적인
자구책을 강구해서, 이제는 민주화에 들뜬 민주 세력에 반격을 가하
기 시작하면서, 민중을 우롱하고 있으니 어찌 통탄스럽지 아니한가!

전두환을 중심으로 하는 〔……〕 그들의 음모가 어찌 이뿐이리요마
는, 아직도 유신 체제가 국가의 위기상 어쩔 수 없었던 위기 관리 체
제였다는 망발을 거듭하고 있는 이런 시점에서 〔……〕

이에 우리는 우선 '비상 계엄의 해제' '구속된 민주 인사의 석방과
복직 복권'을 강력히 요구하며 더불어 일제 때 황민화 교육의 선봉자
였고, 3·15 부정 선거의 원흉이었으며 유신 체제의 받침돌이었던 신
현확과, 이승만 박정희 정권하에서 외무부 요직과 정부 요직을 두루
맡으면서 민주 세력 억압의 주역을 담당했으며 아직도 전두환의 손아
귀에서 벗어나지 못하는 허수아비 최규하, 그리고 반민주 반민족 세
력의 주동 인물인 전두환 등 3명이 모든 공직에서 즉각 퇴진할 것을
민주 학생과 민족의 이름으로 강력히 촉구한다.

우리는 우리의 선배들이 그러했듯이 민중이 승리하는 그날까지 우리의 뜨거운 피를 이 산하에 뿌릴 것을 분명히 밝혀두면서 우리의 나아갈 길은 영원히 오직 민족을 위한 투쟁임을 재천명하는 바이다.

1980년 5월 15일
전남대학교 총학생회

명기는 유인물을 접어 책갈피 사이에 넣었다.

가두로 진출하기 시작한 대규모 시위로서는 오늘이 사흘째였다. 광주 지역에선 서울 지역보다 하루 늦은 지난 14일 오후부터 시위가 본격적으로 확대되었다. 그날 최루탄을 터뜨리며 완강히 저지하던 경찰은 결국 방어선이 허물어지면서 대응을 포기했고, 시위대는 시내 주요 거리들을 통과하여 도청 앞 분수대 광장에 집결해서 집회를 가졌던 것이다.

학생들이 '민족 민주화 성회'라고 이름을 붙인 오늘의 집회는 야간 횃불 시위로 일단 막을 내리기로 어제 이미 결정을 내린 참이었다. 애당초엔 이번 횃불 시위 때는 시민들의 호응도를 증명해보이겠다는 생각에서 전시가지의 모든 불빛을 일제히 소등시킬 계획이라는 소문이 나돌기도 했었다. 그러나 어떤 이유에서인지 결국 그 소등 계획은 취소된 모양이었다. 거리의 가로등과 크고 작은 건물들의 창마다엔 불이 들어와 있었다.

명기는 시계를 보았다. 여섯시 반. 이윽고 성토 대회가 끝났다. 오랫동안 줄곧 자리를 지키고 앉아 있던 학생들이 일어나면서 시위는 자연스레 시작되었다.

명기와 태영은 순임이를 사이에 두고 나란히 어깨동무를 했다. 분수대를 돌아서 노동청과 동명동, 시민관 앞을 지나 다시 도청 앞으로 되돌아왔을 때는 날이 이미 완전히 어두워진 시각이었다. 그 사이 대열에 하나둘 합류하기 시작한 시민들의 수효도 부쩍 늘어나 있었다.

"야아, 저거 봐 명기야. 횃불에 불을 댕겼어!"

순임이가 소리를 질렀다. 여기저기서 탄성이 터졌다. 광장을 중심으로 양쪽에 늘어선 횃불들이 하나둘 환하게 타오르기 시작하고 있었다. 와아 하는 탄성과 환호성이 덩달아 피어올랐고, 요란한 박수 소리가 터져나왔다. 사오백 개쯤 될까. 그것은 흡사 현란하게 피어난 꽃무더기처럼 아름답고 환상적이기조차 했다.

행렬은 자연스레 일정한 대오를 이루며 꿈틀꿈틀 움직이기 시작했다. 우리들은 정의파다 좋다 좋다 같이 죽고 같이 산다 좋다 좋다 무릎 꿇고 사느니보다 서서 죽기 원한단다 우리들은 정의파다…… 어디서부터 시작했는지 모르게 군중은 합창했다. 손뼉을 치고 팔을 흔들어보이며 앞으로 앞으로 나아가기 시작하고 있었다.

대열은 두 줄기의 커다란 흐름으로 나누어졌다. 한 줄기는 금남로를 곧장 따라 흐르고, 다른 줄기는 계림동과 산수동 오거리, 동명로, 노동청을 굽이굽이 돌아 흘렀다.

명기 일행은 계림동 쪽으로 합류했다. 어깨와 어깨, 손과 손을 서로 끼고 부둥켜안은 시위 행렬의 양쪽 가장자리로 횃불은 일정한 간격을 두고 호위하듯 함께 걸었다.

시위 대열이라기엔 퍽이나 느리고 차분한 속도의 흐름이었다. 모두의 머리 위로 불꽃의 그림자가 부드럽게 출렁이고 있었다. 지나치는 거리마다 사람들이 뛰어나와 손뼉을 치며 탄성을 지르기도 했다. 경찰들은 시종 행렬의 앞과 뒤에서 호위하듯 따라 움직이고 있을 뿐, 제지하려는 기색 같은 건 전혀 보이지 않았다. 전화국 건물 앞에 늘어서서 지켜보고 있던 이삼십 명 가량의 경찰 대열 속에서 누군가가 이쪽을 향해 손을 흔들어주는 모습을 명기는 보았다.

"우리의 소원은 통일 꿈에도 소원은 통일……"

노랫소리는 이윽고 거대한 군중의 합창으로 변해가고 있었다. 자신의 손바닥을 마주잡은 순임이의 땀에 젖은 작은 손이 문득 꼬옥 쥐어 누르는 것을 명기는 깨달았다. 고개를 돌려 순임을 돌아다보았다. 노래를 따라 부르며 순임은 눈짓으로 환히 웃어보였다. 그 짧은 순간 명기는 순임의 맑은 눈망울 속에서 횃불의 따스한 불빛이 가득히 흘러들어 함께 빛나고 있음을 알았다. '사랑해, 순임아.' 명기는 불현듯 그렇게 순임의 귀에 대고 속삭여주고 싶은 충동을 느꼈다.

"이 목숨 바쳐서 통일. 통일을 이루자……"

사람들의 얼굴은 모두가 한결같이 불빛에 젖어 흔들리고 있었다. 잘 익은 연시빛 불꽃에 젖은 그들의 표정이 참으로 평화롭고 아름다워 보인다고 명기는 생각했다. 이 겨레 살리는 토웅일…… 수천 수만의 목소리가 합해져서 한마음으로 부르는 노랫소리는 어두운 거리와 거리, 불 꺼진 골목과 골목으로 퍼져 스며들어가고 있었다. 그 소리의 이상한 마력에 홀리기라도 하듯 시민들은 문을 열고 한길로 찾아나와 역시 불빛에 젖은 눈을 반짝이며 행렬을 지켜보고 있었다.

횃불에 감싸인 그 따뜻하고도 엄숙한 합창대의 대열은 명기의 앞과 뒤쪽으로 끝이 보이지 않을 만큼 길고 조용하게 움직이고 있었다. 그건 강이었다. 평화와 사랑이 지펴내는 현란한 불꽃의 강물이 지금 거리에 넘쳐흐르고 있는 것이라고 명기는 생각했다.

흔들리지 않게 흔들리지 않게. 물가에 늘어선 나무같이 흔들리지 않게…… 불현듯 명기는 목 안이 울컥 잠겨옴을 느꼈다.

'아아, 조국은 아름다울 것이다. 이렇게 착하고 아름다운 사람들이 살아가는 이 땅은.'

명기는 연극에서 카리아예브가 남긴 대사를 저도 모르게 중얼거리고 있었다. 순간 어떤 뜨겁고 묵직한 감동의 물살에 전신이 촉촉이 잠겨오면서 눈에 물기가 핑 돌았다.

명기는 순임이의 작은 어깨를 한 팔로 힘껏 껴안았다.

6

나 만군의 야훼가 이른다. 곡하는 여인들을 불러 오너라. 넋두리 잘하는 여자들을 불러 부탁하여라. "지체 말고 구슬픈 노래를 불러주오. 눈에서 눈물이 쏟아지고 눈시울에 눈물이 방울져 내리도록!" 구슬픈 노랫가락이 시온에서 들려온다.
　　—「에레미야」, 9:16~17

5월 17일 11 : 00, 경기도 김포군 ○○부대

부대 정문 밖까지 빠져나간 3지역대 병력이 일제히 뒤로 돌아섰다.

"헤쳐. 제자리에 헤쳐 모여. 쌔키들아 빨랑빨랑 동작 못 취해!"
지휘관의 구령과 욕설이 튀어나왔다. 정연하게 대오를 유지하고 있던 병력이 일시에 어수선하게 주위로 흩어졌다. 그들은 하나같이 손에 피켓이나 조그만 모래 주머니를 움켜쥔 채 이쪽을 향해 대기하고 있었다.

그 모래 주머니를 감자라고 부르는 병사들도 있었다. 헌 천조각으로 자루를 만들어, 속에 모래를 채워넣은 그 감자알만한 크기의 단단한 덩어리는 시위대의 돌멩이 대용으로 사용될 것이었다.

바로 조금 전까지만 해도 명치네 지역대는 그걸 집어던지며 진압군과 밀고 밀리는 훈련을 한참 동안 되풀이했었다. 그리고 이번엔 임무를 교대해서 3지역대가 시위대 역할을 맡고, 4지역대가 진압군 역할을 할 차례였다.

사열대를 중심으로, 연병장과 정문 쪽에 시위대와 진압군은 각각 포진했다. 막사 앞에 한 줄로 대기시켜놓은 트럭 뒤칸에서 명치는 진압봉을 초조하게 만지작거리며 정문 쪽의 시위대를 노려보았다. 부옇게 일어난 먼지가 미루나무 가지 너머로 느리게 흩어지고 있었다.

바람은 아직 정문 쪽으로 불고 있는 게 분명하다. 아까 시위대 역할을 하면서 한바탕 최루탄 가스 때문에 고역을 치러야 했던 기억이 떠올랐다.

"3지역대 새키들. 이번엔 어디 가스맛 좀 봐라. 고소한 게 꽤 퍼마실 만할 끼다. 으흐흐훗."

누군가 등뒤에서 킬킬거렸다.

오늘따라 사용된 가스탄의 양이 다른 날에 비해 유난히 많았다. 공중에선 500 MD 헬기가 요란한 프로펠러 음을 뿜어내며 최루탄을 어지러이 난사해대고, 두 대의 특수 가스차까지 실제 상황처럼 자욱하게 페퍼 포그를 쉴새없이 토해냈다. 덩달아 상대편은 전에 없이 가스 분사총을 명치네 대원들의 머리 위로 정확히 조준하여 펑, 퍼엉, 터뜨렸다. 하필이면 바람까지 마주 안고서 있어야 하는 꼴이었으므로, 시위대 역할을 맡은 명치네로서는 엄청난 고역을 치러야만 했었다.

명치는 트럭 뒤칸 맨 후미에서 상체를 웅크린 채, 저만치 연병장 한가운데 서 있는 지역대장 최소령 쪽을 응시했다. 여단장의 신호를 기다리며 아까부터 소령은 부동 자세로 거기 서 있는 참이다. 사열대에 놓인 의자에 다리를 벌리고 앉아 참모들과 뭔가 얘기를 주고받고 있는 여단장의 모습이 보인다. 명치는 마른침을 꿀걱 삼켰다. 등뒤에 쭈그리고 앉아 대기중인 병사들 역시 잔뜩 긴장해 있었다.

오늘은 여느 때의 충정 훈련과는 달랐다. 여단장이 직접 나와서 지켜보고 있는 앞에서 시범을 보이는 자리였다. 대대 전병력이 두 개 조로 나뉘어서 지역대별로 시위대와 진압군으로 번갈아가며 진압 훈련 평가를 받고 있는 것이다. 1지역대와 2지역대는 앞서 시범을 보였는데, 그 중 2지역대가 불합격 판정을 받았다. 그리고 나서 이번엔 3, 4지역대 차례였다. 만약 재수 없이 여단장의 눈에 들지 못한다면, 앞서 불합격한 2지역대의 상대가 되

어 오후에도 쉬지 않고 줄곧 반복 훈련을 받아야 할 게 뻔한 일
이다. 그건 무척 짜증스럽고 자존심 상하는 일일 것이었다.

"우리들은 정의파다 좋다 좋다. 같이 죽고 같이 산다 좋다 좋
다……"

시위대 역을 맡은 정문 쪽의 병사들이 노래를 부르기 시작한
다. 연병장 중앙에 말뚝처럼 서 있던 소령의 팔이 번쩍 하늘로
올라갔다.

"출바알!"

넉 대의 트럭이 거의 동시에 출발, 순식간에 연병장 동쪽에 급
정거했다. 대원들이 신속하게 뛰어내리자마자, 달려온 최소령이
명령을 하달했다.

"지역대 앞으로! 날개형 포진!"

병사들이 복창과 함께 재빨리 대형을 취했다. 전위조가 방패
를 들고 앞쪽에 횡대로 늘어섰고, 명치의 중대는 후면에 지원 대
형으로 정렬했다. 이어 지휘관의 장비 점검. 명치는 재빨리 방독
면을 착용한 다음 방탄용 헬멧을 뒤집어쓰고 '앞엣봉' 자세를
취했다. 소령이 큰 걸음으로 대열 사이를 성큼성큼 돌며 장비 검
사를 하는 동안 확성기가 선무 방송을 개시했다.

"학생 여러분. 시위를 자제하고 속히 학교로 돌아가 학업에 열
중합시다아. 친애하는 학생 여러부운……"

정문을 지나 시위대가 앞으로 접근해왔다. 시위대는 모두 똑
같은 감색 운동복 상의와 얼룩무늬 특전복 바지에 군화를 신은
차림이다. '독재 정권 물러가라! 물러가라! 물러가라!' 그 동안
수없이 반복해온 훈련대로 복창되는 구호와 함성. '무릎 꿇고 사
느니보다 서서 죽기 원한단다 우리들은 정의파다……' 노래를

부르고 피켓을 흔들어대며 설치는 품이 제법 실감나게 대학생 시위대의 흉내를 낸다.

투타타타타타……

별안간 엄청난 폭음이 허공을 찢어대며 머리 위에서 터져나왔다. 짙은 회색의 헬리콥터 동체가 햇빛을 반사하며 미루나무 위로 모습을 드러냈다. 프로펠러가 빨아올리는 먼지의 안개가 메마른 연병장으로부터 부옇게 소용돌이치며 치솟아올랐다.

"가스총 발사 준비!"

지역대장의 목쉰 함성이 터져나오자마자 가스총 조가 신속히 사정거리까지 전진. 이내 발사 명령이 떨어졌다. 1조 발사. 2조 발사. 펑. 퍼엉. 펑. 펑…… 엄청난 폭음과 함께 탄체가 파열되면서 시위대의 머리 위로 흰 분말이 눈사태처럼 어지러이 흩어져 쏟아져내렸다. 그와 동시에 공중에서도 헬리콥터가 지그재그로 선회하며 가스탄을 터뜨리기 시작했다.

투타타타타…… 고막을 찢어내는 듯한 프로펠러 소리. 미루나무 연초록 잎사귀들이 가지에서 미친 듯 흔들리고, 연병장의 메마른 흙먼지가 하늘을 향해 무서운 속도로 빨려올라갔다. 우리들은 정의파다 좋다 좋다…… 투타타타타타…… 펑퍼펑펑펑…… 헬기의 굉음, 고함 소리, 아우성 소리, 빗발처럼 파열하는 최루탄의 폭발음…… 그 모두가 한덩어리로 엉키고 부딪치고 서로 찢고 찢기며 연병장을 일시에 아수라장으로 뒤덮고 있었다.

"오냐, 어디 맛 좀 봐라! 기분 쪼오치. 으히히힛."

누군가 등뒤에서 킬킬대며 최루탄을 까 던졌다.

"와와와와. 물러가라. 독재 정권 물러가라."

자욱한 최루 가스 속에 갇힌 채 갈팡질팡하면서도 군중은 이쪽을 향해 어수선하게 돌팔매질을 하고 있다. 던지고 달아나는 놈. 달아나다가 다시 던지는 놈. 눈물을 질질 흘리고 재채기를 토해내면서도 놈들은 악착같이 물러서지 않을 기세다.

"개새끼들. 쥑이삐라. 칵 쥑여 없애뿌리라."

곁에서 키득거리며 누군가 연신 소리를 질렀다. 머리 위로 몇 개의 모래 주머니가 휙휙 지나갔다.

"사과탄 투척 준비잇! 1조 앞으로! 투척! 2조 앞으로! 투처억!"

"야, 이 씹새끼야. 빨랑 안 빠지고 뭘 햇!"

소령이 고함을 지르며, 달려오다 발길에 걸려 비틀거리는 병사의 엉덩이를 사정없이 군화 뒤축으로 후려찼다. 병사 일인당 두 개씩 지급된 사과탄을 모두 투척하고 물러서자 이번엔 가스차가 데모 군중을 향해 진격, 어지러이 가스를 뿜어내기 시작한다.

"돌격 준비잇! 돌겨억!"

순간 '앞엣봉' 자세로 진압봉을 두 손으로 꼬나쥔 채 대원들이 일제히 전진하기 시작했다.

척척척척척척……

일제히 발을 맞추어 군화 소리를 울리며 전진하다가, 마침내 전속력으로 전방을 향해 돌격을 개시했다.

"우아아아아앗!"

기괴한 울부짖음을 터뜨리며 명치는 맨 먼저 앞장서서 진압봉을 머리 위로 치켜올린 채 시위대를 겨누고 달려나갔다. 눈앞에서 오합지졸로 무너지며 뿔뿔이 도망치는 시위대들. 그 동안에도 머리 바로 위에서는 헬기가 엄청난 먼지바람과 함께 공중을 선회하며 최루탄을 터뜨리고, 가스차들이 뿜어내는 페퍼 포그,

우박처럼 쏟아져내리는 가스탄의 폭음, 안개비로 뿌우옇게 솟구쳐 퍼지는 분말, 먼지……

그 어수선한 혼란통에서 양진영은 실제 상황처럼 서로 밀고 밀리기를 되풀이했다. 각목과 쇠파이프를 휘두르며 달겨드는 시위대. 그들을 맞아 진압봉을 휘두르는 진압군.

"좌우 어깨 쳐."

"좌우 상박 쳐."

"좌우 하박 쳐."

"좌우 무릎 쳐."

"좌우 겨드랑이 쳐."

"목조르기."

"등뼈누르기."

병사들은 벌써 몇 달 동안 수없이 반복 훈련해온 그대로 능숙하고도 민첩 정확하게 진압봉을 휘둘러대고, 일부는 주모자를 체포하여 부대 후방으로 신속히 연행해왔다.

명치는 견딜 수 없게 숨이 가빠왔다. 허파가 찢어지는 것 같다. 염통은 터질 듯 부풀어올랐다. 방독면 앞유리가 입김에 부옇게 흐려졌다. 명치는 이를 악물고 이리 뛰고 저리 달려다니며 대원들을 독려했다. 방독면 속에서 거칠게 내뿜는 숨소리가 헉헉 커다랗게 울렸다.

"상황 끝! 헤쳐 모여!"

마침내 소령의 고함 소리가 부연 가스와 흙먼지의 안개 사이를 뚫고 들려왔다. 어지러이 뒤엉키고 흩어져 있던 진압군과 시위대가 각자 대열을 정돈한 다음 연병장으로 이동해서 다시 정렬했다.

명치는 비로소 방독면을 벗고 심호흡을 했다. 콜록콜록. 기침 소리. 재채기 소리. 콧물, 눈물, 땀으로 뒤범벅이 된 얼굴을 좌우로 흔들어대는 병사들의 얼굴은 하나같이 고통으로 잔뜩 일그러져 있다. 시위대 쪽도 진압군 쪽도 마찬가지다. 명치는 바람이 불어오는 쪽을 향하고 서서 눈을 깜박거리려 애를 썼다. 펄펄 끓는 기름을 흠뻑 뒤집어쓴 것처럼 얼굴이며 온몸이 땀으로 후줄근하게 젖어 있었다.

한동안 그렇게 옷을 털고 눈물 콧물을 닦아내느라 어수선하기만 하던 대열이 돌연 바짝 긴장했다. 사열대 앞에 부동 자세로 서서 여단장으로부터 무엇인가 지시를 받고 난 최소령이 등을 돌려 이쪽을 향해 똑바로 걸어오는 것을 명치는 지켜보았다. 가까이 다가와서 다리를 벌린 채 떡 버티고 선 그의 표정은 기묘하게 일그러져 있었다.

"이 간나새키들! 그 따위로밖에 못 하겠다 이거지!"

소령의 얼굴은 벌겋게 상기되어 있었다. 눈두덩 바로 위에 칼자국같이 주욱 찢어진 흉터가 더욱 깊어 보인다. 그것이 월남전에서 베트콩과 심야에 백병전을 벌이다가 얻은 상처라는 점을 소령은 늘상 자랑하곤 했었다.

명치는 숨을 훅 들이마시며 전신의 근육과 뼈마디를 곧추세웠다.

'니기미, 불합격이구나. 오늘도 좆빠지게 생겼어.'

부동 자세로 빳빳하게 얼어붙은 병사들의 그을린 얼굴 표정도 어느새 딱딱하게 굳어버렸다.

'엠병할, 지금부터 또 그 지긋지긋한 시범 훈련을 어떻게 견디어낼꼬.'

·그들의 눈빛이 그렇게 투덜대고 있었다.

명치는 어금니를 우두둑 짓물었다. 보나마나 오후 내내 휴식 한번 제대로 취하지 못하고, 그 빌어먹을 충정 훈련인가 폭동 진압 훈련인가를 또다시 반복해야 할 게 뻔하다. 오후라니! 어쩌면 취침 시간이나마 제대로 찾아먹을 수 있게 된다면 다행이다. 지난번에도 대대장의 눈에 차지 않는다고 밤늦게까지 그야말로 좆뺑이를 쳐야 하지 않았는가 말이다. 순간 참을 수 없이 부아가 부글부글 끓어오르기 시작한다. 명치는 진압봉을 꼬나쥐고 그 무엇이건 닥치는 대로 마구 두들겨패고 부수고 짓이겨주고 싶은 충동을 가까스로 억누르며, 눈앞에 떠억 버티고 서 있는 지역대장 최소령을 쏘아보았다.

소령이 선글라스를 꺼내어 쓴다. 그 검은 유리알 뒤편으로 이마의 칼자국이 사라져버렸다. 소령의 입가엔 여전히 그 기묘한 웃음기가 엷게 묻어 있다.

"새애키들! 오늘 운이 좋은 줄로 알아. 여단장께서 아무 말씀 안 하시길래 오늘은 내가 눈감아주는 거다. 알았나!"

"예엣!"

엄청난 대답 소리가 일제히 터져나오면서, 바짝 긴장해 있던 대열은 일순간에 유쾌한 분위기로 풀어져내렸다.

"합격이구나. 그러면 그렇지. 대장이 또 능청을 떨었어. 너구리 대장 아니랄까봐."

비로소 홀가분한 웃음 소리와 익살스런 환호성, 박수 소리가 잠시 쏟아져나왔다.

그러나 기대했던 것과는 딴판으로, 그걸로 오전 훈련을 마치는 건 아닌 모양이었다. 잠시 휴식을 취한 후에 다시 현위치로 모이라는 지시를 남기고, 소령은 사열대를 향해 되돌아간다.

병사들은 대열을 허물고 연병장 주위로 제각기 흩어졌다.

"엠병할! 이거야 원 영락없는 양아치, 고물장수 꼴이지 뭐야. 차라리 완전 군장 구보를 하고 말지, 이 짓거리는 드러워서 못 해먹겠다. 뭐가 이렇게 주렁주렁 달린 장비가 많아? 쓰발."

명치는 연병장 가장자리 풀밭에 장비를 아무렇게나 풀어 던져 놓고는 털썩 주저앉아 투덜거렸다.

정말이지 별의별 장비가 다 있었다. 등에는 M16 소총을 메고, 안면 보호용 철망이 달린 방석 헬멧, 방독면, 진압봉, 거기다가 대나무를 쪼개어넣고 천으로 감싸 만든 아대는 양쪽 정강이와 팔꿈치용으로 무려 네 개나 되었다. 그외에도 허리엔 수통과 탄입대, 탄창 묶음까지 달려 있어서, 움직일 때마다 무슨 고물 덩어리를 주렁주렁 매단 것마냥 무겁고 거추장스럽기 그지없었다.

오하사가 다가와 명치 곁에 주저앉았다.

"야, 고물이라면 깡냉이라도 바꿔 먹지. 그나저나 무슨 놈의 날씨가 이러냐. 아직 오월 중순인데, 꼭 한여름같이 푹푹 찌는구나."

"니기미, 하늘까지 해까닥 미쳐 돌아가는 게지. 이런 드런 날씨에 남의 부대까장 와서 허구한 날 개스 뒤집어써가며 이따위 개씹 같은 폭동 진압 훈련이나 받고 있어야 하다니, 에이, 드러워서 증말!"

명치는 앞니 틈 사이로 물총을 쏘듯 침을 찍 내뱉는다. 그건 명치의 오랜 버릇이다. 그 버릇 때문에 고등학교 시절엔 체육 선생한테 늘씬하게 두들겨맞은 적도 있다. 체조 시간이었는데, 하필 맨 앞줄에 서 있다가 명치는 선생에게 지적을 받았다. 그런데도 이내 무심코 침으로 물총을 쏘아댔으므로, 무시당했다고 여긴 체육 선생은 명치를 앞으로 불러내 정신을 차릴 겨를도 없이 두들겨팼던 것이다. 그 며칠 후, 명치는 늘상 한데 어울려 다니던 다른 학교 패거리들과 함께 밤중에 그자의 집 앞 골목 어귀를 지키고 있다가, 술 취해 돌아오는 그 선생의 코뼈를 완전히 짓뭉개놓음으로써 통쾌하게 분풀이를 해주었었다.

"야, 오하사. 오후에도 또 충정 훈련이래?"

명치는 진압봉을 들어 군화 앞축을 툭툭 두들기며 물었다.

"누가 아니? 설마 내무반에서 낮잠을 재워줄 리야 없을 테고."

오하사가 콧잔등을 찡그렸다.

"쓰발. 모처럼 여단장 앞에서 시범 보이느라고 오전 내내 뺑일 쳤으니, 좀 쉬게 해주면 어디가 곪아?"

"여단장 꼬라지 몰라서 그러냐? 또 '일당백의 불사신' 어쩌고 나발통 불어대면서 지휘관을 들볶고 있을 게 뻔한데. 저거 보라구."

연병장 건너편의 사열대를 턱으로 가리키며 오하사가 말했다.

여단장을 중심으로 간이의자에 모여 앉은 장교들의 모습이 보인다. 여단장만 검은 베레모를 쓰고 있을 뿐, 나머지는 모두 철모 차림이다. 한 손에 지시봉을 쥔 여단장이 이따금 연병장 쪽을 가리키며 뭐라고 얘길 하는 중이다. 작달막한 키에 딱 벌어진 어깨를 가진 그에겐 도사견이란 별명이 붙어 있었다. 그가 고개를 움직일 때마다 새까만 선글라스가 햇살을 받아 번쩍거렸다.

특전사의 지휘관들은 검은 선글라스를 즐겨 쓰는 게 무슨 전통처럼 되어 있는 것 같았다. 교육단의 훈련 교관부터 시작해서 공수 교육, 특수전 훈련장 교관들 그리고 일반 장교들에 이르기까지 거의 대부분 그런 식의 선글라스를 끼고 나타나는 거였다.

검은색의 선글라스는 이상한 마력 같은 걸 지니고 있었다. 다만 두 눈을 가릴 뿐인데도, 일단 그걸 뒤집어쓰고 나면 그 순간부터 그것은 인물의 특징과 감정, 표정까지도 놀랍도록 깡그리 지워버렸다. 해골바가지에 뚫려 있는 두 개의 눈구멍처럼 보이는 그것 때문에, 그들의 얼굴은 진짜 해골이나 무슨 불길하고 흉측한 가면처럼 보이기도 했다. 그것은 마주 대하고 서 있는 사람에게 까닭 모를 공포와 불안감을 불러일으키는 신비한 힘을 지니고 있었고, 동시에 그걸 쓰고 있는 사람에겐 어떤 비정하고 잔인한 힘과 용기를 불어넣어주는 듯했다. 바로 그 신비한 마력 때문에 병사들은 그 선글라스들이 하달하는 명령에 때론 목숨까지 바쳐가며 완벽한 복종을 바치고, 그 혹독한 훈련과 생존의 극한까지 밀어붙이는 고통을 초인적인 충성심으로 감내하며 일사불란하게 한덩어리가 될 수 있는 것인지도 모를 일이다.

문득 막사 뒤쪽을 돌아 한떼의 병력이 구보로 다가오더니, 연병장 한켠에 정지했다. 2지역대였다. 불합격한 벌로 부대 영내를 몇 바퀴 구보로 돌아오는 모양이다. 그들이 꽁무니에 함께 몰고 온 메마른 흙먼지가 주위에 부옇게 떠오르고 있었다. 땀과 먼지로 범벅이 된 병사들의 얼굴이 수백 개의 마네킹처럼 똑같이 보였다. 고통으로 일그러진 눈빛으로 그들은 무표정하게 서 있었다. 인솔해온 장교 하나가 입에 물었던 호루라기를 뱉어내며 뭐라고 욕을 한바탕 쏟아내기 시작했다.

나무 그늘에 드러눕거나 주저앉아 있는 다른 지역대 병사들의 시선이 무심히 그쪽을 향하고 있었다.

“씨팔. 암만 생각해도 지금 우리가 무엇 때문에 이 고생인지 모르겠다니까. 대관절 이렇게 밤낮없이 폭동 진압 훈련을 해봤자, 어디 진짜로 써먹을 일이 생기기나 하려나?"

"써먹을 데가 있으니까 이렇게 기를 쓰고 조져대는 것 아니겠냐?"

오하사가 담배를 꺼내어 명치에게 내밀고는 자기도 하나 뽑아 물었다.

"그게 언제냔 말씀이야. 이럴 바엔 차라리 당장이라도 우릴 서울 시내 한복판에다 일단 풀어놓아주라고 해. 그 싸가지 없는 대학생 아새끼들, 이 진압봉으로 골통을 빠셔버리구 말 테니깐."

명치는 진압봉을 들어 땅바닥을 힘껏 두들겨팬다.

"맞습니다 내무반장님. 정말이지 저도 손이 근질근질해서 미칠 지경이라구요."

곁에서 미루나무 둥치에 등을 기대고 앉은 강상병이 끼여들었다. 대전에서 고등학교를 나온 뒤 서울 청계천시장에서 철물점 점원을 하다가 왔다는 그는 합기도로 다져진 당당한 체격을 가지고 있었다.

"쫄다구새키가 뭘 안다고, 겁대가리 읊이 고참들 말씀하시는데 개좆에 뭐 끼디끼 쑥쑥 끼여들기는?"

"아이그, 반장님. 우리가 뭣 때문에 우리 부대 놔두고 여기 남의 부대꺼정 와서 눈칫밥 얻어먹어가며 허구한 날 좆빠지게 고생해야 합니까. 좆도 모르는 그 쌍놈의 대학생 아새키들, 즈이 어미 애비가 비싼 돈 들여서 학교에 보내주니깐, 하라는 공부는 안 하고 데모니 뭐니 지랄들 하는 통에 우리까지 이 고생 아닙니까. 이 시키들, 한번 출동만 했다 하믄 봐라. 작살을 내줄 테니깐."

"어쭈, 네가 어떻게?"

"아 뻔하잖습니까. 출동 명령만 떨어지거든 보십쇼. 맨날 수돗물만 빨아마시고, 사내새끼들 주제에 얼굴에 화장품이나 찍어 바르고 나다니는 희멀건 대학생놈들, 이 진압봉으로 한방에 목뼈를 댕경 분질러버리고 말 테니까요."

"짜식. 너, 뒷구멍으로는 은근히 여대생 계집아이들한테 꿍심이 있어서 그렇게 꼴리는 소릴 하는 거지?"

명치의 이죽거림에 오하사가 키득댄다.

"에이, 무슨 말씀을 그리 허십니까. 그까짓 몽실몽실 젖비린내 나는 여대생 가시나들이야 진압봉도 필요없지요. 이 한 손만으로도……"

"아믄, 진압봉까지 쓸 필요가 뭐 있갔냐. 너야 뭐, 그 가운뎃다리 하나 벌떡 세우고설랑, 고년들 향해 '돌격 앞으로' 하고 싶어 미친 놈인데. 안 그래?"

명치의 비아냥거림에 모두들 배를 잡고 웃어대었다. 머쓱해진 강상병이 뒷머리를 긁으며 씨익 웃었다.

"하기사 뭐, 강상병한테야 이까짓 진압봉보단 그게 훨씬 나을 끼다. 바지 속에서 그놈을 대신 꺼내들고 휘두르면 일당백은 문제없제. 으훗."

"아니지. 그걸 보고 달아나기는커녕 되레 여대생 계집아이들이 치마를 훌러덩 걷어올리고, 오빠 오빠 하면서 떼거리로 달라붙으면 어쩔 거야."

"그라믄, 출동해서 나는 강상병 뒤만 쫄쫄 따라댕길란다. 떡고물이나 주워먹게 될지 누가 알아?"

"쪼다시키! 네 녀석 물건 가지고서야 떡고물은 고사하고 괜히 주저앉아 생병신 되기 십상이지, 안 그래?”

또 와르르 웃음이 터졌다.

사실 강상병의 그것이 엄청나게 크다는 건 이미 소문이 나 있었다. 세면장에서 샤워할 때면 으레 장난삼아 그걸 눈요기하겠다고 너도나도 고개를 기웃거리며 킬킬대곤 했다. 강상병 자신 역시 그 남달리 우람한 물건을 무슨 대단한 재산인 양 거리낌없이 드러내놓고 으스대곤 했는데, 더러 소문에는 그런 강상병의 물건이 겉만 그럴듯할 뿐 실은 빛 좋은 개살구 격이어서, 실속이 전혀 없다더라는 우스갯소리도 있었다.

언젠가 명치는 외박을 나가 부대 앞 ‘고향집’에서 몇몇이 어울린 적이 있었다. 그날 밤 저마다 여자 하나씩을 차고 잠을 자면서도 모두들 관심은 강상병이 들어간 방 쪽으로만 쏠려 있었는데, 기대했던 여자의 자지러지는 비명 소리는 고사하고, 어찌된 셈인지 다음날 아침 가장 늦게까지 퍼질러져서 비실대며 좀체 일어나지 못한 녀석이 바로 강상병이었던 것이다.

“어, 유이병. 고참들이 웃는다고 너까지 겁대가리 없이 깡냉이 드러내놓고 쪼개구 있어? 너, 이리 좀 와봐. 빨랑!”

강상병이 이번엔 엉뚱하게 뒤편의 유이병을 보고 짐짓 눈알을 잔뜩 부라렸다. 멋모르고 따라 웃다가 주춤 놀란 유이병이 엉거주춤 다가왔다.

“너 임마. 우리가 날마다 이렇게 고생하는 게 누구 때문인 줄 알고 있어?”

“넷, 알고 있습니더.”

“누구 때문인데?”

“대학생들이…… 대학생 아새끼들의 시위 데모 때문입니더.”

"어쭈, 대답은 잘하는구나. 너, 부산에서 대학 다니다가 왔다지. 솔직히 여기서 까봐. 너도 데모 했었지, 그렇지?"
"안 했습니더."
"이게 까불고 있어 증말. 여기 나말고, 왕년에 대학 안 다니다 온 사람 누구 있는 줄 알어? 짜식아. 너처럼 나도 잘난 부모만 만났드라믄 그까짓 대학은 천번이라도 갔었을 꺼라구. 그럼, 너, 제대해서 복학하면 다시 데모할 거지. 안 그래?"
"아, 아닙니더. 절대로 안 할 낍니더."
"뭐가 아냐? 담에 미친 척하고 우리한테 돌멩이랑 화염병을 까 던질 생각이지, 응?"
"아니라니까예 강상병님. 설마 우예 그럴 리가 있겠습니꺼."
짐짓 윽박지르듯하는 강상병 앞에서 유이병은 당혹해하고 있었다. 순부산 토박이라는 그는 훈련을 마치고 입대한 지 몇 달 안 되는 신참이었는데, 덩치만 컸지 성격이 무척 여리고 순진한 녀석이었다. 훈련소에서 어쩌다가 차출되어 특전사로 배치를 받긴 했지만, 그런 성격 때문에 아무래도 고문관이라는 딱지를 쉽사리 떼어낼 수 있을 성싶지가 않았다.
"얌마, 강물건. 이젠 그만 해둬. 쫄다구 겁주지 말고."
오하사가 마지못해 나서서 한마디해주었고, 그것으로 이내 화제는 다른 것으로 옮겨갔다. 명치는 오하사의 옆얼굴을 힐끔 올려다보았다. 오하사 역시 서울의 D대학 재학중에 입대한 처지임을 그는 잘 알고 있었다.
서울 토박이라는 오하사는 명치와는 입대 동기였다. 훈련소에서부터 교육단에 이르는 그 몇 달 간도 그러했고, 자대 배치를 받아 한 중대, 한 내무반에 배속된 것까지도 줄곧 함께였다. 둘

은 지금껏 삼 년 가까이 바늘과 실처럼 한데 붙어다니며 생활해
온 셈이었다. 우연치고는 퍽이나 희귀한 인연이었고, 어느 사이
엔가 둘은 그 인연을 소중히 여기고 있었다.
　물론 처음 한동안은 문제도 없지 않았었다. 무엇보다 그가 대
학에 적을 두고 있다는 사실, 또 자신과는 대조적으로 무척 부유
하고 단란한 가정에서 성장했다는 사실 따위가 명치로서는 은근
한 열등감으로 작용했다. 또 성급하고 거친 자신과는 전혀 딴판
으로, 비교적 말수가 적고 신중한 편인 오하사의 성격 때문에 알
게 모르게 부딪치는 일도 없지 않았다.
　그러나 대범하지는 않지만 부드럽고 차분한 성격의 오하사가
대개의 경우 명치 자신의 거칠음을 감싸주어왔음을 명치 역시
내심 잘 알고 있었고, 그 때문에 한편으로는 오하사에 대한 고마
움과 함께 까닭 모를 짜증스러움 같은 느낌을 가지고 있음도 사
실이었다. 어쩌면 그 역시 예의 그 열등감으로부터 비롯된 것인
지도 모를 일이다.
　"공격 준비잇! 좌우 어깨 쳐! 좌우 상박 쳐! 하박 쳐! 좌우 무
릎 쳐!"
　연병장의 대열은 여전히 봉술 훈련을 되풀이하고 있다. 병사
들의 목쉰 함성이 터져나올 때마다 그들의 발밑에서 메마른 먼
지가 부옇게 풀썩거렸다. 병사들의 모습은 우스꽝스러워 보였
다. 움직일 때마다 잿빛 방석 헬멧이 햇살을 받아 번들거리고 등
에 멘 M16 소총이 덜그럭거린다. 양쪽 허리에 찬 뭉툭한 방독면
과 탄입대가 거추장스레 흔들리며 소리를 내었다.
　그들은 하나같이 지휘관의 구령에 따라 꼭두각시처럼 익숙하
고도 절도 있는 동작으로 움직이고 있다. 하나같이 지치고 피곤

에 전 얼굴들. 앙다문 입술과 찌푸린 이마엔 고통을 참아내고 있
는 흔적이 역력하다.

그들의 흐린 눈빛 속에는 누군가 곁에서 무심코 손가락으로
콕 찌르기만 하면 금방이라도 산산조각으로 폭발해버릴 것만 같
은 어떤 엄청난 증오심과 적의가 부글부글 끓어오르고 있는 듯
했다. 그들에겐 그 무서운 불만과 증오와 적개심의 대상이 누구
일 것인가라는 사실은 막상 별로 중요하지 않았다. 그들에게 지
금 이 순간 당장 필요한 것은 다만 그것이 누구이든, 무엇이든간
에, 자신들의 가슴속에서 비등하고 있는 그 엄청난 증오와 적의
의 에네르기를 당장이라도 배출해내지 않으면 더 이상 견딜 수
가 없으리라는 사실, 그것뿐이었다. 그리고 그들이 바라는 그 폭
발의 순간은 어느 때라도 출동 명령이 내려지기만 하면 즉시 점
화될 수 있도록 만반의 준비가 갖추어져 있는 거였다.

명치는 턱을 괴고 비스듬히 누워 허공으로 눈길을 주었다. 태
엽 감긴 자동 인형처럼 앗, 앗, 악에 받친 고함을 내지르며 움직
이고 있는 병사들의 머리 저편으로 오월의 하늘이 떠 있었다. 그
하늘 한가운데에 박힌 태양은 피 묻은 알의 노른자위처럼 붉고
칙칙한 빛깔이었다. 멀리 한쪽 귀퉁이에 작은 구름덩이들이 몇
개 더러운 비누거품으로 뭉쳐 떠 있을 뿐이지만, 왠지 하늘은 맑
지 않았다. 황사 현상일까. 오늘도 날씨는 푹푹 찔 모양이었다.
엊그제 한차례 제법 굵은 빗발이 쏟아졌을 뿐, 며칠째 한낮의 기
온은 완연한 초여름의 날씨였다.

그 찌는 듯한 한낮의 땡볕을 맞으며 먼지와 최루탄 가스를 퍼
마셔야 하는 일은 정말 고역이었다. 한바탕 매운 가스를 마시고
연병장을 뛰다 보면 숨이 컥컥 막혀오면서 살덩이와 내장까지

지글지글 끓어오르는 느낌이었고, 급기야는 강렬한 증오와 분노로 염통이 펑 소리를 내며 터져버리고 말 것 같았다.

참으로 지긋지긋한 훈련이었다. 전군에서도 혹독하고 엄하기로 악명이 자자한 공수특전단의 온갖 훈련 과정을 다 거쳐본 명치였지만, 금년 봄 몇 달 동안의 충정 훈련처럼 지겹고 고약한 것은 없었던 듯싶다.

차라리 공수 교육이나 특수전 훈련의 고통은 그런대로 견딜 만했다. 그런 훈련의 과정 속엔 뼈마디를 바스러뜨리고 살점을 찢어내는 듯한 고통과 위기의 순간들이 수없이 많았지만, 그래도 그 극한의 순간 뒤에 찾아오는 후련한 쾌감도 있었다. 그 힘들다는 생존 도피 및 탈출 훈련이라든가 산악 행군 훈련 역시 힘들기는 해도, 끊임없이 새로운 공간으로 이동하며 맛보는 긴장감과 짜릿한 흥분의 순간들 또한 즐거움을 안겨주기도 했다.

하지만 이건 그런 훈련들과는 전혀 달랐다. 벌써 몇 개월째 판에 박인 폭동 진압 훈련만 몇십 번씩 반복하고 있었다. 그 지리하고 답답하기 그지없는 반복 훈련에 지쳐버린 병사들의 가슴은 어느새 짜증을 넘어 극도의 불만과 증오로 팽팽하게 부풀어올라 있었다. 흡사 화덕 위에 올려놓은 산소통처럼 바야흐로 부글부글 끓어오르기 시작하는 그 불만과 적의, 증오와 살기의 유독 가스들은 언제 어느 순간에 철판을 찢어내며 폭발해버릴지 모를 일이었다.

제주도를 제외한 전국에 계엄령이 내려진 것은 지난해 10·26 사태 직후였다. 그때부터 무려 칠개월이 지나도록 부대는 계속 출동 대기 상태에 있었다. 그러다가 12월 12일 한차례 비상이 걸리는 소동이 있었고, 특전사령관이 체포되었다는 놀라운 소문이 떠돌았다. 하지만 부대 안에 갇혀 있는 병사들로서는 세상이 어떻게 돌아가고 있는 건지 좀처럼 가늠하기가 어려웠다. 별의별 억측과 온갖 수상쩍은 소문들이 떠돌아다니는 통에 부대는 뒤숭숭한 분위기에 휩싸인 채 새해를 맞았었다.

2월로 접어들면서부터 어딘가 심상치 않은 조짐이 일기 시작했다. 별안간 어찌 된 내막인지, 예정된 모든 교육 훈련 일정들을 거의 대부분 포기한 채 충정 훈련만 끝없이 반복하기 시작했다. 물론 예년에도 으레껏 봄 가을로 시행해온 폭동 진압 훈련이긴 했지만, 금년처럼 일찌감치 2월초부터, 그것도 이렇듯 오랜 기간을 집중적으로 호되게 실시한 적은 없었다.

거의 날마다 지역대별로 임무를 바꿔가며 시위대와 진압군으로 나뉘어 서로 밀고 밀리는 훈련이 계속되던 어느 날, 그러니까 꼭 한 달 전, 한밤중에 명치네 부대는 전원 트럭에 실려 부대를 떠났고, 다시 열차로 옮겨 타고 도착한 곳이 바로 이곳이었다. 멀지 않은 곳에 김포 비행장이 있다는 사실말고는 명치로서는 전혀 낯선 지리, 낯선 부대였다.

군장을 풀고 하룻밤을 지내고 난 이튿날부터 곧장 훈련은 다시 시작되었다. 훈련의 양도 오히려 전보다 훨씬 더 늘어났다. 직접 최루탄을 터뜨리고, 이따금 가스차와 헬리콥터까지도 동원되는 입체 훈련이었다. 날이면 날마다 눈만 뜨고 일어나면 먼지와 최루탄 가스를 뒤집어쓴 채 시달리기만 할 뿐, 모든 사병의 휴가와 외출 외박은 일체 금지되어 있었다. 영외 거주자인 하사관들 역시 부대 안에 오랫동안 묶여 있는 터라 늘상 오만상을 찌푸리고 다녔다.

병영 내에선 아무도 세상 돌아가는 내막을 속시원하게 설명해주는 사람이 없었다. 다만 뭔가 불길하고 엄청난 일이 금방 눈앞에 닥칠지도 모른다는 긴장감이 감돌고 있음은 명치도 쉽게 느낄 수 있었다.

"제군들. 현재 우리 전군은 비상계엄하에 있다. 박대통령 각하의 돌연한 서거로 인해 국가 존망이 절대절명의 위기에 처해 있는 만큼, 우리 군의 책임과 역할이 그 어느 때보다도 막중함은 말할 나위조차 없다. 그런데 불행히도, 지금 사회 일각에선 철없는 대학생들과 일부 불순한 불만 계층들이 판단력을 잃고 무모하게 가두 시위를 벌이는 등 경거망동을 일삼고 있는 현시점에서, 우리 군은 호시탐탐 남침 기회를 노리고 있는 북괴군의 도발 야욕을 저지하고, 유사시엔 즉각 응전, 초전박살시킬 비장한 각오로 임전 태세를 갖춰야 한다. 지금 제군들이 받고 있는 폭동 진압 훈련 역시 만일의 사태에 대비하여 철두철미하게, 일당백의 불사조 정신으로 임해주기 바란다. 이상……"

지휘관의 훈시는 늘상 변함없이 그런 식이었다. 지역대별 정신 교육 훈련에서도 마찬가지였다. 그러나 정작 그 만일의 사태라는 게 무엇을 의미하는지, 그리고 출동 명령이 떨어지는 그 순간이 언제일지는 아무도 모른 채, 병사들은 매일매일 땀과 먼지와 독가스에 뒤범벅이 된 살덩이들을 한결같이 새까맣게 그을리고만 있을 뿐이었다.

더구나 얼마 전부터는 야간 훈련까지 실시되기 시작했다. 매일 밤 출동 비상 대기 명령이 떨어졌고, 잠시도 군화끈을 풀어놓을 수가 없었다. 병력 수송 차량도 항시 연병장에 대기중이었다. 그러다가 출동 개시 명령이 떨어지면 전부대가 완전 군장 차림으로 신속하게 트럭에 탑승, 대기해야 했던 일이 벌써 여러 차례 되풀이되었다. 그러나 그때마다 잠시 후엔 명령이 다시 취소되곤 했으므로 이래저래 병사들은 기진맥진해 있었고, 극도로 누적된 피로와 수면 부족으로 하나같이 눈은 붉게 충혈되어 있었다.

그러는 사이에 병사들 사이에선 어서 하루라도 빨리 출동 개시 명령이 실제로 떨어져서 직접 시가지에 투입, 후련하게 한바탕 작전을 펼치게 되기를 고대하고 있는 형편이었다.

"한하사. 그 얘기 들었어? 오늘 저녁에 대통령이 중동에서 돌아온다는."

오하사가 곁에 비스듬히 누워서 말을 걸어온다. 명치는 따분하다는 투로 대꾸했다.

"츳, 그 물바지 호구 대통령? 아침에 인사계한테서 들은 것 같은데."

"아무래도 시국이 심상치 않은 모양이지. 어지간해선 일정을 앞당기면서까지 허둥지둥 귀국하지는 않을 텐데 말야. 지금 바깥은 아주 시끄럽다는 소문이드라구. 엊그제부터는 서울말고도 전국 대도시마다 대단한 시위 사태가 벌어지기 시작했다는군."

"그래봤자겠지. 하여간 그래서 조선 엽전들은 문제라구. 우리는 여기서 날마다 좆빵이치고 있는데, 후방에서 배때기 부르고 편하게 사는 주제에 뭐가 그리 불만이 많다고, 그저 조금만 고삐를 풀어줬다 하면 오뉴월 개구리 뛰듯이 떠들고 일어난단 말야."

명치는 앞니 새로 찍 하고 물총을 쏘았다. 그 따위 시국이니 정치니 하는 얘기 따월 오하사가 끄집어내는 게 명치는 왠지 귀찮고 짜증스러웠다. 명치로서는 바깥 세상이 어찌 돌아가건, 무슨 사건이 터져 시끄럽건간에 그까짓 화제에 대해선 별로 관심

이 없었다. 오하사는 잠자코 입을 다물고 뭔가를 생각하는 눈치
더니, 이내 다시 혼잣말처럼 중얼거렸다.

"중대장이 그러든데, 서울 온 시내가 아예 난장판 직전이더라
나. 경찰차를 뒤집어엎고, 불을 지르고…… 지프로 육본에 출장
다녀오는 길에 직접 봤다더라. 광화문에서 서울역까지 온통 새
까맣게 들어찼는데, 그게 십만 명도 훨씬 더 넘을 것 같더라잖
아. 참말 이러다가 무슨 큰 난리라도 터지는 게 아닐까 싶다."

"느이 친구들도 데몰 하고 있을 텐데, 그래서 걱정이냐?"

명치는 공연히 퉁명스레 내쏘았다.

"짜식. 무슨 큰일이 생길까봐 하는 소리지, 무슨……"

"큰 난리가 터져 끝장이 나든 말든, 나 같으면 차라리 한바탕
화끈하게 전쟁이라도 터져주었으면 좋겠다. 쓰발. 인간 목숨 한
번 죽지, 재탕도 있냐. 적진으로 고공침투해서 낙하산 타고 평양
시내에 착지해서, 빨갱이시키들, 눈에 뵈는 대로 드르르륵 긁어
대고 나서 죽는다면 속이라도 후련하겠다는 말씀야. 알겠어? 지
금껏 몇 년 동안 훈련받은 걸 한번도 써먹지 못하고 제대하는 것
도 쪽팔리는 일이잖아. 또 어차피 전쟁이 한 번쯤은 나야만 남북
통일도 가능할 테고. 내 말이 틀렸냐?"

명치는 묘한 거부감을 말 속에 쏟아내고는 힐끔 오하사를 돌
아다보았다.

"그만두자, 그런 얘긴. 그저 그렇다는 말이지."

오하사는 미루나무에 등을 기댄 채 입을 다물었다. 명치도 돌
아누워 하늘을 올려다보았다. 미루나무 꼭대기가 하늘을 향해
아스라하니 뻗쳐 올라가 있다. 엷은 졸음기를 느끼며 명치는 눈
을 감았다. 어이. 어어잇. 어잇. 어어이잇! 시위 군중을 향해 전

136

진해가는 군홧발 소리가 연병장을 둔중하게 울리고 있었다. 그들이 내지르는 괴이한 고함은 차라리 악에 받친 짐승의 울부짖음처럼 들렸다.

척척척척…… 척척척…… 아아앗. 아앗. 아하앗……

문득 명치는 그 소리가 열차 바퀴의 굉음을 닮았다고 생각한다. 규칙적이면서도 무시무시한 중력과 속도로 땅바닥을 울리며 다가오고 있는 열차의 굉음.

어렸을 때 명치는 산수동 철길 건널목 부근에 나가, 레일 위에 귀를 바싹 붙인 채 멀리서 기차가 다가오는 소리를 들어보곤 했었다. 굉장한 속도로 궤도 위를 달려오는 그 소리를 듣고 있노라면, 언제나 숨이 막힐 듯한 공포와 함께 기묘한 희열과 쾌감으로 전신이 짜릿짜릿하도록 흥분되곤 했었다. 공포와 희열이 뒤범벅된 그 야릇한 흥분은 소리가 점점 더 커져갈수록 배가되는 거여서, 명치는 마지막까지 기다렸다가, 열차가 아주 가까운 거리까지 접근했을 때에야 재빨리 철길에서 뛰어내려오는 위험천만한 놀이를 즐기곤 했었다.

"휴식 끝. 부대 원위치로 집합압!"

연병장 한가운데서 최소령의 고함 소리가 날카롭게 울려왔다. 명치와 오하사는 팅기듯 자리에서 벌떡 일어났다.

"니기미. 오전엔 이걸로 종치는갑다 했등만, 또 시작이구마이. 아아, 그 지긋지긋한 독가스 마실 생각을 하니 미치겠네."

"쓰팔. 높은 놈들은 지치지도 않냐?"

"얌마, 피차 똑같은 처진데 장교들 욕해봐야 뭘 하노. 분풀이는 두고 참았다가, 출동 명령 떨어지면 데모하는 종간나시키들한테 원없이 해주거라 마."

저마다 한마디씩 투덜거리면서, 병사들은 서둘러 연병장 안으로 달려나갔다.

5월 17일 17 : 00, 광천동

열쇠를 꺼내어 들고 다가서던 미순은 문에 자물쇠가 채워져 있지 않음을 알았다. 덜거덕거리는 낡은 목제 현관문을 열고 들어서며 그녀는 소리를 질렀다.

"아직 안 나갔구나. 웬일야?"

미순은 들고 온 콩나물과 쌀 봉지를 손수건만한 마루 끝에 내려놓았다.

미닫이문이 덜컹 열리더니 은숙의 얼굴이 불거져나왔다. 화장을 하고 있던 참인가 보았다. 타월로 머리를 질끈 감아올린 은숙은 크림을 양볼과 이마에 찍어바른 채 눈을 둥그렇게 떠보였다.

"어머, 너야말로 웬일이라냐. 벌써 퇴근한 거야?"

"토요일이잖어."

마루에 걸터앉아 미순이 힘없이 피픽 웃어보였다.

"흥, 토요일은 무슨 얼어죽을. 그딴 거지 같은 과자공장 다니면서 호강스레 언제 토요일까지 찾아먹은 적 한번 있었니? 제발 일요일만이라도 제대로 쉬어달래지. 혹시 어디 아픈 거 아냐, 너?"

크림통을 든 채 은숙이 문득 걱정스레 미순의 안색을 살핀다.

"아냐. 퇴근하는 길이라니까 그래."

"오늘은 야간 잔업이 있는 날이라고 그랬잖어, 아침에 나가면서."

"그랬었는데, 갑자기 점심 때 기계를 껐어. 만들어놓은 물량만마저 마무리해놓고 그만 돌아가도 좋다잖아. 사장님 댁에 초상이 났다드라. 어머니가 돌아가셨대. 내일이 장례식인가 봐."

"거 잘됐구나 얘. 그 덕분에 모처럼 느이 같은 공순이들 토요일 오후도 찾아먹게 되었으니 말이야."

"계집애, 말하는 것 좀 봐. 남은 슬퍼할 일을 가지고."

"슬플 것도 없다 뭐 솔직히. 그 멧도야지 같은 사장이 속으론 보나마나 만세를 부르고 있을 게 뻔해. 팔십이 다돼가는 나이에 당뇨병인가 뭔가로 오랫동안 병원 출입만 했었다며? 되레 사원들 한 시간이라도 더 부려먹지 못하게 된 게 배가 아플 거야. 참, 그럼 너, 내일도 쉬겠구나?"

"안 그래도 이번 일요일은 어차피 한 달에 두 번밖에 없는 휴일인걸 뭐."

"아유, 그랬어? 그 늙은이, 이왕 죽을 거면 다른 날을 택할 게지. 문둥이 콧구멍에서 마늘씨를 빼먹지 원, 하필이면 쉬는 날로 맞춰 잡았을꼬. 안 그랬으면, 평일 하루쯤 쉬었을 거 아냐? 그 아들에 그 어미라더니, 그 할망구도 보나마나 천당 찾아가긴 벌써 글렀구나. 쯧."

"얘, 벼락맞을 소리 하고 있어. 하기야 뭐, 아까 우리 조원들끼리도 그런 얘길 해놓고 한바탕 웃긴 했다만."

"거봐. 그러길래 자고로 사람은 인덕을 쌓아야 하는 법이라드라. 잘난 우리 아버지가 두고 쓰는 말씀이야. 제 목구멍에 돈 들어올 일만 생각했지, 딸내미뻘 되는 불쌍한 종업원들한텐 코딱지만큼도 안 되는 일당 주면서 하루 열두 시간씩 코피 쏟도록 부려먹기만 하니, 이런 일이 닥쳐도 누군들 진심으로 동정할 마음이 생겨줘야 말이지. 내 말이 틀렸어?"

은숙은 손거울을 들여다보며 다시 뺨을 두드려대기 시작한다.

그런 그녀의 옆모습을 훔쳐보면서 미순은 혼자 웃음을 흘렸다. 은숙은 늘상 그렇듯 모든 게 명쾌하고 걸림이 없는 성격이었다. 세상을 보는 눈이 단순한 만큼 무슨 일이 생기면 제 나름대로의 해답을 비교적 쉽고 빠르게 찾아내는 편이었고, 자기 자신의 문제 역시 지나치게 감정에 얽매여 질질 끌려다니거나 오래 붙잡고 끙끙거리는 편도 아니었다.

때문에 가끔은 지나치게 덜렁거리고 경박해 보이는 것도 사실이지만, 그것이 결코 무책임함을 의미하는 건 아니었다. 여러모로 자신과는 대조되는 은숙의 그런 부분들을 미순은 좋아하고 대견스럽게 여겨왔다.

그러나 한편으로 미순은 얼마 전부터 급작스레 변해가기 시작하는 은숙의 생활을 두렵고 조마조마한 마음으로 지켜보고 있는 참이었다. 미순의 눈에 은숙은 지금 벼랑 끝에 혼자 서 있는 것처럼 보였다. 그건 어떤 아슬아슬한 위기감과 함께 불길한 파국의 예감마저 안겨주고 있었다. 은숙은 지금 세상의 그 깎아지른 벼랑 위에서, 그녀 특유의 단순함에만 의지한 채 홀로 간신히 버티고 서 있는 건 아닐까. 하지만 행여 언젠가 그것이 처참하게 무너지는 날, 그녀에게 남은 것은 저 까마득한 벼랑 아래로의 추락뿐일 것이고, 바로 그것이 미순은 불현듯 두려워지는 것이었다.

방으로 들어온 미순은 쓰러지듯 바닥에 몸을 눕혔다. 피곤이 한꺼번에 몰려왔다. 전신의 뼈 마디마디가 부스러져내리는 것처럼 나른하게 힘이 빠졌다. 그럴 만도 했다. 벌써 이번 주 들어 연사흘째 야간 작업을 계속해왔던 터였다.

평일엔 아침 일곱시에 출근해서 저녁 일곱시가 되어서야 근무가 끝나는 게 보통이었다. 물량이 달려 야간 작업이 불가피하게 될 경우엔 꼬박 그 다음날 새벽 네시까지 공장에 붙잡혀 있어야 했다.

하지만 이번처럼 무려 연사흘 낮밤을 연거푸 작업해야 했던 경우는 드물었다. 그래서인지, 생산부 김주임은 밤일이 시작되기 전에 피로 회복제 드링크와 잠 안 오는 약 '타이밍'을 들고 나타나서는 종업원들에게 일일이 나누어주면서, 고생하는 느이들을 위해서 사장님이 일부러 사보내주신 거라는 둥, 속이 빤히 들여다보이는 시답잖은 소릴 늘어놓았다.

이튿날 오전은 쉬고 오후부터 작업이 다시 시작되었는데, 그때까지 용케 버텨오던 종업원들이 그날 야간 작업부터는 너나없이 비틀거리기 시작했다. 알약 '타이밍'을 거의 두 시간 간격으로 입에 털어넣었지만 졸음은 쇳덩이처럼 목덜미를 꺾어누르기 시작하고, 눈두덩은 모래를 집어넣은 듯 껄끄러웠다. 2반의 누군가는 비스킷 반죽 위에다가 코피를 쏟기도 했고, 인두로 손등을 지진 아이도 있었다. 미순 역시 졸음에 지쳐 하마터면 펄펄 끓는 사탕 반죽에 얼굴을 쑤셔박을 뻔한 적이 한두 번이 아니었다.

그러다가 기어코 사고가 터졌다. 포장반의 영애가 깜박 졸다가 전기 인두에 제 이마를 찍어누르고 말았던 것이다. 예쁘장한 용모에 유난히도 살결이 고운 그애는 얼굴 치장에 꽤나 신경을 쓰던 아이였다.

엄청난 비명 소리에 우르르 달려가보았을 때, 이미 벌겋게 익어버린 영애의 이마 한쪽은 흉측하게도 껍질이 훌렁 벗겨져 나가 있었다. 통증과 두려움에 질려 커다란 소리로 엉엉 울고 있는 그녀를 부장이 회사 물품 운반 트럭에 태워 병원으로 데려간 뒤, 모두들 힘없이 작업대 앞으로 되돌아왔다. 몇은 끝내 울음을 터뜨렸다. 기사가 기계를 다시 돌리기 시작했지만, 모두들 일할 생각이 없어져서 멍하니 손을 놓고 앉아 있으니, 주임이 달려와 마구 고함을 질러대기 시작했다. 어쩔 수 없이 다시 뜨거운 설탕 반죽을 손으로 주무르면서, 미순은 주임의 그 유들유들하니 살찐 얼굴을 전기 인두로 북북 문질러주는 상상을 했었다.

결국 그제 밤에야 작업은 마무리되었고, 어제 오전을 쉰 뒤 오후에 출근, 그리고 주말인 오늘 또 야간 작업이 있을 예정이었다.

이렇게 며칠씩 잠도 못 자고 혹사를 당하다간 정말이지 우리들 중 누군가 죽게 될지도 모른다고, 어제 오후 똑같이 누렇게 뜬 얼굴로 공장을 들어서며 동료들은 고개를 흔들었었다. 그런 참에 엉뚱하게도 사장의 노모가 세상을 떴다는 소식이 들렸고, 어쨌거나 그 덕분에 오늘 야간 작업은 취소된 셈이었다.

파운데이션을 뺨에 토닥토닥 두드려 바른 다음 은숙은 눈썹을 그려넣고 있다. 거울 앞에 앉은 그녀의 손길이 여느 날과는 달리 퍽 세심하고 정성스러워 보인다고 미순은 느꼈다.

은숙의 화장하는 모습을 구경하는 것도 오랜만이었다. 서로 집을 들고나는 시간이 어긋나는 까닭이었다. 미순이 새벽같이 일어나 밥을 짓고 도시락을 챙겨 허둥지둥 달려나갈 때까지도 은숙은 이부자리 속에서 정신없이 곯아떨어져 있었고, 반대로 은숙이가 통행 금지 직전이 되어서야 입에 술냄새를 풍기며 돌아올 때쯤이면 미순은 벌써 오래 전에 잠자리에 들어 있는 게 보통이었다. 자연히 집안일은 둘이서 분담을 했다. 아침은 미순이, 저녁밥은 은숙이, 그리고 청소와 빨래는 각자가 그때그때 서로 알아서 처리했다.

"은숙이 너, 오늘 무슨 좋은 일이 있는 모양인데?"

"좋기는 무슨 얼어죽을 좋은 일이 있겠냐, 내 팔자에. 돈 보따리에 코를 처박고 죽는 일이라도 생긴다면 또 모르겠다만. 근데, 왜? 그렇게 보여?"

은숙이 거울 속에서 미순 쪽을 흘깃 살핀다.

"틀림없어. 눈치가 그래. 혹시 애인이라도 생긴 거 아니니?"

"핏. 애인 같은 소리하고 자빠졌다. 내가 아직도 미순이 너 같은 풋내나는 기집앤 줄 아니? 그 따위 사랑이니 애인이니 하는 소릴 들으면 우습고 유치해서 온몸에 두드러기가 다 돋을 지경이라니깐 그래. 하긴 모르지. 운이 좋으면 오늘 저녁 봉 하나 물게 될지 누가 알아? 애인이 따로 있나? 돈 보따리 가슴에 터억 안겨주고 날 데려가주는 봉이면 그게 애인이고 사랑이지. 흥.”
“아이, 농담하지 말고 진짜로 말야.”
“아냐. 정말이라니깐. 어제 우리 가게 단골 손님이 찾아와서 일부러 신신당부를 하고 갔단다. 오늘밤 재일교포 놈팽이 하나를 데리고 와서 나한테 소개를 해주겠다고 말야. 쉰흔이 다된 영감쟁이라고 하더라만, 나이야 뭐 어때. 운이 좋으면, 그 영감, 돈푼이나 있는 홀아비일 수도 있잖아?”
“제발, 그런 억지 소리 그만 하고 어서 나가기나 해!”
미순은 얼굴을 찌푸리고 쏘아주었다. 그녀는 그런 식으로 은숙이 얘기할 때가 늘 마음에 들지 않았다. 당돌하고 제멋대로인 말투 때문이라기보다는, 그럴 때의 그녀의 표정과 음성에서 자학적이고 스스로를 조소하는 듯한 흔적을 확인해야만 하는 것이 미순은 싫었던 것이다.
미순은 일어나서 옷을 갈아입기 시작했다.
“참, 아침에 연탄불이 꺼졌더라. 그래서 아까 307호 그 노총각한테 가서 불을 꿔왔어. 영남이네 집, 공무원 시험 준비한다는 하씬가 한씬가 하는 그 사람 말야. 이따가 연탄 한 장 갚아주겠다고 그랬어. 그치, 표정이 좀 어둡긴 하더라만, 꽤나 순진하고 선량해 뵈든데. 얘, 너 그치하고 연애 한번 해봐라아. 너하곤 썩 어울릴 것 같던데. 어때?”
은숙의 수다가 다시 시작되고 있었다. 미순은 그녀 쪽으로 돌아섰다.
“실은 은숙이 너한테 알려줄 게 한 가지 있어.”
기어코 미순은 그 말을 입에 올리고 말았다.

“뭘?”

“그 사람…… 결혼한대.”

미순은 은숙의 표정을 뚫어지게 살폈다. 알리지 않으리라고 마음먹었던 것인데, 이렇게 스스로 먼저 입을 열고 만 까닭을 미순은 스스로도 이해하기 어려웠다.

“무슨 소리야, 느닷없이. 그 사람이라니…… 누구?”

“최과장. 최인영씨 말야. 나도 아까참에야 들었어. 우리 공장엔 벌써 소문이 좍 돌았어.”

입술 연지를 그리던 은숙의 손끝이 멈칫하는 걸 미순은 보았다.

“그런다든? 흥, 머저리 같은 자식…… 언제?”

“내일 두시래. 현대예식장에서. 영업부 남자 사원들은 오늘 저녁 댕기풀이하러 몰려가는 모양이야. 신부하고는 꽤 오래 전부터 연애해온 사이래. 초등학교 교사라지 아마.”

마지막 부분은 더더구나 밝히지 않기로 결심한 터였다. 은숙은 한동안 거울 속을 들여다보며 아무 말도 하지 않았다. 입술을 쪽 빨아들였다가 펴보기를 몇 번 되풀이하던 그녀는 이내 머리를 풀어헤치고는 빗질을 하기 시작했다. 전혀 아무렇지도 않다는 듯이, 아무 얘기도 듣지 못했다는 듯이, 담담하고 무표정한 얼굴.

그러나 미순은 그런 은숙의 속마음을 훤히 읽어낼 수 있었다. 어차피 은숙으로서는 한번은 거쳐야 할 마지막 판결 같은 게 아닌가……

화장품 그릇을 챙겨넣고 옷을 다 갈아입을 때까지도 은숙은 말이 없었다. 굳은 표정으로 스타킹을 껴올리는 그녀의 손가락만 가늘게 떨리고 있을 뿐이었다. 그런 그녀를 지켜보던 미순은 끝내 코끝이 맹맹해지고 말았다.

"기집애. 넌, 그 소릴 듣고도 아무렇지 않아?"

미순은 터지려는 울음을 간신히 억누르며 말했다. 오히려 은숙은 짐짓 우습다는 시늉을 해보였다.

"요런 맹추 좀 봐. 네가 왜 울상이냐? 난 전혀 아무렇지도 않으니까 걱정하지 마. 그까짓 비겁한 바람둥이 자식, 잊은 지 벌써 오래야."

"그런 자식을 가만히 보고만 있어야 해?"

"아니면, 내일 결혼식장까지 쫓아나가서 내 청춘 변상하라고 악이라도 쓰란 말이냐. 궁상떨지 말고 어서 손발 씻고 밥이나 먹어. 나, 갈게."

은숙은 애써 쾌활하게 소릴 지르며 일어난다. 그리고는 문을 나서려다 말고, "나 오늘밤 많이 늦을지도 몰라. 기다리지 말고 일찍 자" 하고는 이내 사라졌다.

미순은 화장지를 뽑아 팽 하고 코를 풀었다. 창가로 다가갔다. 깨어진 틈 사이를 비닐 테이프로 얼기설기 땜질해놓은 추레한 창유리 너머로 은숙의 갈색 머리카락이 나타났다. 아파트 마당을 질러가는 그녀의 걸음걸이는 느리고 불안해 보였다. 걸음을 내디딜 때마다 물들인 갈색 머리카락이 그녀의 어깨 위에서 흔들리고 있었다. 어쩌면 은숙은 지금 울고 있을 것이다. 불쌍한 기집애…… 미순은 또다시 코를 풀어내고는 방바닥에 벌렁 드러누웠다.

아이를 지우고 돌아오던 그날 저녁에도 은숙은 겉으로는 아주 태연해 보였다.

"미순아. 나, 오늘 해치워버렸다. 생각했던 것보담은 별로 아프지도 않고 참을 만하더라. 그럴 줄 알았으면 그 자식한테 알릴 필요도 없이 진즉 해치워버리는 걸 그랬지 뭐냐."

거추장스런 사마귀라도 떼어내고 온 것처럼 그렇게 히죽히죽 웃기까지 하던 거였다. 그러나 그날 밤, 이상한 기척에 문득 잠을 깼을 때, 은숙은 혼자 이불을 뒤집어쓴 채 흐느껴 울고 있었고, 그런 그녀를 껴안고 미순도 끝내 한바탕 울음을 터뜨리고 말았었다.

미순이 은숙을 처음 만난 건 사 년 전, 부산에서 광주로 옮겨와 광천동 어느 봉제공장에 들어가서였다. 둘은 금세 친해져서 함께 자취를 시작했고, 몇 달 후 둘이서 그곳을 나와 지금의 제과공장으로 자리를 옮겼다. 고아나 마찬가지 처지가 된 미순과 달리, 은숙에겐 고향 함평에 부모와 형제들이 아직 살고 있었다. 재작년 추석 휴가 때는 미순도 은숙을 따라가 함평 고향집에서 이틀 밤을 자고 돌아온 적도 있다.

은숙이 최과장을 만난 것은 아마 입사한 그 이듬해였을 것이다. 공업전문대학을 졸업했다는 그는 입사한 지 얼마 되지 않아 영업부 과장으로 진급을 했는데, 그가 사장의 조카라는 사실이 알려지게 된 건 그 즈음의 일이었다. 최과장은 건장한 체격에 서글서글해 뵈는 인상의 청년이었다. 여종업원들이 모이는 자리에선 언제나 화제에 오르곤 하는 그 최과장이 다름아닌 은숙과 깊은 관계인 줄은 함께 사는 미순조차도 한동안 감쪽같이 모르고 지냈었다. 어느 날 은숙은 미순에게 그 비밀을 털어놓았고, 그 순간에 보았던 그녀의 행복에 찬 모습을 미순은 지금도 또렷하게 기억한다.

그러나 채 일 년도 지나지 않았을 때, 그들의 관계는 끝나고 말았다. 소문은 어느 틈엔가 회사 안에 쫙 퍼져 있었고, 그때부터 최과장은 철저히 등을 돌리고 말았다. 은숙은 이미 임신한 몸이었다. 그 사실을 털어놓았을 때 그녀가 최과장에게서 받은 대답은 몇 푼의 수술비가 전부였다.

며칠 동안 수저를 놓아버린 채 출근도 하지 않고, 방안에서 실성한 여자처럼 웃다가 울다가 또 욕설을 퍼붓기를 되풀이하더니, 어느 날 슬그머니 밖으로 나가 아이를 지우고 돌아왔던 것이다. 그 사이 회사에선 무단 결근을 이유로 은숙을 해고시켜버린 상태였다. 그 후 석 달 동안 은숙은 방안에만 갇혀 지내다가, 어느 날 고향의 먼 친척뻘 되는 여자가 경영한다는 금동의 어느 맥주집에 다니기 시작했고, 그것이 벌써 일 년이 되어가고 있는 참이었다.

미순은 몸을 일으켜 책상 앞에 앉았다. 한쪽 다리가 부러진 그 낡은 책상은 전에 이 방을 쓰던 사람이 남겨놓고 간 것이었다. 그녀는 가계부 대용으로 사용하고 있는 노트를 꺼내어 적기 시작했다.

'5월 17일 토요일. 콩나물 이십 원. 쌀 칠백 원. 점심때 떡볶이 오십 원. 바랄긴 사십 원.'

그리고 '사장님 모친 장례식 조의금으로 이달치 월급에서 오백 원 공제했음'이라고 쓰고 참고 표시를 그려넣은 다음, 노트를 접었다.

미순은 책상 위에 놓인 거울을 끌어당겼다. 그리고 거울 속에 비친 자신의 얼굴을 꽤 오랫동안 들여다보았다.

그녀는 언제부터인가 거울 앞에 서기를 무척 꺼려했다. 자신의 얼굴에 남아 있는 어머니의 흔적과 만나야만 한다는 사실이 그녀를 언제나 괴롭혔던 것이다. 미순은 어머니를 잊고 싶었다. 어머니가 견딜 수 없을 만큼 그리워질수록 그녀는 어머니와 자신 사이에 이어져 있는 가장 미미한 기억들조차도 한사코 지워 없애려고 애를 썼다.

그러나 지금 이 순간, 그녀는 거울 속에 비친 얼굴 속에서 어쩔 수 없이 어머니의 모습을 목마르게 찾아 헤매고 있는 자신을 확인하고 있었다.

불쌍한 내 새끼야. 이 험하고 외로운 세상에 너 혼자만 달랑 남겨두고 어떻게…… 어떻게 나 먼저 눈을 감아야 쓸거나. 미순아. 불쌍한 미순아아……

어머니의 숨은 참으로 모질고도 끈질겼다. 북통처럼 부어오른 커다란 배를 그러안고 헐떡거리면서도 좀처럼 눈을 감으려 하지 않았다. 이제는 끝인가 싶다가도 어느 결엔가 눈을 치뜨고 필사적으로 숨을 몰아쉬며 그렇게 중얼거리기를 되풀이하곤 했다. 끊임없이 가르릉거리는 소리가 새어나오는 그녀의 입 가까이에 미순은 한사코 제 입술을 가져다 댔다. 어머니의 마지막 한 오라기 숨결까지도 빨아들이려는 듯, 식어가는 마지막 체온까지도 빼앗기지 않으려는 듯, 미순은 어머니를 끌어안은 채 발버둥을 쳤다. 그리고 애원하고 또 애원을 했다.

엄마. 이젠 그만 가아. 제발 이젠 편히 눈을 감고 가아……

어머니는 암이었다. 병원을 찾아갔을 때는 이미 더 이상 손을 쓸 수가 없는 상태라고 했다. 장례식도 없이 화장터로 옮겨진 어머니는 불구덩이 속에서 한줌 희미한 연기로 사라졌다. 미순은 어머니의 뼛가루를 해운대 바닷물에 흩뿌리면서 그제서야 이 넓은 세상 천지에 저 혼자 남았다는 사실을 깨달았다.

놀랍게도 어머니의 죽음을 알려줄 만한 사람은 이 세상 어디에도 없었다. 너무나 당연한 사실이었으나, 미순은 그것이 새빨간 거짓말만 같았다. 어머니가 죽기 얼마 전까지 일하러 다녔던 광안리 식당집 주인 내외만 잠시 다녀갔을 뿐, 어머니에겐 오직 미순말고는 아무도 없었던 것이다.

어머니는 한평생 남들처럼 정당한 이름도 자격도 권리도 가져보지 못한 채 살다가 눈을 감은 여인이었다. 그녀는 첩이었다. 그 부끄러운 이름이 그녀의 유일한 이름이었지만, 그것은 세상 사람 누구도 불러주지 않는, 존재하지 않는 이름이기도 했다. 그리고 그녀에게 그 이름을 붙여준 이 세상의 유일한 남자는 이미 여러 해 전 월남에서 세상을 떠나, 국군묘지 한 귀퉁이에 묻혀 있을 뿐이었다.

어머니가 세상을 뜬 얼마 후, 미순은 그 묘지를 홀로 찾아갔었다. 하지만 그 남자의 묘 앞을 장식하고 서 있는 초라한 묘비에 조차도 어머니와 미순의 흔적은 아무것도 남아 있지 않았다. 그것이 바로 그 남자와 어머니 그리고 미순 자신 사이에 존재하는 가장 진실하고 솔직한 관계의 이름이었음을, 미순은 그때 비로소 똑똑히 확인했다.

'두고 봐 엄마. 난 그렇게 살진 않을 거야. 엄마처럼 그렇게 바보같이 살다가 죽을 수는 없어. 절대로, 엄마……'

거울 속 초췌한 얼굴의 여자를 뚫어져라 쏘아보면서 미순은 입술을 깨물었다.

그녀는 방을 나왔다. 양재기에 콩나물을 담아 들고 복도를 지나 공동 취사장으로 향했다. 누군가 수도꼭지 끝에 주전자를 들이민 채 앉아 있다가 엉거주춤 허리를 펴고 일어섰다. 307호 영님이네 집 작은방에 세들어 살고 있다는 한무석, 그 남자였다.

"어머, 또 만났네요 아저씨."

미순은 쾌활하게 인사를 건네며 양재기를 바닥에 내려놓았다.

"아, 예. 그렇구만요."

무척 당황한 기색으로 무석이 더듬거렸다. 그 바람에 주전자 뚜껑이 바닥으로 떨어져 소리를 내며 굴렀다. 미순이 까르르 웃음을 터뜨렸다.

"차암, 아까 내 친구가 연탄불을 꾸어왔다면서요? 아직 서로 잘 알지도 못하는 처진데, 혹시 오해하진 마세요. 그앤 좀 엉뚱한 구석이 있긴 하지만, 실은 더없이 좋은 애예요. 어쨌든 고맙습니다."

"처, 천만에요. 이웃사촌들끼리 당연히 그, 그래야지요."

무석이 황급히 뚜껑을 주워들며 덩달아 어색하게 웃었다. 그가 입은 티셔츠의 단추 하나가 다른 것과는 전혀 다른 엉뚱한 색깔과 모양으로 어설프게 꿰매져 있는 것이 눈에 띄었다.

어쩌면 그 엉뚱한 단추 때문이었거나, 아니면 어린아이처럼 금방 얼굴이 벌겋게 달아올라 수줍게 떠올리는 그의 웃음 때문이었는지도 모를 일이다. 주전자를 들고 도망치듯 허둥지둥 취사장을 빠져나가려는 그를 미순은 갑자기 불러세웠다. 그리고는 이렇게 불쑥 말했다.

"저어, 아저씨. 날마다 공부만 하는 건 아닐 테죠? 안 그래요?"

"예?"

느닷없이 무슨 엉뚱한 소리인가 싶은 듯, 무석은 놀란 눈을 했다. 목까지 벌겋게 달아오르기 시작한 그의 얼굴을 빤히 올려다보며 미순은 또 한번 까르르 웃는다.

"제 말씀은요. 내일은 일요일이 아니냐구요. 나한테는 한 달에 꼭 두 번밖에 없는 휴일이거든요. 실은 모처럼 영화 구경을 갈까 생각하던 참인데, 어때요. 내일 저랑 같이 갈 수 있죠, 그렇죠?"

무석의 두 눈이 한층 더 둥그렇게 벌어졌고, 얼굴은 아예 홍당 무처럼 익어버리고 말았다. 그 틈에 미순은 손으로 입을 가린 채 급히 취사장 안으로 들어갔다.

그곳은 어디인가
바라보면 산 모퉁이
눈물처럼 진달래꽃 피어나던 곳은
돌아보면 날 저물어 어둠이 깊어
홀로 누워 슬픔이 되는 그리운 땅에
── 곽재구, 「그리운 남쪽」에서

5월 17일 18 : 00, 광천동

무석은 밥상을 들고 방으로 들어왔다. 어제 저녁부터 전기 밥 솥 안에 넣어두었던 밥은 그새 딱딱하니 굳어 있었다. 밥통째 꺼 내 상 위에 올려놓고 숟가락을 들었으나, 밥알은 모래 알맹이처럼 입 안에서 서걱거렸다. 위가 쓰려와서 여느 때보다 일찍 저녁을 차린 것이다. 아침 겸 점심으로 느지막이 라면 한 봉지 끓여 먹은 것밖에 없으니 허기가 질 만도 했다. 하지만 이내 식욕이 달아나버렸다.

잔뜩 시어빠져서 이젠 초가 되어버리다시피 한 김치 보시기를 멀거니 내려다보다가 무석은 무심코 한숨을 내쉬었다. 새삼스레 스스로의 꼬락서니가 한심하고 처량하게 느껴졌다. 손바닥만한 플라스틱 소반 위에 시장에서 사온 봉지 김치 한 가지만 달랑 올려놓고, 쭈그리고 앉아 꾸역꾸역 목구멍으로 밥알을 밀어넣고 있노라면, 무석은 견디기 어려울 만큼 비참한 심정이 되어버리곤 했다.

젊은 놈의 꼴이 이게 뭔가. 이렇게까지 구차한 꼴을 하고서도 기어코 버텨야 하는 걸까. 내게도 삶이란 게 무슨 절실한 의미 따위가 과연 남아 있는 것일까. 그런 팍팍하고 맥풀린 의문들이 문득문득 떠오르곤 했다.

"참말로 끝까지 꽁당꽁당 말대꾸함서 달겨들 거여? 내 아무리 이 지경 이 꼴로 살고 있제마는, 그래도 명색이 가장이고 남편인디."

"어따메, 가장 좋아허네. 방구들 지고 나자빠져서 허구한 날 잠만 퍼자는 주제에 가장은 무신 얼어 자빠져 죽을 놈의 가장이당가이. 허, 그 주제에도 옛날옛적 꼬라지는 못 버려서, 시방까장 여편네를 호랭이맨키로 욱잡을라고 들어. 원 참."

"어, 이년이 보자보자 하니께. 너, 죽어볼 티여? 기집년이 대낮부터 술 처먹고 집구석엘 들어와가꼬, 서방 앞에서 대드는 짓거리를 어디서 배워 처묵은 것이여!"

"와이고오, 남부끄라와라아. 그 더러운 아가지는 벌렸다 하면 그런 쌍스런 소리밖에 안 나오는갑구마이."

"뭣이여? 이, 이년이…… 보자보자 하니께. 이년. 말해! 그 십장인가 씹장인가 허는 놈이 사주드냐? 술 퍼먹고 함께 배때야지 붙이고 춤이라도 추자고 허드냐?"

"오오냐, 그랬다! 이 더럽고 악한 놈아. 네놈이 언제 나한테 호강 한번, 사람 대접 한번 해준 적이 있었디야? 쥑여라. 나, 오늘 네놈 손에 칵 죽어불란다아."

기어코 또 한바탕 시작하려는 모양이다. 옆방에서 터져나오는 내외의 고함 소리가 한껏 열기를 띠었다. 무석은 우두커니 앉아 그 소란에 귀를 기울였다.

박씨 내외는 사흘이 멀다 하고 싸움질이었다. 아무 일도 아닌 걸 가지고 걸핏하면 서로 엉겨붙어 바락바락 악을 써댔다. 굳이 어느 쪽 탓이랄 것도 없어서, 어찌 보면 둘이서 미리 그러기로 약속을 해놓고 때맞추어 한바탕 분풀이라도 하는 게 아닌가 여겨질 지경이었다.

오늘도 마찬가지다. 박씨 아내 능주댁이 집에 돌아온 건 조금 전이었다. 노가다판 잡일을 따라다니는 그녀가 오늘따라 웬일로 일찍 들어오는구나 싶었는데, 아마 술 몇 잔 얻어마신 눈치였다. 오랜만에 해 지기 전에 들어온 아내를 보고 박씨는 내심 반색했을 게 분명한데, 반기는 인사치고는 언제나 하는 버릇대로 대뜸 멋대가리 없는 시비조였고, 덩달아 능주댁 역시 응당 그걸 고대하고 있었다는 듯이 사납게 맞대거리로 달겨들었던 것이다.

방을 얻어 들어오고 나서 처음 한두 달 동안 무석이 가장 견디기 어려웠던 게 바로 그들 내외의 그 정기적인 싸움질이었다. 참을 수가 없었다. 지독한 욕설, 목울대를 한껏 돋우어 고래고래 질러대는 그들 내외의 악다구니를 듣고 있어야 한다는 건 참말 지옥 같은 일이었다. 당장 방을 옮기기로 작정하고 몇 번이나 짐을 꾸렸다가 풀곤 했다.

그렇게 두어 달 지나는 동안 무석은 어느새 자신도 그들의 싸움질에 조금씩 길들여져가고 있음을 느꼈다. 그 정기적인 행사가 싸움이라기보다는 그들 특유의 의사 소통 내지는 생존 확인의 한 방식일지도 모른다는 사실, 그리고 그것은 그들 부부가 오랜 세월에 걸쳐 나름대로 터득해낸 대단히 효과적인 처방책 같은 것이라는 사실을 은연중 깨닫기 시작하면서부터였다. 어쩌면 그 싸움질은 그들 부부의 위태위태하고도 팍팍하기 그지없는 삶을 그나마 이 세상의 한 귀퉁이에 억지로 붙들어매주는 마지막 끈 같은 역할을 하는 것인지도 몰랐다.

무석은 힘없이 수저를 내려놓았다. 밥그릇에 엉겨붙어 있던 파리들이 일제히 떠올랐다가 다시 착륙했다.

"오냐아, 쥑여라아. 오늘은 참말로, 참말로 끝장을 내잔 말이여어."

"그래애. 조오치. 죽어라 이년. 쥑여줄 틴께, 죽어."

오늘은 박씨가 모처럼 힘이 솟는가 보았다. 여느 때와는 달리 제풀에 먼저 지쳐 떨어지지 않았다. 이내 우당탕하고 무엇인가 뒤집혀 방바닥에 구르는 소리가 들리고, 벽이 쿵쿵 울린다. 하지만 걱정할 필요는 없다. 어떤 경우라도 박씨 내외는 값나가는(사실 그런 것도 없었지만) 세간살이는커녕 귀 떨어진 접시 하나 깨뜨리는 적이 결코 없기 때문이다. 지금도 그들은 언제나처럼 그 낡아빠진 스테인리스 밥상을 방바닥에 익숙한 솜씨로 뒤집고 있을 뿐이다. 설사 깨어진대도 눈곱만큼도 아까울 게 없을 그 밥상이 더없이 튼튼하다는 사실을 물론 너무도 잘 알고 있을 거였다.

밥상 위에 신문지를 덮어두고 무석은 일어나 방문을 열었다. 언제 돌아왔는지 영님이가 현관문 앞에 우두커니 서 있었다.

"한심해. 또 한바탕 시작이구마이."

무석이 쪽을 힐끗 쳐다보고 나서 영님이는 쫑알거렸다. 하지만 방안에서의 소란 따위야 저하고는 전혀 아랑곳없다는 듯한 무표정한 얼굴이다.

올해 열여섯 살이라는 영님이는 작년 겨울에 중학교를 그만두었다. 등록금 때문에 능주댁에게 늘상 욕을 얻어듣더니 아예 집어치우기로 제 쪽에서 작정한 모양이었다. 능주댁은 오히려 그리 된 걸 다행스러워하는 눈치였다. 언젠가 박씨는 모든 게 다 자기 탓이라고 한탄조로 말하긴 했지만, 어차피 입에 풀칠도 어려운 형편에 계집아이를 아등바등 학교에 보낼 것까지야 있겠냐고 여기는 투였다.

"여, 영님이구나. 왔어?"

무석은 운동화를 찾아 신고는 어색하게 웃어보였다. 영님은 대꾸 없이 고개만 한번 끄덕여보인다. 언제나 좀처럼 표정을 드러내지 않는 아이였다. 야단을 맞거나 능주댁의 지독스런 욕설과 신세 타령 앞에서도 영님이의 얼굴엔 아무런 감정의 흔적이 나타나지 않았다. 핏기 없이 핼쑥하고 갸름한 얼굴을 가진 그 아이는 어쩌면 태어나서부터 지금껏 감정에 적절히 반응하는 법을 애당초 배우지 못했는지도 모른다. 어쩌다 드물게 웃는 때가 있긴 했지만, 그것은 칠십 노파의 웃음처럼 보였다. 평생을 다 소비해버리고 난 사람처럼 푸석하고 메마른 그 웃음을 처음 대했을 때, 무석은 가슴이 서늘하게 저려오는 느낌이었다.

무석은 복도로 나섰다. 이내 영님이가 뒤따라나왔다. 손에 작은 가방을 들고 있다.

"이년, 영님아. 집구석에 들어왔으면 저녁 쌀 안쳐야제, 오자마자 또 어딜 나갈라고 그러냐?"

어느 틈에 쫓아나왔는지, 등뒤에서 능주댁이 고함을 질러댄다. 어두운 복도가 쩌렁쩌렁 울렸다.

"야학에 가야 되라우. 늦었단 말이여!"

뒤도 돌아보지 않고 영님이가 되쏘았다.

"저런 속창시 빠진 년 조까 봐라이. 밥도 안 묵고 거기를 뭐 허러 가?"

"몰라. 안 먹어!"

"조것이 벌써부텀 알로 까져가꼬. 야학서 공부한다는 핑계로 머스매새끼들이랑 붙어 쏘댕길라는 속셈인지 누가 모를까봐 그러냐? 야, 영님아아!"

아래층 계단을 다 내려설 때까지 박씨 처의 고함 소리가 들려왔다.

"야학이 버, 벌써 시작할 시간이냐?"

아파트 마당을 빠져나오면서 무석이 물었다.

"아뇨. 실은 일곱시부턴디, 집에 남아 있어봐야 뭘 한다요? 츳, 자기들끼리 서로 뜯어묵든지 말든지 알아서 하라고 하제."

영님이는 태연히 쫑알거리면서, 머리핀을 빼더니 머리채를 흔들어 풀어내렸다.

"언제 시험이지?"

"무슨 시험이라우?"

"거, 뭐냐. 검정고시 말이다. 고등학교 진학할란다고 그랬잖
어."

"홍, 그까짓 검정고신 봐서 뭘 해요?"

"왜? 저, 전번엔 그랬잖아. 돈을 벌어서 네 힘으로 꼭 학교를
다시 가겠다고 말이다."

"꼭 고등학교 대학교를 나와야만 훌륭한 사람이 되고 인생의
의미가 있는 건가요 뭐? 아저씨. 사람한텐 누구나 똑같이 차지
하고 받아 누려야 할 몫이랑 권리가 있대요. 우리가 이렇게 가난
하고 못 사는 건 우리가 게을르고 무신 큰 죄를 지어서가 아니라
대요. 우리 사회가 잘못돼서 그런다대요. 세상이 밑둥부터 몽땅
썩어 있대요. 돈 많은 부자랑 힘센 놈들이 우리같이 가난한 사람
들의 몫을 빼앗아묵고, 돈과 총칼로 우리를 못살게 굴어서 그런
다고라우. 즈그들 뱃속만 채울라고."

"너, 어려운 이야기를 마, 많이 알고 있구나. 그런 걸 어디서 배
웠냐."

"우리 야학에서 강학님이 그러대요. 이선생님이라고, 국사랑
영어도 가르쳐요. 나는 국사 시간이 젤 좋아요. 영어는 징하게
싫은디. 어렵고 골치 아프고. 학교 다닐 때도 그랬어라우."

"야학에서도 교과서가 학교 것이랑 똑같아?"

"똑같은 책도 있지만, 아닌 것도 많아라우. 강학님들이 직접 손
으로 만들어가꼬 등사지로 찍어서 만든 책도 있어요. 교과서를
써도 꼭 그대로 배우는 건 아니지요. 책에 나와 있는 것들 속에
도 잘못된 부분이 굉장히 많다대요. 그런 대목은 강학님들이 따
로 가르쳐주는디, 전에 학교에서 안 배웠던 것들이 아주 많아라
우. 처음에는 조끔 이상한 생각이 들었지만, 우리가 배우는 것이

진짜 옳은 공부라고 그러대요."

두 사람은 시장통으로 나섰다. 전에 없이 영님이는 제법 쫑알대며 애길 많이 했다.

"그래 정말 조, 좋은 공부를 가르쳐주는 모양이구나. 선생님들은 주로 대학생들이 많은 모양이지?"

"아니라우. 대학생 아저씨들이 많기는 해도, 아닌 분도 있어요. 아저씨보다 더 나이 많은 어른도 있는디요? 화날 때는 무섭게 인상을 쓸 때도 있기는 하지만, 모두 다 좋은 분들 같애요. 우리 국사 강학님은요, 공부를 많이 해가꼬 실력이 아주 굉장하다대요. 전에 학교 때 선생님들은, 지금 보니, 순전히 엉터리였든 갑서라우."

무석은 내심 놀랐다. 영님의 얼굴에 얼핏 희미한 웃음이 떠올랐다. 그런 표정을 보는 건 처음이었다. 영님이가 야학에 재미를 붙인 것 같아 다행이라고 무석은 생각했다.

시장통 구석진 골목 끝에 성당이 있다. 그 성당 정문 안쪽의 작은 벽돌 건물을 야학에서 교사로 쓰고 있다는 말을 들은 적이 있었다. 언젠가 무석은 거기에 간 적이 있다. 바람을 쐴 겸 나왔다가 호기심에 들렀었다. 창고 같아 뵈는 그 낡고 초라한 건물의 유리창 너머로 열대여섯 명 가량이 앉아 있었다. 형광등의 흐릿한 불빛. 대학생인 듯한 여선생이 무엇인가를 칠판에 적고 있었다. 학생은 여자가 더 많았다. 갓 초등학교를 마쳤을까 싶은 또래부터 완연히 성숙한 처녀들도 있었다. 남학생은 대부분 열여덟 아홉 또래 같았다.

그들 중 영님이가 어디 앉아 있나 하고 고개를 주억거리고 있는데, 갑자기 누군가 등뒤에서 다가왔다.

당신 누구쇼. 무슨 용무로 여기서 서성대고 있는 것입니까.

안경 낀 청년 하나가 불빛 속에서 얼굴을 내밀었다. 어째서인지 잔뜩 화가 나 있는 듯한 음성과 표정이었다. 손에 쥔 책으로 보아 강학인 듯싶었다. 그는 이쪽을 수상한 인물로 여기고 있음에 분명했다.

아, 아닙니다. 그냥 저, 구, 구경 좀 해볼까 하고.

청년의 도전적인 기세에 눌려 무석은 허겁지겁 빠져나와버리고 말았다. 골목 어귀에서 돌아보니, 그때까지도 청년은 이쪽을 유심히 노려보며 서 있었다.

"다행이구나. 영님이가 야학 다니는 게 아주 재미있는 모양인데."

"재미있어라우. 그래도 이제사 겨우 석 달째인디요 뭐. 미장원 문을 좀 빨리 닫아주면 좋을 텐데……"

"미용 기술은 많이 배웠어?"

"아저씨, 나 말이어라우. 실은 얼마 전에 다른 미장원으로 옮겼어요. 엄마는 아무것도 모르시지만요."

영님이가 학교를 그만둔 뒤부터 북동 어딘가에 있다는 미장원에서 시다로 일하고 있음을 무석은 알고 있었다.

"요새는 뭐니뭐니 해도 기술 가진 사람이 최고여. 뭐든 한 가지만 똑 소리나게 해봐. 제 평생 앞가리기야 기술만큼 확실한 것이 또 있는가 말여."

능주댁은 누군가의 소개로 영님이를 그 미장원에 들여보내놓고 나서는 딸이 금세 미용사라도 된 것마냥 큰소리를 쳤다. 하지만 벽을 통해 들려오는 박씨 식구들의 얘기로는 그게 꽤나 막연한 노릇이라는 판단이 갔다. 월급이라야 몇 푼 받는지 마는지조

차도 애매해서, 아침마다 시내버스 값 타령으로 시끄럽기는 전
이나 마찬가지였다.

"그랬어? 엄마 친구가 애써서 소개해준 집이었다면서?"

"치이, 엄마 친구는 무슨. 그 여시 같은 주인 아줌마가 어떤 줄
알아요, 아저씨? 기술 가르쳐준다고 맨날 거짓말만 하고, 사람
을 순전히 식모 대신 부려먹으려고만 들어라우. 아직까지 손에
가위 한번 만져본 적이 없은게 뭐."

"새로 옮긴 집은 어때"

"아직 잘 몰라요. 며칠밖에 안 되었으니깐."

어느덧 성당으로 이르는 골목 어귀에 닿았다.

"나, 들어가께요. 아저씨."

"으응."

영님이는 가방을 흔들며 골목 안으로 사라졌다.

무석은 호주머니에 손을 찌른 채 천천히 걸음을 옮겼다. 시장
은 더럽고 시끄러웠다. 가뜩이나 비좁은 길로 별의별 것들을 실
은 손수레가 끊임없이 오가고, 그 때문에 앞을 가로막는다고 노
점상들은 욕을 퍼부어댔다. 길바닥은 물기와 오물에 젖어 시궁
창처럼 질척거렸다. 목청껏 외쳐대는 사람들의 목소리가 한데
엉켜 시장 거리는 제법 활기에 넘쳐 보인다. 하지만 그것도 한때
뿐이었다. 한낮이나 오전 무렵에 나와보면 한가하다 못해 맥빠
진 꼴들을 하고 있었다.

주민 수나 동네 규모로 보아 하나밖에 없는 그 시장은 의외로
작고 초라했다. 크고 작은 공장들이 들어차 있는 터라 광천동 인
근 일대엔 공원들이 많이 살고 있었다. 물론 오래 전부터 터잡고
살아온 토박이들도 적진 않지만, 그들 역시 대부분 궁색한 건 피

차 일반이어서, 끼니마다 시장에 들를 만큼의 여유 따윈 애당초 없을 터이기도 했다.

그래선지 시장 점포들의 업종은 주로 먹거리 장사였다. 하다 못해 싸구려 옷이나 신발가게조차 몇 되지 않았는데, 그런 물건들이야 다리 건너 양동시장이 워낙 크고 이름나 있는 까닭에 좀체 재미를 보기 어려워서일 것이다.

코딱지만한 공간을 비집고 들러붙은 가게마다 보잘것없는 물건들만 쌓아놓고 앉아 있는 이곳 시장의 상인들 표정은 대부분 지치고 고달프고 사나워 보였다. 못사는 동네의 시장다운 풍경이었다.

마침 토요일이어서인지, 오늘은 비교적 붐비는 편이었다. 퇴근해 돌아오는 공원들이 콩나물이며 고등어 따위를 봉지에 사서 들고 가기도 했다. 무석은 김치를 한 봉지 살까 하다가, 돌아오는 길에 사기로 작정하고 반찬가게 앞을 그냥 지나쳤다.

야채장수들이 모여 있는 시장 끝 담벼락 밑에서 웬 노파가 무엇인가 땅바닥에서 줍고 있는 모습이 눈에 띈다. 등이 구부정한 노파의 입성은 추레하고 더러웠다. 노파는 길바닥에 떨어진 배추 겉이파리들을 주워 비닐봉지에 담고 있다. 사람들의 발에 밟히고 흙에 짓이겨진 그것들을 주워다가 시래깃국이라도 끓여 먹으려는 것일까. 무석은 노파를 지나쳤다.

문득 또 어머니 귀단의 얼굴이 스쳤다. 늘 그랬다. 어쩌다 길에서 실성기가 있어 뵈는 여인이나 어정거리는 거지 여자가 눈에 띄면 그때마다 가슴이 철렁철렁 내려앉곤 했다. 때로는 모르는 척 지나쳐갔다가 슬며시 돌아서서 유심히 살펴보기도 했다. 어머니가 구걸을 하러 다닐 거라는 증거는 없었다.

작년 여름, 고모가 찾아와 전해준 얘기로 미루어보더라도 어머니는 그렇게까지 처참한 생활을 하고 있을 것 같지는 않았다. 어머니는 과연 혼자 살고 있는 것인지, 누군가와 함께라면 대체 어떤 사람하고일까 하는 것조차 짐작할 수 없는 일이긴 했지만……

시장통을 벗어나면 버스 종점이었다. 아침 저녁이면 공원들과 학생들로 붐비는 곳인데, 토요일인 오늘은 한산했다.

골목길을 한참 거슬러 들어가 이윽고 강둑에 닿았다. 둑 등성이엔 질경이와 망초, 가시풀들이 제멋대로 뒤엉켜 자라고 있고, 쓰레기들이 사방에 흩어져 굴러다닌다. 동네 여자들은 거리낌없이 쓰레기를 둑에 내다부었다. 손수레조차도 들어오지 못할 정도로 비좁고 구불구불한 골목이어서, 쓰레기 수거 차량도 외면하는 동네였다.

방금 전에 누군가가 깔아놓은 듯싶은 똥무더기를 무석은 훌쩍 뛰어넘어 둑길 위에 올라섰다. 거기서는 시야가 트였다. 꽤 넓은 개천 건너 오른편으로 시가지와 무등산이 보이고, 맞은편엔 야구장, 왼쪽으로는 드넓은 들판이 펼쳐졌다. 개천을 거슬러 바람이 불어왔다. 무석은 가슴을 벌려 심호흡을 했다. 바람은 후텁지근했고, 고약한 냄새가 스며 있었다.

개천은 더러웠다. 멀리 무등산 자락에서 시작한 광주천의 물줄기가 도시의 복판을 지나, 이윽고 맨 외곽인 이곳 광천동에 이를 쯤이면 이미 완전한 시궁창물로 변해 있는 것이다. 그나마 수량까지 해마다 줄어 이젠 개천이라기보다는 거대한 하수도라고 불러야 옳았다. 시커먼 구정물이 둘둘둘둘 탁한 소리를 내며 흐르는 밑바닥엔 검은 이끼들이 흐늘거리고, 물고기는커녕 개구리

한 마리 구경하기 어려웠다.

무석은 하류 쪽을 따라 둑길을 걷기 시작했다. 둑 아래쪽 비탈진 고랑에서 두 내외가 호박 구덩이에 오줌을 부어넣고 있다. 그러나 지난해처럼 장마가 길어지면 그쪽 고랑은 어느 날 흔적도 없이 물살에 지워져버리고 말 게 뻔하다. 둑길엔 사람이 별로 없었다. 조금 있으면 저녁을 마치고 바람을 쐬러 나오는 사람들이 많아질 것이다.

무석은 동네가 끝나는 곳까지 내려갔다. 거기서부터는 쓰레기도 적고 악취도 조금은 견딜 만해졌다. 무석은 언제나처럼 누군가가 도톰하니 쌓아놓은 자갈 더미 위에 엉덩이를 붙이고 앉았다. 무석은 그 자리를 좋아했다. 해질 무렵이면 둑길을 걷는 일이 어느덧 버릇처럼 되어버렸다.

서쪽 하늘 끝으로 노을이 붉게 떠 있었다. 송정리 너머로 웅크려앉은 뭉툭한 산등성이들은 노을을 등진 채 검고 무겁게 멈추어 있었다. 무석은 뱀처럼 벌판 사이로 구불구불 휘어져나간 강줄기를 말없이 지켜보았다. 강은 노을이 타는 하늘 끝을 향하여 벌판 저편 어스름 속으로 흐릿하니 지워져가고 있었다.

또 후텁지근한 바람이 악취와 함께 불어왔다. 무석은 이마에 흘러내린 머리카락을 쓸어올렸다. 손바닥에 끈적한 땀이 묻어나왔다.

서른 살. 내 나이가 벌써 그렇게 되었구나.

새삼스레 가슴 귀퉁이에서 돌멩이 하나가 무겁게 떨어져내렸다. 지금 나는 무얼 하고 있는 것인가. 앞으로 언제까지 더 이렇게 버틸 수 있을까. 무석은 자신이 없어져가고 있었다. 스스로의 모습을 직시하기가 점점 두렵고 힘들어졌다. 이렇게, 이런 식으로 언제까지나 살아갈 수는 없는 일이다. 이거야말로 죄악이 아닌가……

벌레.

문득 무석은 거대한 벌레 한 마리를 생각했다. 이즈음 그의 머릿속을 꽉 채우고 있는 것은 바로 그 흉물스럽고 추한 벌레의 환영이었다. 밤새 어수선한 꿈에 시달리다가 늦게야 눈을 뜨는 아침 잠자리에서건, 눅눅한 방안에 온종일 틀어박혀 뒹굴 때건, 문득문득 제 몸뚱이가 모르는 사이에 흉물스런 벌레로 변해가고 있는 건 아닌가 하는 의혹에 사로잡혔다. 그건 자신의 살점을 뜯어먹으며 자신의 목숨을 조금씩 포기해가는 추악한 벌레의 모습 그대로였다. 어두운 그의 방은 그 벌레의 고치였다. 잠을 깨고 일어나 보면 사방 벽과 천장, 벽 귀퉁이와 창틀 어디에고 검푸른 빛깔을 띤 곰팡이가 밤 사이 피어 있었고, 그것들은 아무리 닦아도 이내 다시 돋아났다. 그것들 사이로 수없이 많은 바퀴벌레들이 출몰했다. 불을 끄고 자리에 누우면 머리맡으로 이불 위로 거침없이 기어다녔다. 벌레인 자신의 몸뚱이와 생활에 모두 어울리는 것들뿐이라고 그는 생각했다.

그러다가도 무석은 이따금 이불 속에서 벌떡 튕겨 일어나곤 했다. 이럴 수는 없어. 언제까지 이런 꼴로 살 수는 없단 말이다.

머리를 쥐어뜯으며 궁리하고, 가슴을 두들기며 스스로를 꾸짖어대기도 했다. 맨 처음 어디서부터 단춧구멍이 잘못 끼워지기 시작했는지, 어디서부터 꼬인 실마리를 풀어야 할 것인지 고민해봐도 그건 너무나 감당키 어려운 문제였다. 좀처럼 눈앞에 길은 나타나지 않았다. 길은 안개 속으로 갈수록 흐릿하게 꼬리를 감추고, 초조해진 그는 그럴수록 다급하게 허둥거리고만 있을 뿐이었다.

무석은 발 밑에서 자갈을 집어 강을 향해 던졌다. 돌은 이내 추락했다. 멀리 서편 하늘의 노을이 아까보다 훨씬 희미하게 잦아들고 있었다.

여보게 진수. 나는 시방까지도 무석이놈의 진짜 아비가 누구인지 모르고 있네. 즈이 어미의 뱃속에 씨를 떨구고 간 놈이 어떤 성씨를 가진 놈인지조차 몰라. 가끔씩 저녀석을 보면 그런 의심이 들지. 혹시 무석이 저녀석의 생부가 바로 내 부친을 살해한 그놈들 중 한 놈일지도 모른다는…… 만약 그렇다면, 이 일을 어째야 좋을까.

무석은 얼굴을 무릎에 묻었다. 아버지 한원구씨의 음울한 얼굴이 시야를 가렸다. 삼 년 전 조부의 묘 이장을 위해 낙일도로 내려갔을 때, 한밤중 바닷가에서 우연히 엿들은 아버지와 천진수씨의 대화를 무석은 지금껏 잠시도 잊어본 적이 없었다.

무석은 멀리 들판 위로 소리없이 덮쳐오고 있는 어둠을 응시했다. 자신의 출생에 얽힌 온갖 의혹이 모두 사실이었음을 깨달았을 때 무석이 선택할 수 있는 유일한 길은 둥지를 버리는 일이었다. 그래서 집을 뛰쳐나왔다. 그러나 그건 또한 스스로의 힘으로 자신을 지탱하고 또 저만의 둥지를 만들어야 함을 의미했다. 그러나 지금의 내 꼴은 무엇인가. 무석은 견딜 수 없이 부끄럽고 또 부끄러웠다.

하지만, 이제 더 이상 방황하지 않으리라고 무석은 결심했다. 그 각오가 흔들릴 때마다 어머니를 애써 생각했다. 그것만이 현재 자신의 앞에 남은 유일한 길이라고 믿으려 했다.

'어머니를 찾아내자. 그 다음엔 작은 방을 한 개 얻어야 하리

166

라. 어머니에게 처음으로 안정된 생활을 경험하게 하고, 늦게라도 치료를 받게 하면 증세가 한결 나아질 수 있을 것이다. 그리하여, 불행한 어머니, 그리고 동생 명치, 또한 바로 내 자신의 머리 위에 드리워진 그 오랜 숙명의 덫을 조금씩조금씩 걷어내야만 한다. 그것만이 끝도 시작도 알 수 없게 엉망으로 뒤엉킨 운명의 실꾸리를 풀어나가는 길이 아니겠는가……'

공무원 시험을 준비하기로 결심한 것도 그 때문이었다. 출세를 하겠다는 허황된 욕망이나 환상 같은 건 추호도 없었다. 적어도 자신의 생존을 지탱키 위한 최소한의 조건이 필요했고, 현실적으로 그것이 가장 자신에겐 가능함직한 방편이라고 여겨서였다.

며칠 전 무석은 정보를 얻기 위해 고시학원엘 들렀었다. 다음 번 시험은 구월중에 있을 예정이라고 했다. 그 동안 준비해온 것도 있어서 시간은 충분했다. 신체 검사가 마음에 걸리지만, 요즘 상태로 보면 무난히 통과할 수 있을 것도 같았다.

무석은 고개를 들었다. 어느새 땅거미가 짙게 드리워져 있었다. 어둠에 묻힌 들판 저 너머로 비행장 활주로의 불빛이 길다랗게 열을 지어 서 있다. 무석은 자리를 털고 일어났다.

골목을 빠져나와 버스 정류장 부근을 지날 때였다. 뒤에서 부르는 소리가 들렸다. 돌아보니 청년 셋이서 왁자하니 떠들어대며 다가오고 있다.

"형님. 거기 무석이형님 아니쇼?"

"아, 누구라고."

삼층, 같은 복도에 사는 한기라는 청년이었다. 306호에 살고 있는데, 그 사이 몇 번 만나 대충 인사를 나누고 지내는 처지였다.

"어딜 다녀오는 길이슈. 맨날 방안에 박혀 공부만 하시는지, 얼굴 보기가 힘들더니만."

"안녕하슈, 형님. 나, 칠숩니다."

뒤따라오던 칠수와도 악수를 나누었다. 일행 중 다른 하나는 낯선 얼굴이었다.

"집에 가시는 참인가라우?"

"응. 바람 좀 쐬고 오느라고…… 오랜만이네그려."

"그러게 말입니다이. 촌놈이 난생 처음 기름밥 먹느라고 워낙 정신이 없어서, 아직까지 이웃사촌들께 인사도 제대로 못 했구만이라우."

한기는 너털웃음을 터뜨렸다. 꽤나 넉살좋은 친구였다. 처음 이 아파트로 이사왔을 때만 해도 무석은 그를 불량기 많은 건달 정도로 여겼다. 그 무렵 한기 역시 뚜렷한 직업도 없이 빈둥거리고 있는 터여서 복도에서 이따금 마주치곤 했는데, 어느 날 갑자기 무석을 복도에서 불러세우더니 노골적으로 이쪽의 위아래를 훑어보며 대뜸 "형씨는 몇 호 사는 누구슈. 인사나 하고 지냅시다, 거" 하고 시비조로 말을 걸어왔던 것이다.

그러다가 언젠가는 다짜고짜 무석의 방까지 찾아와서는, 묻지도 않은 얘기들을 한참 늘어놓다가 갔다. 그 다음엔 아예 함께 사는 칠수까지 달고 소주병을 든 채 불쑥불쑥 찾아오기도 했다. 덕분에 차츰 낯이 익어가면서, 무석은 그들이 좀 거칠고 제멋대로이긴 해도 나름대로 순박한 구석이 있는 청년들임을 알았다.

"어디 취직했다는 소릴 들었어. 박씨 아저씨가 그러시등만."

무석은 그들과 걷기 시작했다. 그 말을 칠수가 받아 끼여들었다.

"허, 소문 한번 되게 빠르구만. 한기, 이 자식, 기사로 취직했답
니다. 참, 꿀에 성공했제라우."

"얌마. 요즘 세상에 운짱하는 것도 출세냐? 웃기지 좀 마라. 장
차 장관님이 되실지도 모르는 무석이형님 앞에서. 흐훗."

"무슨 회, 회사라던데?"

"아따, 형님까지 그러실 거요? 거창하게, 회사는 무슨 회사랍니
까. 건축 자재를 전문으로 파는 도매집인디, 거기서 물자도 받아
오고 배달도 하고 그러는 일이지라우."

한기는 용달차를 운전한다고 했다. 자격증을 따자마자 시작한
운전이라 며칠은 손발이 떨리더니, 이젠 실력이 늘었노라고 자
랑스레 말했다. 칠수가 또 이죽거린다.

"새끼, 구라 좀 풀지 말고, 나 취직 자리 하나 빨랑 알아달란께
는."

"얌전히 지금 그 집에 붙어 있제, 무슨 딴생각이냐 또."

"야야, 철물점 종업원으로 평생 늙어 죽으란 말이여?"

"그래그래, 제발 보채지 좀 말어. 운전면허 딴 지 고작 한 달밖
에 안 된 주제에."

"임마, 내가 너랑 같이 시험쳐서 미끄러졌다만, 솔직히 운전 기
술은 너보다 나을 거다. 그 엠병할 필기 시험만 아녔담사 내가
먼저 땄을 거라고."

"형님. 모처럼 만났으니 술이나 같이합시다. 취직 턱으로 내가
쇠주 한잔 살께라우. 내일은 마침 가게도 쉬는 날이어서, 이 새
끼들하고 한잔 걸치고 들어오는 참이우. 자, 가십시다."

그들은 무석을 끌다시피 해서 시장통 어귀 식육점으로 들어갔

다. 삼겹살이 나오는 동안 술잔을 채웠다.

"아참, 너, 이 형님 처음 보는 자리지?"

한기가 함께 온 청년을 가리켰다. 무석은 그와 악수했다. 키가 작달막한 청년은 몸집이 단단하고 다부져 보였다. 이마 한가운데 팥알만한 점 하나가 인상적이었다. 그게 부처님 점이라며 한기가 웃었다.

"박봉뱁니다. 앞으로 자주 뵙게 되겠네요."

퍽 선량해 뵈는 웃음을 보이며 그는 말했다. 306호에서 셋이 함께 지내기로 한 모양이었다.

"야, 봉빼. 너 이 형님은 우리하고는 장차 갈 길이 다른 양반이여. 지금 한참 열나게 고시 공부에 여념이 없으신 분인께."

"아, 그래요. 사법고시 준비하시는갑네요?"

"사법고시라니요. 공연히, 하, 한기가 거짓말을 하는 거지. 그냥 말단 공무원 시험이나 한번 쳐볼 생각인디, 부끄럽게 무슨."

"어이구, 부끄럽다니라우. 나는 초등학교밖에 못 나왔어도 공부가 얼마나 어려운가 정도는 잘 알어라우. 꼭 성공하시기 바랍니다."

봉배는 진심으로 그렇게 말하는 것 같았다.

"그러고 보니, 여기 섬사람이 둘이나 있구마이. 무석이형님네 고향이 완도라고 했지라우. 봉빼 이 자식은 신안에서 올라온 시커먼 섬놈이라요."

한기가 봉배의 등을 두드리며 킬킬거렸다.

"짜식, 저는 얼마나 도시놈이라고. 지리산 첩첩산중에서 칡뿌리나 캐먹다 온 빨치산 같은 놈 주제에."

칠수가 이죽거렸다. 그러나 기실 칠수와 한기는 구례 출신이었다. 그것도 한동네에서 함께 자란 동갑내기였다.

"신안 도초돕니다. 예, 맞어라우. 홍도 가는 길목에 있는……
말이 고향이제, 별로 정도 없고 돌아가고 싶은 생각도 없어라우.
어무니 아부지가 묻혀 있는 땅인디도, 떠나온 지 칠 년이 넘도록
이제껏 한번도 찾아가보지 못했은께요."

갑자기 봉배는 우울한 표정을 했다. 술기 탓만은 아니게 눈자
위가 붉어 보였다. 벌써 몇 잔째 술이 돌고 난 참이었다.

"형님. 알고 보면 봉배 이 녀석도 드럽게 불쌍한 놈이지라우.
지 말마따나 고아 신세라요. 삼남매만 달랑 남겨두고 부모가 돌
아가셨는디, 그뒤로 두 동생들이랑 뿔뿔이 헤어져가꼬, 시방 어
디 있는지조차 모르는 처진갑서라우. 아무리 그런다 해도, 못난
자식이 술만 들어갔다 하면 저렇게 찔찔 짜는 시늉이나 허고, 에
이그, 힘 좀 내라. 사내새끼가 그렇게 약해가꼬 느그 동생들을
어떻게 찾을래?"

한기는 덩달아 애잔한 눈빛을 하면서도, 봉배의 뒤통수를 쥐
어박는다. 불현듯 무석은 봉배의 손을 잡아주고 싶은 충동을 느
꼈다.

열시가 되어서야 그들 넷은 자리에서 일어났다. 모두들 제법
술기에 젖어 있었지만, 유독 봉배의 걸음걸이가 위태로워 보였
다. 무석은 이상스러울 만치 취기가 오르지 않았다. 그 봉배라는
청년 때문에 행여 자신의 억눌린 감정이 터질까봐 조심한 탓인
지도 모른다.

시장 어귀를 벗어났을 때, 그들은 눈앞으로 달려오는 엄청난
불빛들의 행렬과 마주쳤다.

셀 수도 없이 많은 차량의 행렬이었다. 먹이를 찾아 대이동을

하는 정체 불명의 짐승들처럼 그것들은 무리를 지어 정연하게 눈앞을 질주해갔다. 어디에서 오는 것일까. 멀지 않은 곳에 고속도로 인터체인지가 있었다. 필시 북쪽 어디에선가 오고 있을 거였다. 스물, 스물하나, 스물둘……

한기가 악을 쓰듯 숫자를 세고 있었다. 무석은 얼핏 숨이 막혔다. 육중한 무게로 질주하는 바퀴의 굉음은 영영 끝나지 않을 것처럼 꼬리에 꼬리를 물고 이어졌다. 군용 트럭이었다. 하나같이 뒤칸을 천막으로 덮은 그 검고 뭉툭한 행렬은 공단 사거리 쪽을 향하고 있었다. 목적지는 아마 상무대일 것이다.

"야, 전쟁이 터진 것 아니여? 무신 군바리들 도라꾸가 저렇게 많냐? 이런 시간에."

"미친 자식. 전쟁이 났으면 군바리들이 북쪽으로 올라가야제, 뭣 헐라고 거꾸로 이리 내려오겄냐?"

"하기사. 그러면 김신조가 또 침투해 내려왔는갑지. 무장공비 말이여."

한기가 킬킬거렸다.

"자자, 헛소리 말고 빨랑 집으로 들어가자이. 어, 봉배 이 자식. 눈떠, 임마. 너, 길바닥에서 잘라고 그러냐?"

그들은 아파트를 향해 다시 걷기 시작했다. 차량의 행렬은 이윽고 그친 모양이었다. 무석은 무심코 뒤를 돌아다보았다. 텅 빈 차도를 비추며 가로등이 놀란 듯 외눈을 둥그렇게 뜨고 서 있을 뿐이다. 그 기이한 정적이 까닭 모르게 불길해 보였다.

우리가 무엇으로 살아서
살아생전
저 풀꽃들을 위로하며
꽃옆에 다정히 앉아볼까
이 강토 어디를 쓰다듬은들
──김용택,「오월」에서

5월 17일 19 : 00, 계림동

"늦어지실 것 같으요?"

아내 청산댁이 장롱 서랍을 밀어넣으며 물었다. 원구는 넥타이를 찬 거울 속 자신의 모습을 못마땅한 듯 힐끔 훔쳐보았다. 무슨 대단한 자리에 나가기라도 하는 양, 전에 없이 양복까지 차려입은 꼴이 우스꽝스럽게 여겨졌다.

"그걸 누가 알아. 가봐야 알지."

언제나처럼 그는 무뚝뚝하게 쏘아붙였다.

"늦을 성싶으면 저녁상 차려놓으까라우?"

"필요없어. 먹고 들어올 거여."

"어디를 가는 길이간디 그러시요. 달식이 저 사람이 무신 일로 또 찾아왔다요?"

청산댁은 영문을 모르겠다는 표정으로 뒤따라나오면서 물었다.

"아, 시끄러. 경찰서로 잡혀가는 건 아니니까. 그런데 명기 이 녀석은 왜 아직까지 집구석으로 안 들어오는 거야?"

"그러게 말이라우. 오늘은 어째 온종일 전화도 안 하고……"

"빌어먹을 자식. 요즘 세상이 어찌 돌아가는 판국인데, 아무 물정도 모르고 제멋대로 건정대고 싸돌아다니는 거야. 이따가 들어오면 꼼짝하지 말고 방에서 기다리라고 붙잡아놔. 알았어?"

원구는 아내를 향해 짐짓 눈알을 부라려 보이고는 현관을 나섰다. 달식은 먼저 나와 마당가에서 기다리고 있다.

"셋째놈이 아직 안 들어왔습니까?"

"그렇다네. 요즘 아이들은 어찌 그리 철딱서니가 없는지 모르겠어. 벌써부터 부모 말 알기를 우습게 안단 말일세."

두 사람은 골목길로 나섰다. 청산댁이 대문 밖까지 나와 달식에게 허리를 굽혀 인사를 하고는 다시 안으로 들어갔다.

"전남대학 다닌다고 그랬지요? 아, 대학생이면 이젠 머리가 다 큰 녀석인데, 제 할 일 어련히 잘 알아서 하겠소? 놔두슈."

"머리가 크긴. 내 눈엔 아직도 어린앨세."

"혹 질이 나쁜 녀석들하고 휩쓸려 데모에 열중하는 거야 아니겠지요?"

"그래서 걱정이지 뭔가. 겉보기엔 잘 모르겠더니, 얼마 전부터 어째 좀 심상찮은 눈치라니까. 서클에서 무슨 연극인가를 준비한다는 핑계로 걸핏하면 늦게 돌아오기 일쑤고…… 어제는 외박까지 하고 들어오지 뭔가. 그런 적이 없었는데."

"그래요? 거, 뭔가 문제가 생기긴 생겼구만. 서클 이름이 뭐랍디까."

"뭐라드라. 거, 듣긴 했는데, 이상한 이름이라 기억이 얼른 안 나는구만."

"허 참, 형님도 탈나셨구만 그래. 그리 무심하게 방안에 앉아서 걱정만 하고 계십니까. 거, 조심하십시오. 아차 하다간 아들 하나 신세 영영 조지게 되는 수가 있으니까. 요즘 대학생들 머릿속이 어떻게 돌아가는지 형님이 뭘 잘 몰라서 그래요. 민주화다 자율화다 난장판으로 들끓고 있으니까 세상이 물꼬 뚫려 한쪽으로 그럴듯하게 흐르고 있는 줄 착각하고 있소만, 두고 보슈. 머잖아 된통 뜨거운 맛을 보게 될 테니까. 두고 보라니까요. 내 말이 틀리는지."

달식의 말이 전혀 허튼 장담만은 아닐지도 모른다는 생각에 원구는 문득 불안한 눈으로 그를 쳐다보았다. 꼭 그대로 곧이들을 수만도 없었으나, 형사라는 직업을 가진 사람이니 뭔가 그럴 만한 근거가 있을 법도 했다.

달식이 손을 번쩍 쳐들었다. 마침 법원 쪽에서 빈 택시가 굴러와 멎었다.

"계림초등학교 앞으로 갑시다."

차에 오르자 달식이 말했다.

지금 그들은 죽은 용술의 아들이 운영한다는 그 식당으로 향하는 길이었다. 애당초 원구로서는 그곳에 갈 의사가 없었다. 어제 오전에 달식이 찾아와 그 얘기를 불쑥 꺼냈을 때, 조금은 놀랐고 호기심이 일었던 건 사실이다. 하지만 일부러 찾아가보겠다는 생각까지는 전혀 없었던 것이다.

무엇보다 그 자리엔 고향 사람들이 꽤나 모일 터이고, 그들 앞에 낯을 내보여야 하는 일이 꺼림칙했다. 지난 겨울의 향우회 모임에는 붙들리다시피 해서 억지로 끌려나가고 말았지만, 그때도

시종 속이 편안치가 못했다. 결국 먼저 슬그머니 자릴 뜨고 말았고, 두번 다시 그들과 마주치지 않기를 바랐었다. 그런데 이번엔 또 달식이가 그를 끌어내고 만 셈이다.

원구는 곁에 앉아 있는 달식에 대해 치미는 짜증을 내내 억누르고 있었다. 이쪽의 의사 따위는 아랑곳없이 일방적으로 동행을 요구하는 달식의 억지가 괘씸하기조차 했다. 하지만 따지고 보면 문제는 오히려 고향 사람들을 한사코 피하려 드는 원구 자신에게 더 있을 거였다. 어차피 이렇게 된 바에야 도리가 없다고 그는 생각한다. 용술의 처가 어떤 얼굴을 하고 대해올 것인지 궁금했다. 어느새 택시는 초등학교의 벽돌담을 왼쪽으로 끼고 돌고 있었다.

달식을 따라 들어간 곳은 다방이었다. 일단 거기서 만나서 식당으로 향할 모양이다. 한쪽 자리를 차지하고 앉아 있던 십여 명의 고향 사람들이 둘을 맞았다. 그들 대부분은 익히 아는 처지였지만, 몇은 낯이 설었다. 섬 반대쪽에 있는 마을들과는 별로 왕래가 없었던 탓일 것이다. 이래저래 따지고 들자면 먼 친척뻘되는 사람도 몇은 되었다. 그들은 원구를 보자마자 저마다 반색하는 얼굴들을 꾸며 보인다.

"어이구, 자네가 다 이게 웬일인가. 지난번엔 온다간다 소리도 없이 자릴 뜨고 없어서, 전화번호도 미처 알아두지 못했지 뭔가."

"아따, 원구형님. 그 동안은 돈 버는 재미에 푹 빠져서 그러셨능가 왕래가 통 없었제만, 인자부터는 좀 자주자주 만나고 그럽시다이. 객지에 나와서 고향 사람들끼리 어려울 때 서로 돕고 살면 오죽이나 좋겠소?"

너도나도 손을 잡아 흔들며 던지는 인사 한마디에도 어딘가 은근한 빈정거림이 들어 있었다. 그 동안 일부러 자신들을 멀리해온 원구에 대한 원망과 거부감도 당연히 남아 있을 터이다. 원구는 어색하게 인사를 나누고 변명도 하며 자리에 눌러앉아 있었다.

"자, 최총경하고 한원구씨가 나타나셨으니, 오늘 저녁 올 만한 인사는 거의 다 참석하신 모양인디."

향우회장을 맡고 있는 이씨가 좌중을 둘러보며 의미있는 한마디를 던지고 나서 껄껄 웃었다. 다른 사람들도 그 뜻을 알겠다는 듯이 싱글싱글 따라 웃었다.

"총경이라니, 누구 말씀입니까."

"여기 계신 최달식 형사 말이지 또 누구여. 장차 총경 나으리 한 자리쯤은 하고도 남을 양반 아니신가."

"아, 난 또."

눈치없이 되물었던 사람이 뒤늦게야 혼자 어설픈 웃음을 흘렸다. 달식은 그다지 기분 나쁘지 않은 농담이라고 여긴 듯 말없이 웃고 있다. 그 동안 서너 사람이 뒤늦게 더 나타났다. 식당을 알고 있다는 향우회장의 뒤를 따라 이윽고 모두들 다방을 나섰다.

용술의 처와 아들이 차렸다는 식당은 초등학교 앞 사거리를 막 지나서 건너편 골목에 있었다. 막걸리와 소주를 파는 작은 술집이 두어 개, 그리고 보신탕이며 오리탕을 전문으로 파는 그만그만한 식당 몇 개가 한데 모여 있는 골목이다. 그들은 '부산식당'이라는 간판이 걸린 집으로 들어갔다. 그다지 큰 규모는 아니었고, 조금은 낡고 허름해 보였다. 바깥에 놓인 탁자는 몇 안 되었지만, 안쪽으로 크고 작은 방들이 의외로 제법 여러 개 붙어

있다. 찾는 손님이 적지 않은 모양이어서, 방문 앞에 놓인 구두
가 꽤 많아 보였다.

"어이구, 어서들 오십시오. 아까부터 기다리고 있던 참입니다."

젊은이 하나가 주방에서 허겁지겁 뛰어나오며 그들을 맞았다.
고깃점이라도 썰던 참이었는지 팔뚝엔 기름이 번들번들 묻어 있
고, 목소리가 꽤 컸다. 향우회장이 웃으며 말했다.

"이거, 안 그래도 장사가 바쁜디 공연히 우리까지 성가시게 만
들게 되얏네그랴. 여기 모두 해서 열일곱 분이 오셨는디, 인사는
안에 들어가서 천천히 하기로 하세. 자, 어서들 들어가보십시
다."

"바쁘기는요. 이쪽으로 어서 들어오십시오."

젊은 사내가 앞장서서 방으로 안내했다. 두 칸을 터서 하나로
만든 모양으로, 꽤 크고 널찍한 방이었다. 방 가운데엔 상이 미
리 준비되어 있다.

원구는 그 젊은이를 대하는 순간 첫눈에 용술의 아들임을 알
아차렸다. 그닥 크지 않은 키에 떡 벌어진 가슴, 넓은 이마, 유난
히 무성한 구레나룻에서 그는 이내 삼십여 년 전 자신의 집에서
머슴을 살았던 용술의 모습을 선연하게 떠올렸던 것이다.

원구는 불현듯 가슴속에서 울리는 작은 고동 소리를 들었다.
무슨 생각을 하고 있는 것일까. 달식 역시 말없이 그 젊은이 쪽
을 아까부터 훔쳐보며 앉아 있었다. 모인 사람들이 수군거렸다.

"저 친구가 바로 용술이 아들이란 말이제?"

"다른 건 다 해도 씨도둑질은 못 한다드니, 영락없이 즈이 애빌
찍어다가 뺐구만그려. 얼굴 생김새 하며 뼈대 굵은 것까장 그대
로 탁했어."

"음성조차 꼭 그대롤세. 가만, 용술이가 죽었을 때가 아마 저 나이쯤 되었을 것이여 아마."

"맞어. 늦장가를 들어가꼬 갓난애 하나 있었을 때니까, 필시 그럴 것이여. 허 참, 세월도 얄궂고 인연 또한 얄궂네그려. 그때 그 어린 놈이 어느새 커서 저리 어른이 되었으니 말일세."

"세월뿐이간디? 빨갱이라고 총 맞아 죽은 용술의 아들놈한테서 삼십 년 뒤에 자네랑 내가 이렇듯 초대를 받아 저녁 한 끼 얻어 묵게 될 줄이사 누가 알았겠는가. 거, 참말 얄궂고 희한한 인연이구마는."

"이것도 알고 보면 피차간에 어쩔 수 없는 팔자인지도 모르겄네요. 어쩨, 나는 조까 기분이 묘하구만요. 공연히 안 와야 할 자리에 온 것 같기도 하고."

"이 사람, 그런 소릴 꺼내는 것이 아니네. 과거지사야 어찌 되었거나, 고향 사람들 뫼시고 인사라도 올리겠다고 부러 초대한 사람의 심중을 기특하게 여겨줘얄 것 아니여? 그것이면 족한 것이네. 옛날은 옛날이고, 지금은 또 지금 일만 걱정하면 되야."

"그거야 누가 뭐라고 허겄소만, 아무래도 맘이 불편해서……자, 술이 나왔는갑소. 형님들부터 한잔 받으십시오."

그 동안에도 용술의 아들은 부지런히 방과 주방 사이를 들락거리며 상 차리는 일을 돕고 있었다. 사람들은 한껏 목소리를 낮춘 채 저마다 한마디씩 주고받다가, 용술의 아들이 나타나면 짐짓 입을 닫아버리곤 했다. 그런 속닥거림 중에도 이따금 자신과 최달식의 표정을 흥미있게 흘끔거리는 시선들을 원구는 느껴야 했다.

살아갈 시간보다는 지나온 시간들에 대한 추억거리가 훨씬 소

중한 나이인 그들 중늙은이들로서는, 오늘 이 기묘한 자리야말
로 모처럼 굉장한 흥미와 감회를 불러일으키기에 충분한 자리일
터였다.

　원구는 자신을 훔쳐보는 그들의 호기심 어린 시선이 못내 싫
고 역겨웠다. 그들이 지금 자신의 얼굴에서 무엇인가 특별한 흔
적이 나타나기를 은근히 기대하고 있다는 사실을 애써 무시하며
앉아 있었다. 그래선지 자꾸만 술잔으로 손이 갔다.

“어떠슈. 용술이 아들놈이 내놓은 술잔을 받는 감회가?”

　잔에 술을 채워주면서 달식이 불쑥 말을 건네왔다. 그리고는
재미있지 않느냐는 듯이 껄껄 웃었다.

　주변의 시선들이 일제히 쏠려옴을 원구는 느꼈다. 저들에겐
얼마나 흥미진진할 것인가. 용술의 손에 죽었다는 소문이 자자
했던 일송리 한조합장의 아들 한원구, 그리고 그 용술이를 직접
제 손으로 사살한 최판돌 순경의 아들 최달식. 그 둘이 지금 한
자리에 나란히 앉아 있는 것이다. 바로 다름아닌 용술의 아들 집
에서……

“무슨 감회 따위가 있단 말인가. 쓸데없는 소릴랑 꺼내지 말게
나.”

　불끈 치솟는 역겨움을 억누르며 원구는 애써 태연히 대꾸해주
었다. 술은 쓰고 독했다. 달식은 여전히 빙글빙글 웃음을 물고
있다. 원구는 그의 능청맞은 얼굴에 술이라도 끼얹어주고 싶은
심정이다.

“나라고 느낌이 왜 없겠는가. 해도, 모두 지나간 일 아닌가. 한
두 해도 아니고, 무려 삼십 년 세월이 흘러간 옛날얘기일세. 새
삼스레 뭐 좋은 일이라고, 아픈 생채기를 더듬어낸단 말인가. 더

구나 당사자는 죽고 없는 마당에……"

　원구는 또 한번 후회했다. 결코 오늘 이 자리에 나타나는 것이 아니었다. 아니, 내게도 내심 한구석엔 오고 싶었던 생각이 숨어 있었던 게 아닌가. 그랬다. 그랬을 것이다. 원구는 잔을 훌쩍 비워냈다.

　"자, 자, 여기서는 그런 얘기들은 그만두라고. 저기 용술이 아들이 들어오는 모양인디."

　향우회장이 손을 저어 좌중의 주의를 환기시켰다. 젊은이는 어느 사이엔가 남방 셔츠를 새것으로 갈아입고 나왔다. 그는 좌중을 향해 허리를 깊이 숙여 인사를 올렸다.

　"저어, 제 소개부터 드리고 인사를 올릴랍니다. 제 이름은 천만 채, 일만 만 캘 채라고 씁니다. 이렇게 여러 어르신들을 뫼시고 인사를 올리게 되어 뭐라고 표현할 수 없이 기쁘고 감개무량하구만요. 오늘에사 저가 참말로 진짜 고향을 찾게 된 것 같습니다. 사실 저는 이 나이 묵도록 진짜 고향이 어딘지, 아부지가 어떻게 생긴 사람이었는지조차 제대로 모르고 살아왔으니께요. 철이 들어감스로 어무니한테 물어보았드니, '완도에서 너가 태어났다'라고만 하시길래, 그저 막연히 완도읍이 고향인 줄로만 알고 있었지요. 아버지는 제가 두 살 땐가 되든 해에 고깃배를 타고 나가서 영영 돌아오지 않으셨다니까, 진즉 고인이 되셨을 거라고 믿습니다만, 어쨌거나 이날까지 저 태어난 땅도 모르고 살았으니 참으로 부끄럽습니다. 그러다가 마침 요전번에 여기 계신 향우회 어르신께서 우연히 저희 집에 들르셨다가 우리 어무니를 알아보셔서, 그때서야 비로소 제가 난 땅이 낙일도라는 사실을 알게 되었습니다. 반갑고 기쁜 마음에 오늘 고향 어르신들

을 모시고 인사도 드리고 또 그간의 불찰을 사죄도 할 겸, 감히
오시라고 부탁을 드렸던 것입니다. 저야 뭐 어린 탓으로 어르신
들을 알아뵐 수가 없습니다만, 돌아가신 저희 아버님을 생각하
셔서, 에, 앞으로 잘 보살펴주시고 배려해주시기를 부탁드릴랍
니다. 그러믄, 차린 것이 변변찮습니다만, 모쪼록 맛있게 들어주
십시오. 감사합니다."

용술의 아들은 두 손을 다소곳이 모은 채 인사말을 마쳤다. 용
술의 얘기가 나오는 대목에서는 분위기가 일순 기묘하게 굳어버
렸다. 내심 난처해하고 더러는 어처구니없다는 듯 웃음을 참고
있는 것 같았다. 호기심과 어색함, 혹은 조금은 측은함으로 주시
하고 있는 사람들의 시선 앞에서, 그러나 만채는 사뭇 들뜬 표정
으로 연신 싱글벙글하고 있었다. 짝짝짝, 박수가 터졌고, 이내
그들의 깡마른 손들이 분주히 오리고기를 뜯기 시작했다.

"그런디, 자네 모친께서는 어째 안 보이시는구먼. 어디 계시는
가?"

향우회장이 물었다. 만채가 약간 난처한 기색을 보였다.

"어머니가 오늘 몸이 좀 편치 않으신 모양입니다. 잠시 누워 계
실란다고 그러시길래……"

"어이, 이 사람. 불편하시다면 할 수 없네만, 그래도 이렇게 고
향 어르신들께서 모처럼 자네 집까지 어려운 걸음을 허셨는디,
괜찮으시면 잠깐 얼굴이라도 뵙세그려. 이러고만 그냥 간대서야
피차에 인사가 아닌 법일세."

"알겠습니다. 안 그래도 나오시라고 할 참이었습니다."

만채가 방을 나갔다.

원구는 심사가 불편했다. 그녀가 어떤 얼굴을 하고 나타날까.

몹시도 비열하고 잔혹한 짓을 하고 있는 게 아닐까 하는 자책감에 원구는 권해오는 술잔을 마다 않고 비우곤 했다.

마침내 용술의 처가 모습을 드러냈다. 모두의 시선이 일제히 그녀를 향했다. 잠시 야릇한 침묵이 끼여들었다. 원구는 목이 빳빳하게 굳어오는 느낌이었다. 맞은편 달식도 용술의 처를 자못 흥미있다는 투로 훑어보고 있었다.

풍덩한 연회색 원피스 차림의 그 여자는 얼핏 원구의 눈에 낯설어 보였다. 가냘픈 편이었던 몸집에 그 동안 살이 꽤 붙고, 비녀를 질렀던 머리 모양이 짧게 친 퍼머머리로 바뀌어 있기 때문만은 아니었다. 그 여자를 달라 보이게 한 것은 그런 외모보다는 또 다른 무엇인가가 있었다. 그건 바로 그 여자의 서 있는 자세에서 풍겨나오는 어떤 특이한 인상 때문인지도 모른다.

처음 방안으로 들어설 때 고개를 약간 숙인 채였던 용술의 처는 이내 고개를 곧게 펴고 앞을 응시하고 있었다. 그녀의 목과 눈초리에서 원구는 뜻밖에 어떤 독기 같은 것을 읽어냈다. 그랬다. 독기였다. 막다른 골목에 쫓긴 작은 짐승이, 최후의 순간, 등을 돌려 전신의 기력을 한꺼번에 모아 터뜨리기 직전에 드러내어보이는, 그런 완강한 저항 의지 같은……

불현듯 원구의 뇌리에 떠오르는 얼굴이 있었다. 까치집마냥 엉망으로 쥐어뜯기고 헝클어진 머리채, 온통 시커멓게 숯검정을 뒤집어쓴 얼굴, 그리고 증오에 차 섬뜩하도록 빛나고 있는 두 눈. 그건 바로 삼십여 년 전 그해 여름 어느 날 보았던 용술의 처의 얼굴이었다.

경찰이 들어온 직후였다. 최판돌이 칠팔 명의 순경들과 함께 마을로 들이닥쳤다. 온 동네 주민이 공터로 불려나왔다. 그러나

순경들이 찾는 자들은 이미 잽싸게 몸을 숨긴 뒤였다. 최판돌은 대신 용술의 처를 끌어냈다. 그녀에게 수갑을 채우고, 그들 중 하나가 그녀의 머리채를 쥐고 고개를 꺾었다. 주전자와 물독을 누군가 가져왔다. 그녀의 얼굴에 수건을 덮고 나서 최판돌은 코에 물을 붓기 시작했다. 거꾸로 뒤집힌 그녀는 소리도 지르지 못하고 개구리처럼 사지를 버둥거렸다. 몇 번이나 기절을 했고, 그때마다 이내 다시 깨웠다. 그녀는 남편의 행방을 모른다는 말만 되풀이할 뿐이었다. 최판돌은 그녀의 목에 새끼줄을 걸라고 명령했다. 가까운 집에서 솥단지가 동원되었고, 솥단지 밑바닥의 숯검정이 그녀의 얼굴에 짓이겨졌다. 팔목엔 수갑, 목엔 새끼줄을 건 채 그녀는 개처럼 마을 고샅을 끌려다녔다. 아무도 동정해선 아니 되었다. 이웃들은 손가락질과 욕설을 퍼붓고, 더러 식구를 잃은 여자들이 달겨들어 그녀의 머리채를 뜯고 옷을 잡아 찢었다. 그런 어느 순간부터인가 용술의 처는 더 이상 울지 않았다. 넋이 달아나버린 듯 자신의 몸뚱이를 타인들의 손에 내던져둔 채 이리저리 끌려다닐 뿐이었다. 그런데도 그녀의 두 눈만은 똑바로 허공의 어딘가를 응시하고 있었다. 무엇이건 모조리 빨아들일 듯 완전히 무방비 상태로 열려져 있는 그 눈. 사람들 틈에 섞여 지켜보던 원구는 그녀의 그 이상한 눈빛 속에 숨어 있는 독기를 알아차렸다. 슬픔도, 고통도, 육신까지도 완전히 포기해버린 듯한 그 허탈한 모습에 숨어 있는, 그 얼음처럼 싸늘하고 은밀한 어떤 독기와 저항력을 확인한 순간, 원구는 불현듯 등골이 서늘해지는 듯한 충격을 느껴야 했던 것이다.

그런데 지금 이 순간, 원구는 용술의 처에게서 바로 그때의 모습을 다시금 확인하는 기분이었다.

그러나 삼십여 년 전의 그것과는 분명 달랐다. 그때의 절망적
이고 완전한 무방비 상태의 독기가 아니었다. 그것은 어느덧 암
석처럼 단단하고 끈질긴 힘의 덩어리로 그녀의 전신에 뭉쳐져
있는 것 같았다. 그녀의 시선은 당당하고 강해 보였다. 원구는
그것만으로도 그 여자의 지난 삼십여 년 동안의 삶을 충분히 짐
작해낼 수 있었다.

용술의 처가 일어났다. 원구는 비로소 그녀의 얼굴을 자세히
확인했다. 환갑을 앞둔 나이의 여자라기에는 깊게 파인 주름살
들로 남겨진 세월의 흔적이 너무 깊고 커 보였다. 이따금 원구
자신의 식구들과 함께 밥을 먹기도 하고, 가끔은 어린 여동생을
등에 업고 콧노래를 가르쳐주기도 했던 그 젊은 용술의 처의 얼
굴을 원구는 지금도 기억하고 있었다. 갸름한 목이며 이목구비
가 뚜렷해서, 용술이가 선녀를 얻었노라고 동네 사람들이 놀려
대기도 했던 그 고운 얼굴의 새댁은 이젠 세파에 닳고 찌들릴 대
로 찌들린 늙은 여자로 변해 있는 것이다.

"오랜만에 뵙겠구만이라우. 아들이 저 혼자 주장해가꼬 결정한
일이어서, 나로서는 아무 준비도 못 허고 이렇게 나왔구만
요…… 어쨌거나 이렇게 일부러 찾아주셔서 감사합니다. 찬이
벤벤찮어도 많이들 드시고, 즐겁게 노시다가 안녕히 돌아가십시
요이. 그러믄, 저는 이만……"

용술의 처는 그 말을 남기고, 고개를 한번 숙여보인 채 방을
빠져나가버렸다. 이보쇼. 아주머니. 여그 조까 보십시다이. 누군
가 자리에 앉아서 불렀지만, 그녀는 다시 돌아오지 않았다.

만채가 가까이로 자리를 옮겨앉았다. 주인 역할을 하느라고,
그는 이 사람 저 사람 사이를 돌아다니며 술을 권하는 참이었다.

"만채라고 그랬든가. 거, 젊은 사람이 대견하이. 아직 젊은 나이에 이렇게 사업에 성공했으니 말이여."

곁에서 한 늙은이가 칭찬을 했다. 원구에겐 먼 친척뻘 되는 노인이었다.

"아이구, 성공이라니요. 당치도 않으십니다. 너무 비좁고 초라해놔서 장차 자리를 옮길 계획입니다만, 사실 이 정도 가게도 알고 보면 모두 제 어머니가 혼자 고생해서 일으켜세운 셈입니다."

만채는 사람 좋아 보이는 웃음을 지으며 뒷머리를 긁적였다.

"모친께서 홀몸으로 오죽 고생이 많으셨겠는가."

"그럼은요. 그 동안 고생을 말도 못 하게 하셨지요. 아마 세상 궂은일이란 일은 어느 것 하나 안 해본 것이 없으실 거구만요."

"어련하겠는가. 그런디, 상호를 보니께 '부산식당'이라고 써 있등만. 왜 하필 타향 이름을 썼으까. 기왕이면 고향 이름을 따서 '낙일식당'이나 '완도식당'이라고 지었으면 더 좋았을 것을."

그 말에 다른 사람이 참견하고 나섰다.

"에이, 영업하는 집 상호에다가 떨어질 낙자를 써서야 될랍디여? 완도식당이라면 또 몰라도."

"그건 제가 붙인 것이 아니고, 어머니가 그러자고 하시니까 그냥 따랐을 뿐입니다. 실은 광주로 이사오기 전까지는 부산에서 줄곧 살았으니까요."

만채는 부산에서 초등학교를 마쳤다고 했다. 용술의 처는 아들을 데리고 섬을 떠나 멀리 부산까지 흘러들어간 모양이었다. 남의 집 식모살이부터 시작해서 부두의 막일, 노점 행상 등등을 전전하다가, 어쩌다 영도 어느 식당에서 주방일을 맡아 하게 되었는데, 마침 월남 피난민이라는 주인여자의 눈에 들어 아예 방

을 하나 내주고 살도록 해준 덕분에, 만채는 그 집에서 여러 해
를 어머니와 함께 살았다고 했다. 중학교를 가라고 했지만 워낙
공부엔 취미가 없어서, 이것저것 기술을 배운답시고 빈둥거리다
가 광주로 이사를 오게 된 것이 십 년쯤 되어가는 참이었다.
　"처음 올라와서는 쬐그만 식육점을 해봤는데 신통찮아서 치우
고, 오 년 전부터 이 장사를 시작했습니다. 손님도 그 동안 늘고,
요새는 마침 보신탕 철이 가까워서 그런대로 해볼 만합니다."
　만채가 이번엔 원구 곁으로 다가왔다. 문득 달식이 그를 불렀
다.
　"마침 잘 왔네. 자네, 여기 계신 분이 누구신 줄 아는가?"
　원구는 가슴이 철렁 내려앉았다. 달식을 노려보았다. 주위의
시선들이 반짝였다.
　"글쎄올시다. 누구신지."
　"이분이야말로 자네 부친과는 뗄래야 뗄 수 없는 인연으로 맺
어진 분이시네. 한원구씨라고, 자네 어머니께서 말씀 안 하시던
가?"
　"글쎄요. 고향 얘기를 하시는 일이 별로 없어서……"
　여보게, 달식이. 무슨 소릴 하려는 건가. 원구가 손을 저어 말
을 막았지만, 달식은 멈추지 않았다.
　"물론 그러셨겠지. 이분은 자네 부친과 같은 마을 일송리가 고
향이시지. 맞아. 그러고 보니 자네도 거기서 났겠구먼. 그뿐 아
닐세. 자네 부친 천용술씨가 이분의 선친께 참으로 많은 도움을
받으셨어. 가만, 자네 부모님의 중매를 하고, 또 살림까지 나가
차리도록까지 해주신 분도 바로 그분이시라든데, 맞지요 형님?"
　만채가 부쩍 반색을 했다. 새삼스레 원구를 향해 고개를 숙여

인사까지 했다.

"감사합니다. 선생님께서는 제 아버님을 누구보다도 더 잘 아시겠구만요. 그렇지요?"

"그래. 잘 알지…… 좋은 양반이셨네. 자넬 보니까, 그래, 많이 닮았구먼."

원구는 고통스러웠다. 이 고약하기 그지없는 자리에 더 이상 버티고 앉아 있을 수가 없었다. 이건 몹쓸 짓이다. 비열하고도 치사한 짓이다. 원구는 달식을 증오했다. 달식과 공모하여 자신과 만채 그리고 용술의 처까지를 한꺼번에 곤경 속에 몰아넣고서 흥미진진하게 구경하고 있는 그들 모두의 비열함과 비정함을 저주했다. 하지만 어찌 그들의 탓만이랴. 애당초 내 발로 내가 여기까지 와서는 안 될 일이었다. 절대로……

원구는 단숨에 잔을 비웠다. 아무것도 눈치채지 못한 채 여전히 웃음을 머금고 있는 만채의 선량해 뵈는 얼굴을 마주보았다. 그 얼굴 위로 용술의 모습이 겹쳐졌다.

십여 년 동안이나 그의 집에서 머슴을 살았던 용술을 원구는 무척 따랐다. 나무를 깎아서 돛단배며 낚싯대, 팽이 따위를 곧잘 만들어주던 용술. 가끔 용술의 등에 업혀가던 학교길. 등뒤에서 두 팔로 목을 그러안으면 손등에 닿는 꺼끌한 구레나룻이며 통나무처럼 굵고 튼튼한 목, 그리고 건강한 숨소리와 땀냄새, 따뜻한 체온…… 그런 어린 날의 아련한 기억들이 원구의 가슴을 아프게 찔러대며 되살아났다. 그런데, 그가 왜 갑자기 그렇듯 무섭게 돌변해버리고 말았을까. 무엇 때문에 아버지 한조합장을 그토록 참혹하게 살해하는 일에 가담했을까. 눈앞이 어찔어찔해왔다.

"……아버지 얼굴을 제가 어찌 기억하겠습니까. 겨우 두 살 때

188

였다는디…… 결혼 때 찍은 사진이 어머니한테 한 장 있기는 한데, 하도 낡고 희미한 데다가 엉망으로 구겨져 있어놔서 알아보기조차 힘들더구만요."

원구는 말없이 만채의 손을 쥐어주었다. 불행한 과거의 내막 따위는 짐작조차 못 하고 있는 그 젊은이의 두 눈이 문득 애잔한 그리움으로 빛나는 것을 보았던 것이다.

원구는 그 선량한 젊은이를 결코 미워할 수 없으리라는 사실을 깨달았다. 참으로 기구한 인연이었다.

'이렇게 이상한 꼴을 하고 만날 일이 아니었네, 자네하고 나는. 차라리 지금까지처럼 서로가 영영 모른 채 살아갔더라면 훨씬 좋았을 것을……'

원구는 그렇게 말하고 싶었다.

"만채, 만채라고 그랬던가. 물론 결혼은 했겠구만."

"예, 딸만 둘 두었습니다. 장갈 일찍 들어놔서 큰놈이 올해 열 살입니다."

"그랬구먼. 어쨌거나 나도 자넬 만나서 좋으이. 열심히 벌어서 자네 어머니 호강시켜드려야 하네. 생각하면…… 참으로 가엾으신 양반일세. 자네 어머니 말이여."

취기 탓도 있었으리라. 원구는 만채의 등을 두드리며, 엉뚱하게도 그런 당부까지 해주고 말았다. 그러나 그건 진심이었다. 누군가 부르자 만채가 일어나 안쪽 구석으로 갔다.

원구는 담배를 피워물었다. 가슴이 답답해져왔다. 달식의 모습은 보이지 않았다. 아까 어디선가 걸려온 전화를 받으러 나가더니, 아직 돌아오지 않고 있었다.

"아따, 모르는 소릴랑 마시오. 김재규가 무신 놈의 애국지사랍니까. 저도 여태까지 박정희 밑에 빌붙어가꼬 똑같이 국민 등쳐 묵었든 놈이 아니라우?”

“글쎄 그렇기는 헌디, 소문에는 의거라고도 그러지 않든갑네. 누군가 했어야 할 일을 내가 했다, 내 뒤에는 미국이 있다, 라고 재판장에서 진술했다대.”

“의거는 4·19가 의거제, 어째 김재규 같은 작자헌테 갖다붙이 겄소? 보나마나 지가 한번 정권 잡아볼 욕심에 큰일을 저질러놓 고는, 상황이 다급해진께는 어떻게 모면해볼라고 하는 수작이 틀림없단께 그러요, 원.”

“근디 전두환인가 하는 그자가 박대통령 수양아들이라고들 해 쌌대. 참말 그런가?”

“맞어. 대학생들이 뿌리고 다니는 삐라를 보니께 그것이 사실 인갑등만. 사진을 보니 생겨묵은 목자부터 아조 독하고 불량기 있어 보이등마는, 박대통령이 어째 해필 그런 사람을 양아들로 삼았는가 모르겄어.”

“전두환이가 계급은 소장인가 중장인가여도, 실상은 군대 계통 을 한 손에 꽉 틀어쥐고 있는 인물이랍디다.”

“그자가 뒷속으로는 대통령 자리를 꿈꾸고 있다는 소문도 있든 디. 최규하 대통령은 순전 허수애비고, 그자가 좌지우지헌다등 만.”

“조선 땅에서야 어차피 군인 아니면 안 된다고들 허지만, 시방 은 사정이 다르지 않겄어? 5·16 때야 아직 정치고 사회고 여러 모로 어수룩했었제만, 지금이야 국민들이 어디 그때맨키로 쉽게 호락호락 넘어갈 리도 없으니께 말이여. 제아무리 군인들이라고 해도, 인제는 별수없이 국민 눈치를 살피지 않을 도리가 없겄지."

"하이고, 그래도 내 보기에는 요사이 시국 돌아가는 것이 어째 요상한 조짐 같아 보입디다. 거, 어제 그제 테레비들 안 보셨소? 차에 불을 지르고, 때려부시고, 서로 치고 받고…… 어 참, 난장판 북새통이 아닙디까요. 민주화도 좋고 자유환가 자율환가도 좋제만, 대학생 아이들이 어째 이번 참에는 너무 심한 것 같당께. 요새 같으면 법이고 치안이고 아무 쓸모가 없겠드라고."

"그건 그려. 이러다가 무신 난리라도 안 터질란가 겁난당께. 큰일이여, 큰일. 북한 김일성이가 내일이라도 밀고 쳐내려올지 누가 알어?"

"아따, 오촌님도 참. 지금이사 전쟁이 어디 그렇게 쉽게 터진다요? 미국도 있고…… 다 옛날 말이제. 이제는 한번 붙었다 하면 이쪽저쪽 없이 함께 불바닥이 될 텐디, 육이오 때맨키로 피난을 가고 말고 할 것도 없어라우."

"따지고 보면 학생들이 그러는 것도 당연한 것 아니겠습니까. 십수 년 동안 박정희가 독재 권력으로 숨도 못 쉬게 콱콱 눌러놓고 있다가 이제사 숨통이 터졌으니, 요구도 많고 때려부숴서 고쳐야 할 것들이 오죽이나 많겠어요?"

"그나저나 조만간에 선거를 실시하긴 할 것인디, 야당 후보가 어찌 될지 모르겠어. 단일화가 될까?

"그거야 뭐, 물어볼 것이 있간디요? 대통령 후보야 응당 김대중 선생이 되야제."

"글씨. 김영삼씨가 순순히 양보헐라고 들까. 사람 욕심이사 누구나 똑같은 법이라, 지금 낌새를 봐서는 양쪽이 한바탕 붙을 것 같은디."

"무신 소리당가이. 김영삼씨가 당연히 양보를 해야 도리지. 안 그래? 그 양반도 물론 똑똑하고 또 그 동안 많은 공적을 쌓은 사람이기는 하제만, 어쨌거나 현역 정치 무대에서 별피해 없이 안전하게 뛰어온 사람이고, 아, 김대중씨야 지금껏 수차례나 죽을 고비를 넘겨오면서도 초지일관 민주화를 위해서 투쟁해오신 분이 아닌가 말이여."

"까놓고 인물로만 따져도, 김대중씨를 제쳐두고 올라설 사람은 아직까장 없제. 그러고, 이치로 따져봐도 안 그런가. 5·16부터 오늘날까장 경상도 출신 대통령이 이십여 넌 가까이 독재를 해오는 동안에, 우리 호남 사람들이 얼매나 일방적으로 푸대접을 받았는가는, 길바닥에 보리똥 싸는 똥강아지한테 물어봐도 꼬리를 끄덕끄덕 흔들 것이여. 호남 푸대접이네 지역 차별이네 하는, 나라 망해묵을 놈의 잘못된 정책을 시정하기 위해서라도, 차기 대통령은 반드시 우리 호남에서 나와야 한다는 것이 내 확실한 신념일세. 안 그런가?"

"어따, 형님 말씀 한번 씨언허게 하셔부렀소. 이번에 완도 국회 의원으로 출마해도 쓰겄그마이. 으흐훗."

"야당 후보가 나오기만 허면 틀림없이 당선한다고들 하제마는, 공화당 힘도 무시 못 하꺼신디. 김종필이도 상당한 사람 아닌갑네."

"으마, 이 영감은 또 시방이 어느 세상이라고 뜬금 없는 소릴 한단가? 아, 시방 박정희 세상이여? 오라, 자네가 백운동서 무신 통장인가 반장인가 했다드니 그새 물이 팍 들었는갑네그려."

"이 늙은이가 악담을 해도 원. 언젯적 이야기를 허고 있어, 내 참."

“아따, 정치 이야기는 그만들 해둡시다이. 잘못하다간 싸움질 나겄소. 나는 정치도 정치제만, 요놈의 물가 뛰는 것이 진짜 큰 사건인 것 같습디다. 근래 몇 달 동안 물가가 천정부지로 뛰어오르고 있제만, 이 정도로 심각한 때가 아직까장 한번도 없었다고 하잖습니까. 솔직히 우리같이 배고픈 서민들 주제로야 먹고 사는 일보다 더 절박하고 중대한 문제가 달리 뭐 있겄소?”

오리 날갯죽지에 붙은 살점까지 꼼꼼히 다 발라내어 먹고 난 그들은 저마다 세상 돌아가는 이야기로 침을 튀기고 있다. 대부분 특별한 직장이 없는 한가한 처지의 사람들인지라, 여느 때도 늘상 비슷한 처지들끼리 모여 그런 시국담으로 시간을 보내곤 했을 터였다.

원구는 슬그머니 자리를 빠져나왔다. 더 이상 거기에 머물러 있을 필요가 없을 것 같았다.

화장실에 들렀다 나오다가 원구는 마당가에서 우연히 용술의 처와 마주치고 말았다. 깐 마늘을 주방에 내가려던 길인 듯싶었다. 작은 광주리를 들고 나오던 그녀는 얼핏 놀라는 기색이더니, 이내 황황히 고개를 숙인 채 등을 돌렸다.

“아주머니.”

원구는 낮게 불렀다. 용술의 처가 주춤 섰다.

“저를 모르시겠습니까. 원굽니다. 일송리 한조합장의 외아들……”

비스듬히 옆모습을 보인 채 그녀는 일순 굳어 있었다. 그녀의 눈자위가 가늘게 떨리고 있는 것을 원구는 보았다.

“아, 알고말고라우. 아까, 방에 들어가서…… 알아봤어라우.”

의외로 느리고 차분한 음성이었다. 그녀의 머리는 이미 희끗 희끗 변해가고 있었다. 원구는 무슨 말인가를 해주어야 한다고 생각했지만, 얼른 입이 떨어지지 않았다.

"이렇게 만나게 될 줄은 미처 몰랐습니다. 그 동안 고생이 무척 많으셨겠소이다."

오히려 원구의 목소리가 떨려나왔다. 그녀가 천천히 돌아섰다. 두 사람의 시선이 처음으로 마주쳤을 때, 그녀의 표정이 일순간 고통스레 무너져내리고 있음을 원구는 알았다. 뜻밖에도 그녀의 입에서 신음 소리 같은 흐느낌이 낮게 터져나왔다.

"그 사람, 만채. 좀 전에 보았습니다만, 참 훌륭한 아들로 키워 놓으셨드구만요."

그녀는 말없이 고개를 숙인 채 눈물을 훔치고 있었다.

원구는 그녀를 남겨두고 마당을 돌아나왔다. 식당 문을 빠져나와 가로등이 켜진 골목을 걷기 시작했다. 막걸리집 안에서 술 취한 사내가 유행가를 흥얼거리고 있었다.

그런데 어느 순간이었다. 아득한 기억의 심연 저편에 지금껏 묻혀 있던 어떤 짧은 영상 하나가 섬광처럼 원구의 뇌리로 불쑥 떠올라왔다.

동구 밖 솔숲 길 후미진 모퉁이에서 나란히 서 있던 두 남녀의 흐릿한 영상. 여자는 남자의 눈길을 피해 수줍은 듯 옆으로 돌아서 있었고, 그 여자의 두 손을 쥔 남자가 뭐라고 애길 해주고 있었다…… 그게 언제였을까. 전쟁이 나기 바로 전해, 여름 방학이 되어 원구가 여수에서 고향으로 돌아오던 길이었다.

원구는 갑자기 발을 헛디디며 쓰러질 듯 비틀거렸다. 골목 끝 담벼락에 손을 짚고 서서 원구는 눈을 감았다.

아아, 그랬었다. 그때 아버지 한조합장은 용술의 처의 손을 황급히 놓고 주춤 뒤로 물러서며 어색하게 원구의 인사를 받았었다. 그 한적한 장소에서의 이상스런 조우. 지금껏 원구는 그 기억을 까맣게 잊어버리고 있었던 것이다. 설마, 그럴 리가. 그렇다면 아버지는……?

원구는 쓰러질 듯 담벽에 어깨를 기댔다. 느닷없이 용술의 얼굴이 눈앞에 커다랗게 다가왔다.

용술이 처를 벌써 한조합장 영감이 손을 댔다등만. 알 만한 사람은 다 아는 일이여!

한조합장 영감이 예사 능구렁인가? 일부러 용술이를 읍내로 심부름 보내놓고는, 그날 밤에 덥쳤다고 하대.

아녀. 용술이 처 하는 양이 전부터도 조까 요상했어. 보나마나 고년이 꼬리를 쳤을 거여.

용술이가 눈치를 채가꼬 따지고 드니까, 한조합장이 재 너머 밭 한 마지기를 주기로 하고, 간신히 입을 막았다는구만.

언제였던가. 동네 사람들의 입에서 은밀히 나돌던 그 이상한 소문들…… 그들은 숙덕거리다가도 원구를 보면 입을 닫아버리곤 했었다. 아아. 그 일을 어쩌면 지금껏 난 까마득하게 잊어버리고 있었을까.

원구는 눈을 감은 채 주먹을 불끈 쥐었다. 온몸이 무섭게 떨려왔다.

아아 그러나 어찌하랴 사랑이여
내 마음의 오월 그 하룻날은
꽃대궁에 검정 리본을 매단 진달래만
미친 듯 봄 산천을 불태우고 있음을
—— 곽재구, 「내 마음의 오월」에서

5월 17일 19 : 00, 신안동

"자아, 맛보시고 나서 놀래지들 마슈."

방으로 들어온 태영이가 냄비를 상 위에 내려놓자마자 손가락을 불며 호들갑을 떨었다. 모두들 젓가락을 들고 다가앉았다.

"어라, 이게 뭐야. 퉁퉁 불었네."

"태영이 넌 여태 라면도 제대로 끓일 줄 모르냐? 이게 국수 가락이지 라면이냐?"

"선배님도 참. 이 정도면 훌륭하지 뭘 그래요. 나, 집에 가면 손하나 까딱하는 줄 아슈? 이래봬도 귀한 집 자식이라구요. 깐엔 열심히 했는데, 자꾸 기죽이지 마슈."

"그래그래. 수고했다. 자, 많이들 먹어. 반찬은 김치 한 가지밖에 없지만 말야."

경훈선배가 주인답게 말했다. 그러나 나머지 셋은 이미 라면 가락을 한입씩 물고 씹는 참이었다.

196

모두들 허기질 만도 했다. 연극 연습은 오후 다섯시쯤에 끝났다. 그 동안 계속해왔던 대사 연습은 오늘로 끝내고 내일부터는 마침내 무대 동작으로 들어갈 예정이었다. 연출자 경훈의 제안에 따라 모처럼 가뿐한 기분으로 우르르 탁구장으로 몰려갔다. 거기서 나와서 여학생들은 먼저 집으로 돌아갔고, 나머지는 다시 당구를 한 시간쯤 치고 난 뒤, 라면을 먹는다는 핑계로 경훈의 집으로 몰려왔던 것이다. 경훈은 학교 근처 신안동 이십번 버스 종점 부근에서 방을 얻어 여동생과 둘이서 자취를 하고 있었다.

배고픈 터라 모두들 금방 그릇들을 비워냈다. 명기는 벽에 등을 기대고 앉아 방바닥에 뒹굴고 있는 신문을 뒤적거려보았다. 전날 발행된 신문이었다. 어느 신문이건 벌써 며칠째 비슷한 기사들을 되풀이해서 싣고 있었다. 이틀 전 서울 가두 시위에 관한 기사가 사진과 함께 커다랗게 실려 있고, '정치 일정 최대한 앞당겨'라는 제목과 함께 국무총리의 담화문이 나와 있다. 정치 사회면이 거의 비슷했다. '데모 정국 착잡' '계엄령 즉각 해제 요구'라는 제목, '김영삼 김대중씨 시국 수습 6개항 발표' 그리고 그 하단엔 '북괴군, 비무장 지대 침투—미군과 교전'이라는 기사가 유엔군 사령부 발표를 인용하고 있다.

명기는 다른 신문을 집어들고 훑어보기 시작했다. 오늘 자 조선일보였다. 일면의 톱 기사는 역시 대통령의 급거 귀국에 따른 '청와대서 심야 대책 회의'였다. 그와 함께 그보다 작게 '광주 9개대 시위 계속'이라고 찍혀 있다. 도청 앞 성토 대회와 야간 횃불 시가 행진에 관한 짧은 내용이다. 그런 대부분의 기사들은 이 빠진 듯 군데군데 문장이 삭제된 채로였다. 검열이 변함없이 계속되고 있다는 증거였다.

"이만여 명밖에 안 되는 걸로 되어 있잖아? 두 배는 되었을 텐데."

"뭐가?"

명기의 혼잣말에 곁에서 태영이 물었다.

"어젯밤 시위 말야. 광주하고 수원말고는 가두 시위가 없었다는구나. 결국 총학생회장단 연석 회의에서의 결정을 전국적으로 따르기로 한 모양이지?"

"야, 그럼 다음주 월요일부터 우리 학교도 정상 수업에 들어가게 되는 것 아니냐? 제기랄, 큰일났구만. 리포트를 내야 하는데."

"한국사?"

"아니, 그건 수요일까지고, 사회학개론 말야."

"아참, 그랬었지. 나도 마찬가진걸. 할 수 있냐. 내일 밤에 해치워야지."

명기 역시 뒤늦게 기억해내고는 코를 찡그렸다.

"최규하가 간밤에 급히 돌아왔다는데, 과연 도착하자마자 열렸다는 그 청와대 심야 시국 대책 회의인가 뭔가에서 나온 결정이 뭘까. 중동 순방 일정까지 취소해가면서 허겁지겁 뛰어온 걸 보면 굉장히 똥줄이 급했다는 얘긴데. 내 생각엔 저네들도 어쩔 수 없이 국민의 요구에 밀려 이젠 뭔가 획기적인 조치를 취할 시점에 도달했다고 여긴 게 아닌가 싶은데 말야. 어때, 정수, 네 생각은?"

성냥개비로 잇새를 쑤시며 경훈선배가 정수선배에게 물었다.

"글쎄, 저네들이 우리 생각처럼 그렇게 호락호락 물러나주려고 할까?"

　정수는 고개를 저었다.

　경훈이 다시 말했다.

"하지만 이미 물꼬는 터졌다는 사실을 누구도 부인할 수는 없잖아? 하긴 아직 확연히 드러나지 않고 있는 군부의 실체와 동향이 중요한 변수로 남아 있긴 해. 그러나 10·26 이후 지금까지의 과정을 통해 이미 민주화는 그 누구도 부정할 수 없는 범국민적 열망이자 요구로 합의된 셈이야. 국민 여론이 확연하게 결집된 현시점에서야, 설사 저들 반동 세력들이라 할지라도 섣불리 물길을 가로막으려고 무모하게 달려들기는 어렵지 않겠어? 요컨대 극단적인 모험은 일단 피해가리라고 보는 거지."

"지나친 낙관주의 같은데, 내 생각엔."

"어쨌건, 문제는 바로 지금이 가장 중요한 고비라는 점이야. 내 판단으로는, 우린 지금 줄다리기를 하고 있어. 치열한 힘 겨루기지. 그 신호탄은 10·26이었고, 그 순간부터 저들과 우리의 힘 겨루기는 바야흐로 시작된 거라고. 겨루기란 본디 쌍방간에 어느 정도 힘의 균형이 이루어진 다음에야 가능한데, 박정희의 급작스런 죽음이 그 조건을 충족시켜준 셈이지. 그리고 나서 지금껏 몇 달 동안 저들과 우리는 서로 밀고 당기기를 계속해왔어."

"그러니까 넌 결국, 이젠 우리 쪽으로 힘의 저울추가 기울었다는 얘기지?"

"최소한 그럴 가능성 내지는 조짐이 가시적으로 잡히기 시작했다는 판단이지."

"가령, 어떤 점에서?"

"지난 겨울과 봄을 거치면서 국민들이 무엇을 바라고 요구하고 있는가라는 문제의 결론과 합의점은 충분히 도출되었다고 봐. 민주적 헌정 질서의 수립, 계엄 철폐, 군부의 정치적 중립 요구 등으로부터 시작된 민주화 열기는 학원을 중심으로 급격히 커다란 세력을 형성하게 된 것이 사실이잖아. 아니, 대학뿐만 아니지. 오랫동안 누적된 사회적 모순이 하층민, 특히 노동자들의 투쟁으로 폭발하기 시작했다는 사실이 훨씬 더 주목할 만한 이슈인지도 몰라. 가령 YH 사건이 그렇고 사북 탄광의 노동자 투쟁이 그 대표적인 예지. 요컨대, 이쪽의 힘이 어느 정도 충분히 무르익었다는 증거일 수 있다는 얘기야. 더구나 이번 오월로 들어서면서 벌어진 일련의 상황들이야말로, 그 축적된 힘이 바야흐로 내부로부터 팽창한 끝에 엄청난 폭발력으로 분출된 당연한 결과라고 보는 거야. 서울역에서부터 광화문까지를 메운 그 어마어마한 인파와 열기를 봐. 물론 주류를 이룬 층은 대학생이었지만, 그건 대다수 국민의 공감 내지는 동조가 전제되지 않고는 불가능한 규모야."

"그러므로 경훈이 넌, 앞으로의 싸움을 상당히 낙관한다는 거아냐?"

"그래. 난 확신해. 때문에 대규모 가두 시위를 자제하기로 한건 중대한 판단 미스라고 봐. 물론 그 동안 독재 정권의 안보 논리에 길들여진 상당수 국민의 우려나 불안 심리가 존재한다는건 인정해. 오랫동안 버티고 있던 벽이 눈앞에서 일시에 무너지기 시작할 때, 인간은 누구나 불안하고 겁에 질리게 마련이니까. 해도, 그건 일시적인 현상일 뿐야. 분명 저들은 궁지에 몰려 있어. 하다못해 일부 유신 잔당들조차도 민주화와 계엄 철폐에 동조하고 나서는 시점이야. 그들은 기회주의자이지만, 기회주의자야말로 물길의 향방을 간파해내는 능력만은 탁월하거든. 그런데 하필 어째서 이 결정적인 순간에 잠시라도 줄을 늦추려고 하는 가라는 점이 가장 불만이야, 난. 늦출 게 아니라 한층 더 강하게 밀어붙여야 돼. 놈들이 손을 들고 항복할 때까지 말이야. 안 그 래?"

경훈의 열띤 주장에 정수는 잠시 말없이 담배에 불을 붙였다. 곁에서 명기와 태영, 민태는 두 선배의 논쟁을 주의깊게 지켜보 며 앉아 있었다. 셋 다 신입생인 그들로서는 두 선배의 대화로부 터 그간 자신들도 각자 지니고 있었던 몇 가지 의문들에 대한 명 쾌한 답을 얻게 되기를 내심 바라고 있었던 것이다.

정수가 다시 입을 열었다.

"네 말을 인정해, 어느 정도까지는. 솔직히 지금은 그 같은 낙 관론이 훨씬 지배적이라는 사실, 그리고 그런 판단 역시 민중이 지닌 힘의 폭발력에 대한 신뢰와 확신으로부터 기인하는 것이라 는 사실도 말이야. 하지만 말이다. 우리가 민중의 에네르기를 확 신하고 있는 것만큼 상대, 즉 적들에 대해서도 과연 충분히 알고 있는 걸까? 아닐걸. 시위를 일단 자제하고 정치권의 대응 과정 을 관망하자는 의견도 바로 그런 맥락에서 나왔을 거야. 최후의 결단은 일단 유보해두고, 잠시 지켜보자는 거지."

"적들이라면?"

"그야 물론 10·26 이후 기득권 유지의 위기감에 쫓기고 있는 유 신 잔존 세력이 있을 테고, 유신 헌법의 존속과 군의 강력한 정 치적 개입을 주장하는 군부내 강경파를 들 수 있겠지. 좀더 지켜 봐야겠지만, 미국의 역할 또한 거의 시계 바깥에 벗어나 있는 상 태이고."

"하긴 군부가 가장 우리를 불안케 하는 부분임은 틀림없어. 12·12 사태가 군부내의 쿠데타임은 분명한데, 그 세력들의 실체가 명확하게 드러나지 않고 있어. 전두환이란 자가 과연 군부내에서 어느 정도의 세력망을 장악했는지 역시 베일 속에 가려 있고……"

"군 조직내의 상황이라 접근에 한계에 있을 거야. 더더구나 계엄령하에서 그자들이 일체의 정보망을 장악하고 있으니 국민은 깜깜할 수밖에. 당연히 군부의 동향에 대해서만은 다분히 유언비어식의 정보만 난무하는 형편인데, 실상 그 유언비어의 상당 부분이 근거 있는 정보인 모양이야. 어젯밤, 우연한 자리에서 꽤 중요한 얘길 많이 들었어. 칠십년대 초반부터 서울에서 운동을 계속해온 선밴데, 그 형에게서 들은 얘기야. 10·26 직후 전두환을 비롯한 육사 11기생들을 중심으로 한 군부내 강경파가 정보력과 기동력을 장악, 급속히 자기 세력을 강화하는 과정에서 터진 게 바로 12·12 사태야. 정승화 참모총장으로 말하자면, 민간 통치를 옹호하고 군은 수동적 간접적으로만 정치에 개입해야 한다고 주장한 군부내 온건파의 중심 세력이었다더군. 당연히 그들로서는 제거해야 할 장애물이었겠지. 문제는 쿠데타의 과정인데, 전두환 세력의 핵심 인물들 중 한 명은 휴전선 방위부대인 자기 휘하의 사단 병력을 직접 이끌고 서울로 진격해내려왔다는 사실이야. 그래서 수도경비사령부 병력과 교전이 벌어졌고, 적잖은 사망자를 낸 끝에 결국 쿠데타는 성공한 거지. 한번 생각해봐라. 그 정도로 그쳤으니 망정이지, 만약 일개 사단 병력이 탱크까지 몰고 서울 한복판에서 본격적인 전투를 벌였다면 얼마나 엄청난 결과를 가져왔겠는가 말이야. 문제는 바로 그자들의 그 무모하고 무책임하기 그지없는 발상과 행동 양식에 있어. 그런 엄청난 짓을 저지를 수 있는 세력들이라면, 앞으로 그보다 더 위험천만하고 공격적인 모험도 충분히 계획하고 저지를 수 있으리라는 가정은 충분히 가능하잖아?"

"그 이야기는 들어서 알고 있었지만, 사실이라면 상황은 심각하군."

"쿠데타 이후 전두환을 비롯한 강경파들은 자파 세력을 군 핵심 요직에 대대적으로 배치했다더라. 정작 큰 일은 이제부턴데, 저자들이 지금 이 순간에도 밀실에서 어떤 야심으로, 어떤 음모를 꾸미고 있는가를 아직 정확히 파악할 수 없다는 점이야. 일부에선 지난 연초에 있었던 금리 및 환율 인상 조치도 사실상 저들이 모종의 막대한 정치 자금을 확보하기 위한 음모였다는 분석도 있는 모양이더라."

"그렇다면, 강경파들이 정말 정권까지 잡으려고 계획하고 있다는 얘기냐?"

"그런 판단들이 많은가 봐. 그러자면 어차피 유신 잔당을 재규합하고, 과도 정부를 이용해서 뭔가 최소한 형식적으로나마 가능한 방식을 택할 필요가 있겠지. 과도 정부가 지금 자꾸만 확실한 정치 일정을 제시하지 않고 질질 끌고만 있는 까닭도 바로 그런 이유에서일 거라는 거야. 시간이 필요할 테니까."

무심코 명기는 마른침을 꿀꺽 삼켰다. 문득 생각나는 것이 있었다. 연극 대본을 들추고, 갈피 사이에 끼워두었던 유인물들을 꺼내보았다. 어제 민주화 성회 때 받은 것들인데, 그 중엔 군인들에게 보내는 메시지도 들어 있었음을 기억해냈던 것이다. 명기는 대충 그것을 다시 읽어보았다.

국군장병에게 보내는 메시지

국토 방위를 위해 전·후방에서 분투하고 계시는 국군장병 여러분께 우선 감사의 말씀을 드립니다. 대변혁기에 처한 민족적 상황에서 우리 학생들이 전개해온 일련의 움직임에 대해 국군장병 여러분은 크게 걱정하고 계실 것입니다. 그러나 국군장병 여러분도 민주화와 민족 통일의 달성을 누구보다도 갈망하고 계실 것입니다. 다만 어떻게 하는 것이 참으로 민주화와 민족 통일을 위한 길인가 하는 점에서 상호 이해가 부족할 수 있다고 생각합니다.

조국은 비상계엄령하에 있습니다. 〔……〕 신성한 국군이 야욕에 불타는 몇몇 불순한 정치 세력에 이용당하고 있음이 분명합니다. 그들은 '당분간' 군복 아래서 자신들의 정체를 은닉하고 있는 것에 불과합니다. 〔……〕 이들이 신성한 국군을 유린하여 국민과 이간시키고 있으며, 그것이 비상계엄을 존속시키고 있는 진의임이 분명합니다. 〔……〕

이러한 우리의 뜻이 왜곡되어서는 안 됩니다.

학생들은 신성한 우리 국군을 절대적으로 신뢰하는 바이며, 야욕에 불타는 세력들에 국군이 유린당해서는 절대로 안 된다는 사실을 내외에 천명합니다.

민주화를 열망하는 국군장병 여러분! 민족 통일을 갈망하는 국군장병 여러분!

여러분들은 이제 민주화와 민족 통일을 위해 학생들과 뜻을 같이해야 할 때가 되었습니다. 우리 학생들도 역시 조국을 지키기 위해 모든 것을 버릴 각오를 가지고 있습니다. 전남 지방의 전대학생들은

국가 비상시에는 언제라도 전선에 뛰어들겠다는 각서에 서명을 하였습니다. 〔……〕

학생들이 계엄 해제를 요구하면서도 국군장병 여러분에 대해서는 절대적 신뢰를 보이는 충정을 깊이 통찰하시기 바랍니다.

민주 국군장병 여러분! 학생들의 민주 대열에 동참할 것을 촉구합니다. 학생들의 평화적 횃불 행진을 보호해줄 것을 촉구합니다. 군 내부의 반민주적 음모를 모두 다 분쇄할 것을 촉구합니다. 감사합니다.

1980년 5월 16일
전라남도 민족 민주 성회

"정수야. 그렇지만 말야. 저들의 계획이 성공하려면, 미국의 승인을 받아내는 것이 결정적인 조건이 될 텐데, 과연 미국이 그걸 용인해줄까?"

유인물에 슬쩍 눈길을 주고 나서 경훈 선배가 물었다.

"미국? 넌 미국을 얼마만큼 믿을 수 있다고 생각하냐?"

"물론 나도 원칙적으로는 미국을 신뢰할 수 없다는 걸 알고 있어. 어차피 미국의 대외 전략의 본질은 자국의 경제 정치적 이익 수호를 기본 목표로 삼아왔으니까 말야. 그렇다고, 비록 부분적이긴 하지만, 미국의 긍정적인 역할까지도 전적으로 부정할 필요까지는 없다고 보는데."

"긍정적인 역할이라니, 무얼 뜻하는 거지?"

"말하자면, 궁극적으로는 미국을 극복하는 길로 나가야겠지만, 어차피 우리의 정치적 현단계에 있어서, 그러니까 민주화의 성취가 최우선인 지금으로서는, 적어도 미국의 영향력이 필요하다면 일단 그 도움을 이용하는 것이 더 현실적인 전략이라는 얘기지. 어쨌건 현재의 카터 행정부는 역대 다른 정권과는 달리, 제3세계 국가들의 민주화 운동과 민족 해방 운동을 공개적으로 옹호하는 인권 정책을 표방하고 있잖아. 가령 우리 경우엔 주한 미군 철수를 발표함으로써 박정희 정권에 대한 압력을 넣기도 했고 말야. 어떤 측면에선 그런 대한 정책의 변화도 박정권의 붕괴를 가져오게 한 하나의 계기가 되었다고 볼 수도 있겠지. 그런 현재의 미국이, 만약 전두환 중심의 군부 강경파에 의해 또 다른 비정상적인 독재 정권이 출현하려 한다면 그걸 지원해줄 수 있겠느냐는 거야."

"물론 카터가 외부적으로는 힘의 영향력을 인도주의적인 목표로 사용하고자 하는, 민주주의적 외교 정책을 표방해온 건 맞아. 하지만 엄밀히 말하면, 그건 다분히 이상주의적 정책에 불과할 뿐 아니라, 무엇보다 그것 역시 본질적으로는 종래의 미국 대외 정책의 속성으로부터 결코 벗어날 수 없다는 사실이 중요해. 미국의 대외 정책의 본질이란 게 뭐겠어. 그 첫째는, 미국의 경제적 정치적 이익을 관철함과 아울러 사회주의권에 대한 우위를 계속 지켜나가겠다는 세계 전략이고, 또 하나는 대소 우위 정책 및 소위 민주주의와 자유의 헌병이라는 역할로서 미국의 위치를 확보하고자 하는 패권주의 전략이야. 카터의 정책 역시 이 원칙에 철저히 묶여 있고, 그러므로 소위 그 인권 정책이란 것은 필연적으로 모순일 수밖에 없는 거지. 제3세계 국가들과의 우호적 관계를 유지함과 동시에 다른 한편으로는 소위 인권 외교를 통해 바로 그 독재 정권을 억제하고 견제하겠다는 야누스적인 태도를 취하고 있으니 말야."

"흥, 말하자면 양손에 홍당무와 채찍을 나누어 들고 훨씬 효과적으로 당나귀를 몰아가자는 발상인 셈이군. 하지만 정작 미국의 관심은, 여하한 경우라도 당나귀에 대한 소유권은 절대로 포기하지 않겠다는 것이겠고."

"결국 육십년대의 닉슨 독트린부터 카터의 인권 정책까지 미국의 대 한반도 전략을 개괄한다면, 미국에게 있어 한반도가 갖는 위치란 크게 두 가지라고 봐. 하나는 대 소련 봉쇄 정책에 있어서의 첨단 기지의 역할, 또 하나는 미국내 독점 자본의 논리를 관철시켜주는 신식민지의 역할이 그것이겠지."

"그렇다면 형, 얘기의 처음으로 돌아가서, 미국과 한국의 현 군부와의 관계는 정확히 어떻게 봐야 할지 잘 모르겠는데요."

이번엔 명기가 질문을 던졌다.

"현재까지는 미국이 전두환을 중심으로 한 강경파 세력을 견제하는 듯한 태도를 취해온 것도 사실이야. 또 솔직히 말해서, 지금 우리 국민들의 민주화 열기와 어떤 자신감의 이면엔 분명 어느 정도 미국에 대한 신뢰와 기대감도 은연중 작용하고 있음을 부인하기 어려워. 어쨌거나 국민 대다수에겐 아직까지는 미국이 가장 가깝고 미더운, 소위 맹방이라는 인식이 뿌리깊게 남아 있으니까……"

"그래요 형. 확실히 우리는 전혀 모순된 논리 속에서 살고 있다는 느낌이 든다구요. 분단 문제만 해도 그렇지요. 통일은 지상의 과제이다, 남북 회담을 속히 재개하라 하고 한결같이 외쳐대면서도, 막상 미군이 철수하면 그 순간으로 파멸이 닥치기라도 할 것처럼 모두들 결사 반대를 외치고 있거든요. 사실 나도 지금껏 그랬지만 말야."

"그럼 결국 정수 넌 앞으로 미국의 역할에 대해서는 철저히 불신한다는 얘기냐?"

"철저히라고는 말하지 않았어. 변수는 얼마든지 있는 거고…… 솔직히 나 역시 미국에의 마지막 기대랄까 미련 같은 건 남겨두고 있다고 말해야겠지. 부끄러운 얘기지만, 일단은 현실이니까……"

"하지만, 지금까지 우리가 나눈 얘기들도 대부분 우리 식의 추측에 지나지 않을 수도 있어. 저자들과 미국과의 관계가 지금 이 순간에도 우리들 모르게 어떤 형태로 전개되어가고 있는지는 아무도 모르잖냐."

"그래서 걱정이라는 거지. 미국은 본질적으로 신뢰하기 어려워. 차라리 지금 우리로서는 미국이 군부에 대한 압력까지는 아니더라도, 최소한 그들을 지원 내지는 동조하지 않기만을 바라는 것이 옳을지도 몰라. 미국은 지금 세계 전략상의 안보와 한국의 민주화라는 두 개의 떡을 양손에 들고 열심히 손익 계산을 따지고 있는 중이야. 그러나 조만간에 둘 중 하나를 선택해야만 하는 순간이 닥친다면, 그들이 어느 쪽을 포기하리라는 건 물어보나마나잖아?"

"미리 속단하진 말자. 미국도 변수이지만, 그보다 훨씬 중요한 건 바로 우리 민중의 힘과 용기에 대한 신뢰라고 생각해, 난. 아니 그것만으로도 어쩌면 충분하다고 봐. 우린 이길 수 있어. 머잖아 좋은 세상은 온다. 반드시 오고야 말 거야. 난 그걸 믿는다."

"그래. 그 세상은 이미 우리들의 바로 등뒤에 이미 와 있는지도 모르지. 좋다. 경훈이 말대로 다 같이 믿자꾸나. 허허"

정수는 다혈질인 경훈의 몸짓을 흉내내어, 주먹을 불끈 쥐어 보이며 웃었다. 덩달아 명기, 태영, 민태도 함께 유쾌하게 웃음을 터뜨렸다.

그때 갑자기 밖에서 무슨 소리가 들려왔다. 골목으로 연해 있는 조그만 쪽창 유리를 누군가가 두드리고 있었다.

"누구야. 대문으로 들어오지 않고?"

경훈이 일어나 소릴 질렀다. 쪽창은 너무 높아서 밖이 보이지 않았다.

"나야 나. 잠깐 좀 나와볼래?"

"응, 기섭이구나. 괜찮아, 그냥 들어와도 돼. 서클 후배들이니까."

"괜찮아? 그래, 알았어."

목소리가 그치더니, 이내 대문을 들어오는 기척이었다. 방으로 들어선 그를 명기도 얼굴은 알고 있었다. 복적생인 기섭은 같은 학과 동기인 경훈과는 늘상 붙어다니는 것 같았다. 어제도 연극 연습중에 경훈을 찾아왔던 사람이 바로 그 선배였다. 무엇 때문인지 기섭의 표정이 심상찮게 굳어 있었다.

"일이 터졌어! 너, 그 소식 알고 있어?"

"무슨 소리야?"

"서울에서 각 대학 총학생회장단이 모두 연행되었대. 이화여대에서, 회의중에."

"뭐라고? 언제?"

"오늘 저녁, 불과 한두 시간 전인 모양이다."

"그걸 어떻게 알았나?"

"서울에서, 고대 다니는 동창녀석이 전활 해왔어. 그 녀석도 학생회 간부로 활동하는 참인데, 그 정보가 돌았나봐."

"어떻게 된 거지? 설마."

"아직 확실한 건 아니지만, 확대 계엄령이 떨어진다는 얘기 아니겠어? 그게 아닌 바에야 예비 검속 해갈 리가 없잖아. 이 시국에."

"개자식들! 예상했던 것보다 너무 빠른걸. 명기야. 라디오 틀어봐."

"소용없어. 아직까진 아무런 발표도 없으니까."

"광주는 어때? 전남대도 마찬가지야?"

"아니, 거기까진 아직 오지 않은 눈치야. 좀 전에 연락을 해봤더니, 우리 대학 총학생회 간부들도 정보를 받자마자 일단 모처로 피신한 모양이더라구."

"큰일났군. 마침내 한판 해보자는 건가? 개자식들!"

"좀더 알아봐야 감이 잡히겠어. 넌 혹시 알고 있나 싶어 달려왔는데."

"알았으면 이러고 집에서 죽치고 있겠냐? 군바리들이 기어코 칼을 빼들겠다 이거지. 야, 차라리 잘된 건지도 몰라. 어차피 한번 사생 결단을 내야 할 것이라면 빠를수록 좋을 수도 있어. 두고 봐. 계엄령이 내린다면 국민들이 가만히 있지 않을 거야."

"나하고 가볼 곳이 있어. 같이 안 갈래?"

"가야지. 정수 너도 함께 가자. 지금 당장."

경훈은 저고리를 찾아 입고 급히 방을 나갔다. 나머지 일행도 함께 집을 나섰다.

"경훈이형. 만약 일이 생긴다면 내일 연습은 어떡하죠?"

민태가 대문 앞에서 물었다.

"계엄령이 떨어지더라도 일단 약속했던 대로 YWCA 건물로 와. 거기서 그때 상황을 봐서 얘기하자."

경훈과 기섭, 정수는 시내 쪽 도로로 서둘러 사라졌다. 남은 건 명기와 태영 그리고 민태 셋이었다.

셋은 신안동 다리를 건너 학교 정문 쪽으로 걷기 시작했다.

"명기야, 넌 어쩔래. 집으로 들어갈 거냐?"

민태가 물었다.

"생각중인데…… 에이, 민태 네 방에 가서 잘란다. 시간도 너무 늦었고, 지금 들어가봐야 아버지 신경만 건드릴 텐데 뭐."

명기는 집으로 들어가지 않는 게 좋을 것 같다고 생각했다. 아버지의 화난 얼굴이며 신경질 섞인 카랑카랑한 음성과 마주해야 한다는 건 고통스런 일이었다. 이래저래 마음이 편치 않았다.

"정말로 계엄령이 떨어질까? 휴교령까지도?"

"그러게 말이다. 난 어째 아직 실감이 안 난다. 저것 봐, 별다른 기미도 안 보이잖아."

"그냥 소문인지도 몰라. 계엄령 떨어질 거라는 얘기 나돈 게 어디 처음이냐? 두고 봐야 알겠지."

한적한 거리를 휘둘러보며 태영이 말했다.

거리는 언제나처럼 어둡고 조용했다. 가로등도 없는 변두리 길이라 오가는 사람도 별로 눈에 띄지 않았다. 열시를 조금 넘은 시각이었다.

"이 녀석들아. 속을 모르면 잠자코 있어. 느이들은 지금 세상이 온통 민주화 바람에 휩싸여 모든 게 손쉽게 굴러가고 있을 거라고 자신만만해 있는지 모르겠다만, 정신 똑바로 차려."

문득 명기는 사흘 전 집 앞 큰길 가에서 마주친 사촌형 영준이 불쑥 내뱉던 말을 기억해내었다. 외사촌인 영준형은 전남대 의대를 나와 현재 군의관 대위로 복무중이었다. 그는 31사단 소속이었으나, 업무상 상무대와 사단 사이를 자주 오가는 모양이었다.

"느이들은 아직 아무것도 모르고 있어. 상무대에선 벌써 며칠 전부터 연병장 안에 이천 명 이상 수용할 수 있는 규모의 임시 막사를 이미 설치해놓고 대기중이란 말이다."

"이천 명 규모의 임시 막사를요? 뭣 때문에요."

"뭐긴. 유사시에 대학생들을 연행해와 수용할 막사라더라. 명기 너도 지금은 웃는다만, 바깥에서는 모두들, 몰라도 너무 모르고 있어. 다른 사람들한테도 이런 얘기를 했더니, 모두 코웃음만 치더라. 답답한 노릇이지. 너도 몸 조심해라 임마. 괜히 설치지 말고."

그러면서 영준형은 대기중인 앰뷸런스에 올라 사라졌다.

그때 명기는 영준형이 소심한 탓이라고 여기고 말았다. 형이야말로 몇 년 군대밥을 먹더니, 바깥 세상 돌아가는 걸 피상적으로만 보고 있는 게 아니냐고 우스갯소리까지 했었다. 그러나 지금 생각하니 그의 심각한 표정이 전혀 근거 없는 소리가 아닐지도 모른다는 느낌이었다. 이천 명이나 수용할 막사라니, 설마 아무려면…… 얼핏 불길한 예감이 뇌리를 스쳐갔다.

그들은 대학 정문으로 들어섰다. 수위실 안에서는 근무자가 텔레비전을 들여다보며 무료하니 앉아 있었다. 언덕길을 지나 법대 건물 앞에서 태영과 헤어졌다.

"야, 이렇게 늦게 도서관에 가봤자 뭘 하냐? 괜히 다른 사람 방해나 하지 말고, 맘 안 내키면 이따가 가방 싸들고 내 방으로 와라."

“알았어. 생각해보고 나서 뒤따라가든지 말든지 할 테니까, 느이들 먼저 가.”

“짜식, 맘대로 해라. 판검사 되면 그보다 좋은 일이 어딨겠냐? 잘해봐.”

현관으로 사라지는 태영의 등뒤에 대고 민태가 이죽거렸다.

둘은 마을을 향해 걷기 시작했다. 민태가 자취하고 있는 집은 인문대 뒤편 반룡부락에 있었다. 부지 매입 문제로 요즘까지도 학교 당국과 티격태격하고 있는 그 작고 가난한 마을과 캠퍼스 사이엔 애당초 담장이 없었다. 마을 주민들의 유일한 통로가 캠퍼스 구역내에 포함되어 있는 까닭이다.

오늘따라 캠퍼스는 유난히 고즈넉하고 평화스러워 보였다. 그러나 어째서일까. 그 적막하고 평화로운 밤의 풍경이 명기는 웬지 불안하게 느껴졌다.

11

그대 이제는 못 돌아오리라
이제 그리운 사람들은 가고
아직도 살아 있는 사람들만 남아
그리운 것들을 아파해야 할 때⋯⋯
— 김정환, 「몸통에서 분리된⋯⋯」에서

명치는 놈이 가까이 다가오기를 기다렸다. 놈이 앵앵 소리를 내며 마루 위에 착지하는 순간, 번개같이 주먹으로 강타했다.

"새끼. 결국 뒈졌지. 안 잡히고 배겨?"

손을 바지에 쓱 문지르고 명치는 다시 벌렁 드러누웠다. 곁에 엎드려 있던 강상병이 돌아다본다.

"놀래라! 어따, 내무반장님도 힘쓸 데가 그리 없습니까. 똥파리 한 마리 잡는 데 주먹까지 다 쓰시고. 흐흣."

"새꺄, 주먹이 근질근질해서 그런다 왜. 뭐 잘못된 거 있냐?"

"조금만 참으면 될 건데 뭘 그러십니까. 출동만 했다 하면, 그때 맘껏 스트레스 풀면 될 거 아닙니까."

"스트레스 좋아하지 마. 출동이 무슨 쥐새끼 사냥인 줄 아냐? 시위대라고 무조건 닥치는 대로 작살내도 좋은 줄 알아?"

"그거나 저거나 뭐 크게 다를 거 있습니까. 폭동 진압이나 사냥이나 마찬가지지. 지난번 부마 난동 때도 그랬다지 않습니까. 폭도는 최대한 무자비하고 거칠게 다뤄라, 다중에게 공포 효과를 줘라, 뭐 이런 게 폭동 진압의 원칙 아뇨. 그래서 부산서도 아주 합법적으로 초전박살 냈지 않아요? 그랬더니 이것들은 원, 특전복 비스름한 것만 비쳐도 오줌을 발발 싸더라지 뭡니까. 덕분에 진압 작전이 너무 싱겁게 끝났지만서두."

"새끼, 깡냉이 풀고 자빠졌네. 강상병, 네가 눈깔로 직접 부마 사탤 보기나 했냐 임마."

"에이, 누가 봤답니까. 선임하사님 왈 그러더란 얘기지."

명치는 철모를 베고 눈을 감았다. 요즘은 눈만 감으면 잠이 폭포처럼 쏟아졌다. 잠 한숨 제대로 찾아먹지 못한 지가 벌써 여러 날 째였다. 또 파리 새끼 한 마리가 얼굴 주위를 얼씬거렸다. 짜증을 참지 못해 명치는 벌떡 일어나버렸다.

"니기미, 빌어먹을 이 부대는 쓰레기 하치장 복판에다가 막사를 지었나. 무슨 엠병할 놈의 똥파리가 이리 끓는 거야. 야, 유이병. 파리약 좀 뿌려."

건너편 침상 끝에서 총기 손질을 하다 말고 유이병이 난처한 기색을 한다.

"파리약이 없습니더. 조금 남은 걸 아까 오물장에 내다버렸는데예."

"뭐야! 에이 참."

명치는 신경질적으로 침상 바닥을 팔꿈치로 쿵 쥐어박았다. 그들은 조금 전에 장비를 모두 꾸리고 일용 비품까지 남김없이 치웠던 것이다. 막사를 비워줘야 했기 때문이다. 선임하사관 추상사가 그 지시를 전달했을 때, 이제야말로 남의 집 곁살림 생활을 끝내게 되나보다 싶어, 대원들은 한바탕 환호성을 지르고 야단이었다. 그리고 지금은 이제나저제나 출동 명령이 떨어지기만을 기다리고 있는 참이었다.

"어째, 감감하네. 여단장님이 사령부에서 돌아온 지가 한참 지났는데."

"쓰발, 이러다가 또 출동 취소 아냐?"

문이 벌컥 열렸다. 추상사가 내무반 안으로 성큼성큼 들어왔다.

"어쭈, 새키들 좀 보래이. 오뉴월 말좆만쿠로 축축 늘어졌구마. 출동 대기 명령 떨어졌다 카믄 십 초 안에 튀어나오는 거 알제?"

추상사는 특유의 사투리를 씨부렁거리며 주위를 휘둘러보았다. 살짝곰보인 데다가 남방계 원주민처럼 유난히 새까만 피부가 요즈음의 충정 훈련 덕분에 한층 까맣게 보였다. 독기 품은 눈알을 휙휙 굴리던 그는 유이병을 발견하자마자 다가서서 다짜고짜 정강이를 후려찼다.

"야, 이 쌍놈의 새꺄. 누가 너보고 워카 끈 풀어놓고 자빠져 있으라 카데? 출동 대기하란 소리 못 들었나!"

"초, 총기 수입 하느라고예, 자, 잠깐……"

"뭐 어째? 이 빙신 고문관시키가 누한테 감히 말대꾸고? 니는 총기 수입을 발바닥으로 하나? 엉?"

추상사의 군화가 이번엔 연거푸 유이병의 양쪽 정강이를 몇 번 재빠르게 걷어찼다. 풀썩 주저앉았다가 유이병은 오뚜기처럼 일어났다.

"시, 시정하겠심더!"

"고문관 같은 시키! 난 니 낯짝만 보믄 속이 다 뒤틸린다. 아, 이런 쪼다시키가 어뜨케 특전사에 들어왔노. 암튼, 니는 임자 하나 지대로 만났다. 내, 한 달내에 니 누깔에서 핏발이 팍팍 튀기도록 해주꼬마."

잔뜩 오만상을 뒤틀며 째려보더니, 추상사는 행정반 쪽으로 나가려 했다. 명치가 뒤에서 불렀다.

"선임하사님. 언제까지 이렇게 대기해야 하는 겁니까."

"나가 그걸 우에 아노? 대기 한두 번 해봤나."

"에이, 이러다가 또 헛물만 켜는 건 아닙니까."

"그리고 보이, 한하사, 니 지금 누구랑 뭣 세우고 딸딸이 칠 일 있능갑네. 무슨 헛물을 키는데? 으응?"

추상사의 새까맣게 얽은 얼굴이 기묘하게 비틀리면서 앞니 세 개가 하얗게 드러났다. 그게 추상사 특유의 웃음이었다. 추상사는 행정반 문을 쾅 닫고 사라졌다.

"선임하사는 왜 유이병만 보면 못 잡아먹어서 안달인지 모르겠군. 아직 젖도 안 떨어진 신병을 데리고……"

곁에서 오하사가 마땅찮다는 듯 투덜거렸다.

"저 깨곰보 추상사가 신병 조지는 게 특긴 줄 몰라서 그러냐? 저치는 백번 까뒤집어봐도 평생 말뚝감이야. 세상에 군대가 없었으면 사람 들볶지 못해서 어찌 살았을까 싶다니까. 야, 우리 전입해왔을 때도 봐라. 몇 달 동안 걸핏하면 잡아먹으려고 으르렁대고, 기합도 좃나게 받았잖냐."

"그랬었지. 우리 선임하사, 내 보기엔 사디스트야. 그것도 상당히 중중의."

"오죽하면 마누라가 도망질을 다 쳤겠냐. 마누라도 없이, 저 나이에 늙은 홀어머니랑 살고 있는 형편이니, 아닌게아니라 핏대도 끓겠지."

추상사는 부대내에선 가히 신화적 존재라 부를 만했다. 그는 해마다 처녀를 하나씩 잡아먹는다는 거대한 독지네 아니면 머리 아홉 달린 흉측한 구렁이쯤의 신화 속 괴물이었다. 괴팍하기 그지없는 성격에, 심심풀이 삼아 그러는 게 분명하다 싶을 정도로 걸핏하면 폭력을 휘둘러댔다. 신병들은 예외 없이 일정 기간 동안 그 심심풀이 대상이 되어야 했고, 때문에 누구나 그를 두려워하고 꺼려했다. 구타 때문에 징계까지 받았는데, 그 이후로는 구타가 약간 준 대신에, 기합을 줬다 하면 끝장이 날 때까지 지긋지긋하도록 계속했다. 남이 고통스러워하는 모습을 지켜보면서 그는 묘한 쾌감을 느끼고 있는 듯 보였다.

기합을 주거나 주먹을 휘두르는 순간에도 연신 싱글싱글 웃음을 흘려대곤 하는 추상사에겐 '미친개'라는 별명이 붙어 있었다. 씨 없는 고자라는 소문도 있었다. 아직 자식이 없는 것과 여자가 도망을 쳤다는 것이 그 이유가 되었다. 정신병자라느니, 성도착증 환자라느니, 별의별 괴상한 추측도 있었다.

그 소문이 번지게 된 것은 언젠가 부대 근처 '고향집'이라는 단골 술집에서의 사건 때문일 것이다. 그집 아가씨와 잠을 자러 방에 들어가서는, 별안간 여자의 허벅지 안쪽을 담뱃불로 지져놓은 사건이었다. 여자가 죽는다고 비명을 질러대며 도망치려 하자 이번엔 발길로 걷어차서 앞니를 세 개나 부러뜨려놓았다. 옷을 벗는다느니, 영창에 보내질 거라느니 소문이 무성했지만, 추상사는 돈을 물어주고 경징계를 받는 것으로 그쳤을 뿐이다.

"마누란 아직도 못 찾았나? 잡히기만 하면 당장에 목을 비틀어 죽이고 형무소로 들어가겠다고 이빨을 갈더니."

"찾기는 어떻게 찾냐? 만사 작파하고 찾는 일에만 매달려도 힘들 판에, 맨날 이렇게 비상이 걸려 있는 형편인데."

"추상사 저 사람, 예전엔 안 그랬다는데, 월남 갔다온 담부터 머리가 반쯤 갔다는 거야. 소문이 그렇게 났잖아."

"보병 하사관으로 있다가 왜 우리 특전사로 지원해왔는지 모르겠어. 어차피 말뚝 신세로 끝낼 바엔 보병 쪽이 더 편할 텐데 말이야."

"타고난 독종의 꼬라지 탓이겠지. 그야말로 독기와 오기로만 뚤뚤 뭉쳐진 인간이잖냐, 츳."

명치와 오하사가 그렇게 주고받고 있는데, 중대장이 불쑥 나타났다.

"전원 주목! 출동이다. 지금 즉시 각 지역대별로 막사 앞에 집 하압!"

순간 모두들 용수철처럼 튕겨 일어났다. 소총과 철모 그리고 정해진 개인 장비를 소지하고 우두두두 밖으로 튀어나갔다. 밖은 칠흑 같은 어둠이었다. 4지역대 병력 전체가 막사 앞으로 신속하게 정렬했다. 차렷. 열중쉿. 차렷. 지역대장 최소령이 두 손을 허리에 척 걸쳤다.

"제군들. 긴급 명령을 하달한다. 18일 0시를 기해 전국에 비상 계엄령 확대 조치가 발표된다. 불과 사십 분밖에 남지 않았다. 지금부터 우리 여단은 작전 지역인 서울로 출동할 것이다. 우리 부대의 작전 구역은 서울특별시 중구 소재 D대학교이다. 중대장을 통해 추후 전달할 것이지만, 작전 계획을 대충 설명하겠다. 불순분자 체포는 작전 지역 도착 즉시 실시하고, 2시 이전까지는 학교 점령을 완벽하게 완료해야 한다. 제군들, 노파심에서 다시 강조하겠다. 우리는 일당백의 공수특전단 용사들이다. 우리 앞에 맞설 적은 이 세상 어디에도 없다. '하면 된다' '안 되면 되게 하라' 이것이 우리의 철칙이다. 조국엔 충성을, 그리고 특전 용사의 위대한 전통과 명예를 위하여 맡은 바 임무를 완수해주기 바란다. 이상."

마침내 탑승 명령이 떨어졌다.

연병장에 열을 지어 대기중인 트럭 위로 대원들은 각자 위치를 찾아 재빠르게 기어올랐다. 어둠 속이었지만, 잘 훈련된 그들의 동작은 톱니바퀴처럼 정확하고 표범처럼 민첩했다. 연병장을 가득 채운 트럭들. 하나같이 검고 뭉툭한 몸체의 그것들은 어둠 속에서 거대한 공룡의 무리처럼 은밀하게 숨을 죽인 채 엎드려 있었다. 신호를 기다리는 그것들의 머리엔 똑같이 두 개의 헤드라이트가 강렬한 불빛을 토해내고 있었다.

자정 사십 분 전. 마침내 차량 대열들의 맨 가장자리에서부터 최초의 움직임이 포착되었다. 선도차와 경호차가 앞서 나갔다. 그 뒤를 여단장의 지프가 어딘가 위엄 있고 묵직한 속도로 발진했다.

여단장의 차 범퍼엔 차량 번호판 대신 성판(星板)이 걸렸다. 어둠 속에서 별 하나가 붉고 또렷하게 번쩍거리기 시작했다. 병사들은 그 휘황한 별빛을 지켜보며 저마다 숨을 죽인다. 그 놀라운 별은 언제나 그들의 가슴을 일시에 뜨겁고 설레게 하는 힘을 가지고 있었다. 그 위대한 별은 이미 그들에겐 상징 그 이상의 것이었다. 이 지상의 그 어떤 것, 그 어떤 이름도 다만 그 찬란한 별의 권능과 위대함의 발 밑에 존재할 따름이다. 그것을 의심하는 사람은 거의 아무도 없었다.

병사들은 오랜 기간 동안 그 별의 위용과 무한한 권능에의 충복들로 선택되었고, 훈련되었으며, 교화되어왔다. 그리하여 이제 그들은 스스로 그 신앙의 충직한 신도임을 기뻐하고 자랑스러워해야만 했다. 그들의 가슴속에서 신앙은 별이 되었고, 별은 신앙으로 화했다. 그건 복종과 희생, 용맹과 정의, 명예와 승리라는 이름의 신을 추앙하는, 영웅의 신앙이었다. 그 신앙의 십계명이 병사들 각자의 심장 복판에 마침내 창끝처럼 찔려 박히는 순간, 이름없는 그들은 문득 자신들 역시 저마다 작고 위대한 별이 되어가고 있음을 느끼기 시작했다. 별 아래 엎드려 그들은 모두 충성과 목숨을 기꺼이 바치겠노라 서약했다. 불현듯 뜨거운 자부심과 긍지가 은총처럼 전신을 감싸안음을 느낄 수 있었다.

병사들의 모든 자부심과 긍지의 원천은 그 위대한 별이었다. 조국과 집단에의 충성, 명예에의 헌신 역시 그 고향은 별이었다. 일당백의 용기, 불가능을 가능케 만드는 확신과 믿음의 신앙 또한 그 별의 자식이었다. 의리와 동료애, 삶과 죽음의 선택권 역시 모두가 그 신성한 별로부터 시작되고 또한 별에서 끝나야만 하는 것이었다.

그러는 어느 사이엔가 그 위대한 별과 그 별의 신도인 병사들은 하나가 되어 있었다. 그 찬란한 별은 그들 자신이 되어 있었고, 그들은 또한 스스로를 그 별과 동일시하게 된 것이다. 그건 최면이거나 환상이었다. 그 강력하고 유혹적인 최면 상태에서 그들은 모두 영웅이 되어 있었고 초인으로 변해 있었다. 자신을 평범한 인간이라고 믿는 것, 그것은 그 별의 종교의 교리에서 어쩌면 가장 큰 죄악일 것이기 때문이다.

맨 선두의 휘황하게 빛나는 별빛을 좇아서 차량의 행렬이 차례차례 부대 정문을 통과했다. 어둠에 묻힌 주위의 야산과 들판은 사막처럼 검고 고요했다.

오십 대, 백 대, 백오십 대……

이백여 대가 훨씬 넘을 듯한 차량의 행렬은 마치 별빛을 좇아 낙타를 몰고 캄캄한 어둠 속 사막을 횡단하는 어느 이교도의 무리처럼 보였다. 살기 어린 눈알을 번득이며 먹이를 찾아가는 굶주린 육식 동물의 대이동 같기도 했다. 뱃가죽을 땅에 찰싹 붙인 채 사냥감을 향해 날렵하게 기어가는 거대한 파충류의 움직임처럼 보이기도 했다.

뒤따르는 차량의 헤드라이트 불빛에 병사들의 검고 굵은 선의 얼굴이 얼핏얼핏 드러나곤 했다. 그들의 굵은 팔뚝과 단단히 움켜쥔 M16의 검은 총신은 향유를 바른 듯 기묘하게 번들거렸다.

꼬리에 꼬리를 물고 끝도 없이 이어지는 행렬…… 어두운 들판의 정적을 난폭하게 찢어 흔들어대면서 그것들은 무서운 굉음을 몰고 도시를 향해 질주하기 시작했다.

"하, 십 년 썩은 속이 툭 터지는 것 같구만. 이게 얼마 만이냐, 쓰발!"

엉덩이를 들썩이며 연신 바깥을 내다보곤 하던 강상병이 낄낄 웃었다. 맞은편에 앉은 추상사가 이내 눈알을 뒤집어깠다.

"씹닥가리 같은 새캬, 아가리 닥치고 몬 있나! 이기 무슨 소풍 가는 기야?"

강상병이 끽소리 없이 들어가버렸다. 그러나 녀석의 입가엔 여전히 웃음기가 물려 있었다.

명치는 맞은편의 대원들 얼굴을 흘깃 훔쳐보았다. 지치고 피곤한 표정이긴 했지만, 눈빛은 정말 무슨 소풍길이나 되는 듯 대부분 엷은 홍분기를 떠올리고 있다. 하기야 당연한 일일 것이다. 참말이지, 얼마 만에 바깥 구경을 하는 셈인가……

명치는 뒤를 바짝 따라오는 헤드라이트 불빛을 바라보며 생각했다. 10·26 이후 지금까지의 시간들은 돌이켜보기조차 신물이 났다. 시종 긴장해서 대기해야 했던 비상 또 비상. 2월부터 시작된 본격적인 폭동 진압 훈련.

그래도 그때는 차라리 나았다. 한두 차렌가 외출한 적도 있고, 어쨌거나 뺑이를 치더라도 자대에서의 생활이었으니까.

정작 미치고 환장할 고역은 이 부대로 이동해온 뒤부터였다. 한 달 전, 느닷없이 명령이 떨어져 부대 이동을 해올 때, 한밤중인데도 잠을 설치고 전송나온 수많은 영외 거주자 가족들은 눈물 콧물 쥐어짜며 어둠 속에서 손을 흔들어주었다. 보병에서 지원나온 백여 대의 트럭에 실려 전여단 병력이 산길을 넘어 새벽녘에야 도착, 군장을 푼 곳이 바로 이곳이었다.

그날부터 지금까지의 생활, 그건 끔찍했다. 아침부터 밤까지 충정 훈련의 반복 또 반복. 최루탄과 눈물, 콧물, 땀, 흙먼지로 목욕을 하는 것으로도 모자라 걸핏하면 떨어지던 기합, 얼차려…… 거의 매일같이 꾸렸다 풀었다 되풀이하던 출동 준비 군장. 게다가 외출 외박은커녕 영외 거주자들조차 퇴근을 못 하게 하는 바람에 공연히 그 분풀이로 사병들만 들볶이기도 했다. 자대에서와는 달리 식사 수준 또한 불만스러웠고, 무엇보다 거듭되는 고된 훈련으로 누적된 피로와 수면 부족 때문에 모두들 금방이라도 폭발해버릴 것만 같은 상태였던 것이다.

그런데 지금 이 순간, 마침내 그들은 출동하고 있었다. 지금까지 수없이 반복해온 그 지겨운 훈련이 아니라 실제 상황으로 말이다.

차체의 진동에 흔들리면서 그들은 저마다 가벼운 흥분으로 가슴이 설레고 있었다. 여단장의 지프에 걸린 성판의 별도 어둠 속에서 붉은빛으로 한층 찬란하게 불타고 있는 듯했다.

저만치 거대한 도시가 눈앞으로 다가오고 있는 게 보였다.

누군가는 낮게 휘파람을 불기 시작했다.

12

5월 18일 00 : 10, 서울 D대학교

차량 대열이 서울 시가지로 접어들었을 때는 막 자정이 넘은 시각이었다. 가로등 불빛이 환하게 도로를 밝혀주고 있었지만, 행인은 눈에 띄지 않았다.

텅 빈 도로 위를 차량은 빠른 속도로 달려갔다. 엄청난 굉음이 후끈한 도시의 밤공기를 미친 듯이 찢어 흔들어댔다. 이따금 도로변 집들의 창이 열리며 놀란 시민들이 밖을 내다보곤 했다. 이백여 대의 육중한 트럭 행렬이 굉음과 함께 뿜어내는 배기 가스, 그리고 꽁무니로 불어올리는 길바닥의 먼지와 휴지쪽들이 헤드라이트 불빛 속으로 부옇게 드러났다.

트럭 뒤칸 맨 뒷자리에 앉은 명치는 이마를 잔뜩 찌푸린 채 밖을 내다보고 있었다. 지독한 매연에 목 안이 금세 매캐해져왔다.

"어, 앞차가 왼쪽으로 새는데?"

강상병이 말했다. 저만치 앞쪽에서 달리던 한 무리의 차량들이 대열을 이탈하여 좌측으로 꺾어들고 있는 게 보였다. 얼핏 사오십 대쯤 될까 싶다.

"여기가 어디쯤이지?"

"신촌로터리 같은데요."

"3지역대 쟤들은 어디 담당인가?"

"이 부근엔 대학들이 유독 많잖습니까."

"맞아. 이화여대도 여기 있잖아. 나도 한번 구경 가봤다구. 내 친구 깔치가 여길 다녔거든."

"쓰발, 저 자식들은 땡잡았구나. 우리도 여자 대학으로 갔더라면 오죽이나 좋아."

"그러게 말입니다. 이왕이면 다홍치마라는데, 으훗."

"야, 이 골빈 시키들아. 아가리 닥치지 못할끼가!"

눈을 감고 조는 줄만 알았던 추상사가 꽥 고함을 질렀다. 모두들 찍소리 못 하고 입을 다물었다.

트럭은 계속 질주했다. 신호등이 작동하고 있었지만 무시하고 통과했다. 어느덧 명치네 대대가 맨 선두였다. 명치는 고개를 옆으로 빼내어 후미 쪽 대열을 살폈다. 차량 숫자가 훨씬 줄어 있었다. 높다란 빌딩을 지나 꽤 넓은 네거리에 이르렀을 때 후미의 또 다른 병력이 오른쪽으로 사라져버렸다. 남아 있는 차량은 이십여 대 정도에 불과했다. 이젠 명치네 대대만 남은 셈이었다.

선도 차량이 우측으로 꺾어지는 게 보였다. 텅 빈 네거리의 허공에 신호등이 혼자 켜져 있었다. 경찰 순찰차가 도로 한쪽에 비켜서서 그들이 지나갈 때까지 정지해 있었다. 거기서부터는 약간 좁은 이차선 도로였다. 전방에 거뭇한 산등성이가 모습을 드러냈다. 길 양쪽은 조밀한 주택가였다.

한동안 거침없이 질주하던 앞쪽 차량들이 차례로 속도를 떨어뜨리기 시작했다. 비교적 가파른 오르막길이었다. 갑자기 바로 앞차가 덜컹 소리를 내며 급정거했다.

"씹새끼! 운전을 어떻게 하는 거야."

앞에서 운전병의 고함 소리가 터져나왔다. 앞차가 시동이 꺼지는 바람에 하마터면 꽁무니를 들이받을 뻔한 모양이다. 후속 차량들도 연달아 멎었다. 운전병이 뛰어내려갔고, 병력은 정지한 트럭 위에서 잠시 대기했다.

바로 길 옆 구멍가게 앞에서 중년 사내 하나가 놀란 얼굴을 하고 멍하니 이쪽을 바라보고 서 있었다. 이제야 가게 문을 닫는 중인 듯했다. 명치는 무심히 가게 안을 바라보았다. 진열장 안에 쌓여 있는 과자며 음료수병 따위가 형광등 불빛에 반짝이고 있었다. 그것들의 울긋불긋한 포장지 색깔이며 오밀조밀한 크기와 모양새가 문득 묘한 정겨움으로 명치의 시야에 다가왔다. 좁은 가게 안에서 흘러나오는 불빛이 왠지 따스해 보인다고 생각하며 명치는 저도 모르게 희미한 웃음을 떠올렸다.

얼핏 가게 앞에 서 있는 그 사내와 눈이 마주쳤다. 순간 사내는 잔뜩 겁먹은 듯 가게 안으로 황급히 들어가버렸다. 그리고는 재빨리 갈고리를 들어올려 서터문을 단숨에 내려버리고 만다. 타타타타, 하는 요란한 쇳소리와 함께 문이 내리닫히고, 그와 함께 가게 안에서 흘러나오던 불빛도, 풍경도 사라져버렸다. 불현듯 명치는 그 낯모르는 사내에게 달겨들어 목이라도 졸라주고 싶은 충동을 느꼈다.

이내 트럭이 다시 움직이기 시작했다.

언제부터인가 차 안의 병사들은 모두들 말이 없었다. 거칠게 질주하는 차체의 진동에 몸을 맡긴 채, 그들은 이따금 멍한 시선으로 바깥의 낯선 풍경을 휘둘러볼 뿐이었다. 텅 빈 거리의 풍경은 끊임없이 눈앞으로 지나가고 있었다. 길바닥엔 신문지며 휴지 조각 따위가 굴러다녔다. 집들은 대부분 불이 꺼져 있었다.

그런 을씨년스러운 풍경들은 지금 차 안의 병사들에게 까닭 모를 배신감 같은 걸 안겨주고 있었다. 오랫동안 기다려왔던 출동 명령이 내려지고, 마침내 막사를 떠나 도시를 향해 출발했을 때, 그들은 막연한 흥분에 저마다 조금씩 들떠 있었다. 그러나 시가지로 접어들고 난 어느 때부터인가 그 흥분은 차츰 사라져버리고 말았다. 그들을 기다리고 있는 것은 유령의 도시처럼 텅 빈 시가지의 풍경들뿐이었다. 사람들은 모두 잠들어 있었고, 대문은 차갑게 잠겨 있었다. 이따금 놀라 잠을 깨고 일어났던 사람들은 이내 창문을 내리닫고 황급히 사라져버리곤 할 뿐, 그 거대한 도시는 완벽한 정적과 무관심 속에 닫혀 있었다.

병사들은 자신들이 이방인이라는 사실을 비로소 확인하고 있었다. 이 거대한 도시에서 버림받은 것은 오직 자신들만이라는 느낌. 자신들이 그 지긋지긋한 훈련과 기합으로 날이면 날마다 녹초가 되어 있는 바로 그 순간에도, 담 바깥의 세상에선 전혀 다른 모습의 전혀 다른 사람들이 전혀 다른 삶을 즐기고 있었으리라는 사실이, 트럭 위에 앉은 병사들을 불현듯 분노로 부글부글 끓어오르게 하고 있었다. 그 분노는 어떤 배신감이거나 혹은 질시, 억울함 같은 것이기도 했다. 그 때문에 그들은 스쳐지나가는 텅 빈 거리와 인적 끊긴 골목, 불 꺼진 지붕들을 저마다 적의 어린 시선으로 쏘아보며 말없이 앉아 있었다.

"언제까지 더 가야 되는 기가? 씨팔."

추상사가 신경질적으로 씨부렁거리며 소총 개머리판으로 발 밑을 쿵쿵 두드렸다.

"이젠 다 왔습니다. 저 건물 옆으로 꺾어지면 D대학 정문이 보일 겁니다.”

“새꺄. 강상병 니가 뭘 알기나 해? 멍청도 촌놈시키 주제에.”

“어따, 무슨 말씀을 그리 섭하게 하십니까. 이래봬도 서울서 얼마를 굴러다녔다고요.”

“참, 오하사가 이 바닥은 훤하겠고마. D대학 다니다가 왔다고 했제. 안 그렇나?”

추상사가 어둠 속에서 묘하게 눈빛을 빛내며 오하사 쪽을 힐끔 돌아본다. 얼핏 여럿의 시선이 오하사에게로 쏠렸다. 하지만 오하사는 잠자코 입을 다문 채 말이 없다.

참, 그러고 보니, 바로 이 대학이라고 그랬었지. 명치는 아까부터 오하사가 줄곧 굳은 표정을 하고 있는 것도 어쩌면 그래서였을 거라는 생각을 뒤늦게야 떠올렸다.

돌연 차가 급정거했다.

“이번엔 또 뭐꼬.”

추상사가 투덜거렸다.

인도 위에 행인 둘이 보였다. 삼십대로 보이는 양복 차림의 사내들이다. 어지간히 취했는지, 어깨동무를 하고 갈지자걸음으로 비틀비틀 걷고 있는 참이다. 선임 탑승자석에서 중대장의 머리통이 불쑥 튀어나오더니 고함을 질렀다.

“야, 추상사. 내려가서 저 새끼들 붙잡아와!”

“오케이, 알았심더!”

추상사가 노래를 부르듯 하며 재빨리 뛰어내려갔다. 강상병도 뒤를 따랐다. 비틀비틀 걸어가는 두 사내의 목덜미를 추상사가 다짜고짜 휙 나꿔챘다.

“어, 누, 누구여.”

엉겁결에 놀란 두 사내가 소릴 치며 팔을 버둥거렸다. 추상사의 주먹이 그들의 얼굴 위로 날았다. 어이쿠. 비명과 함께 사내들이 앞으로 힘없이 고꾸라졌다. 추상사가 그들의 멱살을 움켜쥔 채 차도로 질질 끌고 내려왔다.

"이 새끼들을 어떻게 할까요, 중대장님."

"쌍놈의 인간들. 통행 금지 시각 넘은 지가 언젠데, 한가하게 술 처먹고 거리를 활보하고 있는 거야. 저런 쓰레기들 땜에 불쌍한 군바리들만 좆나게 뺑이치는 거란 말야. 야, 그 시키들, 차에 실어!"

중대장이 문을 쾅 닫고 안으로 들어가버린다. 추상사와 강상병이 그들을 끌어다가 트럭 뒤칸으로 밀어올린 다음 재빨리 뛰어올랐다. 차가 다시 출발했다.

"다, 당신들은 누구요. 이, 이런 법이 어, 어딨소?"

사내 하나가 겁에 질려 소리를 질렀다. 추상사의 군홧발이 냅다 그의 면상을 후려갈겼다.

"이 새끼, 법 좋아한다. 어디, 누깔이 확 뒤집어지도록 만들어주까!"

"새꺄, 뒈지기 전에 엎드려! 우리가 누군 줄 알고, 감히 겁대가리 읎이 고개 빳빳이 쳐들고 대들어?"

강상병이 발로 사내들의 목덜미를 번갈아 밟아 눌렀다. 사내들은 비명도 지르지 못하고 바닥에 엎어져서 뒹군다.

"얌마, 모가지에 넥타이끈 매고 다니면 다야? 이 병신들아."

강상병이 그 중 한 사내의 넥타이 끝을 잡아채며 이죽거렸다. 사내들은 벌써 취기가 싹 가신 듯했다. 넥타이를 잡힌 사내가 벌벌 떨며 엎드린 채 손바닥으로 비는 시늉을 했다.

"예에, 자, 잘못했습니다. 선생님들. 제발 사, 살려주십쇼."

"이 새끼가 지금 뭐라고 하는 거야? 뭐, 선생님?"

병사들이 킬킬킬킬 웃음을 터뜨렸다. 강상병의 주먹이 사내의 머리통을 또 한번 강타했다. 어이쿠! 사내가 머리를 감싸고 뒹군다. 사내의 옆구리가 명치의 정강이에 닿았다. 그의 몸뚱이가 어처구니없을 만큼 심하게 떨리고 있었다.

"야, 이젠 그만들 해둬. 다 왔으니깐."

오하사가 강상병의 발길질을 제지하며 낮게 말했다. 어딘가 약간 흥분해 있는 목소리였다.

이윽고 차가 정지했다. 목적지에 도착한 모양이다. 정지한 트럭의 헤드라이트 불빛은 'D대학교'라는 간판이 박혀 있는 육중한 철문을 발가벗기듯 비추고 있었다.

선도 차량이 날카롭게 경적을 울려댔다. 교문 왼편에 사람만 겨우 통행할 수 있을 정도의 작은 문이 달려 있었다. 한참 만에야 그 문으로 누군가가 나타났다. 졸다가 뛰쳐나왔는지, 수위는 몹시 허둥거리고 있었다. 선임 탑승 장교가 그쪽으로 다가갔다.

"웨, 웬일이십니까?"

헤드라이트 불빛 때문에 시야가 잘 보이지 않는 듯, 손바닥으로 눈을 가리며 수위가 더듬거렸다.

"문 열어, 빨랑! 우린 계엄군이다. 18일 0시부로 이 학교를 우리가 접수한다."

"계엄군이라구요? 우린 그, 그런 연락을 아직 모, 못 받았는데요. 잠깐만 기다려주실랍니까. 대학 본부로 연락을 해보고……"

"이 새끼가 죽을라고! 당장 열지 못하겠어?"

경비실로 되돌아가려는 수위의 정강이를 장교가 걸어챘다. 비명을 내지르며 수위는 부랴부랴 교문을 열어주었다. 대대장의 지프를 선두로 차량 대열은 교내로 진입했다.

교정은 어두웠다. 운동장에 도착하자마자 전병력이 하차하여 집결했다. 대대장이 짧은 훈시를 하달했다.

"제군들. 이곳은 바로 D대학 교정이다. 현재 시각 0시 10분. 지금부터 이곳 전지역을 한 시간 이내로 완전 점령한다. 부대는 두 개조로 편성한다. 3, 4중대는 이 자리에 임시 막사를 설치할 것. 1, 2중대는 수색 작전을 개시한다. 쥐새끼 한 마리 빠져나가지 못하도록 교내 전역을 철저히 수색하라. 당직 근무중인 교직원을 제외한 기숙 인원은 이유 여하를 불문하고 전원 체포 연행할 것. 교직원은 신분증을 필히 확인하고, 특히 불순분자 및 시위 주동자가 다수 기숙해 있으리라는 정보가 있으므로, 학생은 남녀 불문하고 전원 체포하라. 그럼 지금부터 각 부대는 소속 지휘관의 지시에 따라 작전을 개시한다. 이상."

병력은 각 중대별로 분산 집결했다. 2중대장 변대위가 임무를 하달했다.

"우리 중대는 학생회관 건물과 부근 일대의 수색을 맡는다. 좌측을 보라. 저기 보이는 백색 사층 건물이다."

변대위가 손을 들어 한 곳을 가리켰다. 그들이 방금 전에 트럭을 타고 들어온 진입로 건너편에 그리 높지 않은 언덕이 보였다. 껑충하니 솟은 나무들 너머로 올려다보이는 건물의 옥상엔 외등 하나가 환하게 켜져 있었다.

변대위가 앞장을 섰고, 중대원들이 신속히 뒤따르기 시작했다. 중대 병력이라곤 하지만 수효는 모두 열세 명에 불과했다. 공수특전사의 편제는 일반 보병과는 차이가 있다. 명치네 중대의 경우, 중대장과 부중대장·상사 각 한 명, 중사·하사 각 두 명, 그리고 사병은 모두 6명이었다.

"드디어 시작이구나."

대열 속에서 누군가 약간 들뜬 어조로 말했다. 저벅저벅…… 굽 높은 군화 소리가 묵직하면서도 민첩하게 울렸다. 다른 중대 역시 정해진 구역을 수색하기 위해 목표 지점으로 향하고 있었다. 하나같이 소총을 등에 메고 손엔 진압봉을 움켜쥔 병사들의 무리가 야행성 동물들처럼 교정 곳곳에 드리워져 있는 어둠 속으로 흔적도 없이 스며들어갔다.

언덕 위에서 병력은 세 패로 나누어졌다. 추상사와 명치, 강상병, 유이병 이렇게 넷이 한 조가 되었다. 그들은 마주보이는 건물의 현관 쪽을 향했다. 화단엔 키 작은 꽃들이 무더기로 피어 있었다. 그들은 꽃밭을 짓밟으며 신속히 접근했다. 현관 안쪽에 실내등이 희미하게 켜져 있을 뿐, 문은 잠겨진 채로였다.

"문 열어! 아무도 없나!"

추상사가 발로 문을 걷어차며 악을 썼다. 안에선 기척이 없다. 추상사가 진압봉으로 유리문을 힘껏 강타했다. 와장창, 대형 유리가 박살이 났다. 깨진 틈으로 손을 넣어 자물쇠를 열었을 때, 복도 안쪽으로부터 수위가 허겁지겁 뛰어나왔다.

"누, 누구요?"

저고리 단추를 채우지도 못하고 달려나온 수위의 얼굴이 잔뜩 질려 있다.

"이 새꺄, 문 열라는 소리 몬 들었나!"

문을 열고 들어서자마자 추상사가 수위의 뺨을 주먹으로 후려 갈겼다.

"넌 뭐야!"

"다, 당직 근무잡니다. 왜, 왜들 이러십니까."

"계엄군야. 이 건물은 우리가 접수한다. 안에 학생놈들 있제?"

볼을 감싸쥐고 벌벌 떨며 수위가 주춤주춤 뒤로 물러섰다.

"어, 없을 겁니다. 좀 전에 확인을 했었는데……"

"거짓말 마, 새꺄. 만일 한 놈이라도 눈에 띄었다 하면 넌 작살 날 줄 알아라 마. 실내 전등 모조리 올려. 빨랑!"

수위가 허둥지둥 달려가더니 스위치를 모두 올렸다. 복도 안이 일시에 환하게 밝아졌다.

"야, 한하사. 넌 강상병하고 이쪽 통로로 올라가봐."

추상사가 유이병을 데리고 왼쪽 통로로 뛰어갔다. 명치는 강상병과 함께 이층으로 올라갔다. 벽마다 온통 크고 작은 벽보들이 어수선하게 붙어 있었다. '학우여 나가자! 민주화 투쟁 전선으로!' '군부 독재 종식을 위한 서클 연합회 모임' 따위의 글귀들이 눈에 띄었다.

"넋 빠진 새끼들! 하라는 공부는 안 하고 대학생놈들이 자알 놀고 있네. 이따위 것들은 다 뭘 하자는 개수작이야!"

강상병이 벽보를 북북 뜯어 내던졌다. 복도 양쪽에 작은 방들이 다닥다닥 붙은 채 늘어서 있다. 방 문짝들을 하나하나 확인해나갔다. 대부분 바깥에서 잠겨져 있다. '씨알회' '민속연구반' 'D. E. S. U.' 등등의 팻말이 붙어 있는 그곳은 복도 전체가 서클룸인 듯싶었다.

문짝을 거칠게 걷어차며 둘은 다시 삼층으로 올라갔다. 복도 반대쪽 어딘가에서 갑자기 요란한 소리가 터져나왔다. 와장창. 와그르르르.

무엇인가 깨지고 나뒹구는 소리. 추상사의 고함과 욕설.

"아아악, 엄마아."

숨넘어갈 듯 질러대는 비명 소리도 들린다.

"저쪽에선 벌써 한 건 올린 모양인데요!"

강상병이 앞장서 복도를 뛰어오르며 싱글싱글 웃었다. 삼층 두번째 방으로 그들은 뛰어들었다. 넓은 테이블이 방 한가운데 놓여 있고, 스탠드를 켜놓은 채 책을 들여다보고 있던 남학생 하나가 깜짝 놀란 얼굴로 엉거주춤 일어서려 했다.

"이 새키, 넌 뭐야!"

명치가 진압봉으로 테이블을 후려쳤다.

"예? 왜, 왜 그러십니까. 여기는 대학원생 연구실인데요."

"대학원생? 웃기지 마, 새꺄. 누군 대학 안 다녀본 줄 알아. 일어서!"

강상병의 진압봉이 학생의 등짝을 내갈겼다. 순간 다른 두 명의 남학생 얼굴이 구석 자리에서 불쑥 불거졌다. 간이침대 위에서 잠들어 있었던 모양이다. 얼빠진 얼굴로 멍하니 서 있는 둘을 명치가 발길질로 번갈아 걷어찼다. 비명을 지르며 구석으로 달아나려는 그들을 향해, 강상병이 테이블 위로 껑충 뛰어올라 닥치는 대로 진압봉을 휘둘러대기 시작했다. 학생들이 머리를 감싸고 뒹굴었다. 와장창 유리창이 깨지고 책들이 굴렀다. 스탠드가 박살이 났다. 안경 낀 남학생이 코를 움켜쥐고 쓰러졌다가 엉금엉금 기어 동료들과 한덩어리로 엉켰다. 온통 코피로 범벅이 된 얼굴로 그 중 하나가 더듬거렸다.

"대관절 왜, 왜 이러십니까. 제발, 영문이라도 알려줘야 할 것 아닙니까?"

"니들, 시위 주동자들이지? 말해!"

"아닙니다. 우린 대학원생들이에요. 논문, 준비, 때문에, 이 방을 쓰고 있는, 거라구요. 수위 아저씨한테, 한번, 확인해, 보십시오."

"그렇습니다. 보세요. 여기, 대학원 학생증도 있습니다."

줄줄 코피를 쏟아내면서도 남학생이 주머니에서 무엇인가를 꺼내어 내밀려 했다.

"웃기지 마, 새끼들아! 야, 강상병. 이 새끼들 끌고 먼저 내려가."

명치는 강상병에게 그들을 맡겨두고 다시 다른 방들을 수색하기 시작했다. 삼층은 모두 잠겨져 있다. 사층은 무슨 회의실인 듯싶은데, 아무도 없었다.

명치는 아래층으로 내려왔다. 강상병과 유이병 둘이서 일층 현관 복도 바닥에 학생들을 무릎 꿇려놓은 채 지키고 있었다. 이내 현관 반대편 뒷문으로 오하사 일행이 나타났다. 학생 네 명이 끌려왔는데, 그 중 하나는 여학생이었다.

갑자기 당직실 쪽에서 추상사의 고함 소리가 들려왔으므로, 명치는 그쪽으로 달려갔다. 벽에 등을 기댄 채 막대기처럼 빳빳하니 굳어 서 있는 수위를 향해 추상사가 금방이라도 진압봉을 내리칠 듯한 기세였다.

"똑바로 서, 이 늙은 놈의 새꺄. 니, 이 자리에서 칵 쥑여주까? 아까 내가 뭐라 카드나. 한 놈이라도 숨어 있는 날엔 작살내줄 끼라고 그랬제?"

"모, 몰랐습니다. 절대로 소, 속이려고 그랬던 건 아닙니다."

사십대 후반으로 보이는 그 허약한 체구의 수위는 형편없이 겁에 질린 꼴이다. 따귀라도 몇 대 얻어맞은 것인지 양볼에 손바닥 자국이 시뻘겋게 묻어 있다.

"쌍누무시키! 너, 오늘 운수 대통한 줄이나 알어!"

추상사가 진압봉을 앞뒤로 슬슬 흔들어대며 복도로 걸어나왔다. 수위는 바닥에 털썩 주저앉아 천장만 멀거니 올려다보고 있었다.

현관 복도에서 대원들이 모두 도착해 기다리고 있었다. 연행해온 학생들은 모두 아홉 명이었다. 그 중 둘은 코피를 흘리고 있었고, 나머지도 옷이 여기저기 찢겨나갔거나 머리가 엉망으로 헝클어져 있다. 남학생 하나는 아예 맨발로 끌려나와 무릎을 꿇고 엎드려 있다.

"어쭈, 기집아시키도 끼여 있구마."

그들을 훑어보던 추상사가 문득 기묘하게 콧소리를 내며 빙긋 웃는다.

"사내새끼들 셋하고 한 방에서 무슨 개지랄을 치고 있었는지 모르겠습니다. 얼굴도 엿같이 못생긴 게 악을 쓰면서 아주 죽는 시늉을 하지 뭡니까."

정일병이 진압봉 끝으로 여학생의 머리를 쿡쿡 찔러대며 낄낄 웃었다. 머리채를 어깨까지 길게 늘어뜨린 여학생은 두 손으로 얼굴을 가린 채 오돌오돌 떨고 있을 뿐이다.

"자알 논다 참. 이것들도 다 대학생들이가? 부모가 비싼 돈 바쳐가며 대학교까지 보내놓으니까, 한밤중에 사내시키들하고 떼거리로 붙어서 지랄이나 치고 있다 말이고. 야, 이 싸가지 없는 에미나이야!"

추상사가 여학생의 머리채를 휘어잡더니 뒤로 홱 젖혀올렸다. 아아, 엄마아. 여학생이 눈에 흰자위를 드러내며 울음을 터뜨렸다. 그때 누군가가 추상사의 손을 밀어내며 저지했다. 오하사였다.

"이럴 필요까지야 없잖습니까, 선임하사님. 일단 끌고 가기만 하면 될 텐데"

"어쭈, 오하사 너, 갑자기 왜 이러나? 오라, 너도 대학 다니다가 온 몸이니까 서로 똑같은 처지다, 이 말 아니가? 흐흣."

"그게 아니라, 만약에 무슨 사고라도 생기면 누가 책임을 질 겁니까."

오하사가 어설프게 얼버무리며 추상사의 앞을 가로막았다. 추상사의 독기 어린 눈빛이 한 순간 오하사의 얼굴을 훑었다. 추상사는 무슨 생각에서인지, 피식 웃음을 터뜨리며 허리를 폈다.

"짜식. 누가 그년을 쥑이기라도 한다 캤나? 자, 이 새끼들을 연병장으로 끌고 가자."

추상사는 성큼 앞장을 서서 먼저 현관을 빠져나갔다. 대원들이 학생들의 어깻죽지를 움켜쥐고 밖으로 끌고 나갔다. 완전히 공포에 질린 그들은 몸을 한껏 웅크린 채 순순히 따라 걸었다.

"두 손을 머리에 올려!"

명치의 명령에 따라 학생들은 손을 머리에 올렸다.

오하사가 맨 뒤로 처졌다. 명치는 오하사에게로 다가갔다. 깨어진 유리 조각이 군홧발에 밟혀 우두둑 소리를 냈다. 오하사는 현관 앞에 우두커니 서서 창유리의 파편들을 내려다보고 있었다.

"야, 왜 그래. 어디 불편하나?"

오하사는 대꾸하지 않았다. 흐린 불빛에 드러난 그의 얼굴이 굳어 있다.

"왜 그러냐니까. 무슨 문제라도 생긴 거야?"

"아냐."

슬몃 오하사가 명치의 시선을 피했다. 그제서야 명치는 오하사의 심정을 짐작해낼 수 있을 것 같았다.

"자, 그만 가지. 추곰보 그 새끼, 늦게 왔다고 또 앙알거릴라."

명치가 돌아서 걷기 시작했다. 오하사도 천천히 뒤따라왔다. 잔디밭 사이로 난 작은 돌계단을 다 내려왔을 때까지도 오하사는 말없이 뒤처져서 걷기만 하고 있었다.

둘은 벤치 앞을 지났다. 벤치 위쪽으로는 등나무가 무성하게 휘감겨 자라고 있었다. 어디선가 향긋한 꽃내음이 콧속으로 스며들어왔다. 등꽃이 피어 있는 것인지도 모른다고 명치는 생각했다. 두 사람은 키 큰 플라타너스 나무 아래를 지났다.

"한하사. 불 좀, 줄래?"

문득 등뒤에서 오하사의 음성이 들렸다. 명치는 걸음을 멈추고 라이터를 꺼내들었다. 오하사가 담배를 내밀었다. 한 개비를 뽑아물고 명치는 불을 댕겼다. 한동안 연기만 빨아들이며 서 있던 오하사가 낮게 뇌까렸다.

"여기가 어딘 줄 아니? 내가 입대 전, 이 년 동안, 날마다 다녔던…… 바로 그 건물이야."

오하사의 음성이 가늘게 떨리고 있었다.

"그랬었군."

명치는 무심히 대꾸했다. 명치는 나무를 올려다보았다. 거대한 나무였다. 몇십 년이나 묵었을까. 검고 무성한 가지를 한껏 드리운 그 거대한 나무의 꼭대기는 어둠 속에 묻혀 보이지 않는다.

"야, 거기 어떤 개새끼가 작전중에 담뱃불이얏!"

뒤쪽에서 누가 고함을 질렀다. 지역대장 목소리 같았다.

"튀자!"

둘은 담배를 내던지고 허겁지겁 운동장 쪽을 향해 뛰기 시작했다. 운동장에 와보니, 막사 설치 작업은 그새 거의 다 끝나가고 있는 참이었다. 이젠 그곳이 그들의 숙영지였다.

"헤이, 체포해온 놈들은 일단 모조리 대학 본부 건물로 끌고 가란 말야!"

"알았습니다."

"전다알! 지금부터 십 분 이내에 막사 정돈을 완료하고 각자 위치에서 대기!"

"야, 이분대. 빨랑 메트리스부텀 수령해와야 할 것 아냐 임마!"

"벌써 갔습니다아."

어둠 속에서 병사들의 검은 그림자가 기민하게 움직이고 있었다.

13

"한국은 한국 자체의 조건에 부합되는 정치를 개발
해야 하며, 민주주의가 서방식이건 다른 방식이건
한국 자체의 국가 발전에 기여할 민주주의를 건설
하는 것이 긴요합니다."
——80. 5. 18. 보안사령관 겸 중앙정보부서리
전두환 장군, 『타임』지와의 단독 회견에서

5월 18일 05 : 00, 산수동 오거리

원구는 후드득 몸을 떨며 눈을 떴다. 방안이었다. 꿈을 꾸었던 게로구나. 그는 한숨을 내쉬었다. 무섭고 끔찍한 꿈이었다. 어수선하고 흉흉한 꿈의 잔상이 한동안 뇌리에서 지워지지 않았다.

이마로 엷은 땀이 흘러내렸다. 얼굴뿐만 아니었다. 등허리며 사타구니까지 끈적한 땀으로 젖어 있었다. 입 안은 쓰고 역한 냄새가 풍겼다. 무엇보다 심한 갈증을 느꼈으므로 그는 옆자리를 손으로 더듬어보았다. 아내의 자리는 비어 있었다. 부엌에 나간 것일까.

"여봐, 나 좀 보라구."

그는 간신히 목을 돋우어 소리를 질렀다. 재차 좀더 크게 소릴 질렀을 때에야 청산댁이 모습을 나타냈다.

"일어나셨구만이라우. 이거나 드시고 정신 좀 차려보시우."

청산댁이 꿀물 담은 대접을 내밀었다. 상체를 일으켜세우다가 그는 이마를 잔뜩 찌푸렸다. 물이라도 담긴 듯 뒷골이 욱신거리며 마구 출렁거렸던 것이다. 꿀물은 미지근했다. 대접을 다 비워냈지만 갈증은 채워지지 않았다.

"대관절 어딜 갔다오신 거요, 명기 아부지. 엊저녁에 하던 그 소리는 또 뭣이고."

청산댁이 머리맡에 쭈그려앉으며 묻는다. 뭔가 꽤나 심란한 표정이다.

"누가 뭘 어쨌다는 건가."

"어쩌기는요. 한동안 통 안 하시던 술을 어쩔라고 그렇게 많이 드셨소? 고래고래 악을 쓰질 않나, 집이 떠나가라고 노래를 다

부르고…… 이웃집 사람들 미안해서 혼났구만 그러요."

"노래를 불렀어…… 내가?"

그는 쓰게 웃었다. 그런 일이 있었던가. 주책 없이 노랠 다 부르다니. 스스로도 믿기지 않는 짓이었다.

"으마, 그렇게 기억이 안 나시우? 내 참, 노래만 불렀으면 다행이게요. 돌아가신 아버님은 느닷없이 왜 그리 목놓아 찾고 그랬수. 아버지이, 아버지이, 왜 그러셨습니까아, 날더러는 이제 대체 어쩌란 말입니까, 하고 방바닥을 두드려감서 우는 소리까장 하지 않았어요, 글쎄?"

"설마……"

"기가 막힐 노릇이구먼. 그럼 명옥이를 불러다놓고 물어보시지 그래요. 아니할말로, 한밤중에 누가 곡하는 줄로 알까봐 나 혼자 얼매나 애가 탔는지 원."

"알았으니, 그만 해."

"대체 어젯밤에는 어딜 가셨수? 그 최형사란 사람하고 나가더니……"

"아, 그만 좀 하란 말이여!"

원구는 불쑥 퉁명스레 쏘아붙이고는 다시 드러누워버렸다. 청산댁이 뚱한 얼굴을 하고 방을 나갔다. 그는 머리맡에서 담배를 찾아 물었다. 울컥 헛구역질이 일었다.

어제 저녁 용술 아들의 식당에서 있었던 일이 되살아났다. 만채라고 했던가. 그 젊은 친구 앞에서 섣부른 애길 늘어놓았던 것 같지는 않다. 달식은 미리 자리를 떴었고, 마당에서 용술의 처와 우연히 마주쳤었다. 어째서 그 여자는 내 앞에서 눈물을 비쳤을까. 아버지는…… 아버지와 용술의 처 사이엔 정말 어떤 비밀이 있었던 것일까. 내가 왜 지금껏 그 일을 기억해내지 못했단 말인가.

원구는 가래침을 재떨이에 뱉어내었다.

식당을 빠져나와 집으로 돌아오던 길에 오거리에서 혼자 또 술을 마셨던 것 같다. 두어 병쯤 소주를 비운 듯싶은데, 얼굴 정도는 익히고 있는 그 집 주인여자가 그만 집으로 돌아가라며 한사코 몸을 일으켜세우던 일까지는 어렴풋이 기억이 났다.

그런데, 그 다음부터가 아예 깜깜하기만 할 뿐이다. 어떻게 집을 찾아올 수 있었는지, 또 집에 와서는 무슨 소릴 떠들어댔는지, 도무지 아무것도 잡히지가 않는다. 행여라도 아버지 한조합장에 관한 쓸데없는 소리까지 입에 담았을지도 모른다는 생각에 가슴이 철렁해오면서, 입 안에 무슨 오물이라도 씹고 있는 기분이었다. 하지만 그는 지금은 모든 걸 잊어버리고 싶었다. 그 두렵고 섬뜩한 의혹을 되새김질하기엔 머리가 터질 듯 아프고 뜨거웠기 때문이었다.

화장대 위에 놓인 트랜지스터 라디오가 눈에 들어왔다. 그는 손을 뻗어 스위치를 눌렀다.

……국민 여러분. 다시 한번 말씀드리겠습니다. 계엄사령부는 1980년 5월 17일 24시를 기하여 계엄령 포고 제10호를 발표했습니다. 다음은 이희성 계엄사령관의 발표 내용을 직접 들으시겠습니다…… 국가의 안전 보장과 공공의 안녕 질서를 유지하기 위하여 가. 모든 정치 활동을 중지하며 정치 목적의 옥내외 집회 및 시위를 일절 금한다…… 나. 언론·출판·보도 및 방송은 사전 검열을……

원구는 벌떡 돌아누웠다.

"기어코 계엄령이 내렸구나! 철딱서니 없이 너도나도 중구난방으로 설치더니만, 결국 이렇게 될 줄 알았지."

작게 뇌까리며 그는 혀를 찼다. 이제부터 세상이 또 어찌 돌아가려고 이러는 것일까. 문득 좀 전의 꿈 생각이 나서 더욱 정신이 혼란해졌다.

본디 그는 정치에 관심을 쏟는 사람은 아니었다. 오히려 가능한 한 그쪽엔 시선을 돌리지 않으려고 애를 쓰는 편이었다. 정치란 말은 그에겐 맨 먼저 좌익이니 우익이니 하는 의미와 전쟁이란 의미로 떠올려졌고, 그것은 삼십여 년 전의 그 끔찍하고 지긋지긋한 기억들 그리고 아버지의 참혹한 죽음부터 연상시키곤 했던 까닭이다.

때문에 원구는 그런 어휘들을 차라리 혐오했다. 그 혐오감은 어쩌면 온 세상과 모든 인간들을 향해 그가 품고 있는 가장 솔직한 감정이라고 표현해야 옳을지 모른다. 그는 세상을 송두리째 저주하고, 그 세상에서 살아가는 모든 인간들을 증오하는 사람이었다. 그러면서도 그래야만 하는 자기 자신을 기실 무엇보다도 가장 혐오하고 저주하는 사람이기도 했다. 원구는 잘 알고 있었다. 자신의 그 증오와 혐오감과 고통의 뿌리는 바로 삼십 년 전 그해 여름에 처음으로 뿌려진, 그 전쟁의 악몽으로부터 이미 시작되었다는 사실을.

……다. 전문대학을 포함한 각 대학은 당분간 휴교 조처한다. 라. 정당한 이유 없는 직장 이탈이나 태업 및 파업 행위를 일체 금한다. 마. 유언비어의 날조 및 유포를 금한다. 유언비어가 아닐지라도……

　라디오는 계속 반복해서 똑같은 내용의 보도를 흘려보내고 있다. 포고문을 읽어내려가고 있는 인물은 아마도 계엄사령관인 듯싶다.

　라디오를 꺼버리고 원구는 자리에서 일어났다. 덜 가신 취기 탓인지 몸이 영 무겁고 거북하기만 했다. 바지를 꿰어입고 있으려니, 아내 청산댁이 들어섰다.

　"산책 나가실라고요? 술이 아직 덜 깬 것 같아 뵈구마는."

　"괜찮아. 바람을 쐬고 나면 나아지겠지."

　"어머님 방에 잠시 얼굴이라도 내밀고 나가세요. 엊저녁에 당신 속으로는 어지간히 놀라셨을 것인디……"

　얇은 점퍼를 찾아 건네주며 청산댁이 일렀다.

　"어머니께서 왜?"

　"세상에, 그렇게 깜깜하게 기억을 못 하시겠수? 어머님 방에까장 들어가서 한바탕 법석을 해놓고서는."

　또 한번 가슴이 덜컥 내려앉았다. 행여 취중에 어머니한테까지 해선 안 될 말을 주절거린 것은 아닐까. 그런데도 역시 아무 기억이 없다. 거짓말 같기만 한 일이었다.

　"어머니 앞에서, 내가 뭐라고 그러던가?"'

　"무슨 소린지 나도 당최 종잡을 수가 없습디다. 돌아가신 아버님 얘기를 되풀이하다가, 거 누구라드라, 용식인가 용술인가 하는 인간도 알고 보면 불쌍하다, 아버지가 무엇 때문에 그리 되셨는지 어머니는 필시 그 연유를 알고 계실 게 틀림없다. 용술의 처를 아버지가 손을 댔다는 소문이 정말이냐, 아, 그러면서 애길 털어놓으시라고 마구 고성을 질러대며 윽박지르질 않나…… 하여간 당신이 어머님 앞에서 그러는 걸 나도 어젯밤에 처음 보았

244

수. 어찌나 놀라고 겁을 먹었던지, 나까장 간밤엔 내내 눈 한번 제대로 못 붙였단 말이우."

전신의 힘이 한꺼번에 빠져나가버리는 기분이었다. 원구는 스스로를 향해 침이라도 뱉고 싶은 지경이었다. 미친…… 미쳐버렸던 모양이구나. 내가.

"뭐라고 하시던가, 어머니는."

"뭐라시기는이라우. 안 그래도 가는귀먹은 노인네를 붙잡고 한밤중에 느닷없이 들이닥쳐설랑은 술 취한 소리를 하고 또 하고 그러니께는, 무슨 영문인지도 모르는 어머니로서야 얼마나 놀래셨겠수. 그러다가는 용술인가 용식인가 하는 사람의 이름을 당신이 자꾸 들먹이니까 어째 안색이 갑자기 심상찮아지십디다. 그러고는, 무슨 소린지 대강 알았응께 그만 네 방으로 건너가거라, 오냐, 나도 해줄 말이 있응께 술 깨고 나서 맑은 정신으로 이야기를 하자, 그러시면서 한사코 당신 입을 막으십디다."

"알았어. 그만 해줘."

원구는 한숨을 내쉬며 방문을 열었다. 등 너머로 청산댁이 덧붙였다.

"그런디, 대체 그 용술인가 하는 사람이 누구랍니까. 그 사람처 얘기는 또 뭣이고라우?"

청산댁으로서야 당연히 궁금할 터였다. 시아버지의 죽음에 관한 얘기는 대충 들어서 알고 있을 터이지만, 그 자세한 내력이며 용술이라는 인물이 누구인지까지는 아직 모르고 있을 것이기 때문이었다.

"쓸데없는 소릴! 당신이 알아서 뭘 할 거야?"

미닫이문을 거칠게 닫아버리고 나서 그는 거실로 나왔다. 곧장 밖으로 나가려다 말고 잠시 머뭇거렸다.

이 일을 어째야 좋을까. 분명코 해서는 안 될 말을 어머니한테 주절거리고 만 모양이었다. 하지만, 어찌 보면 차라리 잘된 일인지도 모른다고 그는 다시 고쳐 생각했다. 어차피 그 의혹은 풀어내야만 했고, 그것의 실마리를 쥐고 있을 유일한 인물이 바로 어머니라는 사실을 그는 잘 알고 있었던 것이다.

원구는 몸을 돌려 노모의 방으로 갔다. 문을 열고 조심스레 방안을 들여다보았다. 방안엔 흐린 전등이 켜져 있었다. 잠이 든 것일까. 아랫목에 이불을 덮고 누운 노모의 작은 체구가 보였다. 하지만 노모는 잠든 척하고 있음에 틀림없다. 유난히도 새벽잠이 없는 노인네였다. 여든이 다된 나이인데도 청력이 떨어진 것 말고는 비교적 건강한 편이었다. 작년까지만 해도 새벽같이 일어나서 마당에 나가 비질을 한다 거실 바닥을 걸레로 훔친다 하고 부지런을 부릴 정도였는데, 그런 모습이 볼썽사납다고 아들에게서 몇 번 통을 맞은 다음 그러기를 그만두었다. 대신 식구들이 다 일어날 때까지 방안에 앉아서 성경책이라든가, 『장화홍련전』 『심청전』 따위의 낡은 책들을 들여다보곤 한다는 걸 그는 알고 있었다. 그런 노모가 오늘따라 새삼스레 이부자리 속에 몸을 묻은 채 잠든 시늉을 하고 있는 거였다.

“어머니, 주무십니까.”

반쯤 열린 방문을 붙잡고 서서 원구는 노모를 한번 불러보았다. 그러나 아무 기척도 없었다. 흐릿한 방안에선 노인네 특유의 비릿한 살내음이 풍겨나왔다. 이불깃 사이로 내비치는 하얗게 센 머리카락과 깡마른 뺨을 내려다보며 원구는 한숨을 내쉬었다. 방금까지 혼자 기도라도 중얼거리고 있었을 것이다. 노모의 손엔 묵주가 쥐어져 있었다. 며느리의 고집스런 설득에 꺾여 몇 해 전부터 성당을 따라다니기 시작하더니, 죽음을 코앞에 둔 여느 노인네들이 그러하듯 이젠 거의 맹목적이다 싶게 열렬한 신도가 되어버렸던 것이다. 원구는 조용히 문을 닫고 나왔다.

밖은 이미 어둠이 걷혀가고 있는 참이다. 여느 날보다 다소 늦은 산책길이었다. 골목을 빠져나와 큰길로 나섰을 때, 그는 거리의 풍경이 어딘가 조금 낯설다는 느낌을 받았다. 그렇다고 주변 풍경에서 여느 새벽과 특별히 다른 구석이 눈에 띄는 것도 아니었다. 이른 시각이라 행인도 그리 많지 않았고, 오가는 차량들의 수효도 마찬가지였다. 잣고개로 오르는 길 양편의 가게들도 문을 열려면 좀더 기다려야 할 터였지만, 어째선지 오늘은 모든 게 하나같이 음울하고 냉랭해 보였다. 이른 시각에 시내로 들어가는 행인들의 표정에서도 까닭 모를 불안과 긴장감이 풍겨오는 듯했다. 계엄령 소식 탓인지도 모른다고 그는 생각했다.

그런 묘한 낯섦은 고갯마루에 이르렀을 때까지도 마찬가지였다. 꼭 그래서인지는 모르지만, 오늘따라 산책 나온 사람들의 숫자도 많이 줄어든 듯싶고, 마주치는 얼굴들 역시 어딘가 굳어 있다.

"오늘은 좀 늦으셨구만요."

"예. 안녕히들 내려가십시오."

벌써 길을 내려오는 사람들과 가볍게 목례를 나누며 원구는 천천히 걸어올랐다. 그들은 대부분 인근 골목에 사는 사람들이었다. 반상회 모임 따위엔 늘상 아내를 내보내곤 했으므로 아직 통성명을 나눌 기회조차 변변히 없었지만, 새벽 산책길을 오르내리면서 얼굴 정도는 대략 익히고 있는 처지였다.

"간밤에 뉴스 들었소? 계엄령이 떨어졌다든디."

"전 여기 와서야 알았습니다. 이거야말로 난리라도 터질 징조가 아닌가 모르겠소. 시국이 이리 돌아가다가는 장차 나라 꼴이 어찌 될라능가 걱정이외다."

"그러게 말입니다. 꼭 5·16 군사 혁명 때 일이 생각나는구만요."

"그때하고야 많이 다르지요. 어쨌거나 칼자루 쥔 군인들이 나서면 피를 많이 보게 되는 법인디, 이건 정변도 보통 정변이 아니잖은가라우."

"김대중 선생부터 목을 칠라고 덤빌 것이 뻔한 이친디, 큰일 아니요? 그 양반도 참, 운은 지독히도 못 타고 나온 양반인갑서라우. 박정희 치하에는 죽을 고비를 몇 번씩이나 넘기등마는, 이번엔 또 무슨 죄를 뒤집어쓸라능가 몰라."

"나쁜 놈들. 지금쯤 벌써 잡아 가둬놓고 있을 것이요. 틀림없어라우."

"어디 그 양반 혼자뿐일랍디까. 모르기는 해도, 이번 참엔 된통 다칠 사람들이 부지기수일 것이구만. 민주화도 좋고 자율화도 좋제만, 어째 너무 심하게 돌아가는 게 아닌가 싶더니, 기어코 화를 불러들인 판인갑소."

"어따, 무슨 그런 말씀이 있다요? 불러들인다고 해서 군인들이 칼 들고 나섰을랍디까. 애초부터 즈이들끼리는 다 꿍꿍이가 있어서 벼르고 있다가, 옳다꾸나 하고 튀어나오는 것일 터이지."

"대학생들이랑 국민들이 가만 보고만 있을라능가 몰라. 안 그래도 계엄령이 금방 내릴 거라는 소문이 나돌던 참이어놔서 말이오."

"그러게 말이오. 어차피 총 쥔 쪽이 대세를 잡게 될 건 뻔한 이

친디, 그 통에 엠헌 대학생 아이들이랑 야당 하던 사람들이 많이
당하게 생겼소."

"이러다가는 참말로 6·25 같은 전쟁이라도 터지게 될랑가 싶어
나는 그거이 젤로 걱정이구만요. 아, 전쟁이 또 터졌다 하믄 그
때는 그야말로 이쪽 저쪽 가릴 것 없이 모다 끝장나는 판국 아닌
갑네요."

산책 나온 사람들의 화제가 온통 그런 얘기들뿐이다. 다른 때
같으면 전망대 위에 올라서서 맨손체조를 하거나 도로에서 뒤뚱
뒤뚱 달음질을 치느라 한참 어수선할 터였으나, 오늘은 삼삼오
오 둘러서서 저마다 걱정스런 표정들이다. 언제나처럼 손바닥으
로 입술 둥지를 만들어서 '야호' 고함을 질러대는 경망스런 패
들도 오늘은 찾아보기 어렵다.

원구는 계단을 밟아 전망대 위로 올라섰다. 도시의 전경이 한
눈에 들어왔다. 왼편의 조선대학교와 학동으로부터 시작해서 오
른쪽 끝으로는 교도소의 흰 담장과 건물이 보였고, 맞은편 맨 끝
으로는 멀리 상무대 너머 구부러져 흐르는 극락강 줄기, 그리고
나주 들녘까지 아스라하니 펼쳐졌다.

원구는 한동안 콘크리트 난간에 기대어 서서 낯익은 도시의
풍경을 말없이 내려다보았다. 성냥갑처럼 작고 네모진 빌딩의
무리들과 모래알마냥 오밀조밀 들어앉은 주택가의 지붕들, 그리
고 그 무수한 지붕들 사이사이로 곧게 혹은 구불구불 휘어져 뻗
어나간 넓고 좁은 길들이 복잡한 그물망을 이루며 사방으로 어
지러이 퍼져나가고 있었다.

남아 있는 엷은 어둠의 실타래를 마저 밀어올리며 지금 도시
는 잠에서 깨어나기 시작하고 있었다.

아침마다 올라와서 내려다보는 도시의 풍경을 원구는 늘 좋아했다. 그러나 어째서일까. 오늘 아침에 굽어보는 도시의 모습은 왠지 어둡고 음울해 보이기만 했다. 도시 전체가 까닭 모를 불안감에 휩싸인 듯 보였다.

멀리 뒤편 산 너머 하늘 한쪽이 이윽고 붉게 달아오르기 시작했다. 엷은 구름장 너머에서 해는 아직 모습을 드러내지 않았지만, 그 부근의 붉은 기운이 점차 짙어지면서 도시의 윤곽도 천천히 붉은 색깔로 물들어가기 시작했다.

도시의 그 붉은 윤곽 위로 불현듯 또 다른 잔상이 겹쳐지는 듯한 착각에 원구는 흠칫 어깨를 움츠렸다. 바로 아까 새벽녘 잠자리에서 꾸었던 그 기이한 꿈의 잔상이었다.

참으로 흉하고 불길한 꿈이었다.

어디였을까. 저수지 같기도 하고 커다란 호수 같기도 했다. 둑 가장자리로 넘칠 듯 물이 가득 담겨 있었고, 수면은 미동도 없이 고요히 정지해 있었다. 사람은커녕 움직이는 생물체 하나 눈에 잡히지 않는, 죽음처럼 평온하고 이상스런 호수를 그는 내려다보고 있었다. 호수 주위엔 껑충하니 키 큰 나무들이 나란히 열을 지어 서 있었다. 숯덩이처럼 온통 새까맣기만 한 그 나무들은 이파리 하나 없고, 대신 수없이 많은 빨간 꽃송이들을 밑둥부터 가지 끝까지 가득히 피워 달고 있었다. 눈이 아리도록 선연하게 붉은 꽃들. 그런 어느 순간엔가 그 붉은 꽃들이 구물구물 움직이기 시작했다. 놀랍게도 그건 새들이었다. 검은 나뭇가지 위에서 구물구물 움직이고 있는 수천 수만 마리의 거대한 새, 붉은 새……
끼르르르르. 별안간 새들이 기분 나쁜 소리를 내며 일제히 수면 위로 내려앉기 시작했다. 물 위엔 무언가 자그맣고 희멀건 물체들이 가득히 떠내려오고 있었다. 새떼는 바로 그 이상한 부유물들을 향해 붉은 날개를 펄럭이며 내려앉았다. 순간 그는 아, 하고 탄성을 내질렀다. 그 작고 희멀건 물체들은 바로 갓난아이들의 시체였다. 마침내 새들은 호수를 시뻘겋게 뒤덮은 채, 그것들의 살점을 게걸스레 뜯어먹기 시작했다. 눈 깜짝할 사이에 호수는 흔적도 없이 사라져버리고, 그 크고 흉측한 붉은 새떼만 온통 구물거리고 있을 뿐이었다. 구물구물…… 구물구물.

원구는 가벼운 현기증을 느꼈다. 그 불길하기 그지없는 붉은 새들이 눈앞에서 도시의 하늘을 가득 뒤덮고 있는 듯한 환각을 그는 얼핏 보았다. 난간에 가슴을 기대고 한동안 눈을 감았다.

전망대 아래 샘터에서 찬물을 한 모금 마시고 나니 기분이 조금 나아졌다. 천천히 고개를 내려오기 시작했다. 도중에서 그는 별생각 없이, 늘 다니던 길을 벗어나 비탈진 샛길을 택했다.

그 좁은 길은 제법 가파른 데다가, 집까지 가려면 약간 먼 거리를 우회해야 했으므로 평소엔 자주 다니지 않았다. 골짜기를 조금 내려오면 조그만 묘목원이 나오고, 묘목원의 탱자나무 울타리를 지나면 주택가로 이어졌다. 그 부근 일대는 몇 해 전부터 조성되기 시작한 신흥 주택가였다. 법원 청사가 가까이로 옮겨오면서부터 주변의 야산 기슭에 터를 다듬기 시작하더니, 불과 몇 년 사이에 돌연 꽤 큰 규모의 주택 단지가 들어선 셈이었다.

법원이 저만치 올려다보이는 네거리 길목에 이르러 원구는 모퉁이의 가게로 들어갔다. 담배 한 갑을 사서 주머니에 넣고 막 돌아서려던 순간 그는 문득 걸음을 멈추었다.

주택가를 가로질러 작은 도랑이 흐르고, 그 위로 콘크리트 다리가 걸려 있었다. 다리 건너편 끝에 서 있는 한 여자의 뒷모습에 우연히 그의 시선이 멎었다.

여자는 이쪽으로 등을 돌린 채, 무슨 까닭인지 그 자리에 꼼짝도 하지 않고 서 있었다. 첫눈에도 어딘가 이상한 구석이 있는 여자였다. 겨울옷이 분명한 두툼한 잿빛 털스웨터 호주머니에 두 손을 집어넣은 채 여자는 말뚝처럼 붙박여 있었다. 꽤 오래전부터 그렇게 줄곧 서 있었는지도 모른다. 하지만 그것 때문만은 아니었다. 얼굴은 보이지 않았지만, 구부정한 등과 힘없이 아래로 처진 두 어깨가 어딘지 원구의 눈에 익었던 것이다.

설마…… 원구는 눈앞이 아뜩해오고 말았다.

"에이그, 저 인간이 또 몹쓸 증세가 도졌는갑네그랴. 식전 아침부터 마른하늘에 뜬금 없이 무신 날궂이를 할라고 저런다냐 원. 겉보기엔 시상 썽썽하고 착하게 생긴 여자가 어쩌다가 저리 되었는가 몰라. 쯔쯔쯔. 시집도 안 간 딸 신세만 불쌍하게 되았제. 저런 장모를 누가 볼라고 허겄어?"

담배가게 여자가 빗자루를 들고 나와 가게 앞을 쓸면서 혀를 찼다. 원구는 발걸음을 떼어놓을 수가 없었다. 그때 건너편 미장원에서 처녀 하나가 나타났다. 처녀는 다리 위의 여자를 발견하고는 다급하게 뛰어갔다.

"엄마, 또 왜 이래요. 제발 어서 집으로 들어가세요."

처녀가 팔을 껴안아 끌자 비로소 여자는 주춤주춤 걸음을 떼어놓기 시작했다. 이내 두 여자는 '동백미용실'이라는 간판이 걸린 가게의 유리문 안으로 사라져버렸다.

그녀들이 사라진 집 쪽을 한참이나 더 멍하니 바라보고 서 있던 원구는 퍼뜩 정신이 들었다. 등을 돌려 집을 향해 천천히 걷기 시작했다.

그랬다. 틀림없는 무석의 어미 귀단이었다. 끝내 얼굴을 보진 못했으나, 그는 첫눈에 이미 그걸 확신했다.

"아아, 이게 무슨 고약하기 그지없는 장난이란 말인가. 어떻게 해서 저 위인이 여기까지 흘러들어왔을까. 그것도 하필이면 내 집에서 엎어지면 코가 닿을 바로 이 동네로 말이다…… 아니, 그럴 리가 없다. 내가 엉뚱한 여자를 무석의 어미로 잘못 보았을 것이다. 그 처녀가 분명 어머니라고 부르지 않던가. 그게 만약 귀단이라면, 어떻게 그 위인한테 딸이 있을 것인가……"

그러나 원구는 이미 알고 있었다. 아무리 부인하려 애써도 그 여자는 분명 귀단이었다.

'어머니를 찾아야 합니다, 아버지. 어머니가 여, 여기에 살고 있대요. 광주에 말입니다. 고모가 대인시장에서 직접 만났다니 까요……'

집을 뛰쳐나가던 날, 무석의 입에서 튀어나오던 말이 불현듯 그의 뇌리를 세차게 두드리고 지나갔다.

걸음이 자꾸 허둥거렸다. 머리가 참을 수 없도록 욱신거려오 고 시야가 제멋대로 움찔거렸다. 원구는 인도 옆 전신주를 한 손 으로 짚은 채 눈을 감고 잠시 서 있었다. 빠른 속도로 스쳐지나 가는 차량들의 소음이 아스라하게 잦아들었다가 차츰 귓전으로 되살아났다.

이윽고 눈을 떴을 때, 맨 처음 그의 시야에 들어온 것은 얼룩 무늬 군복 차림에 총을 든 낯선 군인의 모습이었다. 한 순간 원 구는 어리둥절했다. 그것은 전혀 생소하고 엉뚱한 풍경이었다.

널따란 오거리 도로 한가운데서 혼자 두 다리를 한껏 벌린 채 허리총 자세로 우뚝 버티고 서 있는 그 낯선 병사의 모습이 원구

의 눈에는 마치 불에 새까맣게 타버린 한 그루 거대한 나무 둥치
처럼 보였다.

첫날은 남풍이 순하게 불어왔다
뜻하지 않은 폭풍이 그렇게 시작되었다
저마다 꿀풀을 찾아나선 주민들은 앞다투어 이미
꽃놀이가 벌어진 거리로 나섰다……
　　── 임동확, 「언덕의 노래」에서

5월 18일 08 : 30, 전남대학교

　명기는 끝내 견디지 못하고 자리에서 일어났다. 허기 때문이
었다. 지난밤 잠들기 전에 소주 몇 잔을 비운 탓인지, 아까부터
줄곧 뱃속이 고프다 못해 쥐어짜듯 쓰려오기 시작했던 것이다.
곁에서 민태는 태평스레 콧소리까지 내며 곯아떨어져 있었다.
잠버릇이 고약하기로 소문난 녀석답게 팔다리를 다 드러낸 채
혼자서 담요를 허리에 둘둘 감고 있었다.

　명기는 머리맡에 뒹굴고 있는 빈 소주병들을 발견하고는 고개
를 내저었다. 어젯밤 민태의 자취방에 돌아와서 둘은 그것을 다

254

비웠었다. 안주라곤 골목 맞은편 가게에서 민태가 술과 함께 사
온 쥐포 몇 개와 과자 부스러기가 전부였다.

명기는 허기진 배를 움켜쥐고 앉아 잠시 궁리했다. 안 그래도
비좁은 방안은 창문이 없어서 낮에도 늘 어둑신했다. 시계를 보
니 여덟시가 넘은 시각이었다. 방안은 엉망으로 어질러져 있다.
앉은뱅이책상 위엔 책들이 제멋대로 쓰러져 있고, 방바닥엔 별
의별 잡동사니들과 두 사람이 아무렇게나 벗어 던져놓은 옷가지
며 양말 따위가 사방에 널려 있다.

"어이구, 이 꼴 좀 봐. 이게 어디 방이냐, 쓰레기통이지. 이런
구질구질한 녀석."

세탁한 지 몇 년이나 되었을까 싶도록 시커멓게 때가 오른 담
요를 감고 잠들어 있는 민태를 내려다보며 명기는 혼자 피식 웃는
다. 구질구질하기는 녀석이 입고 있는 속옷 역시 마찬가지였다.

하지만 명기는 민태의 자취방에 들어와 있으면 왠지 편안하고
아늑한 느낌이 들곤 했다. 어둡고 궁색하기 짝이 없는 방이었지
만, 그것은 또한 자유로움과 간섭받지 않아도 좋은 한가함이 보
장된 자기 혼자만의 공간이었기 때문이다. 명기는 그 공간이 부
러웠다. 시골 출신인 민태는 고등학교 때부터 줄곧 혼자 자취를
해온 처지였으므로 이골난 자취생답게 퍽이나 게으르고 구질구
질한 녀석이었는데도, 오히려 그런 게으름과 둔감함조차 때로
명기의 눈엔 신선해 보이기까지 하는 거였다.

"임마, 배고파 죽겠다. 뭐 먹을 것 없어?"

명기는 민태의 어깨를 잡아 흔들었다. 선잠이 깬 민태는 눈도
떠보지 않고 귀찮아 죽겠다는 듯이 웅얼거린다.

"몰라아. 아침부터 무슨 먹는 타령이냐. 잠이나 더 자지."

"배가 고파서 잠이 와야 말이지. 빨랑 일어나라 임마. 벌써 아홉시가 다됐잖아. 손님을 불러다놓고 굶겨 죽일 셈야?"

"찾아봐. 뭐 먹을 거 있을지 몰라. 밥통에 밥이 조금 남았든가……"

늘어지게 하품을 터뜨리고는 민태는 담요를 머리 끝까지 뒤집어써버린다.

밥통은 텅 비어 있었다. 귀찮은 일이었지만 결국 밥을 지을 요량으로 명기는 일어나서 옷을 주워입었다. 쌀자루는 부엌에 있었다. 해남에서 농사를 짓는 부모에게서 녀석은 쌀을 가져오곤 했다.

바가지에 쌀을 퍼담아 들고 수도가 있는 마당으로 나갔다. 하늘은 맑고 쾌청했다. 마침 주위에 사람이 없었으므로 다행이라 여기며, 쪼그려앉아 쌀을 씻기 시작했다.

민태가 세들어 살고 있는 이 집은 방이 모두 합해서 아홉 개나 되었다. 마당을 네모꼴로 빙 두르고 있는 네 채의 건물 가운데서 중앙의 본채말고는 모두 새로 달아내어 만든 것 같았다. 예전엔 소를 키웠다는 헛간에 세 칸, 담장 한쪽을 벽으로 잡아넣어 대충 벽돌을 올리고 지붕엔 슬레이트를 얹어서 만든 엉성한 행랑채에도 또 세 칸을 만들어놓았다. 민태의 방은 행랑채의 북쪽 맨 첫번째 방이었다. 행랑채와 본채 두 칸은 자취하는 대학생들이 모두 차지했고, 나머지 방들은 세 가구가 전세를 얻어 살고 있는 참이었다.

그런 사정은 이 마을 대부분 집들이 비슷했다. 사십여 호 되는 반룡부락은 본디 시 외곽에 위치한 한적한 농촌이었다. 그러나 바로 인근에 전남대학이 들어서면서부터는 드넓은 캠퍼스 부지가 시내 쪽으로 통한 길을 모두 차단해버리는 바람에 마을은 엉뚱하게도 완전한 고립 상태로 변해버린 셈이었다. 그때부터 통로가 막힌 주민들로서는 당연히 캠퍼스 구내를 통해 시내를 왕래하게 되었고, 학교측으로서도 어쩔 수 없이 마을 쪽엔 담장도 치지 못한 채 주민들의 출입을 묵인해오고 있었다.

말하자면 반룡부락과 대학 교정은 경계선 없이 한덩어리로 뒤섞여 있는 처지였다. 그 때문에 학생들은 강의실에서 수업을 받다가도 높다랗게 쌓은 볏단이며 두엄 따위를 실은 경운기나 손수레 따위가 유리창 밖을 덜덜거리며 지나가는 광경을 흔히 볼 수 있었다.

그런 한편, 대학이 들어선 덕택에 부락이 이득을 보게 된 점도 없지 않았다. 무엇보다 학교와 가까우면서도 값이 싼 방을 찾는 자취생들이 몰려들었으므로 집집마다 방을 새로 달아내어 세를 놓을 수 있었고, 또 골목과 접한 집에선 가게를 열어 학생들을 상대로 장사를 했다. 장사라고 해야 변변한 간판 하나 붙어 있지 않은 초라한 구멍가게 일색이었지만, 학생들에게 주로 라면과 막걸리 따위를 팔아서 알속으로는 제법 쏠쏠한 재미를 보고 있기도 했다. 덕분에 주민들은 본업인 농사보다는 장삿속에 더 힘을 쏟는 눈치였다. 덩달아 그런 누추한 가게터들도 생각보다 적잖은 웃돈이 붙어 거래되기도 한다는 소문이었다. 민태가 세들어 있는 이 집 주인은 상이용사였는데, 그 역시 안채 귀퉁이를 터서 가게를 만들어 라면과 술을 팔고 있었다.

쌀을 씻어 솥에 안치고 곤로 심지를 돋우어준 다음, 명기는 대야를 찾아들고 다시 수돗가로 나왔다. 세수를 하고 있는데 누군가가 대문으로 들어섰다. 건넌방 아낙네였다.

"오라, 민태학생 친구구만."

아낙이 빈 플라스틱 함지를 내려놓더니 알은체를 했다. 떡함지를 머리에 이고서 수위들의 눈치를 살펴가며 대학 교정에서 떡장사를 하는 아낙이었다. 그녀말고도 이 부락엔 십여 명쯤 되는 떡장수 아낙네들이 있었는데, 여름이면 떡 대신 과일이나 아이스크림, 요구르트 따위를 팔기도 했다.

"일요일인데도 장사를 나가시는 모양이네요?"

"일요일이라도 학교 나오는 학생들이 있응께 나가볼라고 했등만, 무담시 헛걸음만 했네그라."

"왜요?"

"떡집으로 물건 받으러 나갔다가 이렇게 빈 함지로 그냥 돌아와부렀당께. 운동장이고 어디고간에 군인들이 쫙 깔려부렀드랑께."

명기는 깜짝 놀랐다.

"그게 참말입니까?"

"으마, 학생도 아직 모르고 있었든가? 총 든 군인들이 수백 명도 더 되겄어. 운동장 한가운데다가 천막을 줄줄이 쳐놓았드라고, 글씨. 이학부 건물 앞에서는 도라꾸 여러 대가 쉴 참도 없이 들락날락 함스로 뭣인가를 잔뜩 실어나르고 있당께. 교문으로 나가볼라고 갔다가는, 거기도 군인들 수십 명이 총을 들고 지키고 섰길래, 어찌나 겁이 나는지 장사고 뭣이고 죄다 포기하고는 그냥 집으로 돌아오는 참이여. 으따메! 또 무신 난릿속인지 모르겄네."

명기는 방으로 달려들어가 라디오를 켰다.

……마. 유언비어의 날조 및 유포를 금한다. 유언비어가 아닐지라
도 1) 전·현직 국가 원수를 모독 비방하는 행위, 2) 북괴와 동일한
주장 및 용어를 사용·선동하는 행위, 3) 공공 집회에서 목적 이외의
선동적 발언 및 질서를 문란시키는 행위를 일절 불허한다……

"무슨 소리냐 이게!"

민태가 벌떡 일어나며 소릴 질렀다. 둘은 라디오 앞에서 얼굴
을 맞대고 귀를 기울였다.

"계엄령이 내렸다잖아. 나도 방금 전에야 알았어."

"개자식들. 기어코 시작했구나. 설마 했더니만."

"이젠 어떻게 되는 거냐. 휴교령이 떨어졌으니 등교도 막을 것
아냐?"

"어떻게 되긴. 많은 사람이 다칠 거야. 일대 검거 선풍이 밀어
닥치겠지. 아니, 이미 시작되었을 거야."

"벌써?"

"어제 경훈이형 집에 찾아왔던 그 복적생 선배 애길 못 들었어?
그 선배 정보가 맞았던 거라구."

둘은 서로의 얼굴에서 짙은 불안과 긴장감을 확인했다. 라디
오에선 정규 방송을 중단하고 연신 똑같은 내용의 보도를 반복
하고 있었다.

"캠퍼스 안엔 벌써 계엄군 병력이 깔렸대. 밤새 작전을 개시한
모양야."

"누가 그래? 학교에 가봤나?"

"아니. 건넌방 아줌마가 보고 오는 길이래. 교정은 군인들이 완
전 장악한 모양이야."

"쥐새끼 같은 놈들. 빠르군."

"참, 가만. 교내에 남아 있던 학생들은 어떻게 된 거야, 그럼? 태영이도 어젯밤 고시반 열람실로 들어갔잖아."

"참말. 태영이가 어찌 된 거지? 시계 어딨어. 어, 아홉신데. 다른 때 같으면 벌써 이리로 찾아오고도 남을 시각 아냐?"

그랬다. 도서관에서 밤을 지내고 나면 태영은 일찌감치 민태의 자취방에 찾아와 함께 아침을 먹곤 했었다. 더구나 오늘은 명기도 함께 있다는 사실을 태영은 알고 있었다. 퍼뜩 스치는 불길한 예감에 둘은 서로의 표정을 읽었다.

"이러고 있을 게 아니라, 학교로 가보자. 태영이한테 아무 연락이 없다는 게 이상하잖아."

민태가 잽싸게 옷을 챙겨 입었다. 둘은 부랴부랴 대문을 나섰다. 가게 앞에서 동네 사람 서넛과 마주쳤다. 그들 역시 마침 그런 얘기를 나누고 있던 참인 듯싶다.

"아니, 자네들 어딜 갈라고 나서는가?"

가게 주인이 눈을 둥그렇게 떴다.

"학교엘 좀 가보려구요."

"뭐? 자네 시방 무슨 소린가. 소문도 못 들었어? 군인들이 학교로 쳐들어와가꼬 학생들을 사그리 잡아갔다네. 몽둥이랑 개머리판으로 닥치는 대로 마구 개 패듯 두들겨패서 끌고 가는 걸 여기 홍길이 아부지가 직접 눈으로 보고 오는 길이라네."

가슴이 철렁했다. 둘은 상과대학 뒤편 언덕길을 오르기 시작했다.

"여봐, 민태 학생! 시방 가면 안 된단 말여! 좀 전에도 이장집 문간방 학생이 멋모르고 나갔다가 그놈들한테 끌려갔당께그려.

돌아와, 빨랑!"

등뒤에서 가게 주인이 다급하게 불렀다. 그래도 둘은 걸음을 멈추지 않았다.

언덕길 끝에서 상과대학 건물 뒤로 조심조심 올라갔다. 벽에 몸을 숨긴 채 주위를 살폈다. 종합운동장이 빤히 내려다보였다. 과연 운동장은 이미 군대의 숙영지로 변해 있었다. 대략 스무 개 가량의 대형 천막들이 질서정연하게 늘어서 있고, 그 주위로 수많은 군인들이 분주히 움직이고 있다. 운동장뿐만 아니다. 운동장과 인접한 이학부 건물 주변에도 한 무리가 자리를 잡은 듯했다.

"저거 봐. 문학부 쪽에도 군인들이 있어. 두 놈인데."

민태가 한 곳을 가리켰다. 문학부 강당 강의실 입구에 얼룩무늬 군복 둘이 마주서 있었다. 소총을 등에 멘 그들은 체구가 크고 건장했다. 손엔 각기 진압봉을 쥐고 있었다. 유난히 길어 보이는 그것은 검은 칠을 입힌 것 같았다.

"공수부대야. 군복이 달라."

둘은 건물 구석에 쪼그려앉아 잠시 궁리했다.

"애들은 안 보이잖아. 어딘가에 한데 모아놓았을까?"

"그럴지도 몰라. 이젠 어떻게 할 거야? 다시 집으로 내려갈까?"

"일단 법대로 가보자. 태영이 행방을 알아야 할 거 아냐."

"공수부대가 거기 있을지도 모르잖아."

"내 생각엔 지금은 비어 있을 것 같다. 문학부 앞에 있던 저 두 명도 방금 운동장 쪽으로 내려갔어."

둘은 오른쪽 오솔길로 꺾어들었다. 소나무와 산죽이 무성히 자라고 있는 농대 입구 쪽 샛길을 가로질러, 사회대 건물 뒤켠으로 재빨리 기어올랐다. 주위엔 아무도 없는 듯했다. 사회대 건물 다음이 법대였다. 두 건물 사이의 꽤 넓은 도로에 이르러서는 거의 무릎으로 기다시피 한 끝에 간신히 법대 건물에 닿았다. 측면 입구를 통해 일층 복도로 들어갔다. 아무도 없었다. 현관 로비 모퉁이를 막 돌아서려던 그들은 누군가와 딸각 마주쳤다.

"누, 누구여!"

상대편이 오히려 더 놀란 기색이었다. 손에 빗자루를 든 수위였다. 잔뜩 겁먹은 얼굴로 수위는 눈을 치떴다.

"학생들입니다. 반룡부락에 살아요. 어떻게 된 겁니까 아저씨."

"이런 답답한 친구들 봤나. 자네들 지금 죽기로 작정하고 여길 들어온 건가? 계엄군한테 잡히기 전에 어서 돌아가!"

수위가 민태의 팔을 끌어당기며 발을 굴렀다. 현관 주위는 온통 난장판이다. 깨어진 유리 조각이며 벽에 붙어 있던 대자보, 플래카드 따위가 마구 찢겨진 채 엉망으로 짓뭉개져 있고, 휴지통이며 책상, 의자 들이 나자빠져 뒹굴고 있다.

"친구를 찾으러 왔어요. 삼층 고시 연구실에 있을 겁니다."

"무슨 소리야. 어젯밤에 모조리 잡혀가고 여긴 한 사람도 없어. 이 꼴 좀 보게. 세상에 그런 무지막지한 짐승 같은 놈들은 첨 봤네. 허참, 이러고 있지 말고 어서 돌아가라니까 그러네!"

"아니, 독서실에서 공부하는 학생들까지 잡아갔어요?"

"독서실이 뭐여? 한밤중에 다짜고짜 들이닥쳐서는 무작정 개 잡듯이 두들겨패서 질질 끌고 갔는디? 학생들은 두말할 것도 없고, 나까지도 함께 끌려갔네. 몽둥이로 머리를 맞고 반쯤 기절했다가 겨우 정신을 차리고 보니까 본부 삼층 회의실이등만. 나말고도 직원들 몇이 함께 끌려왔는디, 우리 교직원들은 근무를 해야 하니까 제발 보내달라고 사정을 한 끝에 겨우 돌아왔어.”

“태영이도 거기 있습니까?”

“일학년이라고 그랬는가? 얼굴은 잘 모르겠네만, 어제 독서실
에 있었다면 필시 본부 삼층 회의실에 잡혀 있을 게 뻔하네. 그
러니 어서 빠져나가란 말여. 그놈들한테 잡히면 살아남지 못한
다니께!”

결국 둘은 건물을 빠져나올 수밖에 없었다. 사회대 건물 뒤에
서 우연히 두 명의 학생과 마주쳤다. 그들은 학교 사정이 궁금해
서 농대 뒷길을 통해 몰래 들어오는 참이라고 했다. 그들 중 하
나가 물었다.

“혹시 박관현 총학생회장이 어찌 되었는지 압니까?”

“모르겠는데요. 학생회장이 아직 학교에 있습니까?”

“글쎄요. 어젯밤까진 분명히 남아 있었을 텐데…… 그것 때문
에 들어온 겁니다.”

그들은 문학부 쪽으로 돌아가볼 생각이라며 등을 돌렸다. 아
까 그 부근에 군인들이 보이더라고 말했으나, 그들은 괜찮다며
사라졌다.

“저 친구들, 무사할는지 몰라.”

둘은 처음 왔던 길로 내려섰다. 테니스 코트를 돌아 소나무숲
으로 들어섰을 때였다. 별안간 ‘손 들엇’ 하는 소리가 터져나왔
다. 엉겁결에 산죽 덤불 속으로 바짝 엎드렸다.

소리가 난 쪽은 언덕 위였다.

“너희들은 뭐얏!”

“군인 아저씨들, 수고하십니다. 우린 학생들인데, 서클룸에 책
가방을 두고 와서요. 그걸 가지러……”

말이 채 끝나기도 전에 어이쿠, 비명이 들려왔다. 퍽퍽, 무언
가로 난타하는 듯한 소리. '어이구, 사람 죽네. 제발!' 방금 전에
헤어진 그 두 학생들의 음성이 분명했다. 공수대원들이 그들을
어디론가 끌고 가는 듯, 이내 그들의 겁에 질린 비명 소리가 멀
어졌다.

"저런, 개자식들이……"

민태가 이를 악물었다. 그러나 뛰어나간다는 건 어리석은 짓
이었다. 둘은 분노와 공포에 질린 서로의 얼굴을 차마 외면했다.

마을로 되돌아왔을 때 골목길에서 동네 사람들이 모여 수군거
리고 있다가 놀란 표정을 했다.

"이 사람들아. 자네들 걱정을 얼마나 했다고."

집주인 양씨가 한쪽 다리를 절룩이며 마당 안으로 데리고 들
어갔다.

"민태학생. 여기 있다가 무슨 변을 당할지 모르겠으니, 잠시 어
디로 피해 있는 게 좋겠네만."

"무슨 일이 있었습니까."

"조금 전에 공수부대놈들이 저쪽 윗골목에서 학생들을 셋이나
잡아갔다네. 어쩌다가 그랬는지 몰라도, 사범대 뒷담을 넘어서
학생들이 도망을 쳐왔는디, 그놈들이 뒤쫓아왔던 모양이시. 감
나무집 뒤란에 숨어 있는 걸 찾아내가꼬, 그 자리에서 반죽음을
맹글어놓았디여. 몽둥이에 맞아 머리가 터져 피가 콸콸 쏟아져
나오는디도 지근지근 밟고 패고 해서는 질질 끌고 돌아갔다잖은
가. 그 꼴을 본 사람들 말로는 필시 그 학생 중 하나는 숨이 끊어
졌을 거라고들 하대."

"그 학생들이 누구라던가요? 이 부락에 산다고 그래요?"

명기는 행여 태영이가 아닌가 싶어 겁이 났다.

"아니라던디. 하여간 자네들도 이러고 있어서는 안 될 것 같어. 공수놈들이 가면서 동네 사람들 보고 묻기를, 이 마을에 대학생들이 몇 명이나 살고 있느냐, 이 자식들말고도 이 동네로 도망쳐와서 숨어 있는 주동 학생들이 틀림없이 여러 놈 더 있을 것이다, 그러니 대원들을 더 데리고 와서 수색을 해야겠다, 어쩌고 하더라지 않는가."

"설마 그렇게까지야 할라구요."

무심코 내뱉은 민태의 말에 이번엔 다른 사람이 벌컥 화를 냈다.

"모르는 소리 말어, 이 사람아. 내가 이 두 눈으로 그 꼴을 똑똑히 지켜본 사람이여! 그놈들은 순수히 데모 막을라는 목적으로 온 놈들이 아니라, 사람 때려쥑일라고 시초부텀 작정을 하고 온 놈들이 분명하시. 안 그러고야 죄 없는 학생들한티 그렇게까장 잔인하게 할 수가 없어. 아이고, 시방도 사지가 벌벌 떨리구만. 자네들도 엠헌 피 보기 전에 어서 피하란 말여. 나한테도 자네들 같은 자식이 있응께 허는 말이여!"

덩달아 셋방 아낙네들까지 겁에 질려 어서 피하라고 거들었다. 문간채에 남아 있던 다른 학생들도 벌써 들길을 돌아 신안동 다리 쪽으로 가겠노라고 부랴부랴 집을 나섰다는 거였다.

명기와 민태는 일단 서둘러 마을을 빠져나가기로 했다. 민태는 집주인에게 열쇠를 맡기면서, 태영이가 찾아오거든 얼른 제 집으로 돌아가라고 전해달라는 부탁을 남겼다.

둘은 이번엔 마을 아래편 논둑길을 택했다. 농대 뒤쪽을 멀찍이 돌아서 실습지 후문 앞을 흐르는 개천의 다리까지 이어진 길이었다. 십여 분쯤 들판길을 걸어 다리에 도착했을 때에야 둘은 비로소 마음을 놓았다. 잊고 있었던 허기가 되살아났다. 다 지어놓은 밥에 수저도 찔러보지 못하고 결국 아침을 거르고 만 참이었다. 하지만 끼니 때울 걱정은 다음 일이었다.

"명기야. 일단 정문 앞으로 가보는 게 어때?"

"글쎄. 연습은 어쩌지? 열시까지 연습실로 모이라고 했잖아."

"그까짓 연극 연습이 문제냐. 계엄령이 떨어졌으니 어차피 연극이고 뭐고 오늘로 종친 거야. 정문 앞에 학생들이 모여 있을지 몰라. 그쪽 사정을 살핀 다음 연습실로 가더라도 그리 안 늦을 거야."

"하긴 그래. 정문으로 가자."

정문 쪽 사정이 궁금한 건 피차 마찬가지였다. 예정대로라면 지금쯤 벌써 학생들이 그곳으로 모여들고 있을 터였다. 15, 16일 도청 광장에서 열렸던 민족 민주화 대성회 집회를 마무리하는 자리에서 학생회 집행부측은, 만일 휴교령이 내려지는 경우엔 당일 오전 10시 전남대 정문, 그리고 오후 2시엔 도청 앞으로 모두 집결하여 함께 투쟁을 전개하자는 결의를 널리 알렸기 때문이다. 둘은 개천 둑길을 거슬러올라갔다.

정문 근처에서 서성거리고 있는 학생들의 모습이 보였다. 대략 사오십 명쯤 될까. 생각했던 것보다는 적은 수효였다. 그나마도 대부분 손에 책가방을 들고 있었다. 휴교령이 내려졌더라도 강의만 중단할 뿐 도서관은 개방하리라는 막연한 생각으로 언제나처럼 등교한 학구파도 있었고, 더러는 휴교령 소식조차 미처 모르고 집을 나선 경우도 있을 듯싶었다. 막상 지난번 성회 때의 약속을 기억하고 일부러 찾아온 숫자는 아직까지 얼마 되지 않는 눈치였다.

　학생들은 정문으로 이르는 길목의 다리 입구 양쪽에 몇 명씩 흩어져 서성거리고 있거나 멀찌감치 상가 주변에서 정문 쪽을 건너다보고 있었다. 명기와 민태는 다리 근처 슈퍼마켓에서 빵과 우유를 사먹었다. 이십여 명 남짓한 학생들이 가게 앞에 모여 수군거리고 있었다.
　"가봐야 헛수고라니깐 그래."
　"도서관에 가서 공부하는 것도 막는단 말야?"
　"속 편한 소리 작작해라. 하마터면 나도 초상칠 뻔했다. 우리는 데모하곤 상관없는 졸업반 학생들이니까 도서관에서 공부하려고 왔다고 사정하려 했더니, 대뜸 군홧발로 걷어차려 들잖냐. 뒤도 안 보고 도망쳐왔다니깐 그래."
　"왜 애들이 이 정도밖에 안 모였지? 휴교령이 떨어졌다 하면 즉시 여기에 모이기로 했잖아."
　"그러게. 총학생회장 박관현도 아직 안 보이는데."
　"관현이야 어떻게 나서겠냐. 간밤에 회장단 간부들도 몇 명 체포되었다는 소문이등만."
　"뭐, 총학생회장도 잡혔대?"
　"그것까진 아직 몰라. 하여간 어젯밤에 교내에 있던 학생들은 계엄군한테 모조리 잡혔다더라."
　그들의 대화 틈으로 민태가 끼여들었다. 조금 전 교내에서의 일과 반룡부락에서 벌어진 일들을 설명했다. 더러는 놀라고 더러는 반신반의하는 표정들이었다. 그 동안에 학생들의 수효가 조금씩 불어났다. 책가방을 들고 기다리다가 더러는 집으로 돌아가기도 했고, 아무것도 모르고 정문까지 갔다가 되돌아오는 사람도 있었다.

명기는 다리 난간에 기대어 섰다. 거기서부터 정문까지의 공간은 텅 비어 있었다. 양쪽 작은 출입구만을 남기고 교문은 굳게 잠겨져 있었다. 손수레 한 대가 겨우 빠져나갈 수 있을 정도의 그 샛문 앞에 보초가 각각 한 명씩, 그리고 육중한 철문 너머 안쪽에 칠팔 명의 공수대원들이 진압봉을 움켜쥔 채 도열해 서 있는 모습이 보였다. 그들의 얼룩무늬 철모와 군복, 등에 멘 소총, 그리고 손에 쥔 진압봉이 그들을 얼핏 똑같은 복제품 로보트처럼 보이게 만들고 있었다. 오른편 종합운동장에 들어서 있을 수십 개의 대형 천막과 각종 장비, 드럼통, 차량 따위들은 나무와 담장에 가려 보이지 않았다.

명기는 전혀 낯설고 생경하기만 한 눈앞의 그 풍경을 한동안 말없이 바라보았다. 닫혀진 그 육중한 문의 앞과 뒤에서 버티고 서 있는 이방인들. 그들의 굵고 검은 팔뚝과 얼룩무늬 군복. 각진 어깨 너머로 돌출한 총구. 움켜쥔 검은 빛깔의 진압봉. 한껏 버티고 선 건장한 두 다리와 군화. 둥근 철모 아래 검은 얼굴. 이쪽을 쏘아보고 있을, 보이지 않는 그들의 눈, 눈초리……

'아아, 사랑하는 나의 대학……'

불현듯 명기는 그 말을 입 속으로 되뇌었다.

어디서 보았을까. 누가 쓴 시의 한 구절이었는지, 아니면 어느 잡지에선가 얼핏 보았는지도 모른다. 조금은 치기 어린 감상으로 뱉어낸 듯한 그 구절을 처음 대했을 때 명기는 내심 비웃음을 보냈었다. 불과 석 달도 채 지나지 않은 경험만으로도 명기는 대학 생활의 신비감이니 낭만이니 하는 말들이 얼마나 헛되고 허울 좋은 기대로부터 비롯된 것인가라는 사실을 이미 깨달아버렸노라고 믿었었다. 실상 그 대학은 자신이 가고자 원하고 바랐던 학교가 아니었다. 그런 그의 눈에 비치는 모든 것은 낡고 초라하게만 여겨졌다. 강의 시간은 졸음이 오도록 답답했고, 교수들의 강의는 무기력했으며, 캠퍼스 풍경은 어수선하고 좀처럼 정이 들 것 같지 않았다.

그러나 지금 이 순간, 명기는 갑자기 그 모든 것들이 자신에게 얼마나 소중한 존재였는가를, 그리고 실상 자신이 그 낯익은 사물과 사람들 그리고 공간들을 얼마나 깊이 사랑하고 있었는가를 비로소 깨닫고 있었다. 그런데 지금 누군가가 그 소중한 모든 것들을 빼앗아가려 하고 있었다. 저들은 누구인가. 태영은 어찌 되었을까. 잡혀간 다른 학생들은……

명기는 입술을 악물었다. 이 순간 저 닫혀진 철문 저편에 감금되어 있는 것은 단지 학교만은 아닐 거였다. 어쩌면 그것은 자유와 평화, 진실과 평등을 향한 수많은 인간의 지순한 소망, 그리고 최소한 스무 해 동안 지켜온 명기 자신의 소중한 꿈과 신뢰가 거기 함께 감금되어 있는 것이리라고 명기는 믿었다. 그 모두를 감금하고 차단하려는 세력의 실체, 그것은 바로 야만과 폭력일 터였다.

별안간 '삐잇' 하는 소리가 날카롭게 울렸다. 교문 뒤에서 장교인 듯한 사내 하나가 확성기를 입에 대고 있었다.

"전방에 모여 있는 학생들에게 알립니다. 휴교령이 내려졌으므로 교내엔 누구도 들어올 수 없습니다. 돌아가주십시오."

다리 이쪽에 모여 있던 학생들이 우우, 함성을 질러대기 시작했다. 학생들의 수효는 그 사이 백여 명으로 불어나 있었다. 일부러 교문 앞까지 다가가서 휴교령 벽보를 들여다보고 있던 학생 서넛이 슬금슬금 뒷걸음질을 쳤다.

"여러분, 후문 쪽에서 학생들이 계엄군에게 끌려갔답니다!"

누군가 큰 소리로 외쳤다. 학생들이 그쪽으로 몰려들었다. 한 남학생이 고통스런 표정으로 길바닥에 주저앉아 있었다.

"10번 시내버스를 타고 오는데 공수부대놈들이 차를 세우고 뛰어올라왔어. 학생처럼 보이는 사람은 무조건 끌어내리더니 다짜고짜 치고 밟고 몽둥이로 두들겨패는 거야. 일곱 명 정도가 끌려갔는데, 나 혼자 겨우 도망쳐나오고 나머지는 모두 다시 붙잡혔어. 골목에 숨어서 보니까, 넘어진 여학생을 마구 두들겨패다가 머리채만 잡고 질질 끌고 가는 거야. 수위실 앞엔 학생들 칠팔 명을 팬티만 입힌 채 줄줄이 꿇어앉혀놓았어. 지금 가보면 알 거야. 도서관에 가겠다고 하니까 무작정 피투성이가 될 때까지 몽둥이질부터 했어. 이 사실을 알려야겠다는 생각에 지금 막 이쪽으로 달려온 참이야……"

충격 탓인지 허옇게 질린 얼굴로 숨가쁘게 헐떡이며 그는 말했다. 뺨과 턱이 벌겋게 부어올랐고 입과 손등에선 피가 흘렀다. 진압봉으로 머리를 내리치는 순간 엉겁결에 막으려고 했었다고 그는 말했다. 병원에 가봐야 하지 않겠느냐고 누군가 물었지만 그는 자꾸 헛구역질만 했다.

"안 되겠어. 병원으로 가야겠소. 어서."

두 사람이 그를 부축해서 차에 태우고 급히 시내 쪽으로 사라졌다.

학생들이 동요하기 시작했다. 개자식들! 후문 쪽으로 가보자. 잡혀간 학우들을 구해냅시다. 아니다. 그렇잖아도 수효가 부족한데, 분산되면 불리하다. 학생들이 더 모이고, 총학생회장이 나타날 때까지 기다렸다가 정문 앞에서 투쟁하기로 하자. 학우들이 곧 달려올 것이다. 흥분된 언성으로 의견들이 오고 간 끝에 좀더 기다려보기로 했다.

그때였다. 맞은편 인도로 누군가가 혼자 다리를 건너가고 있는 게 보였다.

"명기야. 저 사람, 교수 아나?"

"누구? 아, 맞아. 법대 교수님 같은데."

삼십대의 그 젊은 교수를 명기는 기억했다. 법대 강의실 앞에서 태영의 수업이 끝나기를 기다리곤 했는데, 그 수업이 바로 그 교수의 담당이기 때문이다. 정문을 향해 다가가는 그의 걸음걸이가 긴장한 듯 어딘가 부자연스러워 보였다.

"정지!"

문 앞을 지키고 선 공수가 진압봉으로 교수의 가슴을 가로막았다. 교수가 뭐라 말하면서 호주머니에서 신분증을 꺼내 보였다. 교직원임을 밝히고 들여보내달라는 눈치였다.

"뭐, 전임강사? 이 쌍누무시키! 네까짓 게 강사면 강사지, 교수라니, 무슨 개소리야!"

별안간 공수가 그의 멱살을 움켜쥐더니 진압봉으로 옆구리를 픽 소리가 나게 후려쳤다. 어이쿠. 젊은 교수는 앞으로 허리를 꺾었다. 연달아 진압봉과 군홧발이 몸뚱이 위로 떨어졌다. 두 손으로 머리를 감싼 채 교수가 쓰러졌다.

"이 개새끼. 겁대가리 없이 어딜 함부로 들어와?"

얼룩무늬는 쓰러진 그의 멱살을 다시 잡아채어 교문 안쪽으로 질질 끌고 들어갔다. 순식간에 벌어진 일이었다.

다리 건너 쪽에서 지켜보던 학생들이 발을 동동 굴렀다.

"교수를, 교수님을 때렸어! 저 개자식들이!"

"엄마아, 어떡해. 저걸 어떡하든 좋아!"

명기 뒤에서 여학생이 발을 구르며 울음을 터뜨렸다.

슈퍼마켓 뒤편 건물은 때마침 건축 공사중이었다. 몇이 그 공사장으로 달려가 벽돌과 자갈을 움켜쥐었다. 이내 더 많은 무리가 그쪽으로 뛰어갔다. 명기와 민태도 양손에 자갈을 쥐고 돌아왔다.

"다리에 있는 학생들에게 경고한다. 지금 즉시 귀가하라. 불응하면 강제로 해산시키겠다. 다시 한번 경고한다……"

교문 쪽에서 확성기를 통해 경고 방송이 흘러나왔다. 어느 틈에 노골적인 반말투로 변해 있었다.

학생들의 대열이 천천히 다리 쪽으로 전진했다. 돌연 누군가가 앞줄에서 튀어나가더니 돌을 던졌다. 그것이 신호이기나 하듯, 수십 명의 학생들이 한꺼번에 우우 달려나가 일제히 돌을 던지기 시작했다. 나와 있던 보초병들이 재빨리 안으로 몸을 감추자마자 철문이 쿵 닫혔다.

돌아가라는 경고 방송이 계속되었다. 돌멩이가 어지럽게 포도 위로 떨어져내렸다.

던질 것을 집어오기 위해 학생들의 대열이 잠시 뒤로 물러난 순간이었다. 교문이 열렸다. 삼십여 명의 얼룩무늬가 나타났다. 그들은 전혀 서두르지 않았다. 반원형으로 대열을 갖추더니 '앞엣봉' 자세로 정지했다. 한 무리의 학생들이 번갈아 나아가 투석을 하고 되돌아왔다. 이번엔 얼룩무늬들이 전혀 피하지 않았다. 돌멩이 몇이 철모와 몸에 맞았다. 오히려 기가 질린 학생들이 주춤주춤 뒷걸음질을 쳤다.

"돌격 앞으로!"

마침내 명령이 떨어졌다. 순간, 붙박인 듯 정지해 있던 얼룩무늬들이 일제히 '야아앗' 괴성을 내지르며 달려들기 시작했다. 몸을 돌려 미처 몇 발짝 달아나기도 전에 학생들의 후미를 얼룩무늬가 벌써 따라잡았다. 닥치는 대로 퍽퍽 진압봉을 내리치고 군홧발로 짓이겼다. '야아아―앗!' 하는 괴성. 비명 소리. 고함 소리. 공포에 질린 울음 소리. 퍽퍽. 둔탁한 타격음. 신음 소리……

다리 주변 일대는 아수라장이었다. 대열 가장자리에 끼여 있던 명기와 민태도 엉겁결에 도망치기 시작했다. 군홧발 소리가 바로 등뒤까지 따라왔다. 명기는 숨이 막혔다. 무엇엔가 발이 걸렸다. 명기는 길바닥으로 나동그라졌다. 길 옆에 세워둔 자전거였다.

이젠 잡혔구나! 눈앞이 아뜩해왔다.

"이 새끼!"

군홧발 하나가 옆구리를 세차게 걷어찼다. 명기는 반사적으로 허리를 웅크리며 길바닥 위로 뒹굴었다. 병사가 자전거를 두 팔로 번쩍 치켜들었다. 그 짧은 순간 명기는 쓰러진 채 사내를 올려다보았다. 새까맣게 그을린 얼굴. 거대한 체구. 순간 자전거가 명기의 얼굴을 정확히 겨냥하고 떨어져내렸다.

"아악."

자전거를 껴안고 명기는 뒹굴었다. 얼룩무늬가 명기를 남겨두고 다시 앞으로 달려갔다.

명기는 필사적으로 인도 위를 기었다. 민태가 뛰어들어간 눈앞 삼층 건물 입구가 보였다. 민태가 뛰어나와 명기를 일으켰고, 둘은 계단을 단숨에 뛰어올랐다.

삼층은 독서실이었다. 고등학생들 몇이 구석에 몰려 서 있었다. 둘은 반대편 문으로 뛰어나갔다. 옥상이었다. 외벽에 등을 기대고 웅크려 앉았다. 여차하면 지붕으로 뛰어내리는 거야. 민태가 속삭였다. 이내 독서실 안이 시끄러웠다.

"너, 대학생이지?"

"아니어라우. 우린 고등학생들입니다."

"여보쇼, 사설 독서실에까장 들어와서 이럴 수 있는 겁니까?"

"넌 뭐야, 새꺄!"

어이쿠, 비명이 터져나왔다. 우당탕탕. 뭣인가를 후려치는 둔탁한 소리. 짧은 비명. 그리고 이내 잠잠해졌다.

잠시 후 둘은 안으로 들어갔다. 파랗게 질린 아이들. 한쪽 구석에서 얼굴이 온통 피투성이가 된 고등학생을 주인남자가 부둥켜안고 허둥거렸다.

"몽둥이로, 머리를, 내리쳤단 말여! 세상에, 이럴 수가. 애는 고등학생인디! 경신아, 야 정신차려! 정신차리란 말이여!"

어깨를 흔들었다. 의식이 없다. 엎드려 있던 책상 위엔 핏물에 흥건히 젖은 책과 노트가 펼쳐져 있다. 누군가 타월을 가져왔다. 민태가 학생의 머리에 감았다. 학생의 입에서 으음, 신음이 터져나왔다.

"급해요! 빨리 병원으로 옮겨야겠습니다."

"어쩌까. 그놈들이 아직 밖을 지키고 있을 것인디!"

"이 일을 어째야 좋지?"

명기는 창 너머로 거리를 살폈다. 얼룩무늬들이 학교 쪽으로 되돌아가고 있다. 가방을 머리에 인 남학생 하나가 끌려가고 있는 게 보인다. 저만치 다리 위에도 두어 명 잡혀가고 있다. 텅 빈

거리. 길 맞은편 책방 안에서 남자가 뛰어나오더니, 황급히 셔터를 내리고 숨는다.

그 틈에 부상당한 고등학생은 다행히 의식이 돌아온 듯했다. 넷이서 부축해서 계단을 내려왔다. 택시가 보이지 않았다. 살레시오수도원 네거리까지 걸어나갔다. 마침 삼익아파트에서 나오던 승용차를 민태가 가로막고 사정 얘기를 했다. 빌어먹을, 재수가 없으려니까 하는 투로 핸들을 쥔 사내가 인상을 찌푸렸다.

승낙이 떨어지기도 전에 민태가 뒷문을 열어 고등학생을 밀어넣었다.

"아이구, 저 피. 시트 조심하쇼, 시트."

사내가 손을 저으며 말했다.

"이런 염병할! 지금 시트가 문제요? 사람이 죽어가는 판국에!"

넥타이를 맨 그 삼십대 사내를 향해 꽥 고함을 질러주고 민태가 문을 쾅 닫았다. 독서실 주인남자와 또 다른 고등학생이 함께 타고 시내 쪽으로 급히 사라졌다.

"도청 앞으로 가보자. 다들 그쪽으로 갔나봐."

대학생 몇이 지나가며 주고받았다. 그러고 보니 정문 앞에 모였던 학생들은 모두 이미 시내 쪽으로 빠져나간 모양이다. 길은 텅 비어 있었다.

명기가 갑자기 옆구리를 움켜쥐며 신음을 토했다. 비로소 온몸의 통증이 되살아났다. 둘은 아파트 옆 골목으로 들어가 담벼락에 등을 기대고 앉았다. 민태가 등을 두드려주었다. 명기의 이마 한쪽이 찢어졌고 입에서도 피가 묻어나왔다. 셔츠를 걷어올려보니 피멍울이 벌겋게 들었을 뿐 생각보다 심한 상처는 아니었다.

　명기는 벽에 기댄 채 한동안 눈을 감고 있었다. 순식간에 당한 일이라 현실 같지가 않았다. 자전거를 들어올려 내리치는 순간에 보았던 그 얼룩무늬 사내의 얼굴이 떠올랐다.

　검고 억센 얼굴. 힐끔 내려다보던 그 야릇한 눈빛. 버티고 선 그자의 두 다리와 체구가 어째서 그렇게 엄청나게 커 보였을까. 사내의 눈길과 마주치던 그 짧은 순간에 명기의 뇌리에 박히던 의문 하나. 뭔가 너무나도 엉뚱하기 그지없는 듯한 느낌.

　'어째서 이 사내와 나는 이렇듯 이상한 관계로 마주치게 되었을까.'

　우습게도 그런 얼토당토않은 의문이 그 절박한 순간에 왜 불쑥 떠올랐는지 모를 일이다.

　"병원에 안 가봐도 되겠어?"

　"괜찮아. 얼굴은 어때? 눈에 금방 띌 정도냐?"

　"이마가 약간 찢어졌어. 피는 별로 나지 않지만, 아무래도 넌 집으로 그냥 들어가는 편이 좋을 것 같은데."

　명기는 망설였다. 무엇보다 무척 피곤했고 다친 옆구리가 욱신거렸다. 하지만 이런 모습을 식구들 앞에 내보이기가 싫었다. 아버지는 얼마나 화를 내실 것인가.

　"아냐. 이젠 좀 견딜 만해. 연습실로 가자. 너무 늦었어."

　"짜식, 그래도 그만하기 천만 다행이다."

　둘은 골목을 빠져나왔다. 공중전화 부스 앞을 지날 때 문득 명기는 태영의 집에 전화를 해야 한다는 걸 기억해냈다.

　"참, 깜박 잊었구나. 내가 해볼게."

　민태는 이내 수화기를 놓고 돌아서며 말했다.

　"태영이네 할머니가 받으시는걸. 그렇잖아도 아까 어른들이 태영이 소식을 듣고 급히 나가셨다는데."

"그래애? 잡혀간 게 분명한 거냐?"

"그것까진 물어보지 못했다. 어쨌건 연락이 닿은 게 틀림없어."

"잘됐구나. 누가 알려줬을까."

"모르지. 하지만 태영인 무사할 거야. 걔네 아버지가 이 지역에선 알아주는 기업체 사장이잖아. 여기저기 손을 써보실 게 틀림없어."

둘은 사레지오고등학교 앞에서 금남로를 지나는 시내버스에 올랐다. 승객들의 시선이 명기의 이마에 난 상처와 옷에 묻은 핏자국을 흘금거렸다. 불과 몇 분 전에 바로 근처에서 무슨 일이 일어났는지조차 까맣게 모르고 있는 무심한 표정들. 어이가 없어서 명기는 한숨을 내쉬었다.

그대에게 길고 긴 사랑의 편지를 쓰고 싶었다
얼굴 한번 거리에서 마주친 적도
어깨 나란히 걸음 한번 옮긴 적 없어도
나는 절망보다 먼저 그대를 만났고
슬픔보다 먼저 화해인 그대를 알았다
— 곽재구, 「그리움에게」에서

5월 18일 12 : 00, 조선대학교 부근

몇 번 이름을 불렀는데도 기척이 없다. 문을 열어보니 방은 비어 있었다. 이부자리도 정돈하지 않은 채 어딜 나간 모양이다. 사들고 온 푸성귀를 수돗가에 내려놓고 돌아서려는데 안채에서 주인아낙이 나왔다. 수희는 인사를 했다.

"오라, 수길이 누님이구먼. 어쩨 이번엔 꽤 오랜만에 다니러 왔네."

"예, 좀 바빴거든요. 애들은 둘 다 어딜 나간 모양이네요."

"없어? 늦잠을 자고 일어나서 아까참에사 아침을 챙겨 묵는 것 같든디. 금방 오겠지 뭐."

수희는 부엌으로 들어가보았다. 손바닥만한 좁은 부엌은 언제나처럼 어둡고 초라했다. 방을 세내어주려고 대충 눈가림으로 만든 모양이어서, 블록 벽은 미처 미장도 하지 않은 채였다. 연탄 가스 냄새가 코를 찔렀다. 뚜껑을 열어보니 불꽃이 파랗게 올랐다. 불구멍도 막지 않고 어딜 쏘다니는 걸까. 대야엔 음식 찌꺼기가 고스란히 묻은 밥그릇이며 국냄비가 아무렇게나 담겨 있었다.

수희는 설거지와 부엌 소제를 한 다음 방으로 들어갔다. 어질러진 이부자리와 책상들을 대충 정돈하고 나서, 빨래할 옷가지를 집어들고 밖으로 나왔다.

"아저씨께선 일 나가신 모양이죠?"

가루비누를 풀어 옷을 주무르기 시작하며 수희가 말을 건넸다. 마흔이 넘은 주인남자는 영업용 택시 운전사였다.

"새벽에 나가셨는디, 어쩨 아침 묵으러도 안 들어오시는구먼.

아무리 그래봐야 요즘은 회사에 입금할 돈 채우기도 벅차다고 맨날 죽을 상이여."

"어머, 어째서요. 부지런히 벌어서 이젠 개인택시로 돌려야겠다고 하시더니."

"시국이 하도 어수선하니께 그렇제 뭐. 허구한 날 데모다 시위다 해서 시내 도로가 제대로 뚫리는 날이 하루도 없는 모양이여. 원, 무신 놈의 데모는 그리도 심하게들 해대는지, 우리 같은 사람들 숟가락 놓게 만들라는가."

"이제부터가 더 걱정이라고들 하더군요. 계엄령이 내려졌다니까……"

"그랬다대 참. 우리집 아저씨도 새벽에 그 방송 듣더니 한바탕 욕을 퍼붓음서 차 몰고 나갔어. 군인들이 나라 망쪼 들게 만들 모양이라고 말이여. 차라리 그럴 바엔 이번 참에 아주 온 국민이 벌떼같이 일어나가꼬 한바탕 죽든 살든 결판을 지어버려야 한다고 그러드라고. 그래서 내가 아, 그러다가 우리 식구 굶어죽게 될라고 그래요, 하고 한마디했등마는 대번에 무식헌 여편네라고 퉁만 맞았다우. 호호."

심성 좋아 뵈는 얼굴로 아낙이 웃었다. 입엔 늘상 궁색한 살림 푸념이 붙어 있는 듯했지만, 아낙은 그런대로 현실에 만족하고 사는 눈치였다. 넷이나 되는 아이들도 제법 공부를 잘한다는 것과 십오 년 넘게 남의 집 곁방살이만 해오다가 작년에 처음으로 이 집을 사서 주인 노릇을 하게 되었다는 자랑을 노골적으로 늘어놓곤 했다. 집이라고 해야 고작 열댓 평 남짓한 낡아빠진 몰골에다가 비좁은 마당, 또 그나마 재개발 예정 지구로 묶인 가난한 동네 귀퉁이에 위치해 있었지만, 그것만으로도 아낙은 너무나 감사하고 과분하게 여기는 것 같았다.

"참, 어째서 수길이 어무니는 통 안 올라오시네? 엊그제 정민이 학생 어무니는 아들 들여다보신다고 일부러 오셨다가 하룻밤 주무시고 가셨는디."

"농삿일이 워낙 바쁘시거든요."

어머니 얼굴이 떠올랐다. 이틀 전 해진 포구에서 헤어진 뒤로 전화라도 드릴 걸 무심했구나 싶었다. 낙일도로 떠나는 배 위에서 짓무른 눈으로 망연히 이쪽을 바라보고 있던 어머니와 외숙모의 모습이 새삼 수희의 가슴에 아프게 맺혀왔다. 외할아버지의 유해는 지금쯤 고향 앞바다 어딘가를 물살에 떠밀려 떠돌고 있으리라.

수희는 손에 쥔 빨래를 힘껏 문질렀다. 손등으로 흰 거품이 부걱부걱 부풀어올랐다. 수길에게 외조부의 일을 전해야 할지 어쩔지 그녀는 아직 결정을 못 하고 있었다. 당분간 알리지 말라고 어머니는 당부를 했었지만, 아무래도 동생에게 못할 짓을 하는 것만 같은 느낌이었다.

빨래를 마치고 푸성귀를 다듬기 시작했다. 동생을 찾아올 때면 으레 그녀는 김치며 밑반찬을 만들어주곤 했던 것이다.

대문이 열리더니 수길과 정민이 들어섰다.

"어, 누나 왔구나."

수길이 반가운 듯 소릴 질렀다. 정민이 수줍게 고개를 끄덕했다. 어디서 달음질을 쳐온 참인지 둘 다 숨을 몰아쉬고 있었다.

"어딜 쏘다니는 거야, 공부 안 하고."

"일요일인데 뭐. 하긴 이런 판국에 방에 틀어박혀 책이나 보고 있으면 뭘 해. 조국과 민주주의의 운명이 바람 앞에 촛불 꺼지기 직전인디.”

느닷없이 무슨 얼토당토않은 소린가 싶어 수희는 픽 웃었다.

“조국이 어떻고 민주주의가 뭐? 내 참, 기가 막혀. 뚱딴지 같은 소린 어디서 배워가지고.”

그러나 수길은 제법 심각한 표정이다.

“농담 아녀 누나. 우리 둘이 지금 어디서 오는 길인지 알어? 조대 정문 앞에서 공수부대 군인들이 대학생 한 명을 가로수에 매달아놓고 마구 두들겨패고 있더라니까. 이만큼 길다란 몽둥이로 치고 밟고 차고, 아이구, 말도 마. 누나가 봤으면 아마 기절했을 거야. 지나가던 사람들이 발을 동동 구름서 그만 풀어주라고 아우성을 쳐도, 공수부대 군인들은 들은 척도 안 해. 본때를 보여줄란다고 오히려 더 패지 뭐여.”

“으메, 그런 짐승 같은 놈들이 세상에 또 어디가 있다냐? 그래서 그 대학생은 어찌 되었다냐.”

주인집 여자가 두 눈을 둥그렇게 떴다.

“보다못해 아줌마들이 울고불고 함서 생사람 죽인다고 너도나도 나서서 악을 쓰니까, 그제서야 장교가 나와서 풀어주라고 하대요. 다른 대학생들이 부축해가꼬 도내기시장 쪽으로 데리고 갔는데, 그 학생 병신 안 되었는가 몰라. 반쯤 정신이 나가가꼬, 사람들이 물어봐도 말을 제대로 못 하드라니까요.”

“거긴 뭣 하러 갔어? 그러다가 군인들한테 잡히기라도 하면 어쩌려구 그래.”

“치, 오늘뿐인 줄 알어? 그저께랑 그 전날도 도청 앞에서 횃불 시위하는 것까지 죄다 구경했는걸. 내가 대학생이었으면 같이 행진하고 다녔을 텐데, 그냥 보기만 했으니까 염려 마, 누나.”

"어머머, 애들 정말 어쩌면 좋아. 너희들 지금 제정신이냐? 이 제 겨우 고등학교 일학년짜리들이 뭘 안다고 겁도 없이 그런 델 따라다닌단 말야?"

수희는 놀랐다. 전혀 짐작도 못 한 일이었다.

"누나, 우리도 어느 정도 알 건 다 안다구. 우리 학교 선생님들 중엔 투사들도 많아. 4·19 의거 때도 고등학생들이 결정적 역할 을 했었다는 사실, 누나는 몰라?"

"듣기 싫어. 이 녀석들, 또 한번만 그러면 시골로 당장 전화할 테니 그리 알어. 정민이 너도 마찬가지야."

그래도 두 녀석은 건성으로 히죽히죽 웃고 있을 뿐이었다.

점심으로 수희는 모처럼 만두국을 끓여주었다. 갓 담근 김치 가 맛있다며 아이들은 허겁지겁 달겨들었다. 콧등에 송알송알 땀방울이 맺혀가며 정신없이 먹고 있는 모습을 지켜보다가 수희 는 문득 측은한 마음이 들었다. 어린 나이에 처음으로 식구들과 떨어져 객지로 올라와 저희끼리 자취하며 학교에 다니는 일이 쉽지는 않을 터였다.

"참, 누나가 데이트하는 현장, 우리가 목격했지. 히힛."

두 녀석은 저희들끼리 마주보며 키득키득 웃어댄다.

"그 사람, 내 매형 될 건가? 그만하면 팔십 점은 되겠더라. 안 경을 쓴 게 조금 흠이긴 하지만. 키도 그만하면 작은 편은 아니 고."

"또 무슨 엉뚱한 소릴 하려구 그래. 쪼그만 게."

그러면서도 수희는 내심 찔끔했다.

"참말이여. 전번 금요일 저녁에 충장로서 봤다니깐. 정민이한 테 물어봐. 누날 부를까 하다가 괜히 무드 깰까봐서 살살 미행만 했지. 무등극장 앞 이층 다방으로 들어가던데. 다방 이름이 뭣이더라……"
"'아틀리에' 잖아."
정민이 녀석이 귀띔을 했다.
"아, 그랬어 참. 어때, 누나. 틀림없이 우리한테 들킨 거지?"
"난 또…… 바보 같은 소린 그만 해. 우리 병원에서 함께 근무하는 직원일 뿐야. 쬐그만 녀석들이 못 하는 소리가 없어."
둘은 그래도 뭐가 좋은지 킬킬거렸다.
수희는 밥상을 치운 뒤 설거지통을 들고 수돗가로 나와 앉았다. '아틀리에'는 닥터 윤과 둘이서 자주 찾아가곤 했던 찻집이었다. 전번 금요일은 그녀의 대학 서클 음악 발표회가 열리던 날이었다.
재학시엔 닥터 윤을 잘 알지 못했었다. 어쩌다 졸업한 선배 동문들과 함께 자리를 한 적은 있었으나 수희 쪽에서는 그의 얼굴조차 전혀 기억하지 못했다. 학교를 마치고 지금의 K종합병원에 들어가서야 우연한 기회에 닥터 윤이 바로 그녀의 대학 서클 선배였다는 사실을 알게 되었던 것이다.
이수희씨. 혹시 내 얼굴 기억하겠습니까. 난 가슴에 단 그 명찰을 보기 훨씬 이전부터 그쪽 이름을 기억하고 있었는데 말입니다.
외과에 배정을 받아 일주일쯤 지난 어느 날, 병실 차트 정리를 하고 있던 그녀에게 닥터 윤이 먼저 건네온 말이 그랬다. 자신도 모르는 선배가 뜻밖에 이쪽을 기억하고 있었다는 사실이 놀랍고 기뻤다.
그날은 둘 다 야간 근무였으므로 커피를 마시며 얘기를 나누었다. 일곱 살이나 손위인 서클 동문은 대하기에 스스럼없는 관계였다. 둘은 쉽게 친해졌다. 언제부터인가 닥터 윤이 일과 후의 약속을 물어오기 시작했고, 그때마다 '아틀리에'에서 마주앉았다. 레지던트인 닥터 윤 쪽이 더 바쁜 편이었지만 몇 번인가 영화를 보았고, 용케 양쪽 모두 비번인 휴일엔 무등산을 오르기도 했다.

수희가 처음 그에게 손을 허락했던 곳은 지난해 늦가을 어느 날 세인봉 암벽 위에서였다. 그의 손은 수줍게 망설였고, 땀으로 축축이 젖어 있었다. 그날, 발 아래로 현란하게 펼쳐져 있는 단풍잎의 물결을 내려다보며 수희는 난생 처음 자신이 누군가를 진정으로 사랑하고 있다는 사실을 깨달았다. 하지만 그들은 지금껏 서로의 입에서 사랑이라는 낱말을 직접 확인해본 적은 한 번도 없었다. 그것은 다만 서로의 눈길과 손끝으로 전해지는 친숙하고 따스한 온기 그것만으로도 충분하리라고 수희는 믿었다. 그것이 애당초 잘못이었을까. 지금 닥터 윤은 그녀의 곁에서 떠나가려 하고 있는 것이다.

수희는 수도꼭지를 힘껏 비틀었다. 물줄기가 대야 안으로 세차게 쏟아져내리기 시작했다.

'떠나가고 있어. 소중했던 모든 것들이 다 떠나가고 있어. 외할아버지 그리고 그 사람도……'

왜 그런 커다란 상실이 한꺼번에 자신에게 밀어닥치고 있는 것인지, 수희는 자꾸만 억울하고 부당하다는 느낌을 견디기 어려웠다.

수희는 돌아갈 차비를 했다. 수길을 마당가로 불러내어, 얼마 안 되는 용돈을 손에 쥐어주었다.

"괜찮아. 지난번 돈도 아직 조금 남았는데 뭐. 그것보다 누나. 실은 진즉부터 얘길 하려던 참이었는데……"

뭔가 망설이는 기색으로 녀석이 수희의 표정을 슬쩍 읽었다.

"뭔데. 말해봐."

"저, 언제 외할아버지한테 면회 갈 때 나도 좀 같이 데리고 가 줘. 왜 나만 빼놓는 거여? 이젠 나도 고등학생인데, 광주에 살면서도 면회 한번 못 갔잖아. 엊그제 꿈에도 외할아버질 봤는디……"

끝내 수희는 목 안이 컥 잠겨오고 말았다. 한사코 참으려 했지만 눈물이 먼저 쏟아졌다.

"왜 그래 누나. 무슨 일이 있었구나."

지레 걱정스런 얼굴로 묻는 동생에게 수희는 차마 입을 열 수가 없었다.

"아냐, 무슨 일이 있긴…… 그럼, 나 이만 갈게."

수희는 동생의 어깨를 두드려주고 돌아섰다. 펑, 퍼엉, 펑. 돌연 어디선가 날카로운 폭발음이 들려오기 시작했다. 시내 쪽이었다.

"어따, 또 지랄허기 시작하는갑네. 우리 광숙이 아부지, 저놈의 고춧가루 때문에 오늘도 목구멍에 가래깨나 끓겠구마이!"

어딜 나갔다 오는 참인지, 주인여자가 대문을 들어서며 투덜거렸다.

"너희들 절대로 밖에 나다니지 마. 알았지? 아줌마. 저 그만 갈게요. 쟤네들 함부로 쏘다니지 못하도록 잘 좀 봐주세요. 워낙 철이 없어놔서 맘이 놓이질 않아요. 그럼."

수희는 아낙에게 당부를 남기고는 대문을 나섰다. 마음 한구석이 여전히 무거웠다.

골목을 빠져나오면 철길 교차로와 이어지는 큰길이었다. 맞은편으로 조선대 정문이 빤히 건너다보였다. 교문 안쪽을 군인들이 지키고 있었다. 정문 앞 인도로 행인들이 간간이 오갈 뿐, 부근은 의외로 조용해 보였다.

수희는 시내버스 정류장에서 기다렸다. 병원으로 곧장 들어갈까 했지만, 저녁 근무 시간까지는 한나절이나 남아 있었다.

이봐. 닥터 윤. 그 경황중에 언제 그런 사건을 꾸미고 있었누. 놀랐어.

축하합니다, 윤선생님. 우리 병원 총각 한 사람이 또 줄어들게 되는군요. 신부는 어떤 아가씨예요?

근데 왜 결혼식을 서울에서 올리기로 하셨으까아. 아리따운 신부 얼굴도 보고 싶고, 하객석 뒷자리에 숨어서 훌쩍이고 있는 처녀들이 혹시 있나 수사를 해보려고 했는데.

예배가 끝난 후 광고 시간에 신도회장은 닥터 윤의 결혼 소식을 발표했었다. 병원 재단에 속한 원내 교회였으므로 신자들은 거의 모두가 직원들과 그 가족들이었다. 와르르르. 웃음과 박수가 터져나왔고, 저마다 몰려가 축하 인사를 건네느라 부산했다. 수희는 가슴에 성경과 찬송가 책을 껴안은 채 간신히 자리에서 일어났다. 사람들에 둘러싸여 연신 어색한 웃음을 지으며 축하 인사를 받고 있는 그의 옆모습을 향해 수희는 애써 태연한 시선을 보냈다. 자신의 표정에서 뭔가 의미 있는 흔적을 확인하고 싶어하는 동료 간호사들의 은밀한 시선들이 흘깃흘깃 스쳐지나감을 느끼면서, 그녀는 어설프게 웃음을 흘리기도 했다. 정말 아무렇지도 않다는 듯, '우린 다만 허물없이 가까운 대학 서클 선후배 사이일 뿐이라구요' 하는 표정으로 말이다. 그것이 바로 오늘 아침의 일이었다.

시내버스가 달려와 멎었다. 수희는 차에 올랐다. 승객은 별로 많지 않았다.

어차피 그의 결혼 소식은 이미 어느 정도 예측하고 있던 터였다. 두어 달 전부터 둘 사이의 만남은 더 이상 이어지지 않았고, 이따금 복도에서 마주칠 때의 그의 표정은 무엇인가를 숨기지 못해 곤혹스러워하는 기색이 역력했다. 허둥대며 피해가는 그의 스산한 시선에서 수희의 육감은 차츰 모든 걸 읽어낼 수 있었던 것이다.

그 때문에 지난주 금요일, 그가 돌연 '아틀리에'에서의 약속을 청해왔을 때, 수희는 결국 예정된 순간이 온 것이라고 믿었다. 그러나 그날 그는 끝끝내 입을 다물고만 있었다. 숙소 앞에서 헤어질 때까지도 그에게선 단 한마디의 암시조차 흘러나오지 않았다. 실상 두 사람 다 그건 이미 불필요한 절차에 불과하다는 사실을 너무 잘 알고 있었던 까닭인지도 모른다. 사랑이니 애인이니 하는 진부한 어휘 한번 입에 올린 적이 없었던 것처럼, 이별이니 안녕이니 하는 간지러운 낱말 따월 굳이 빌리지 않고서도 이렇게 어렵지 않게 헤어질 수 있는 것이 바로 우리들의 관계 아니었을까.

수희는 혼자 자조 섞인 웃음을 삼켰다. '배신'이라는 표현을 한사코 뇌리에 떠올리지 않으려고 억지를 부리고 있는 스스로의 꼬락서니가 문득 한없이 못나고 어리석게만 여겨졌다.

수희는 전남여고 앞에서 내려 길을 건넜다. 경찰국 정문 앞엔 삼엄한 경계를 펴고 있었고, 전일빌딩에서부터 가톨릭센터에 이

르는 금남로 일대 역시 페퍼 포그 차량을 앞세운 수백 명의 전경
들이 무리지어 도로를 막고 있었다.

수희는 긴장했다. 병원으로 곧장 들어가지 않은 것을 후회했
다. 다행히 당장 시위가 벌어지고 있는 건 아닌 듯, 관광호텔 앞
횡단보도로 행인들이 오가고 있었다. 서둘러 길을 건넜다. 매캐
한 최루 가스가 콧속으로 스며들었다. 한 시간쯤 전에 이삼백 명
의 대학생들이 한바탕 시위를 벌이려다가 경찰에 밀려 3가 쪽으
로 흩어졌다고들 했다.

"거 참. 대학생들 깡다구 한번 알아줘야 해. 계엄령이 내렸어도
뛰어나오는 걸 봐."

앞서가는 중년 사내들이 약간 들뜬 목소리로 말했다.

"학생회관 골목이 시끄러운 모양이던데."

"아니라니까. 거길 가봤는데, 안 보여. 한일은행 쪽에 모여 있
는지 모르니까 그쪽으로 가보자."

대학생인 듯싶은 청년 서넛이 주고받으며 바삐 지나갔다. 충
장로는 제법 행인들로 붐볐다. 바로 인접해 있는 금남로에서의
살풍경하고 긴장된 분위기와는 딴판으로 한가롭고 느슨한 풍경
이 어리둥절하게 여겨졌다.

하지만 충장로의 분위기도 분명 여느 때와는 다른 구석이 있
었다. 일요일치고는 오가는 행인들의 숫자도 많이 줄어든 듯싶
었고, 사람들의 표정이며 걸음걸이도 어딘가 조금씩 굳어 있었
다. 그래선지 가게 앞에서 흘러나오는 음악조차 왠지 어수선하
고 불안스레 들렸다.

수희는 별생각 없이 레코드 가게로 들어갔다. 이것저것 구경
하다가 클래식 기타 연주 음악 테이프 하나를 골라 들었다.

"오늘은 혼자 오셨네요, 아가씨."

여자가 알은체를 하며 싱긋 웃는다. '아틀리에'에서 돌아오는 길에 이따금 둘이서 들르곤 했었는데, 눈치 빠른 주인여자는 그때마다 말을 걸어오곤 했었다.

닥터 윤은 음악을 무척 좋아했다. 바이올린이나 기타 독주곡들을 특히. 비좁은 숙소 침실에까지 소형 오디오 세트를 옮겨다 놓고, 그걸 들어야만 비로소 잠이 온다고 했다. 그가 하나둘 사서 선물한 테이프가 그 동안 스무 개가 넘는다. 지금도 그것들은 수희의 방 창가에 낡은 녹음기와 함께 놓여 있었다.

"그 남자분께서 어째 요즘은 뜸하시네요. 오래 전부터 우리 가게 단골이신데."

여자의 지나친 친절로부터 어서 달아나고 싶었다. 가게로 들어선 것이 후회스러웠다. 무심코 집어든 것이 하필 기타 음악이었다는 사실도 싫었다.

"장사 잘되시죠."

"아유, 말도 마세요. 요즘 같아선 살맛이 안 나요. 세상이 하두 어수선하고 살기도 어려워지니까 그런지, 손님이 뚝 끊어졌답니다."

포장한 테이프를 받아 핸드백 속에 넣고 수희는 가게를 나왔다. 또 오세요, 라는 여자의 인사를 등뒤로 흘리며 그녀는 혼자 씁쓸히 웃었다. 아마 앞으로 다시는 이 가게를 찾지 않게 되리라.

거리엔 햇볕이 쏟아지고 있었다. 맑고 따사로운 봄날의 햇살이었다. 이번 여름은 성급하게 찾아올 모양이었다. 우체국을 지나 3가로 들어섰다.

"암만 해도 오늘은 장사고 뭣이고 애시당초 틀린 싹수그만. 조짐이 요상혀."

"태평극장 쪽이랑 한일은행 쪽이 시끄럽다는디. 도청 쪽으로 밀려들기 시작하면 충장로 사람들도 최루탄깨나 뒤집어쓸 것이여."

과일 노점상들이 서둘러 손수레를 정리하며 투덜거리고 있었다.

충장로 4가로 들어섰다. 부근은 금은방과 시계포들이 한데 모여 있었다. 그 중 한 점포로 들어가서 수희는 탁상시계 하나를 샀다. 붉은 빛깔의 작고 귀여운 시계였다.

"선물할 건데, 포장을 예쁘게 해주시겠어요."

상자 속에 미리 준비했던 그림 엽서를 집어넣었다.

'윤선배님. 축하해요. 수희.'

어젯밤 내내 잠들지 못하고 뒤척이다가 겨우 적어놓은 글자였다. 시계를 싼 꾸러미를 들고 수희는 네거리로 걸어나왔다. 택시를 타고 병원으로 돌아갈 참이었다.

펑, 펑, 퍼엉……

갑자기 굉장한 폭음이 터져나오기 시작했다. 한일은행 앞에서 시위가 벌어진 듯싶었다. 여기저기서 점포 셔터를 내리느라 분주했다. 근처 건물에서 사람들이 우르르 몰려나와 그쪽을 구경했다. 시위 군중의 규모는 의외로 많았다. 칠팔백 명 남짓 될까. 대학생인 듯한 청년들이 맹렬히 돌을 던졌다. 음료수병, 벽돌 조각도 날렸다.

펑펑펑…… 다시금 굉장한 양의 최루탄이 쏟아졌다. 페퍼 포그 차량이 갑자기 튀어나왔고, 시위대 수의 서너 배가 넘을 듯싶은 진압 경찰 병력이 시위대를 밀고 내려갔다.

투타타타타……

헬기 한 대가 시위대의 머리 위로 빠르게 선회하기 시작했다. 펑펑펑펑펑…… 최루탄의 폭음. 자욱하게 날리는 분말 가스. 투타타타타타타타…… 허공을 북북 찢어대는 프로펠러 소리. 함성 소리. 구호 외치는 소리……

그런 어느 순간, 펑 하는 소리와 함께 페퍼 포그 차량의 검은 차체 앞쪽이 화염에 휩싸였다. 와아아! 인도에 몰려나온 사람들도 함성을 질렀다.

"화염병이다. 유리병에 신나를 채워가꼬 가스차에 던졌어!"

누군가 소리쳤다. 불길은 이내 꺼졌다.

투타타타타.

돌연 헬기가 네거리 위에서 고도를 바짝 내렸다. 프로펠러가 불어내는 바람이 순식간에 길바닥을 휩쓸기 시작했다. 굉장한 바람이었다. 흙먼지와 최루탄 분말이 소용돌이치며 사방으로 폭포처럼 솟구치다가 쏟아져내렸다. 시위 대열이 일시에 무너졌다. 인도의 군중들이 비명을 내지르며 골목과 건물로 허둥지둥 피했다.

"와아, 온다아! 쫓아온다."

수희는 사람들의 틈에 끼여 엉겁결에 도망치기 시작했다. 어딘지도 모르는 골목으로 들어가 주저앉았다. 목구멍이 터질 듯했고, 눈앞이 캄캄했다. 눈물이 줄줄 흘렀다. 한참 동안 눈물 콧물로 뒤범벅이 된 채 캑캑대던 수희는 간신히 골목을 빠져나와 반대편 현대극장 쪽으로 걸었다.

광주천 다리에 이르렀을 때, 수희는 한 무리의 시위 군중과 다시 마주쳤다. 한일은행 앞에서 흩어진 대열이 거기서 모인 듯했다. 그들은 천변도로를 따라 공원 쪽으로 향하고 있었다. 대열은 점차 불어났다. '김대중 석방하라' '비상계엄 철폐하라' '전두환 물러가라' '휴교령 철폐하라'……

구호를 외치고 노래를 합창하며 눈앞을 어수선하게 행진해가는 그들의 모습을 수희는 인도의 구경꾼 틈에서 지켜보았다. 대학생들의 얼굴은 흥분과 열기로 상기되어 있었고, 저마다 확신과 자신이 넘쳐 보였다. 앳된 티가 가시지 않은 여학생들이 후미를 허겁지겁 따르고 있었다.

"잘한다 잘해. 암암, 싸워야제."

인도에 비켜 선 시민들이 어설프게 웃으며 박수를 쳤다.

수희는 자꾸만 손수건을 두 눈에 가져가며 병원을 향해 걷기 시작했다. 연신 눈물이 흘러나왔다. 최루탄 탓만은 아니었다. 어느덧 시위 대열은 훨씬 빨라진 속도로 저만치 멀어져가고 있었다.

수희는 얼핏 그 대열의 앞을 가로막고 있는 어떤 까마득히 높은 장벽을 떠올렸다. 그건 장벽이면서 또한 올가미였다. 그 완강하고 거대한 올가미의 장벽, 그리고 그 장벽을 향해 다만 어깨동무를 한 채 한덩어리로 달려가고 있는 수많은 사람들의 용기와 간절한 소망에 대해 생각하며 그녀는 혼자 걸어갔다.

어째서일까. 불현듯, 돌아가신 외할아버지와 외할머니, 아직도 갇혀 있는 외가 식구들 그리고 어머니. 하나같이 초췌하고 힘없는 얼굴들이 자꾸만 그녀의 시야를 가로막았다.

눈이 고운 사람아
사월은 가고 너를 만난 날 등꽃이 피었지
봄은 우리들의 가슴속에 있어요
다소곳 햇살 머금은 등꽃의 미소로
너는 고개를 숙이고 우리는 풀잎이 일어서는 들
길을 걸었지……
　　── 나종영, 「등꽃」에서

5월 18일 14 : 00, 금남로 5가

　논둑에 몸을 기대고 전방의 밀림을 응시하던 장교가 손짓을
한다. 두 명의 병사가 날렵하게 포복 자세로 풀섶을 헤치고 나아
가기 시작한다. 순간 울창한 열대림 저편으로부터 빗발처럼 쏟
아져나오는 총탄. 두 병사가 앞으로 거꾸러지자마자 장교가 날
카롭게 소리친다.

　"사격 개시잇."

　이내 엄청난 기관총 소리……

　문득 미순이 손지갑을 집어들며 엉거주춤 일어섰다.

　"아저씨, 우리 그만 가요."

　두번째 영화가 시작된 지 겨우 십여 분 지났을 뿐이었다. 의아
한 눈길로 돌아보다가 무석은 이내 말없이 따라 일어섰다. 극장
안은 어둡고, 고약한 냄새가 풍겼다. 아무리 동시 상영관이라곤

해도 건물이며 의자는 지나치게 낡았고 바닥 역시 지저분하기 그지없다. 한낮이라서 그런지 도깨비라도 튀어나올 것처럼 썰렁하기만 한 객석을 둘은 빠져나왔다.

"왜 그래요. 마저 보, 보고 가자더니……"

미순이 손에 쥔 새우깡 봉지를 휴지통에 넣는다. 영화를 보면서 그녀는 줄곧 그걸 오물거리고 있었다.

"돈 아까운 생각에 그랬는데…… 난 아주 질색이거든요. 저런 총 쏘는 전쟁 영화 같은 건. 아저씬 좋아해요?"

"아뇨. 벼, 별로……"

무석은 고개를 저어 보이며 미순을 돌아다본다. 핏 하고 그녀가 어색한 웃음을 터뜨렸다. 그 표정이 어딘가 복잡해 보인다고 무석은 느꼈다.

아까 오전에 그녀가 불쑥 찾아왔을 때만 해도 무석은 무척 당황했었다. 여느 때처럼 느지막이 일어나 세수도 하지 않은 채 혼자 늦은 아침을 먹고 있던 참이었다. 문득 밖에서 방문 두드리는 소리가 들렸다.

"어머. 이제야 아침 드시나봐. 어제 한 약속 지키라고 찾아왔어요 아저씨."

문을 열어보니, 뜻밖에도 미순이 서 있었다. 그녀는 거침없이 고개를 불쑥 들이밀고 방안을 휙 둘러보며 대뜸 그렇게 말했다.

"약속이라니, 무슨……"

얼굴이 벌겋게 달아올라 엉거추춤 서 있는 그를 쳐다보며 미순은 오히려 제 쪽이 더 이상하다는 표정으로 웃었다.

"어머머, 아저씨. 함께 영화 구경 가자구 제가 그랬잖아요, 어제. 벌써 까먹으셨나봐. 삼십 분 후에 다시 올 테니까, 준비하고 계시라구요. 아셨죠? 조조 할인권이 두 장이면 그게 그래봬도 얼마를 절약할 수 있다구요."

그러고는 또 까르르 웃어대며 밖으로 사라지는 거였다.

"으마, 세상도 차암 요상하게 돌아간다니께. 요즘은 뻘밭에 게가 구멍 찾아댕기는 것이 아니라, 거꾸로 구멍이 게 찾아댕기는 세상이란 말이여. 암만해도 한씨 청년이 저 가시내 맘에 쏘옥 들었는갑소야. 아침부터 혼자 사는 노총각 방에까장 궁둥이 살랑살랑 흔들며 찾아댕기는 꼴을 보니께. 흐으응."

당황해서 잠시 문턱에 멀거니 기대어 앉아 있으려니까 박씨 처가 이죽거렸다. 그제서야 어제 취사장에서의 일을 떠올렸으나, 조금 어이가 없었다. 꽤나 엉뚱하고 맹랑한 아가씨라는 생각이 들었다. 그러면서도 결국은 이렇듯 그녀와 함께 영화 구경을 나선 무석이었다.

극장 밖은 환한 대낮이다. 햇살에 눈이 부셔 무석은 눈을 찡그린다.

"어머, 벌써 두시가 다됐네. 아저씨, 배고프죠? 우리 뭐 좀 먹고 들어가요."

"그, 그러죠."

"영화는 내가 보여드렸으니까, 점심은 아저씨가 내는 거 맞죠?"

"그, 그래야지요."

"어쩜, 무슨 대답이 맨날 그래요. 꼭 초등학생처럼."

그녀는 무석을 향해 놀란 표정으로 올려다보다가 깔깔깔 웃음을 터뜨린다. 재미있어 못 견디겠다는 웃음이다. 머쓱해진 무석도 덩달아 히죽히죽 웃고 만다.

둘은 공원 쪽으로 거슬러 올라갔다. 광주천을 사이에 두고 건너편에 현대극장이 보이는 부근이었다. 개봉관인 그 극장 앞으로 이어지는 다리를 마악 접어드는 순간 미순이 갑자기 캑캑거리며 얼굴을 가렸다. 무석도 손수건으로 코를 감싸쥔다. 다리 위 길바닥은 밀가루 같은 흰 분말들로 뒤덮여 있고, 깨어진 벽돌 조각이며 돌멩이들이 어지러이 뒹굴고 있다.

"아아, 누, 눈에 들어갔나봐."

미순이 난간을 부둥켜안은 채 그 자리에 쭈그려앉으려 했다. 무석은 그녀의 팔을 잡아 일으켜 급히 다리를 뛰어 건너갔다.

"아이고오, 매와 죽겠네. 이런 개 같은 새끼들이……"

자전거를 탄 남자가 소리를 지르며 허둥지둥 페달을 밟아 달아나고 있다. 무석은 다리를 건너 현대극장 앞에서 멈추었다. 미순은 두 손으로 얼굴을 감싼 채 건물 벽에 기대고 아예 털썩 주저앉아버린다. 최루탄 분말을 들이마신 모양이다.

"눈을 부비지 말고 그대로 잠시 참아요. 눈물을 흘리고 나면 좀 나아질 테니까."

무석은 그녀의 등을 손바닥으로 가볍게 두드려준다. 눈을 감고 미순은 한동안 그대로 주저앉아 있다. 벌겋게 부어오른 눈두덩이가 눈물로 어룽져 있었다. 그녀는 더듬대는 손으로 가방을 열어 화장지를 꺼내더니 눈물과 콧물을 핑핑 풀어낸다.

무석은 엉거주춤 허리를 굽히고 서서 등을 두드려주다가, 문득 그녀가 의외로 작고 가냘픈 몸을 지니고 있음을 알았다. 주근깨 많은 얼굴은 화장기 하나 없이 여리고 투명해 보였고, 귀 밑에서 가지런히 잘라낸 단발머리와 유난히도 길고 가느다란 목이 어딘지 애처러움을 느끼게 했다. 그래서였을까. 그녀의 콧잔등

에 깨알같이 돋아난 자잘한 주근깨를 내려다보며 무석은 불현듯
어머니 귀단을 떠올린다. 순간 가슴 한 귀퉁이를 자르르 떨리게
만드는 까닭 모를 서글픔. 무석은 지금 눈앞에서 눈물을 흘리며
앉아 있는 미순의 작은 몸뚱이를 꼬옥 껴안아주고 싶은 엉뚱한
충동을 느낀다.

이윽고 미순은 허리를 펴고 일어나 옷을 툭툭 털어냈다.

"어때요. 이젠 괜찮습니까?"

"정말이지 꼭 죽는 줄만 알았어요. 불덩이를 삼킨 것처럼 목구
멍이 터질 것 같은 게……"

눈물로 어룽진 얼굴을 하고 미순이 웃어보인다. 무석은 자신
이 아직 그녀의 어깨를 붙들고 있다는 사실을 뒤늦게야 깨닫고
재빨리 손을 움츠렸다. 둘은 한동안 그 자리에 서서 멀거니 거리
쪽을 바라보았다.

펑 퍼엉 펑. 어디선가 간헐적인 폭음이 잇따라 터지고 있다.
금남로 같기도 하고 충장로 부근인 듯싶기도 하다. 어쩌면 양쪽
모두인지도 모른다. 그러고 보니 거리의 표정이 심상치 않아 보
인다. 행인들의 표정엔 알 수 없는 불안의 흔적이 역력하다. 그
들은 무엇엔가 쫓기듯 빠른 걸음을 옮기다가도, 이따금 발을 멈
추고 금남로 쪽을 돌아다보곤 했다.

"공수부대가 투입됐다등만."

"이러다가 참말 무신 난리라도 터지지."

"어이구 저것 보게. 저 다리 위에서도 한바탕 붙은 모양이시.
안 되겠네. 저쪽으로 돌아가세나."

중년의 두 사내가 투덜거리며 눈앞을 지나갔다. 그들말고도
행인들은 대부분 금남로 쪽에서 오는 사람들이다. 도로를 차단

시킨 것일까. 금남로로 진입해야 할 차량들 역시 모두 다리에서부터 좌회전해 양동시장 방향으로 빠져나가고 있는 참이다.

갑자기 굉장한 프로펠러 소리가 바로 머리 위에서 들려왔다. 고개를 들어보니, 건물 위로 군용 헬리콥터 한 대가 중심가 쪽을 향해 날고 있다.

"헬기가 또 나타났네."

"어디야 어디! 이번엔 이쪽으로 몰려올라는 거 아닌가?"

등뒤에서 사내 둘이 튀어나오더니 하늘을 올려다본다. 극장의 집표원들인 듯싶다. 하지만 아직까지는 헬기가 중심가 부근 상공을 낮게 떠서 선회하고 있을 뿐이다.

무석은 극장 앞을 지나 왼쪽 길을 택했다. 거기서 두 블록만 지나면 금남로였다. 한일은행 부근에 꽤 많은 구경꾼들이 모여 웅성거리고 있는 게 보인다. 그쪽 어디에선가 한바탕 시위가 벌어지고 있는 눈치다. 도중에서 왼쪽으로 꺾어 충장로 5가로 접어들었다. 그 길은 비교적 한산했지만 여느 때와 다르기는 마찬가지다. 점포 앞까지 나온 상인들이 여기저기 둘러서서 수군거리고 있다.

"비상계엄 시국인디 어쩔라고 저러는지 모르겄어. 전두환이놈들이 순순히 보고만 있겄어? 안 그래도 시내에 군인들까지 좍 깔렸다등마는."

"말도 마. 군인도 그냥 군인이 아니고 공수부대를 몽땅 풀어났다대. 전대랑 조대 운동장에 밤새 낙하산 타고 엄청나게 내렸다드라고."

"아이고, 잘못하다가는 무신 피를 보고야 말제. 학생들이 너무 겁이 없는 것 같어. 데모를 해도 상황 봐감서 눈치껏 해야 쓸 것

298

인디, 차암."

"츳, 소갈머리 없는 자식들 같으니라고. 허구한 날 데모는 무신 놈의 데모여. 가만 보면, 대학생들 중에도 무담시 공부허기 싫어하는 놈들만 뛰어나와가꼬 저리 설치고 다닌단 말이시. 싹수 있는 놈들은 안 그러네."

"아따, 박사장님. 알고 보면 다 그런 것도 아닙니다. 아, 대학생들 아니먼 이 으스스한 판국에 어느 누가 나서서 옳다 그르다 하고 바른 소리 한마디하겠습니까. 잘한다고 박수야 못 칠망정 욕은 말아야제라우."

"어메, 자네 한번 잘났네그랴. 누구는 뭐 세상 물정 모르고 지게 받쳐놓고 온 사람인 줄 아는갑네. 아, 데모도 서로 잘살자고 허는 것인디, 우리 같은 사람들 장사 못 해묵게 만든 것이 벌써 몇 달인가. 나는 시방 속이 다 뒤집어지는디, 자네는 솔찬히 배부른 소리도 하고 있네그랴. 쯧."

그러면서도 그들은 이따금 고개를 젖혀 프로펠러 음이 들리는 쪽으로 불안한 시선을 힐금힐금 날려보내곤 한다. 행인들은 하나같이 코를 틀어쥔 채 종종걸음을 하고 있다. 시내는 벌써 어디라 할 것 없이 온통 최루탄 분말이 꽃가루처럼 가득 퍼져 떠다니고 있는 듯했다.

"뭘 먹을까요?"

충장로 5가 끝에 이르렀을 때 무석은 어렵사리 입을 열었다. 길모퉁이에 작은 식당이 보였다. 설렁탕, 비빔밥 따위의 글자를 단 입간판이 먼지에 찌든 채 가게 앞에 서 있다.

"에계계, 시시하게 겨우 비빔밥 한 그릇으로 때우려구요? 난 중국 요리가 먹고 싶은데. 어때요, 괜찮겠어요?"

"주, 중국 요리?"

 무석은 얼핏 곤혹스런 표정을 지었다. 주머니에 달랑 집어넣고 나온 돈을 다 합해봐야 고작 비빔밥 서너 그릇 값 정도에 지나지 않을 것이다. 대체 이 맹랑한 아가씨는 어떻게 생겨먹은 여잘까. 값비싼 중국 요리라니. 아무래도 골탕을 먹이려고 일부러 이렇게 끌고 나온 것이 아닌가 싶은 생각에 무석은 새삼 그녀의 옆모습을 훔쳐보며 걷는다. 그런데도 미순은 뭐가 그리 재미있는지 연신 빙글빙글 웃음을 흘리며 길모퉁이를 돌아갔다.

 길 건너편에 학생탑이 빤히 보이는 그 부근은 광주일고 앞 사거리였다. 금남로 쪽으로 다시 구부러져 몇 걸음 더 나아가던 미순이 문득 걸음을 멈춘다. 낡은 건물 이층에 조그만 중국집 간판 하나가 붙어 있다. 미순의 손에 등을 떠밀리듯 해서 무석은 이층 계단을 올라갔다.

 좁은 식당 안은 의외로 손님들이 많았다. 허름하고 초라한 집 치고는 제법 장사가 잘되는 모양이다. 창가에 앉아 있던 사람들이 일어나주었다. 미순은 앉자마자 자장면 두 그릇을 시키더니 "한 개는 곱빼기루요" 하고 덧붙였다.

"중국 요리가 먹고 싶다고 그러더니……"

"자장면은 중국 요리가 아닌가요 뭐. 난 자장면을 젤루 좋아하거든요. 하긴 다른 건 별루 먹어보지도 못했지만요."

 미순은 머리를 가볍게 흔들며 또 혼자 웃음을 삼킨다. 숱 많은 그녀의 단발머리가 물결치듯 흔들렸다. 그 모습이 얼핏 조그만 계집아이처럼 귀여워 보인다고 무석은 생각한다. 역시 엉뚱한 아가씨로군. 무석은 비로소 홀가분하게 따라 웃었다.

"미안해요 아저씨. 내가 너무 장난꾸러기처럼 철없이 굴죠?"

　문득 정색을 하더니 미순이 물었다. 무석은 대답 대신 그녀를 마주보았다.

"하지만 나쁜 뜻으로 그런 건 아니니까 화내지 마세요. 왜 그런지 나도 잘 모르겠거든요. 아저씨를 보면 그냥 놀려주고 싶어지는 걸 어떡해요."

"사람을 노, 놀리는 건 나쁜 짓에 속하는 게 아닌가……"

"아뇨, 그런 뜻이 아니고…… 뭐랄까. 아저씰 보면 왠지 웃음이 나오거든요. 후후."

"어, 어째서요. 난 그런 소린 처음 듣는데."

"어머, 설마요. 나만 그러는 게 아니고 은숙이, 내 친구 말예요, 그애도 아저씨 보면 우스워서 죽겠다고 그러는걸요. 저어, 순진한 선머슴 같대요. 처음 봤을 때부터 그랬다니까요."

"결국 시골 촌놈 같다는 소리구만요."

"맞아요. 은숙이가 바로 그렇게 말했다구요."

　미순은 다시 쿡쿡대기 시작한다. 그리고는 이내 한마디, 지나가는 말처럼 슬쩍 덧붙인다.

"근데, 난 그런 사람들이 왠지 좋거든요."

　무석은 당황해서 얼른 눈길을 창밖으로 돌려버린다. 난 이런저런 게 좋거든요, 하고 말하는 게 그녀 특유의 버릇인가 보라고 생각한다.

"저거 봐요. 또 얼굴이 빨개졌네. 그러니까 촌사람이라지. 후후훗."

　그녀가 입을 가리며 웃음을 터뜨렸다. 결국 무석 역시 뒷머리를 긁으며 따라 웃고 만다. 어느새 한결 유쾌해진 기분이었다.

　실내는 비좁고 후텁지근했다. 그러고 보니 창문마다 모조리

꼭꼭 닫혀 있다. 최루탄 가스 때문인 듯싶다. 그런데도 뒷자리에
앉은 청년 중 하나는 우동을 씹다 말고 연신 재채기를 터뜨린다.
젠장할, 내 콧구멍만 고장이 났는갑다이. 투덜대면서 청년은 다
시 후룩후룩 소리를 내며 먹기 시작했다.
　갑자기 어디선가 와아, 함성이 터져나왔다. 고개를 들어보니
텔레비전에서 흘러나오는 소리다. 주방 앞에 세워진 헐어빠진
냉장고 위에 텔레비전 한 대가 얹혀 있다. 마침 야구 중계를 보
내주고 있는 참이다. 안타를 터뜨린 주자가 일루를 돌아 이루 쪽
으로 쓰러지듯 파고든다. 세이프. 심판의 재빠른 몸짓. 스탠드의
관중이 와와 함성을 내지르며 일제히 일어나 손바닥을 두드려대
는 모습. 아아, 당당 이루탑니다. 주자일소 이루타아. 열광하는
관중들. 서울운동장 야구장은 그야말로 열광의 도가닙니다. 멋
진 플레이…… 아나운서가 한껏 들뜬 목청으로 덩달아 고함을
질러대고 있다.
"얌마, 자장 나왔잖냐!"
　주방에서 사내 하나가 소리를 질렀다. 열대여섯 살 정도 되어
뵈는 종업원 아이가, 일손을 놓고 화면에 한눈을 팔고 서 있다가
깜짝 놀라, 양손에 자장면 그릇을 들고 다가왔다. 아이는 그것을
두 사람의 코앞에 탁 소리가 나게 내려놓고 돌아갔다. 한 그릇은
곱빼기다. 미순이 큰 그릇을 무석 쪽으로 밀어놓는다.
"이건 아저씨 몫이에요. 남자들이 어디 이 정도로 되겠어요?"
　벌써 그녀는 젓가락질을 시작하고 있었다. 무석은 새삼 그녀
를 훔쳐보며 혼자 빙긋이 웃는다. 연분홍빛 엷은 블라우스가 썩
잘 어울린다고 생각한다. 아무리 봐도 묘한 아가씨였다. 이제 겨
우 얼굴 정도만 익혔을 뿐인데도, 오랜 사이처럼 스스럼없이 대

해오는 그녀의 태도가 무석의 마음을 편안하게 만들었다. 그래서일까. 무석은 말을 별로 더듬지 않았다.

"아까 극장에선 왜 그렇게 울었습니까. 첫번째 영화 볼 때 말입니다."

"그랬어요, 내가?"

미순은 젓가락을 놀리며 딴청을 부린다.

"못 본 줄 아십니까. 손수건이 다 젖도록 아주 펑펑 울고 있던데……"

"영화가 너무 슬펐어요. 사실 난 눈물이 좀 헤픈 편이거든요. 은숙이가 맨날 나보고 그래요."

미순은 조금 수줍게 웃는다. 그녀에게서 그렇듯 수줍은 웃음을 무석이 본 건 처음이었다.

'하필이면 어쩌다 그런 영화를 보게 되었는가 몰라.'

미순은 단무지를 오물거리며 생각한다. 하지만 그건 거짓말이다. 처음부터 미순은 그 영화를 택했던 것이다.

그녀는 영화를 무척 좋아했다. 공장이 쉬는 날이면 이따금 극장을 찾아갔다. 대개 은숙이와 함께였지만, 은숙이가 없을 때는 혼자 간 적도 있었다. 공장의 다른 계집애들처럼 잘생긴 남자 배우를 좋아해서도 아니었다. 영화 속의 세상을 좋아하긴 했지만, 그 아름다운 가공의 세상과 극장 밖에서 자신이 살아가야 할 추하고 팍팍하기 그지없는 세상을 혼동할 정도의 바보는 물론 아니었다.

영화 속엔 온갖 사람들이 만들어내는 각양각색의 세상이 들어 있었다. 대부분이 자신의 삶으로부터 지나치게 먼 곳에 있는 풍경들이었지만, 그 중엔 더러 저도 모르게 눈물을 쏟게 만드는 영화들도 많았다. 바로 그 때문에 미순은 무엇보다 비극 영화를 싫어한다고 입버릇처럼 말했는데, 그러면서도 막상 그녀가 찾아가는 극장의 영화는 언제나 바로 그런 비극 영화들이었다.

애 좀 봐라. 너 비싼 돈 주고 징징 울라고 아예 작정을 하고 여기 왔냐. 창피해 죽겠다. 제발 그만 좀 해둬라.

은숙이가 옆구리를 꼬집어대며 늘상 편잔을 주곤 했지만, 우는 버릇은 여전했다. 하지만 미순의 그런 버릇이 정작 무엇 때문인지 아마 은숙도 모를 것이다.

미순은 영화 속의 주인공과 함께 울면서 언제나 죽은 어머니를 생각하곤 했다. 저 극장 바깥의 냉엄한 현실 속에서 살아가려면, 이 막막한 세상에 저 홀로 남겨지고 말았다는 사실을 한사코 잊어버려야만 했다. 그러므로 불행한 어머니의 일생과 미순 자신의 처지를 필름이 돌아가고 있는 그 짧은 동안에만 남몰래 확인하며, 미순은 어둠 속에 몸을 숨긴 채 맘껏 흐느껴 울 수 있었던 것이다. 그리고 영화가 끝나고 다시 극장을 나서면 그녀는 애써 누구보다도 쾌활하고 장난기 많은 여자로 돌아왔다.

펑, 펑, 퍼퍼펴엉……

돌연 굉장한 폭발음이 귀청을 때렸다. 유리창이 흔들릴 정도로 가까운 곳에서였다. 무석은 얼결에 젓가락을 손에 쥔 채 벌떡 일어섰다.

"뭐야! 어디서 그래?"

종업원 아이가 후닥닥 달려오더니 유리창에 코를 들이밀었고, 손님들이 자리에서 일어나 창 쪽으로 다가왔다. 무석도 창밖을 내다보았다.

한 무리의 시위대가 최루탄을 피해 양동 쪽으로 어수선하게 쫓기고 있다. 많은 수는 아니다. 백여 명쯤. 오히려 인도에서 구경하고 있는 사람이 더 많다. 대부분 대학생들로 보이는 시위대가 순식간에 흩어져버리고 나자 최루탄은 더 이상 터지지 않는다.

"이봐. 일찌감치 나가자구. 여기 죽치고 있다가는 고춧가루 진탕 퍼마시고 오도가도 못 하고 붙잡혀 있게 될 것인께."

뒷자리의 사내들이 서둘러 한꺼번에 식당을 빠져나갔다. 이제 남아 있는 손님이라곤 무석과 미순 그리고 어린아이를 데리고 온 할머니뿐이다.

"저기 봐! 군인들이다. 공수부대야, 공수부대!"

종업원 아이가 별안간 빽 소리를 질렀다.

"짜식아 시끄러! 이게 무슨 병정놀이냐."

어느새 주방에서 나왔는지, 주인사내가 녀석의 뒤통수에 알밤을 먹이고는 덩달아 바깥으로 고개를 빼고 있다. 무석은 창유리에 뺨을 붙이고 거리를 살폈다.

왼쪽엔 사거리가 약간 비껴서 보이고, 오른쪽으로는 시외버스 공용터미널로 이어진 직선도로가 훤히 내다보인다. 종업원 아이가 가리킨 곳은 유동 사거리와 이어진 금남로 5가 방향이었다.

맨 처음 그들을 보았을 때 무석은 언뜻 그것이 거대한 물체의 덩어리라고 생각했다. 그것은 곧게 뻗어나간 사차선 도로의 한쪽 끝에서부터 반대쪽 끝까지의 면적을 빽빽하게 채운 채 미동도 없이 정지해 있었다. 온통 검푸른 빛을 띤 그 낯선 덩어리는 흡사 누군가의 손에 의해 질서정연한 대오와 한치 오차도 없는 균일한 간격으로 배치되어진 정체불명의 쇠붙이처럼 보였다. 그 쇠붙이는 엄청난 파괴력을 지닌 가공할 만한 폭탄이거나 신형 무기 같기도 했다.

무석은 저도 모르게 침을 삼킨다. 그 이상한 물체의 덩어리로부터 시선을 뗄 수가 없다. 어떤 알 수 없는 강렬한 힘이 자신을 끌어당기고 있는 듯한 느낌. 그랬다. 그건 공포였다. 개체를 구분할 수 없도록 한덩어리로 완강히 뭉쳐진 그 거대한 물체로부터 분명 그 불가사의한 공포는 시작되고 있었다. 불현듯 심장의 박동이 느리게, 그러나 불길하게 울리고 있음을 무석은 깨달았다.

지금 그 검푸른 덩어리의 양쪽엔 이제 한참 싱그러운 잎사귀들을 뽑아올리고 있는 가로수들이 길게 열을 지어 서 있다. 더 뒤편으로는 주택의 낮은 지붕들, 그리고 삼사층 정도의 그다지 크지 않은 콘크리트 건물들이 보인다. 그 덩어리는 도로를 가로질러 걸린 육교 밑에 위치해 있고, 그 육교 너머 맑게 갠 오월의 하늘엔 붉은 해가 떠 있다.

얼핏, 그 모든 풍경들 한가운데에 정지해 있는 그 정체불명의 덩어리는 어마어마한 흡인력으로 주변의 사물과 빛깔들을 한꺼번에 빨아들이고 있는 듯한 기괴한 착각을 일으키게 했다. 순간 주변의 모든 것들이 일제히 잿빛으로 변해버렸다. 무성한 가로수들도 하늘도 그리고 태양까지도 잿빛으로 보였다. 이내 그것들은 광각 렌즈 속의 풍경처럼 그 검푸른 덩어리를 향해 일제히 둥글게 휘어져 무너지기 시작했다. 가로지른 육교가 무너지고, 나무와 빌딩, 지붕들, 하늘과 태양까지도 휴지쪽처럼 흉측하게 일그러지기 시작하는 것을 무석은 꿈속처럼 멍하니 지켜보고 있었다. 그러나 오직 하나, 그 거대한 물체의 덩어리만은 끝끝내 그 기이한 풍경의 중심에서 처음 그대로, 끄떡도 없이 고스란히 정지해 있을 뿐이었다.

마침내 최초의 움직임이 있었다. 수백 개의 관절로 이어진 한

마리 거대한 파충류처럼 아주 천천히, 그러나 정확하고도 치밀한 속도로 그것이 꿈틀꿈틀 기어오기 시작했을 때에야 비로소 무석은 그것이 살아 있는 인간들의 집합체라는 사실을 깨달았다.

그들이 움직이는 것과 동시에 주위의 모든 풍경들은 일시에 시야에서 사라져버렸다. 남아 있는 것이라곤 다만 꿈틀거리며 다가오고 있는 얼룩덜룩한 빛깔의 거대한 덩어리, 그리고 이쪽 네거리의 인도 여기저기에 모여 웅성거리고 있는 시민들의 엉거주춤한 몸뚱이들——바로 그 두 가지뿐이었다. 정적. 기이하리만치 무거운 정적이 감돌고 있었다.

그런 어느 순간, 그 정적을 깨뜨리며 삐이잇, 하는 소리가 들려왔다.

"온다 와! 공수부대가 온단 말여!"

유리창을 열고 내다보던 종업원 아이가 외쳤다.

정말, 오고 있다. 그들이. 이쪽을 향해.

그 이상한 소리가 호루라기 소리였음을 무석은 뒤늦게야 기억해냈다. 최초의 움직임은 바로 그 호루라기 신호로부터 시작되었고, 지금 그 신호와 함께 그들이 전진해오고 있는 것이다.

삐—잇.

삐—잇.

느리지만 단호하고도 날카롭게 울리는 소리. 그들까지의 거리는 이백오십 미터. 그 거대한 덩어리를 이루고 있는 병사들의 모습이 차츰 뚜렷해지기 시작한다. 사차선 도로를 정확히 일직선으로 절단하며 다가오는 그들은 대략 삼백여 명 정도. 그러나 천명, 아니 이천 명, 삼천 명이 훨씬 넘는 대규모의 병력으로 보이기에 충분할 만큼 그들은 위압적이고 불길하다.

삐―잇.

삐―잇.

삐―잇.

병사들의 얼룩무늬가 더욱 또렷하게 보이기 시작한다. 짙은 은백색을 띤 둥근 철모, 철모, 철모…… 제복의 얼룩무늬는 얼핏 잘못 엎질러놓은 물감 자국 같다. 아니 이제 막 부패를 시작한 시체의 살가죽에 돋아난 크고 푸릇푸릇한 반점들 같다. 신통하리만큼 똑같아 보이는 병사들. 그건 똑같은 군복과 철모, 군화 따위 때문만은 아니다. 등에 비껴 걸린 소총의 검은 총신. 길고 단단한 진압봉을 움켜쥔 팔뚝. 왼쪽 허리에 찬 방독면 가방…… 그 모든 것들이 그들을 하나의 거대한 덩어리로 보이게 만들고 있다.

삐―잇.

삐―잇.

삐―잇.

날카로운 금속성의 호루라기 소리를 퍼뜨리고 있는 사람은 장교인 듯싶다. 대열의 맨 후미에 약간 뒤처져서 혼자 따라오는 그의 입에서 규칙적으로 흘러나오는 그 섬뜩한 소리. 병사들의 걸음은 그러나 느리다. 처음 보는 동작이다. 삐잇. 삐잇. 호루라기 소리에 맞춰 그들은 정확히 첫번째 신호에 한 발을 떼었다가, 두번째엔 뒷발을 가져다 붙이고, 그리고 다시 또 한 발을 옮겨 딛는다. 그 모든 동작은 아주 느리면서도 놀랍도록 정확한 속도와 보폭을 유지하고 있다.

척척척척척……

백 미터. 구십 미터. 팔십 미터……

그들과 네거리 교차점까지의 간격이 점점 좁혀진다. 인도마다 모여 서성거리고 있는 시민들. 바로 건너편 인도엔 그 동안에도 행인들이 꾸준히 불어나고 있다. 차도까지 내려온 사람은 없다. 모두들 인도 위에 서서, 그들은 눈앞으로 점점 다가오고 있는 병사들의 대오를 호기심과 은근한 불안감에 휩싸인 채 지켜보고 있다.

삐―잇.

삐―잇.

삐―잇.

척척척척…… 척척척척.

소리. 소리가 다가온다. 톱니바퀴처럼 정밀하고도 단호하게 울리는 군화 소리. 시민들은 일제히 병사들의 그 까만 군화에 시선을 모은다. 칠십 미터. 육십 미터.

구경꾼들의 대열에서 작은 동요가 일었다. 불길한 예감에 겁을 먹은 구경꾼들이 슬슬 뒷걸음질을 친다. 절반 가량의 시민들은 그 자리에 아직 서 있다. 중년의 사내, 노인과 여자들도 있다. 주머니에 두 손을 찌르고 있거나, 팔짱을 낀 채 혹은 손수건으로 무심히 얼굴을 훔치며 서 있는 구경꾼들. 그들은 대부분 우연히 부근을 지나가던 행인들이다. 은근한 불안과 두려움을 감지하면서도, 그들은 다만 거기서 기다리고 있을 뿐이다. 얼룩무늬들이 자신들의 앞을 지나쳐가고 나면 이내 저마다의 목적지를 찾아 바삐 흩어져야 할 사람들이기 때문이다.

문득 사람들 틈에서 한 무리의 대학생들이 차도로 튀어나왔다. 흩어졌던 아까의 그 대학생들 같다. 고작 스무 명 남짓 될까. 그들은 재빨리 네거리로 몇 발짝 달려나가더니, 얼룩무늬 대열을 향해 돌멩이를 던지자마자 허겁지겁 되달려온다. 그러나 돌멩이들은 병사들과는 어림없는 지점에 떨어져 굴렀다.

삐잇. 삐잇.

척척척…… 척척척척.

얼룩무늬 대열은 전혀 동요의 기색조차 없다. 육십 미터. 오십 미터. 햇볕에 그을린 병사들의 얼굴과 목덜미 그리고 진압봉을 움켜쥔 팔뚝은 검붉은 벽돌색이다.

인도의 구경꾼들이 동요하기 시작한다. 공포는 보다 확실한 부피로 바짝 다가오고 있다. 상당수의 사람들이 흘금흘금 뒤를 돌아보며 빠져나가기 시작한다. 돌멩이를 던진 대학생들은 좀더 다급한 걸음으로 후퇴하고. 그래도 아직 남아 있는 행인들의 숫자는 많다.

삼십 미터. 이십 미터.

그리고 바로 그 순간이었다.

삐이이-잇.

돌연 호루라기가 자지러지듯, 길게 울렸다. 순간 거대한 얼룩무늬 덩어리가 놀라운 속도로 해체를 시작했다. 길바닥에 콩자루를 쏟아부어놓은 것처럼 그야말로 눈 깜짝할 순간이었다. 그 거대한 파충류의 몸뚱이로부터 수백 개의 마디마디가 일시에 세포 분열을 시작했고, 해체된 무수한 분절들은 순식간에 별개의 독립된 운동체로 변해 미친 듯 사방으로 튀어나가기 시작했다.

투다다다닥……

엄청난 속도로 산개하는 군홧발 소리. 미처 피할 틈도 없이 일순 그 자리에 멍하니 얼어붙은 행인들. 그들을 향해 얼룩무늬들의 새까만 진압봉이 닥치는 대로 춤을 추기 시작했다. 아우성을 치며 도망치는 사람들.

"아아악. 엄마아."

비명 소리. 아우성 소리.

순식간에 거리는 아수라장으로 돌변해버렸다.

"아이고메, 저, 저!"

무석의 곁에서 주인여자가 외마디 비명을 터뜨렸다. 무석도 미순도 소리를 질렀다. 맞은편 인도로 우르르 몰려드는 병사들. 도망치던 몇이 보도블록 위로 넘어진다. 일어서려는 청년을 얼룩무늬가 군홧발로 걷어차며 진압봉을 퍽퍽 내리친다. 머리를 움켜쥐며 털썩 뒹구는 청년의 몸뚱이. 벗겨진 신발을 주워들고 달아나려는 처녀가 또 다른 얼룩무늬에게 잡혔다.

"아아 엄마아."

머리채를 나꿔채자마자 옆구리를 내지르는 군홧발. 고꾸라진 여자의 목덜미를 움켜쥔다. 부드득 뜯겨져나오는 흰색 블라우스. 여자의 한쪽 가슴과 흰 어깨가 확 드러났고, 군홧발이 재차 엉덩이를 걷어찼다. 아스팔트 위로 풀썩 나뒹구는 여자의 작은 몸뚱이.

얼룩무늬는 이내 다른 목표물을 노리고 뛰어나간다. 공중전화 부스 앞에도 두 사람이 넘어져 있다. 청년과 신사복 차림의 중년 사내. 그들을 향해 대여섯 명이 한꺼번에 달겨들어 진압봉과 발길질을 퍼붓기 시작한다. 비명을 지르며 발버둥치는 중년 사내의 머리를 진압봉이 정확히 강타했다. 짚단처럼 맥없이 고꾸라지는 중년 사내. 사내의 얼굴은 이미 피투성이다. 필사적으로 무릎을 끌며 기어가려는 청년. 퍽퍽. 무차별로 떨어지는 진압봉에 청년이 머리를 안은 채 벌렁 뒤집힌다. 얼룩무늬가 둘의 멱살을 움켜쥐고 네거리 쪽으로 질질 끌고 가기 시작한다.

"아이고오. 우리는 대학생이 아니란께요오!"

건너편 삼층 건물에서 서너 명이 끌려나온다. 교련복 차림의 고등학생 둘, 잠바를 입은 삼십대 사내, 그리고 다른 쪽은 넥타이를 맨 와이셔츠 차림이다. 그들 역시 머리와 얼굴에서 피를 심하게 흘리고 있다. 공용터미널 쪽 사층 빌딩 옥상에서 십여 명의 시민들이 길 아래쪽을 내려다보고 있다.

"저 새끼들도 잡앗!"

하나가 소리치자 얼룩무늬 몇이 그 건물 계단으로 뛰어들어간다. 또 다른 건물의 일층 가게 셔터를 마구 걷어차고 있는 병사. 아악. 골목길에서 끌려나오는 청년들의 외마디 비명 소리. 퍽퍽. 미친 듯 휘둘러대는 둔탁한 진압봉들. 우두두두두. 사냥감을 쫓아 달리는 어지러운 군홧발 소리. 여기저기 쓰러져 뒹구는 사람들의 비명과 외침. 멀찍이 떨어진 골목이며 주변의 건물 위층에서 그 모습을 지켜보는 사람들이 터뜨리는 공포에 질린 비명 소리…… 그 모두가 불과 사오 분 사이에 벌어진 상황이었다.

무석은 창가에 얼어붙은 채 그 광경에서 눈을 떼지 못했다. 새파랗게 질린 미순은 어느 틈에 무석의 허리를 꼬옥 끌어안은 채 부들부들 떨기만 한다.

"아이고메. 어쩌까이. 어째야 쓸거나아!"

주인여자가 탁자를 붙들고 발을 동동 구른다.

"셔터 내려! 빨리!"

주인사내가 다급하게 고함을 치자 종업원 아이가 뛰어내려갔다. 그러나 이내 웬 청년 두 명과 종업원 아이의 몸뚱이가 한덩어리로 엉키듯 식당 안으로 몰려들어왔다.

"사, 살려주시오. 문. 어디, 문 없소?"

청년들이 신발을 신은 채 방안으로 뛰어들자마자 출입문이 와지끈 젖혀지며 두 명의 얼룩무늬가 불쑥 나타났다.

"이 개새키들, 어디 갔어!"

하나가 꽥 소리를 치며 다짜고짜 의자를 걷어찬다.

"아, 아이고 군인 아저씨들. 왜들 이, 이러십니까."

엉거주춤 다가가려는 주인사내의 복부로 군홧발이 날아갔고, 사내가 의자를 껴안은 채 뒤로 나동그라졌다. 비명을 지르며 여자가 뛰어갔다. 얼룩무늬가 방문을 왈칵 열고 안으로 뛰어들어간다. 이내 악악 하는 비명 소리와 함께 무엇인가 부서지는 소리. 끌려나온 청년들.

"이 새끼가, 어딜 도망칠라구!"

부들부들 떨고 있는 청년들의 어깨와 머리를 겨누고 진압봉이 어지러이 떨어져내렸다. 허물어지듯 주저앉는 그들의 머리에서 붉은 피가 흥건히 쏟아졌다.

"으아아앙."

노인과 함께 온 어린 계집아이가 숨넘어갈 듯 울음을 터뜨린다.

"야, 이 새낀 뭐야!"

얼룩무늬 하나가 이번엔 무석 쪽으로 성큼성큼 다가왔다. 사내는 거친 숨을 몰아쉬며 무석의 턱을 진압봉으로 툭 치며 소릴질렀다. 유난히도 검붉은 사내의 얼굴과 충혈된 두 눈을 무석은 보았다.

"왜 이러세요. 우, 우린 손님이에요."

무석의 허리를 와락 끌어안으며 미순이 재빨리 말했다.

"씨발, 놀구 있네! 좆겉이 생긴 걸 깔치라구 달고 다니면서, 칫.
야! 이 씹새끼야. 너 같은 새끼들이 개지랄 치는 통에 우리가 여
기꺼정 내려와서 좆뺑이치고 있다 이 말씀야. 알아들어?"
　사내가 무석의 뒤통수를 주먹으로 툭툭 치더니, 갑자기 탁자
를 세차게 걷어찼다. 탁자가 우당탕 넘어지며 음식이 가슴과
무릎 위로 쏟아졌다. 순간 울컥하는 분노에 무석은 튕기듯 일어
났다.
"어, 이 새키가, 뒈질라고!"
"아, 안 돼욧!"
　미순의 두 팔이 다급하게 무석을 껴안아 앉히려는 순간 퍽 소
리와 함께 진압봉이 어깨 위로 떨어졌다. 연거푸 가슴과 옆구리
로 날아드는 발길질.
"아악, 안 돼요!"
　순간 정신이 아뜩해지면서 무석은 바닥으로 나뒹굴었고, 그런
그를 미순의 작은 몸뚱이가 덮치듯 부둥켜안았다.
"아따, 군인 아자씨. 참으시요이. 지발 사람 목숨 한번 살려주
시구랴. 젊은 양반이 모르고 그랬을 것잉께 그만 참으시요. 예
에?"
　할머니와 주인여자가 사내의 팔을 잡고 애원하듯 말리고 있는
소리를 무석은 얼핏 들은 것 같았다.
"쌍누무시키! 너, 오늘 운 좋은 줄 알아!"
　씨근덕거리며 얼룩무늬는 식당을 내려가버렸다. 청년들은 이
미 다른 얼룩무늬가 끌고 내려간 뒤였다.
"정신차려요 아저씨. 괜찮아요?"
"괘, 괜찮아요……"

무석은 간신히 몸을 일으켜세우다가 우욱, 신음을 내질렀다. 어깻죽지가 무너져내릴 듯 아팠다. 피가 나네. 이걸 어쩌면 좋아. 미순이 손수건으로 그의 왼쪽 볼에서 피를 찍어내며 말했다. 대단한 상처는 아니었다. 귀 언저리가 약간 찢어졌을 뿐이다. 어깨를 내리칠 때 진압봉에 스친 듯싶었다.

"그만하기 천만다행이여, 젊은이. 총 든 사람한테 대들어서 무슨 피를 볼라고 그랬으까이. 그저 그럴 때는 죽은디끼 고개 처박고 있는 것이 기중 상책인 법이여. 아, 우리 같은 사람들이사 6·25 동란도 다 겪어봤응께."

노인이 혀를 찬다. 엉망이 된 방안을 들여다보고 나오며 주인 여자가 악을 쓰듯 소릴 질렀다.

"아이구머, 세상에! 저놈들도 참말 사람들이까? 백정놈이시, 징헌 인간 백정놈들 떼거리여! 데모도 안 한 사람들까장 훤헌 백주 대낮에 이렇게 개 잡디끼 닥치는 대로 때려잡는 법이 어디가 있다냐. 오메에, 몸서리가 나고 치가 떨려 죽겄네이."

"저놈들이 데모 막을라고 온 놈들이 아니구마라우. 애초부터 사람 때려쥑일 작정을 허고 나선 것이 틀림없소. 그나저나 여그서 잡혀간 그 젊은 사람들은 어쩌까이. 그놈들한테 끌려갔으니 얼마나 모진 꼴을 당헐꼬. 아이고 징해라아."

"아직까장 바깥에 있는가? 그 공수부대놈들 말여."

겁먹은 주인사내가 구석에 주저앉아 여자에게 묻는다. 무석은 조심스레 밖을 살폈다. 한바탕 소동은 지나간 듯싶다. 얼룩무늬들이 어수선하게 흩어져 대열 쪽으로 되돌아가고 있다. 공용터미널 쪽 길도 마찬가지다. 십여 명의 시민들이 끌려오고 있다. 놀랍게도 그들 중 몇은 맨발에 팬티만 걸친 반벌거숭이 모습이다. 머리 뒤로 두 손을 깍지낀 채 그들은 엉거주춤 끌려가고 있다. 피투성이가 된 머리를 손수건으로 감싸쥐고 가는 사람도 보인다.

"오메, 내다보지 마시요! 그러다가 또 쫓아오면 어쩔라고 그러까이."

주인여자가 무석의 등을 잡아당겼다. 갑자기 미순이 두 손으로 얼굴을 감싸며 탁자 위에 엎드려 큭 울음을 터뜨렸다.

"아아, 저걸 어쩌면 좋아. 세상에 어쩌면, 세상에, 저럴 수가……"

그때 갑자기 어디선가 와아 하는 함성 소리가 타져나오기 시작했다.

"안타아. 안탑니다. 역저언. 통쾌한 역전타. 전세를 완전히 뒤집어놓는 회심의 안타가 팔회말 투아웃에 터져나왔습니다아……"

냉장고 위에 텔레비전이 그대로 켜져 있었던 것이다. 화면 속에선 열광하는 서울의 관중들이 깃발과 꽃술을 흔들어대며 미친 듯 환호성을 질러대고 있다.

어깨를 손으로 감싸안은 채 무석은 그 모양을 멍하니 올려다보았다. 얼핏 무석은 꿈을 꾸고 있는 것만 같다. 대체 이게 어찌된 일인가. 내가 지금 꿈을 꾸고 있는 것인가. 어떻게 이런 일이……

무석은 창밖으로 고개를 돌렸다. 텅 빈 아스팔트 바닥에는 구두와 작은 손가방이 흩어져 있다.

"투아웃에 주자 삼루와 이루. 한 방이면 다시 두 점을 추가할 수 있는 좋은 기회……"

여전히 들뜬 아나운서의 음성과 관중들의 환호성이 흘러나온
다.
"야, 영만이 이 자식아! 저 빌어묵을 테리비, 당장 안 끌래!"
주인사내가 버럭 악을 썼다.

아아 우리들의 도시
우리들의 노래와 꿈과 사랑이
때로는 파도처럼 밀리고
때로는 무덤만 뒤집어쏠망정……
—— 김준태, 「아아, 광주여」에서

5월 18일 14 : 30, 누문동 제일고등학교 앞

대패를 밀어나가던 손길을 멈추고 봉배는 허리를 폈다. 콧등
과 이마에 그새 땀이 배어 있다. 봉배는 한동안 손가락으로 양쪽
관자놀이를 지그시 눌러본다. 그래도 여전히 머리가 지끈거린
다. 간밤의 술 때문일 것이다.

한기가 제 취직턱을 낸다기에 따라나선 것까지는 좋았는데,
시내에서 소주와 생맥주를 섞어 이차를 하고 돌아오다가, 한 복

도에 산다는 그 무석인가 하는 고시 준비생을 만나 또 한차례 마신 것이 아무래도 탈이었던 모양이다.

그때 한기가 불쑥 고향 애기를 꺼내지만 않았더라도 괜찮았으리라. 저야 별생각 없이 던진 말이었을 테지만, 그 바람에 불현듯 헤어진 두 동생 봉구와 봉순이에 대한 아픈 기억이 새삼스레 그를 괴롭혔고, 그래서 울적해진 마음에 잘 이겨내지도 못할 소주잔을 연거푸 들이켜고 말았던 것이다. 덕분에 오늘은 아침밥까지 거른 채 목공소로 나왔지만, 늦었다고 주인 서씨한테 구시렁거리는 소리를 한바탕 들어야 했다.

봉배는 작업실을 빠져나와 점포 구석에 놓인 주전자를 들고 주둥이에 입을 댄 채 물을 벌컥벌컥 들이켠다. 조금 전 수도꼭지에서 받아온 그 물은 미지근했고 비린내가 풍겼다. 오늘따라 주인집 아주머니는 끓여놓은 물이 없다고 빈 주전자만 달랑 내주던 거였다.

저녁에 주인아저씨의 친목계 모임을 집에서 치르게 되어 있는 모양이어서, 그 준비를 한답시고 아침부터 그릇을 꺼내온다 상을 빌려온다 하고 수선을 피우느라 겨를이 없는 눈치였다. 덕분에 점심 밥상까지 영 허술하기 짝이 없었다. 얼큰한 국물이라도 훌훌 마시고 싶었던 참인데, 자기들이 조반에 먹다 남긴 듯한 짜디짠 고등어찌개만 달랑 올려놓는 바람에 아직까지도 뱃속이 헛헛하고 쓰렸다.

허리 높이로 쌓아올린 목재 더미에 한 손을 짚고 서서 봉배는 잠시 점포 밖으로 시선을 던진다. 점포 앞의 좁은 길 바로 맞은편은 고등학교 운동장 담벼락이다. 그 벽돌담은 꽤 높아서, 이제 제법 푸르름이 짙어가는 플라타너스의 뭉툭하게 잘린 머리채만 보일 뿐이다. 담 안쪽은 하필 야구장이어서 이따금 튕겨 넘어온 공이 유리창을 깨뜨리곤 했다. 그래도 구두쇠로 소문난 주인 서 씨는 의외로 그다지 싫은 내색을 하지 않았다. 서씨는 야구광이 었고, 더구나 그가 만나는 사람한테마다 자랑을 늘어놓는 큰아 들이 바로 그 학교 졸업생인 탓이다.

지난번 전국 대회에서 그 학교 야구부가 우승을 했을 때는 한 꺼번에 우르르 몰려든 열댓 명의 전경들로 안채가 떠들썩했었 다. 서울에서 대학을 다니다가 전투경찰대에 입대해서, 지금은 광주 기동대에 근무하고 있는 큰아들 기룡과 그의 내무반 동료 들을 불러다가 일요일에 점심 한 턱을 냈던 것이다.

가게 앞 골목으로 행인들이 손수건으로 코를 가린 채 지나간 다. 봉배 역시 콧속이 간질거리더니 재채기가 나왔다.

"니기미, 어디서 또 데모를 하는 모양인갑네. 며칠 뜸하다 싶등 마는 또 시작이구만."

그러고 보니 바깥이 꽤나 어수선한 느낌이다. 최루탄 터뜨리 는 듯한 소리가 들려온다. 한일은행 아니면 공용터미널 부근인 듯싶은데, 가게를 비워두고 구경이나 나갔으면 차라리 좋겠다는 생각이 든다.

봉배는 손가락으로 콧등을 눌러 바닥에 대고 핑 콧물을 풀어 낸 다음 다시 작업실로 어정어정 되돌아갔다. 작업실과 점포 사 이의 칸막이문을 닫았다. 작업실이 좀 어두워지긴 했지만, 재채 기는 좀 덜했다.

대패를 집어들고 주위를 둘러보다가 봉배는 새삼 짜증이 솟는 다.

"해치워야 할 일거리가 산더미 같은데, 나 혼자서 어쩌란 말이여. 젠장.”

봉배는 김씨와 주인 서씨를 한꺼번에 싸잡아 욕을 씨부렁댄
다. 짜야 할 세살무늬 문짝이 자그마치 마흔두 짝이나 되는 것이
다. 그 주문이 들어온 것은 한 달 전이었다. 충장로 어느 경양식
집의 실내 장식용이라는데, 아마도 그 많은 문짝으로 온통 도배
질을 할 모양이었다. 직공이래야 김씨와 봉배 두 사람뿐인 데다
가, 그전부터 밀려 있는 일감을 마저 끝내고 그제 오후부터야 손
을 대기 시작한 일이었다.

그런데 하필 어제 아침 김씨가 갑자기 고향으로 훌쩍 떠나버
린 거였다. 형님이 죽었다고 했다.

“어따, 허고많은 날을 두고 해필 이렇게 오줌 누고 뭐 볼 짬도
없는 판에 돌아가셔부렀다요. 미치겄네이.”

혼자 그렇게 씨부렁거리는 소리를 용케 알아들은 김씨한테 봉
배는 엉덩이를 걷어차였었다.

‘그나저나 이 많은 일거리를 무슨 재주로 혼자 이틀 만에 마친
단 말인가.’

그나마 주인 서씨라도 거들어주면 한결 나을 텐데, 주인은 자
기대로 거래처다 어디다 찾아다니느라 바쁘다며 자전거를 끌고
줄곧 들락날락이었다.

“에라이, 나도 모르겄다. 당해도 주인이 당허겄제, 끄응.”

봉배는 손바닥에 툇 하고 침을 바른 다음 이내 대패를 슥슥 밀
어나가기 시작한다.

“머나먼 남쪽 하늘 아래 그리운 고향 사랑하는 부모 형제 이 몸
을 기다려……”

목재 더미 위에 올려놓은 라디오에서 노래가 흘러나온다. 봉

배는 살대 홈에 끌을 대고 익숙한 손놀림으로 쿵쿵 망치질을 해대며 흥얼흥얼 따라 부르기 시작한다. 천리 타향 낯선 거어리 헤매애는 마으흠…… 불현듯 고향 마을 앞바다가 봉배의 눈앞을 스쳐지나간다.

봉배네 마을 시목리는 흰 모래밭이 아름다웠다. 활처럼 둥글게 휘어져들어온 해변의 모래는 비단처럼 보드랍고 따스했으며, 바닷물은 햇살을 받아 언제나 은비늘을 눈부시게 반짝거렸다. 손바닥에 올려놓으면 민들레 꽃씨들처럼 포르르르 날려가던 모래알들…… 그 모래밭으로 달려나가 봉배는 두 동생들과 함께 두꺼비집을 쌓기도 하고 조개껍질로 소꿉장난을 하며 놀았다. 해 저무는 줄도 모르고 발가벗은 몸뚱이가 온통 모래투성이가 되도록 열중해 있노라면, 어머니는 저녁밥을 짓다 말고 찾아나서고…… 한자안 술에 설움을 타아서 마아서어도 마음은 고향 하늘을 다알려가압니다아…… 봉배는 망치를 쿵쿵 두들겨댄다.

'그러나 이젠 아무도 없다. 내 곁에는 낯익은 얼굴들이 단 한 사람도 남아 있지 않는 것이여. 어머니도 아버지도…… 어머니. 불쌍한 우리 어머니. 그리고 내 동생 봉구도 봉순이도 없다. 찾아야 하는디. 그 녀석들을 어서 빨리 찾아내야 쓰꺼인디. 그것이 장남인 내 책임인디 말이여.'

끝내 봉배는 연장을 내던지고 목재 더미 위에 털썩 주저앉아 담배를 꺼내 문다. 돌멩이를 삼킨 것처럼 목구멍 안쪽이 울컥 쓰려온다. 잃어버린 두 동생들을 생각하기만 하면 늘상 그랬다.

동생들과 헤어진 지 벌써 십 년도 훨씬 넘었다. 뒤늦게야 소문을 들으니, 남동생 봉구는 서울에서 놀러 온 낚시꾼들이 취직을 시켜주겠노라며 데리고 올라갔다고 하고, 막내 봉순이는 비금도의 어느 아낙네를 따라 광주로 갔다고 했다. 몇 년 전까지만 해도 광주 어느 부잣집에서 일해주면서 잘 지내고 있다는 소식을 그 아낙네한테 한두 번 알려왔었다고 하는 걸로 보아, 봉순이는 분명 이 도시에 살고 있는 모양이었다.

'그걸 알아낸 것만 해도 얼마나 다행인가 말여. 살다 보면 우연히라도 만날 날이 있겄제. 이 광주 시내 어느 구석엔가 살아 있기만 하담사, 가령 충장로나 대인시장이나 양동시장통 어느 골목에서라도 덜컥 마주칠 때가 있겄제. 그 다음엔 저랑 나랑 둘이서 봉구를 찾아나서면 될 것이고……'

봉배는 담배를 발로 비벼 끄고 일어선다.

'절망해서도, 포기해서도 안 된다. 형이고 오빠인 내가 포기해버린다면 우리 삼남매는 어쩌면 죽는 날까장 영영 이산 가족이 되어불고 말 것잉께. 암.'

봉배는 다짐하듯 고개를 흔들며 다시 일을 계속한다. 라디오에선 한동안 경쾌한 음악이 흐르더니, 돌연 음악이 끊겼다.

……임시 뉴스 속보를 전해드리겠습니다. 계엄사령부는 17일 24시를 기해 전국 일원에 비상계엄령 확대 실시 선포를 계기로, 국민의 지탄을 받아오던 권력형 부정 축재 혐의자와 그 동안 사회 불안 조성 및 학생 노조 소요의 배후 조종 혐의자 26명을 연행 조사중이라고 오늘 오후 발표했습니다. 다음은 이들 연행 조사중인 사람들의 명단입니다. 먼저 권력형 부정 축재 혐의자입니다. 김종필, 이후락……

"봉배야, 야, 봉배야!"

밖에서 주인 서씨가 다급하게 불렀다. 봉배는 연장을 쥔 채 칸

막이문을 열고 나갔다. 서씨가 자전거를 세우는 둥 마는 둥 허겁
지겁 들어서고 있다.

"여기, 그놈들이 왔었냐?"

"오긴 누가 와요?"

"공수부대 말여. 이쪽으로 온 모양이든디, 못 봤어?"

서씨는 무척 허둥거리고 있다. 누구한테 금방 쫓겨온 사람처
럼 거칠게 헐떡거리며, 가게 밖으로 나가 길 양쪽을 두리번거리
고는 다시 들어왔다.

"공수부대가 뭣 헐라고 이리 온다요?"

"이런 답답한 녀석. 넌 시방까지 어디서 잠자다가 왔냐? 온 시
내가 난리가 났단 말이다."

"예에?"

"벌써 여러 사람 죽어나갔을지도 몰라. 그놈들이 오뉴월 복날
개 뚜디래 잡디끼, 그냥 닥치는 대로 패고 밟아서 질질 끌어다가
트럭에 실어 나르고…… 아이고, 인자부터 이눔의 세상, 큰일나
게 생겼단 말이여."

"무슨 말인지 하나도 모르겠소. 작업실에서 지금껏 혼자 일하
고 있느라고요. 그런디, 어디서 뭘 보셨길래 그러십니까."

"어메, 너야말로 천하태평이구나이. 남은 죽을똥 살똥 모르고
그놈들 피해오느라고 생똥을 싸게 생겼는디."

서씨는 주전자를 집어들고 물을 들이켠 다음 의자에 털썩 주
저앉는다.

"말도 마라. 기가 맥혀서 입도 잘 안 떨어진다이! 이런 일이 대
낮에 벌어질 수가 있단 말이냐. 인자 금방, 저그 충장로 5가를
내려오는 참인디, 대학생들이 앞에서 정신없이 도망쳐오는 것이

여. 뒤쫓아오는 공수부대들이 그 중 서넛을 잡아가꼬는 대번에
반죽음을 시키는디, 아이구 그 피! 두말도 않고 다짜고짜 몽둥이
로 정수리를 퍽퍽 내리찍어대는디…… 대학생들한테만 그러는
게 아녀. 광주일고 구내 이발소 앞에서 길가는 아가씨 하나를 무
턱대고 붙잡아세우등마는, 서너 놈이 우르르 달겨들어가꼬 마치
심심풀이로 병아리 털 뽑디끼 옷을 휙 나꿔채가꼬 북북 찢어 벗
기지 뭐이냐. 그러등마는, 군홧발로 지근지근 밟아 질질 끌고 가
는 것이여.”

　당장 눈앞에서 벌어지고 있기라도 하는 양 분에 질려 헐떡이
는 주인의 애기가 봉배는 얼른 믿기지 않는다. 공수부대가 무섭
다는 소문이야 들었지만, 설마 아무려면 그렇게까지야 하랴 싶
다.

“그런 꼴을 보고서도 사람들이 가만 구경만 하고 있었어라우?”

“안 그러믄? 그 짐승 같은 놈들이 사람 가리는 줄 아냐? 길 가
다가 그걸 본 행인들이 발을 동동 구르면서, 저놈들도 사람이냐,
아이고 저놈들이 죄 없는 사람 다 죽일라는갑네 하고 소리를 질
러대니까, 느닷없이 수십 명이 몽둥이를 치켜들고 우르르 달려
드는 것이여. 혼비백산 너도나도 도망을 하는디, 아이고 나까지
영락없이 잽힐 뻔했다. 그 통에 자전거고 뭣이고 내팽개쳐버리
고 나도 죽어라 내빼가꼬는, 그놈들이 철수한 걸 보고서야 자전
거만 다시 찾아서 끌고 들어오는 참이여.”

　행인들이 가게 앞을 종종걸음으로 지나간다. 봉배는 가게 앞
으로 나가 백여 미터쯤 떨어진 광남로 부근을 살펴보았다. 오가
는 차량은 안 보이고, 얼핏 얼룩무늬 몇이 길을 건너가는 모습이
눈에 잡힌다. 충장로 2가 아니면 3가쯤인 듯싶은 방향에서 검은

연기가 피어오르고 있다. 봉배는 가게 안으로 되돌아왔다.

"참, 기룡이한테서 전화 안 왔드냐?"

전경인 아들 때문에 맘이 놓이지 않는 듯, 서씨가 물었다. 봉배는 기룡을 잘 알고 있다. 이 '함평목공소'에 견습공으로 처음 들어왔을 때 중학교 이학년이던 기룡이는 세 살 손위인 봉배를 퍽 따랐었다. 봉배가 고개를 저어보이자 주인은 걱정스레 이마를 찡그린다.

올해 들어 시국이 뒤숭숭해지고 대학생들의 시위가 열기를 더해갈수록 서씨는 아들 걱정 때문에 줄곧 전전긍긍하는 눈치였다. 주말이나 휴일은 물론이고 평일에도 자주 집을 들락거리곤 하던 기룡이가 새 학기 들어서면서부터는 거의 얼굴 보기조차 어려워진 것도 필시 시위 진압 때문인 듯싶었다. 이즈음 거의 매일같이 시가지는 소란스러웠고, 어디서 최루탄 터지는 소리만 들려도 주인 서씨의 입에서는 아들 걱정 타령이 흘러나왔다.

"오는 길에 기동대 들러서 면회하고 오시겠다드니, 못 만났어요?"

"면회는 고사하고 그쪽으로 가볼 엄두조차 내지 못했다. 계엄령 내리면 가두 시위도 없어질 테니 전처럼 다시 외출 외박도 자주 나오게 될 거라고 해쌌등마는, 워매, 이 판국에 외출 외박이 다 뭐냐. 시방 광주 시내 돌아가는 정황을 보자니, 금방이라도 무슨 일이 터질 것만 같은디."

주인은 속이 타는지 또 주전자를 입에 대고 벌컥거린다. 봉배는 주전자를 받아들고 안채로 돌아갔다. 물을 채워 오는데, 군복 입은 사내 하나가 불쑥 가게로 들어선다. 무심코 뒤를 돌아보던 주인이 지레 놀라 흠칫했다. 전투복에 군화를 신은 사람은 바로 파출소 윤순경이었다.

"나, 난 또 누구라고."

"놀라지 마슈. 접니다. 서사장님 팔자가 그래도 낫구만요. 바깥 세상은 생지옥인데."

윤순경은 들어오자마자 모자를 벗어 책상 위에 던져놓고 의자에 주저앉아 한숨부터 토해낸다. 어째선지 윤순경의 표정도 잔뜩 질려 있다.

"마침 잘 왔네그려. 안 그래도 뭘 좀 부탁할 것이 있었는디. 우리 기룡이가……"

"또 그 서기룡이 얘깁니까. 사장님 심정이야 알겠소만, 이 판국에 그게 문제가 아닙니다. 온 시내가 지금 아수라장이라니까요, 글쎄!"

별안간 윤순경이 격양된 어조로 말을 자르며, 손바닥으로 책상을 탁, 하고 내리쳤다. 치미는 분노와 충격을 간신히 억누르고 있다가, 그걸 터뜨리기 위해 일부러 찾아오기라도 한 것처럼 보였다.

엉뚱하게 무안을 당한 서씨가 머쓱해서 윤순경을 쳐다본다. 봉배 역시 윤순경의 그런 모습을 이전엔 본 적이 없다. 색시같이 얌전하고 내성적이어서, 어떻게 경찰복을 입게 되었는지 모르겠다는 소릴 듣는 사람이었다. 작년에 결혼해서 갓난아이 하나가 있다는 윤순경은 곧잘 목공소를 찾아와 앉아 있다가 가곤 했다. 파출소가 가깝기도 하지만, 몇 달 전까지 서씨가 동네 통장을 맡고 있었으므로 그 동안 서로 꽤 가까워졌던 것이다.

"이놈의 경찰복, 벌써부터 몇 번이나 벗어던져버릴라는 생각을 하면서도 왜 진즉 그러질 못했는지 한스럽습니다. 참말이지, 더 이상 거기 있다가는 눈알에서 피가 터질 것만 같아 나와버렸소. 경찰 생활 십 년 만에 오늘같이 끔찍하고 지독한 일은 처음 당해보는구만요. 나, 담배 한 대 주실랍니까."

서씨가 얼른 담배에 불까지 붙여준다. 담배를 쥔 윤순경의 손끝이 떨리고 있다.

"우리 파출소는 오전부터 그놈들이 차지했습니다. 아예 난장판이죠. 공수들이 느닷없이 들이닥치더니 즈이들 멋대로 파출소를 접수하겠다나요. 길 건너 수창초등학교에 부대가 임시 주둔해 있는데, 우리 파출소를 즈이네 유치장으로 만들어버리지 뭡니까. 젊은 사람들을 닥치는 대로 질질 끌고 와서는, 얼마나 무지막지하게 두들겨패고 짓밟아 뭉개고 하는지, 아이구, 파출소 바닥이 온통 피범벅입니다. 기절한 사람도 몇 명이나 되는지 몰라요. 직원들이 모두 시위 진압대로 임시 차출되어 우리 소내엔 소장하고 나하고 둘뿐인디, 책상까지 뺏긴 채 뒷전에서 그 꼴을 구경만 하고 있어야만 하니…… 세상에, 이 나라 군대가 어떻게 그럴 수가 있겠소."

"나도 방금 시내서 돌아온 참인디, 차마 눈뜨고는 못 보겠등만. 피투성이가 된 대학생들을 옷까지 벗겨가꼬 줄줄이 트럭 뒤칸에 태워 끌고 가는 것이 어디서나 굿이드란 말이여."

"대학생만 끌려가는 게 아닙니다. 이젠 남녀노소 가리지도 않습니다. 심지어 우리 파출소 앞을 지나가는 사람 중에 삼십대 이하로 보이는 사람이면 무조건 붙잡아서 몽둥이질을 해대지 뭡니까. 도망쳐 숨으면 그 집 안방까지 군화 신은 채 뛰어들어가 잡아내기도 하고, 지붕 위까지 쫓아올라가 기어코 작살을 냅니다. 구경하는 주민들한테까지 총부리를 휘두르며, 당장 해산 안 하

면 갈겨버리겠다고 악을 쓰는 놈이 없나…… 기가 막힐 노릇이
라니까요."

"쫘? 아니 그 짐승 같은 놈들이 누굴 총으로 갈기겠다는 거여?
빨갱이 막으라고 세금 걷어 군대 만들어놓았드니 뭐, 그 총으로
국민들을 쏘겠다고!"

서씨가 흥분해서 주먹으로 탁자를 탕 하고 때린다.

"어쩐 줄 아세요? 학생들이 줄줄이 끌려오면 칠팔 명이 한꺼번
에 우르르 달겨들어 빙 에워싸고는, 서로 질세라 떡 치듯이 주먹
질 발길질을 퍼붓고, 그것도 모자라 박달나무 몽둥이로 후려치
고 소총 개머리판으로 찍어서 완전히 반쯤 죽여놓습니다. 잡혀
오기 전부터 벌써 옷이며 얼굴이며 온통 피투성이가 된 사람을
요. 그것도 부족한지, 밧줄로 손발을 결박해서 양쪽 의자 등받이
사이에다가 거꾸로 대롱대롱 매달아놓습니다. 개를 잡아 털을
불에 그을릴 때 하듯이 꼭 그렇게요. '이 빨갱이 새끼들아. 너
같은 놈들 때문에 우리가 여기까지 내려와 이 고생이다. 너, 이
새끼. 너도 김대중이랑 똑같은 빨갱이 새끼지!' 그러면서 또 치
고 밟고, 어떤 놈들은 서로 킬킬대고…… 이건 완전히 제정신들
이 아니라니까요. 도대체 정상적인 인간이라면 그런 잔인하기
그지없는 행위는 차마 못 할 겁니다. 빨갱이들 잡아다가 고문 취
조하는 것도 아니고, 세상에! 아이구."

지켜보다 못해 윤순경과 소장이 말리려고도 해보았지만, 대뜸
눈알을 홉뜨고 험악하게 구는 통에 겁이 나서 어쩔 도리가 없었
다고 했다. 한 여학생과 동네 주민 둘만 사정 끝에 간신히 풀려
나게 만들었다고 했다. 그 중 한 사람은 봉배도 얼굴을 알고 있
었다. 탁구장 옆에 있는 그 청년의 집 문짝을 얼마 전에도 고쳐

준 적이 있었다. 그는 자기 집으로 돌아오다가 느닷없이 파출소 골목에서 잡혀왔다고 했다. 앞니가 몽땅 부러지고 코뼈가 짓뭉개진 채 식구들의 등에 업혀 ‘양민의원’ 쪽으로 달려가는 걸 지금 막 보고 오는 참이라고 윤순경은 말했다.

“대체 우리 광주만 시방 이 지경인 것일까, 아니면 서울이나 부산 대구도 마찬가질까? 전두환이놈들이 대관절 얼마나 대단하길래 이런 엄청난 짓을 벌인단 말여?”

“군인들 얘길 들으니까, 전북 금만가 어딘가에 있는 부대랍디다. 광주로 2개 대대, 전주와 대전에는 1개 대대씩 배치되었대요. 그러나 문제는 앞으로가 더 큰일입니다. 아까 즈이들끼리 얼핏 하는 소리가, 수창초등학교에 있는 공수부대 병력이 지금부턴 도청 쪽으로 이동한다는 거 같습니다. 거기서 지금 천오백 명 가량의 시위대하고 전경 진압대가 맞붙은 모양입니다.”

“아이고, 그렇다면 이 일을 어째야 쓸거나!”

아들 걱정부터 드는지, 서씨는 낯빛이 누렇게 질린 채 벌떡 일어나더니 안채로 허둥지둥 달려들어가고 있었다.

“이보게 봉배. 자네는 이 골목으로 들어오는 젊은 사람들을 보거든 얼른 다른 길로 돌아가라고 알려주게. 그놈들한테 잡히면 죽는단 말여!”

그 말을 남긴 채 윤순경도 모자를 집어들고 서둘러 나가버린다. 이내 주인 서씨가 숨넘어가게 뛰어들어왔다.

“어떻게 된 거야. 왜 안집이 텅텅 비었어?”

“아주머니께선 순옥이 데리고 시장 보러 간다고 나가셨는디요, 아까.”

“뭐여? 어느 시장?”

“대인시장요. 참, 오는 길에 잠깐 해남상회 들러서 수금까지 하
고 올란다고 그러시든디요.”
“아이고오. 그쪽도 난리라는 소문이든디, 이걸 어째야 쓸까나!
이 멍충한 여편네가 죽을똥 살똥 모르고 순옥이까지 데리고 나
갔으니. 해필 이런 때에.”
서씨는 전화통으로 달려간다. 해남상회로 알아보는 모양이다.
“예? 아직 거기 안 왔다고라우? 조금 있으면 우리집 여자하고
딸년이 들를 것인께 한 발짝도 움직이지 말고 거기 딱 붙어서 기
다리라고 해주시오. 내가 데리러 갈 텐께, 그때까지 꼭 붙잡아두
란 말요. 예? 아이고, 말도 마쇼. 여기는 더 난리란 말이오. 아무
상 모르고 이쪽으로 오다가는, 도중에 무슨 변을 당할지 몰라라
우.”
꽈당, 수화기를 내려놓자마자 주인은 부라부랴 밖으로 뛰어나
간다.
“너, 가게랑 안채 절대로 비우지 마라. 상황 봐가꼬 재빨리 가
게 문 닫아걸고. 알았지야?”
서씨는 자전거를 몰고 윗길로 횡하니 달려가버린다.
봉배는 작업장으로 들어갔다. 그러나 일이 손에 잡히지 않는
다. 주인이 문 닫아걸라고까지 하는 걸 봐서는 분명 예삿일은 아
닌 모양이라고 생각하며, 봉배는 주위에 어수선하게 널린 각목
들과 자질구레한 연장 따위를 휘둘러본다.
‘참말 이러다가 불시에 전쟁이라도 터지는 건 아닌가 몰라. 설
마…… 어쨌거나 당장 나한테는 차라리 잘된 일인지도 모르겄
다. 진짜로 시내가 시끌벅적해지면 주문이고 작업이고 모조리
올 스톱 될 것이고, 그리 되면 일이 며칠쯤 늦어진다고 누가 뭐

랄까. 내일 오후엔 김씨도 돌아올 테고. 에라, 모르겠다. 내가 무슨 충성이라고 이 판국에 혼자 일하고 자빠졌겠냐. 월급 더 줄 것도 아닌디.'

봉배는 연장을 내려놓은 뒤 휘파람을 불며 점포 안으로 건너왔다. 의자에 느긋하게 앉아 담배를 입에 물었다.

'그나저나 윤순경이랑 주인 아저씨 말대로 공수들이 진짜 그럴까?'

두 사람이 허풍을 떠는 건 결코 아니리라고 여기면서도, 직접 제 눈으로 확인하고 싶었으므로 봉배는 몸을 일으킨다. 은근히 두렵기도 하지만, 설마 조심스레 뒷골목까지만 잠깐 나가보는 거야 어쩌랴 싶다.

가게를 나서면 오른쪽으로 집 두 채 다음에 작은 골목이 하나 있다. 손수레 한 대가 겨우 지나다닐 수 있을 정도의 그 골목길을 약간 휘어져 들어가면 곧장 금남로로 나갈 수 있다. 마침 골목엔 인기척이 없다. 봉배는 조심스레 걸음을 옮긴다. 이윽고 골목 반대편 끝의 양옥집 대문 앞에서 멈춰, 모서리에 몸을 기댄 채 거리를 살펴보기 시작했다.

최루탄 가루와 돌멩이 그리고 주인 잃은 몇 개의 신발이며 신문지 따위가 차도에 널려 있다. 맞은편의 수창초등학교 정문 앞엔 서너 대의 트럭이 정차해 있는 모습이 보인다. 허리에총 자세로 두 다리를 벌린 채 보초를 서고 있는 오륙 명의 얼룩무늬들. 대부분의 병력은 위쪽 4가 네거리 부근에 집결해 있는 참이다. 공용터미널 부근에 시위대가 모여 있기라도 하는지 그들은 그쪽을 바라보고 정렬해 있는데, 거기쯤에서 요란한 최루탄의 파열음과 어수선한 소음이 터져나오고 있다. 그러나 건물에 가려 터미널 부근 거리는 보이지 않는다.

그때였다. 돌연 어디선가 "잡아라!" 하는 소리가 터져나왔다. 봉배는 반사적으로 재빨리 대문 모서리에 몸을 바싹 붙였다.

길 건너편으로는 봉배가 서 있는 골목과 일직선으로 마주한 또 다른 골목이다. 소리는 그쪽에서였다. 청년 둘이 정신없이 쫓겨오고 있다. 북동성당 뒤편에서 걸린 것일까. 뒤쫓는 얼룩무늬는 둘이다. 그러나 골목을 미처 빠져나오기 전에 하나가 붙잡혔다. 순간 다급해진 또 다른 청년이 담장을 기어오르려고 발버둥을 치더니 용케 담장 위에 허리를 걸친다. 그 순간 뒤쫓아온 얼룩무늬가 총을 치켜들어 청년을 향해 한차례 정확히 찔렀다. 총구 끝에 붙은 것은 분명 대검이었다. 그 검은 쇠붙이가 박힌 곳은 허벅지 같았다.

"으아악!"

비명과 함께 청년의 몸뚱이가 담 너머로 훌쩍 넘어가자마자 이내 얼룩무늬가 달려가 미친 듯 대문을 군홧발로 쾅쾅쾅 걸어차기 시작한다.

봉배는 등을 돌려 정신없이 뛰었다. 어떻게 가게까지 닿았는지 모른다. 봉배는 작업실로 뛰어들어가 재빨리 문을 닫아걸었다. 수북이 쌓인 대팻밥 더미에 주저앉아 가쁜 숨을 몰아쉬었다. 온몸이 후들후들 떨렸다.

"개자식, 저 개자식들이……"

봉배는 헐떡이며 부르짖었다. 그리고는 얼른 손등으로 눈물을 훔쳤다.

"아빠 편히 잠든 곳에 우리 마음 함께 있어요."
── 고 박세근의 묘비명(망월동 묘지 번호 81)

5월 18일 15 : 00, 대인동

'함평목공소' 주인 서씨는 가게를 나와 광남로를 향해 페달을 밟는다. 마음은 조급하지만 섣부르게 서두를 일은 아니었다.

길 건너 충장로 5가 쪽이 보인다. 마치 명절 무렵처럼 그쪽 거리가 휑하니 비어 있는 느낌이다. 생각보다 통행하는 사람들이 적지만은 않은데도 묘한 일이라고 생각하던 그는 이내 그 이유를 깨달았다. 거리 양쪽의 즐비한 점포들 대부분이 셔터를 닫은 채였던 것이다. 행인들은 하나같이 종종걸음으로 불안스레 두리번거리며 움직이고 있다. 길모퉁이에도 한 무리가 모여 공용터미널 쪽을 바라보며 웅성거리고 있다.

광주일고 정문 앞에 늘어서 있는 가구점과 목공소들 역시 대부분 셔터를 내렸다. 가구점 앞에서 서씨는 자전거에서 내려 손으로 밀고 갔다. 공연히 혼자 자전거를 타고 지나가다가 혹시라도 네거리를 지키고 있는 공수부대원들의 눈을 거슬리게 만들 필요는 없다는 생각이 들어서였다.

'이것 봐라. 이 부근까지 모조리 문을 닫아걸었잖어.'

　서씨는 봉배녀석에게 당장 문을 걸라는 지시를 해놓지 않은 것을 내심 후회한다. 하지만 되돌아갈 수는 없는 일이다.

"아이고메, 저것 조까 봐! 또 한 명 잡혔네."

"저런 답답한 사람들이 다 있을꼬. 뭣 헐라고 자꾸 그쪽으로 어정어정 내려오까이."

"저 길목 위쪽으로 가서, 누가 젊은 사람들한테 다른 길로 가라고 알려줘야 쓰겄네. 그쪽에선 잘 안 보이니까 아무 영문도 모르고 자꾸 내려오잖어."

"어째야 쓸꼬! 저 짐승 같은 놈들 손에 죄 없는 젊은 사람들 다 죽게 생겼네에!"

　길모퉁이 가구점 앞에서 십여 명의 사람들이 안타깝게 소리를 질러대고 있다. 서씨는 걸음을 멈추고 상황을 살핀다. 네거리를 중심으로 금남로와 이쪽 차도의 길목을 수십 명의 공수들이 막고 있다. 공용터미널과 로터리 사이까지의 도로엔 훨씬 더 많은 병력이 보인다.

　서씨는 잠시 망설인다. 그 세 개의 도로 가운데 어느 쪽도 택할 수 없다. 차라리 금남로 4가 쪽이 괜찮을지 모른다. 서씨는 자전거를 밀고 충장로 5가로 들어섰다. 한참 올라가다가 왼쪽으로 구부러져 한미제과 앞을 지나쳤다. 다행히 짐작대로 군인들의 모습은 보이지 않았다. 4차선 도로 건너편으로 대인동 유흥가 골목이 곧장 마주 바라다보이는 지점이었다. 그쪽 횡단보도를 건너 오가는 행인들이 보였다.

　금남로를 질러 그 골목을 통해 대한극장 앞에서 다시 윗길로 빠질 작정을 하고, 서씨는 재빨리 횡단보도를 가로지른다. 콧구멍이 터질 듯하고 눈알이 쓰라려와서 눈을 뜨기가 어렵다. 눈이라도 쌓인 듯 길바닥 어디에나 하얗게 최루탄 분말이 깔려 있다.
고개를 돌려 오른쪽 한일은행 네거리를 보니, 거기 대규모의 전
투경찰 병력이 포진해 있는 참이다.

'아이구, 우리 기룡이자식도 틀림없이 저 속에 끼여 있을 텐
데.'

길을 건너 약국 앞에 자전거를 세우고 잠시 돌아서서 그는 코
를 틀어쥔 채 그쪽을 바라보았다. 최루탄 때문에 눈물 콧물이 쉴
새없이 줄줄 흘러나왔다.

"내가 이럴 때 기룡이야 오죽이나 할 것인가. 그야말로 가스실
한복판에 갇혀 있는 꼴일 텐디. 저 무거운 철모에 갑옷까지 짊어
지고, 날이면 날마다 아침부터 저녁까지 저러고 허겁지겁 뛰어
댕겨야 하니, 밥이나 제때에 찾아묵을 틈이 있고, 잠이라도 제대
로 잘 수가 있겄냐. 와이고, 불쌍한 내 자식. 내가 미친놈이제.
내가 쥑일 놈이여."

서씨는 가슴이 아프다. 발등이라도 찍어내고 싶은 심정이다.
사병으로 군에 입대하겠다는 아들을 한사코 전투경찰대에 지원
하도록 만든 사람이 바로 자신이었던 것이다. 서씨는 자신이 누
구보다도 군대 속은 빤하다는 사실을 강조했다. 그는 팔 년 구
개월 동안 군대밥을 먹고 나온 하사관 출신이었다. 그것도 인가
하나 보이지 않는 강원도 첩첩산골 최전방 부대에서만 근무한
사람이다. 휴전 직후에 입대해서 전쟁은 직접 겪지 않았지만, 그
참담한 고통과 극한의 순간들을 떠올리면 지금도 고개가 절레절
레 흔들어지는 서씨다.

그에 비하면 후방에서의 전투경찰 근무는 한결 수월하리라고
믿었다. 더구나 대부분 연고지 부대로 배치를 받는다고 하니, 늘

상 가까운 곳에 두고 집을 들락거리게 할 수도 있으리라 싶었다. 그런데 결국 이 지경이 된 것이다.

'어째야 쓸거나. 어째야 하꺼나. 이번에 어떻게든 수단을 부려서 기룡이를 기동대에서 빼내주어야만 하겠다. 돈으로 안 되는 일이 어디 있다든가. 하나밖에 없는 아들놈을 위해 그까짓 돈이 문제겠는가 말여.'

서씨는 되돌아 자전거를 밀며 걸음을 옮기기 시작한다. 그러나 이내 모래알을 비벼넣은 듯 눈알이 쓰라리고 눈물 콧물이 흘러나와 더 나아갈 수가 없다. 서씨는 고통이 멎기를 기다리며 한동안 눈을 감고 길가에 서 있었다.

이윽고 무심코 눈을 떴을 때 서씨는 흠칫 놀랐다. 어디서 나났는지 불과 십여 미터 앞에 얼룩무늬 셋이 다가오고 있다. 그 뒤편으로도 군복들이 보였다.

"야, 너 이리 와봐!"

얼룩무늬 하나가 갑자기 손짓을 한다. 서씨의 바로 앞을 걸어가던 청년 둘이 멈칫하고 섰다. 철망같이 생긴 보호대를 착용하고 있는 탓에 얼룩무늬들의 얼굴은 보이지 않는다. 셋 모두 소총을 등에 비껴 멘 채 진압봉을 하나씩 움켜쥐고 있다. 어른의 팔뚝보다 더 길어 보이는 그 몽둥이는 쇠뭉치처럼 무겁고 단단해 보인다.

"신분증 내."

얼룩무늬가 버티고 선 채 짧게 말했다. 청년들이 허둥대는 손놀림으로 잠바 주머니를 뒤적거린다. 이미 허옇게 질린 얼굴. 둘 다 대학생 같아 보이지는 않는다.

"이 새끼, 빨랑빨랑 해!"

다른 얼룩무늬가 몽둥이로 둘의 어깨를 한차례씩 갈겼다. 청년들이 황황히 주민등록증을 앞으로 내밀었다. 그러나 얼룩무늬는 거기엔 눈길도 주지 않는다. 애초부터 그럴 생각이 없었을 것이다.

"너, 두 놈 다 학생이지?"

"아, 아닙니다. 우리는 학생이 아니요."

"사기치지 마. 이 좆겉은 쌔키들아!"

몽둥이가 키 큰 청년의 턱을 퍽 후려쳤다. 동시에 또 다른 몽둥이가 두번째 청년의 정수리를 정확히 강타했다. 비명도 없이 두 개의 몸뚱이가 앞으로 푹푹 고꾸라진다.

"죽여!"

"죽여버려!"

쓰러져 있는 두 개의 살덩이를 서너 차례 몽둥이가 난타했고, 이내 여섯 개의 군홧발들이 괴성을 터뜨리며 한꺼번에 마구 짓밟아대기 시작했다. 모두가 눈 깜짝할 순간에 벌어진 일이었다. 서씨는 온몸이 빳빳하게 굳어버렸다. 눈앞의 광경이 믿어지지가 않는다. 눈앞이 캄캄해지면서 전신의 피가 한꺼번에 거꾸로 치솟았다.

'칼. 칼만 있다면 저 새끼들을!'

서씨는 자전거 핸들을 꼭 움켜쥐며 이를 악물었다.

"오메 오메! 사람 죽이네. 그러지 마! 그러지들 말랑께에"

옷가게 앞에 모여 있는 행인들 틈에서 중년 여자 하나가 부르르 달려나왔다. 얼룩무늬가 휙 몸을 돌이키더니 여자를 향해 몽둥이를 번쩍 치켜든다. 겁에 질려 주춤주춤 뒷걸음질을 치는 여자.

"아이고, 저걸 어쩌까아. 저 아까운 젊은 사람들 죽네에!"
발을 동동 구르며 또 다른 여자가 울음을 터뜨렸다.
"이 새끼들 끌고 가 차에 실어!"
하나가 명령하자, 공수 두 명은 쓰러져 뒹구는 두 살덩이의 멱살을 사납게 일으켜세운다. 피투성이가 된 얼굴들. 머리에서 흘러내린 피가 얼굴과 잠바까지 흥건히 적시고 있다.
"머리통에 손 올려! 손!"
청년들을 끌고 얼룩무늬들은 금남로 쪽으로 사라져버렸다.
서씨는 걸음을 떼어놓기 시작한다. 자전거가 기우뚱거린다. 팔다리가 후들후들 떨린다. 서씨는 이를 악물었다. 발을 재게 움직였다. 그는 아내와 딸 순옥의 생각만 하려고 노력한다. 아내랑 딸은 지금쯤 대인시장에서 기다리고 있을 것이다. 설마 해남상회를 들르지 않고 그냥 돌아오고 있는 건 아닐 테지.
앞에서 얼룩무늬 몇이 저벅저벅 발소리를 내며 걸어온다. 똑같이 철망으로 얼굴을 가린 그들은 쇠붙이로 조립된 로보트처럼 보인다. 불현듯 까닭 모를 치욕감과 부끄러움. 조금 전 피투성이가 되어 바로 자신의 눈앞에서 끌려가던 두 청년의 모습이 자꾸 눈앞을 가로막는다.
서씨는 슬그머니 고개를 숙이고 길바닥만 내려다보며 걸음을 옮긴다. 검고 끝이 각진 군화들이 그의 곁을 지나쳐가버린다. 서씨는 다시 고개를 세웠다.
'대한극장' 건물이 나타났다. 그곳에도 얼룩무늬들이 다리를 벌린 채 한껏 위세를 풍기며 서 있다. 극장을 지나 오른쪽 모퉁이로 돌아가야 했다. 그는 극장 현관 위에 걸린 거대한 영화 간판을 슬쩍 곁눈질하는 척하며 걷는다. 벌거벗은 남녀의 상체가 노골적으로 엉켜 있다. 삼류 재개봉관다운 지독히 조잡하고 서투른 그림이다.

시외버스 공용터미널 쪽에서 처녀 둘이 이쪽으로 걸어오고 있었다. 작은 보퉁이를 하나씩 손에 들고 있는 그녀들은 아마 휴일을 틈타 시골집에 다녀오는 길인 듯싶다. 그녀들을 지나쳐서 서씨는 길모퉁이를 접어들었다.

"헤이, 너희들 이쪽으로 좀 와!"

등뒤에서 부르는 소리에 서씨는 가슴이 철렁해서 뒤를 돌아다보았다. 극장 앞을 지나가던 두 처녀가 얼핏 당황해 주춤거리더니, 이내 못 들은 척 두어 걸음 내딛는다. 순간 얼룩무늬 하나가 재빨리 앞을 가로막았다.

"아니, 이 아저씨가 왜 이래요!"

한 처녀가 소릴 지른다. 어깨까지 내려오는 치렁한 머리의 처녀였다. 얼룩무늬가 얼굴의 철망을 쓱 걷어올렸다.

"야, 사람 말이 말 같지 않나?"

"어머머, 누가 뭘 어쨌다는 거예요?"

"허쭈, 이 쌍년 봐라. 니, 엇다 대고 썩은 누깔 치뜨고 보는 기가!"

순간 얼룩무늬의 손바닥이 여자의 뺨을 세차게 후려갈겼다. 그녀의 손에서 보퉁이가 털썩 떨어졌다. 픽 하고 뭔가 깨어지는 소리와 함께 보자기 사이로 붉은 김칫국물이 길바닥으로 쏟아졌다.

"엄마아!"

두 여자의 입에서 동시에 똑같은 비명이 터져나온다. 얼룩무늬가 처녀의 긴 머리채를 휙 나꿔채더니 뺨을 철썩철썩 갈기기 시작한다.

"야, 이 개××들아! 니들이 사람 우습기 안다 이기제?"

서씨는 얼른 외면한 채 자전거를 밀고 걸음을 옮긴다. 불현듯 딸 순옥의 해맑은 얼굴이 시야를 불쑥 가로막는다. 딸아이를 서씨는 누구보다도 사랑했다. 어려서부터 몸이 허약하더니, 중학교 졸업반이 된 지금까지도, 바라보면 금방이라도 부러질 듯 여리고 착한 딸아이…… 서씨는 끝내 걸음을 멈추었다.

'설마 부드러운 낯으로 얘기하면 들어주지 않겠는가. 저희들도 똑같은 사람인데.'

서씨는 등을 돌려 극장 앞으로 똑바로 나아가기 시작했다.

'아무려면 내일모레 오십을 바라보는 나 같은 사람한테까지야 모진 짓을 하겠는가 말이다. 웃는 낯에 침 못 뱉는다는 옛말도 있잖는가.'

일단 결심을 하고 나니 한결 자신이 생긴다.

"야, 씨팔년들아. 또 한번 아가리 벌려보란 말이다."

이미 축 처져내린 여자들의 몸뚱이를 극장 건물 벽에 밀어놓은 채 얼룩무늬는 연거푸 뺨을 사정없이 철썩철썩 후려치고 있다. 또 다른 얼룩무늬는 여자들이 도망치지 못하도록 앞을 가로막고 있는 참이다.

"여, 여보시오 군인양반. 이게 무슨 짓요. 힘없는 여자한테 이러는 법이 어딨소?"

서씨는 병사의 팔을 가볍게 잡으며 말했다.

순간 스프링이 튕겨오르듯 홱 몸을 돌이키며 얼룩무늬가 이쪽을 노려본다. 벌겋게 핏발 선 두 눈. 입가엔 흰 버캐가 묻어 있다. 검게 그을린 병사의 얼굴은 아들 기룡의 나이 또래였다. 서씨는 충혈된 병사의 눈을 향해 어색하게 웃음을 지어보이려 했다.

"이보구려. 나한테도 당신 또래의 아들이 있소만……"
"너, 이 씹새끼는 또 뭐꼬!"
순간, 픽 하는 소리와 함께 정수리로 진압봉이 거대한 바윗덩이처럼 떨어져내렸다. 비명조차 지르지 못한 채 서씨는 풀썩 주저앉았다. 이미 자신의 것이라는 감각조차 끊어져버린 몸뚱이 위로 어지럽게 떨어지는 여러 개의 검은 군홧발들이 얼핏 보였다. 서씨는 의식을 놓아버렸다.

첫째날, 동명로에서 한 일곱 살쯤 먹은 아이가
울고 있었다. 학생들은 시골에서 올라온 나이 먹은
경찰들을 무장해제시키고 연행 학생과의 교환을
협상하는 중이었다. 나는 그 바로 전 그 꼬마애와의
대화를 잊을 수 없다.
"꼬마야, 왜 울고 있니?"
"아저씨 그 돌멩이를 버리세요,
아빠가…… 경찰관이란 말이에요."
— 임동확, 「이제 그들은 무엇이 되어」에서.

5월 18일 16 : 00, 충장로 3가

간신히 상체를 일으켜세우려는 순간 또 가슴을 걷어찼다. 청년이 비명을 지르며 고꾸라지자 이내 서너 명이 한꺼번에 달려들어 짓밟기 시작한다. 아스팔트 바닥에 처박힌 청년의 얼굴. 그 얼굴을 정확히 겨누고 군홧발 하나가 내리찍히더니 개구리를 잡듯 얼굴을 밟아 뭉갠다……

저항은커녕 움직일 기력조차 없는 상태인데도 병사들은 분풀이를 하는 듯했다. 주변 건물 위에서 지켜보고 있는 사람들로부터 전시 효과를 얻어내기 위한 의도적인 행동인지도 모른다. 아마 그럴 터였다. 청년을 에워싼 얼룩무늬는 셋이었다. 그들의 둥근 헬멧과 어깨, 그리고 등에 멘 소총의 검은 총신이 내려다보였다.

"무릎 꿇어! 옷 벗어!"

청년은 길바닥에 엎드려 몸을 웅크린 채 고개를 들지 못한다.

"벗어! 이 새끼가 뒈지고 싶나."

퍽퍽. 몽둥이가 등을 강타하자 청년이 허둥지둥 옷을 벗는다. 엉거주춤 서서 잠바와 바지를 벗고 나자 병사는 러닝 셔츠와 구두까지 벗기를 명령한다. 이제 그의 몸에 붙어 있는 것이라곤 흰 팬티와 양말뿐이다.

"걸어!"

청년이 비틀거리며 걷기 시작했다. 주위엔 오가는 행인이 거의 없다. 얼룩무늬들이 뛰어들기 시작할 때 모두 몸을 피했으나 그 청년만 붙잡혔던 것이다.

"야! 이 나쁜 놈들아. 어디로 끌고 가는 거냐."

"너희들도 국민의 군대냐! 풀어줘라."

누군가 고함을 질렀다. 맞은편 건물 삼층과 사층에 사람들의 머리가 매달려 있다.

"이 짐승보다 못한 놈들아. 차라리 우리 광주 사람들을 다 쥑여 뿌러라."

이번엔 다른 건물에서였다.

"어떤 새키야?"

"죽고 싶어? 골통 박살내기 전에 아가리 안 닥쳐!"

청년을 끌고 가던 병사들 중 몇이 진압봉으로 그쪽을 가리키며 악을 썼다. 그들은 금방이라도 쫓아올라갈 듯 위압적인 제스처를 써보였다. 그 바람에 야유가 주춤했다. 병사들의 눈길이 닿으면 창가에 붙어 있던 얼굴들이 황급히 사라지곤 했다.

"공수부대 물러가라. 저놈들을 죽여라아. 야아, 전두환이 똥개 새끼들아아."

잠시 후 다시금 고함이 터져나왔다.

"우우. 와아아."

더 많은 야유와 함성이 잇따랐다. 그러나 얼룩무늬들은 벌써 저만치 중앙로 쪽으로 멀어져간 뒤였다.

창가에서 길 아래를 내려다보며 야유를 보내던 민태가 다가왔다. 명기는 순임의 곁에 다시 주저앉았다. 순임은 낡은 소파 구석에 웅크리고 앉아 말없이 발끝을 내려다보고 있다. 조금 전 얼룩무늬들에게 다급하게 쫓겨들어올 때의 충격과 공포가 아직 가라앉지 않는 눈치다.

"언제까지 이렇게 쫓겨다니면서, 저 자식들 하는 짓을 그냥 보고만 있어야 해?"

탄식하듯 민태가 내뱉었다. 하지만 명기 역시 마찬가지였다. 너무나 엄청난 상황 앞에서 막상 무엇을 어떻게 해야 할지 갈피를 잡을 수 없었다.

학교 정문 앞에서부터 시내까지 서너 시간을 돌아다니면서, 명기 일행은 몇 차례의 시위 현장을 보았고 또 거기에 합류하기도 했다. 그러나 엊그제까지와는 상황이 완전히 달랐다. 시위 학생의 규모도 작았지만, 시민들의 호응은 의외로 냉담했다. 밤사이 내려진 계엄령이 사람들을 갑자기 움츠러들게 만든 게 분명했다.

불과 이삼백 명도 채 못 되는 학생들이 금남로 일대를 돌며 뛰어다녔지만, 인도를 오가는 시민들의 표정은 불안감이 역력했고 당돌하고 무모한 짓이 아닌가 여기는 눈빛들이었다. 그나마 최초의 시위다운 시위는 대규모 전경 진압 부대 병력에 의해 쉽사리 차단되고 말았다. 그것이 대략 오늘 정오 무렵까지의 상황이었다.

그런데 돌연 의외의 상황이 전개되기 시작했던 것이다. 공수 부대의 시가지 출현. 바로 그 순간부터 아무도 예상치 못했던 엄청난 국면으로 돌변하고 말았다.

계엄령이 내려지면 군대가 진입하리라는 사실을 모르는 사람은 없었지만, 막상 군병력이 시가지에 투입된 후에 벌어질 사태에 대해서는 대부분이 간과하고 있었다. 다소의 차이는 있을지 몰라도, 군병력의 진압 방식이 그간의 낯익은 전투경찰의 그것과 특별히 다르리라고는 생각하지 않았던 것이다. 그건 명기나 민태 역시 마찬가지였다.

명기는 불과 몇 시간 동안에 자신이 목격한 사실들조차 차마 믿어지지가 않았다. 아니 믿고 싶지가 않았다.

'이건 단순한 시위 진압이 아냐. 그렇듯 작은 규모에 의한, 불과 두어 차례의 미미하기 그지없는 시위 기도를 저지하기 위한

진압 방식이라고는 도저히 납득할 수가 없어. 도대체 어찌 된 셈
인가.'

이 야만적이고 무차별한 집단 행동이 절대로 우발적일 리는
없다고 명기는 확신했다. 적지에 뛰어든 점령군의 보복 충동 혹
은 악에 받친 복수심으로밖에는 설명할 수 없는 저 극도의 잔혹
성과 무차별성. 그것은 차라리 광기였다. 설사 이방의 점령군들
이라 해도 이토록 잔인하지는 않으리라. 공수부대. 왜 하필이면
공수부대인가. 그것도 아직 별다른 시위 확대의 조짐조차 보이
지 않는 상황에서 말이다.

시내 중심가 한복판에 그들을 한꺼번에 투입시켜 어떤 충돌을
유발하려는 의도일까? 그랬다. 그들의 행위는 분명 뻔한 충돌의
계기를 일부러 조장하기 위해 몸부림을 치고 있는 것처럼 보였
다.

그렇다면…… 무엇일까. 지금 거리 곳곳을 아수라장으로 만들
고 있는 저 소름끼치는 폭력과 야만과 광기의 집단 폭력 그 배후
엔 과연 무슨 음모가 숨겨져 있다는 말인가…… 그리고, 미친
듯 거리를 휩쓸며 인간 사냥에 열중해 있는 저 병사들. 저들은
또 누구란 말인가. 무심히 길을 가고 있는 행인들을 겨누고 무차
별로 몽둥이질을 퍼붓고, 노인 아녀자도 가리지 않는 저 잔인한
광기는 대관절 어디서 나오는 것인가. 침략군도 이방의 적군도
아닌, 이 나라의 국군이란 말인가 저들이?

명기는 도무지 짐작조차 할 수가 없다. 눈앞의 현실은 감당키
어려운 충격과 아찔한 공포로 압박해오고 있었다. 한동안 눈을
감은 채 명기는 말없이 앉아 있었다. 비로소 탁구공 튀는 소리가
귓속으로 흘러들어왔다. 눈을 떴다. 네 개의 테이블을 차지하고

서로 탁구공을 받아넘기는 동작에 열중해 있는 사람들이 보였다. 방금 전까지 거리를 내려다보며 분노와 두려움에 질려 있던 사람들이라고는 믿어지지 않았다.

"해도 너무하는구나. 공포심을 주기 위해 전시 효과를 노리고 하는 짓이라기엔 너무나 끔찍해."

"지난번 부마 사태 때도 공수부대가 투입되었다고 하더니만……"

"앞으로 어찌 될까. 내 생각엔 학생 시위도 현상태로서는 불가능할 것 같다. 저놈들이 시내에 쫙 깔려서, 학생 같아 보이기만 하면 무조건 반쯤 죽여놓은 다음 차에 싣고 가는 판인데…… 시민들이 다 함께 들고일어난다면 또 몰라도."

"대학생들이 꼼짝 못하는데, 시민들이 맨손으로 어떻게 하겠어?"

"그럼 저 새끼들한테 계속 이대로 당하고만 있어야 한단 말이냐, 짜식아!"

민태의 말에 갑자기 선배 영길이 화를 벌컥 냈다.

"누가 당하고만 있어야 한다고 그러는 소립니까……"

민태가 중얼거렸다.

잠시 모두들 한숨만 내쉬며 앉아 있었다. 또 현기증이 일었다. 옆구리가 여전히 욱신거렸고, 전신으로 피로가 엄습해왔다. 명기는 눈을 감았다. 그리고 보니 명기는 아침 점심을 모두 거른 상태였다. 노동청 골목 구멍가게에서 우유 한 봉지를 마셨을 뿐이지만, 묘하게 허기조차 느껴지지 않았다. 다만 견딜 수 없게 피곤했다. 아무데서나 쓰러져 눕고 싶을 뿐이었다.

아까 명기가 민태와 함께 연습장에 도착한 건 열한시가 넘어서였다. 다른 회원들은 이미 돌아가버린 뒤였고, 선배 영길과 순임 둘이서 뒷정리를 하고 있었다.

"경훈선배는 우리도 보지 못했어. 올 수가 없게 되었다고, 정수선배한테 새벽에 전화만 했대. 그 복적생 선배랑 어딘가로 일단 피신키로 한 모양이던데."

순임의 말이었다. 짐작대로 공연 계획은 일단 무기 연기되었다. 어쩌면 영영 무대에 올리지 못하게 될지도 모르는 일이었다.

그들 넷이 건물을 나섰을 때, 금남로 일대는 벌써 대규모 시위 진압 병력이 점령하고 있었다. 불과 반시간 전 금남로 2가 가톨릭센터 앞에서 최초의 시위가 있었다고 영길이 말했다. 대학생들의 수효는 겨우 백오십여 명 정도였는데, 아마 전대 정문 앞에서 흩어져 시내로 들어온 듯싶었다.

가톨릭센터 앞에서 페퍼 포그에 쫓겨 흩어진 시위대는 다시 오륙백 명으로 불어나면서, 재차 한일은행 부근에서 가톨릭센터 앞으로 진출했다가 다시 전경 진압대의 최루탄에 해산된 뒤였다. 몇 사람이 연행되기도 한 모양이었다.

명기네는 일단 정황도 살필 겸 시가지를 돌아다녀보기로 했다. 한시 반경 우체국 부근에 이르렀을 때 건물 뒤편에서 연기가 피어오르는 걸 보고 그들은 그쪽으로 달려갔다. 학생회관 정문 앞에서 페퍼 포그 차량 한 대가 검은 연기를 내뿜고 있었다.

조금 전까지 전경들은 그곳에서 점심을 먹고 있는 참이었다고 했다. 동료들을 모으기 위해 삼삼오오 흩어져 돌아다니던 대학생들이 슬금슬금 주위로 모여들다가, 어느 순간 갑자기 튀어나가 돌을 던지기 시작했고, 급작스레 기습을 당한 한 무리의 전경들은 더러 개인용 진압 장비를 미처 챙기지도 못한 채 도청 쪽으로 달아나버렸다. 기세가 오른 학생들은 전경들이 놓고 간 페퍼포그 차량을 보도 블록으로 부수다가, 누군가 구해온 석유통을 던져 차에 불을 붙였다고 했다. 명기 일행이 소방차가 달려와 불을 끄기 시작하는 걸 보고 있으려니, 뒤늦게 전경들이 몰려오고 있었다.

공원 부근에서 학생들이 집결하기로 했다는 소문에 명기네는 그리로 향했다. 그러나 적십자병원 앞에서 그들은 시위대를 만날 수 있었다. 칠팔백 명 정도로 불어난 대열의 후미에 명기 일행도 합류했다. 일단 병력이 집결해 있는 도청 쪽은 피하기로 하고, 시민들의 호응을 불러일으키기 위해 외곽 지대부터 돌기로 한 대열은 도청 뒤쪽과 기계공고를 지나 노동청, 동명동 주택가 일대를 통과했다.

농장다리 부근에 이르렀을 때였다. 금남로로 향하던 대열은 오토바이를 앞세운 경찰 수송 차량 한 대와 마주쳤다. 대열의 앞을 가로막자 오토바이는 엉겁결에 되돌아서 도망을 쳤다. 시위대는 버스를 가로막고 돌멩이를 던졌다. 차에 불을 지르겠다는 위협에 사십여 명의 경찰관들이 허둥지둥 내려왔다. 겁을 집어먹은 그들은 학생들의 요구에 순순히 응했다. 헬멧과 진압봉을 빼앗은 다음 신발도 벗게 했다. 헬멧을 벗은 그들은 의외로 거의가 사십대 이상의 경찰관들이었다. 하나같이 피로에 지친 표정들이 차라리 안쓰러움을 느끼게 했다.

"학생들. 내 말 좀 들어보시오. 우리는 모두 시골에서 근무하다가 영문도 제대로 모른 채 임시 차출되어온 처지요. 우리들한테도 여러분 같은 대학생 동생이 있고 가족도 있소. 우리 같은 사람들이 이 판국에 무슨 힘이 있겠소. 먹고 살라고 보니 어쩔 수

없이 명령대로 광주까지 올라온 죄밖에 없소. 우리, 신사적으로
합시다.”
　사십대 중반의 경찰관이 나서서 하소연하듯 말했다.
“그래요. 신사적으로, 좋습니다 아저씨. 우리도 형님 같고 삼촌
같은 사람들한테 폭력을 쓰지는 않겠습니다. 대신, 지금 우리들
과 함께 도청 앞으로 갑시다. 연행해간 학생들을 석방해주는 조
건으로 협상을 하겠소. 어떻습니까 여러분!”
“옳소! 그럽시다.”
　대열 속에서 박수와 환호성이 터졌다. 누군가의 엉뚱한 소리
에 와르르 웃음이 터지기도 했다. 공연히 의기양양해져서 조금
은 들뜬 분위기였다. 무장 해제만 시킨 채 돌려보내자는 의견도
있었으나 소수였다.
　결국 대열은 사십여 명의 경찰관들을 에워싼 채 도청을 향해
움직이기 시작했다.
“아저씨 이거라도 드세요. 우리들도 하고 싶어서 이러는 게 아
니잖아요.”
　여학생 몇이 근처 가게로 달려가서 요구르트며 우유 따위를
사들고 와 경찰관들의 손에 쥐어주기도 했다.
　무장 해제를 당하고 맨발로 걷는 경찰관들의 표정은 당혹스럽
고 어리둥절해 보였다. 이때까지만 해도 대열의 분위기는 제법
들뜨고 기세가 올라 있었다. 로터리를 돌아 청산학원 앞에 이르
렀을 때 대열은 전투경찰 병력과 마주쳤다.
　양쪽은 대치했다. 인질로 데려온 경찰관들의 처리 문제를 놓
고 잠시 의견이 엇갈렸지만, 연행된 학생들과 교환하자는 의견
이 우세했으므로 마침내 대표 몇 사람이 나섰다. 경찰관 이십여

명은 주택가 골목에 남겨두고, 나머지 반수를 차도에 앉혀둔 채 협상을 시도했다. 말이 협상이지 어차피 조직적인 시위 대열이 아니었으므로 어수선하고 체계가 없는 건 당연했다. 이십여 미터 간격을 두고 그렇게 대치해 있는 동안, 대열에서 학생들이 하나둘씩 빠져나가기 시작하는가 싶더니, 어느새 제법 많이 줄었다. 오후 네시쯤이었을 것이다.

그때 느닷없이 공수부대가 출현했던 것이다. 앞쪽에서 십여 대의 트럭이 갑자기 나타나더니 얼룩무늬들이 새까맣게 뛰어내렸다. 뒤쪽 역시 어느 틈에 얼룩무늬들이 보였다.

"체포조 앞으롯!"

구령과 함께 '야아아아앗!' 하는 괴성을 일제히 내지르며 그들이 무서운 속도로 덮쳐오기 시작했다. 주위는 삽시간에 아수라장으로 변했다. 명기와 순임은 때마침 대열의 측면 맨 가장자리에 서 있다가 주택가 골목으로 달아나기 시작했다. 엄청난 비명과 아우성 소리가 등뒤에서 터져나오고 있었다. 교육위원회 부근에 와서야 둘은 호흡을 가다듬었다.

한참 후 민태와 영길을 만났다. 그들 역시 쫓기다가 어느 집 안마당으로 뛰어든 모양이었다. 수십 명이 붙잡혀 트럭에 실려갔다고 했다. 퍽퍽 후려갈기는 몽둥이와 발길질 소리, 길바닥에 쓰러져 뒹굴며 질러대는 비명과 울음 소리를 들으면서도 둘은 어쩔 수 없이 그 집 정원의 향나무 밑에 엎드려 있었다고 했다.

네 사람은 골목길을 택해 다시 중심가로 나왔다. 사람들이 모여 웅성거리고 있었고, 두려움과 분노에 질려 있는 그들의 입에서 명기는 놀라운 소문들을 들을 수 있었다. 명기 일행이 그때까지 목격했던 상황들보다도 훨씬 더 끔찍하고 충격적인 이야기들

이었다. 이미 공용터미널 근처에서 공수부대의 손에 사망자가
생겼다는 소문, 이젠 진압봉 정도가 아니라 대검으로 닥치는 대
로 행인들을 쑤셔댄다는 소문도 있었다.

　그런 엄청난 소문들이 처음엔 차마 믿기 어려웠다. 그러나 이
제 명기는 대부분의 소문이 사실일지도 모른다고 여기고 있었
다. '인간 사냥.' 서너 명씩 조를 이루어 거리를 활보하며 젊은
사람만 보면 닥치는 대로 달겨들어, 몽둥이질 발길질로 순식간
에 피투성이 반주검을 만들어 끌고 가는 광경은 '인간 사냥' 바
로 그것이었다.

"여보세요 학생들. 저기 3번 테이블 비었는데, 안 칠 거예요?"

　탁구장 주인여자가 다가와서 말했다. 일행은 얼굴을 마주보았
다. 탁구를 치기 위해 온 건 아니었다. 충장로 파출소 부근에서
얼룩무늬들이 갑자기 몰려오는 걸 보고 정신없이 도망치다가 이
곳으로 뛰어들어왔을 뿐이다. 넷은 탁구장을 나왔다.

　거리엔 얼룩무늬의 모습은 눈에 띄지 않았다. 그들은 제일극
장 앞을 지났다. 부근 점포들은 대부분 셔터를 내린 채였다. 행
인들의 표정과 눈빛은 불안해 보였고 저마다 잰걸음을 옮기고
있었다.

"당구장에서 친구들이랑 한 게임 하고 있는디, 공수 두 놈이 들
어오지 뭐냐. 한쪽으로 모두 집합시켜놓고는 손바닥을 펴보라는
거여. 초크가 묻어 있지 않은 사람은 다짜고짜 늘씬하게 두들겨
패가꼬는 끌고 나갔어. 다섯 명이나 잡혀갔는데, 우리 옆 다이에
서 치고 있던 재수생들은 손바닥에 초크가 묻어 있어도 끌려갔
단 말이다."

　청년 서넛이 긴장된 표정으로 수군거리며 지나간다.

"이제 어떻게 할래? 순임이는 그만 집으로 돌아가지. 부모님들께서 걱정하실 텐데."

약국 앞에서 영길이 걸음을 멈추더니 순임에게 말했다.

"괜찮아요. 난 집이 시골인걸요 뭘."

"참, 동생들이랑 자취하고 있다고 그랬지. 하여간 위험하니까 들어가. 우리도 잡히면 꼼짝없이 당하는 판국인데, 여학생이 이렇게 돌아다니다가 무슨 일을 당할지 몰라."

"그래. 순임이는 그만 돌아가. 명기 너도 그러는 게 좋겠다."

민태가 말했다. 사실은 명기 역시 그러고 싶었다. 더 버틸 힘이 없으리만큼 녹초가 된 형편이었다. 군홧발에 차인 옆구리의 통증도 그랬지만, 온몸이 마치 커다란 모래 주머니에 짓눌려 있는 것처럼 무겁고 힘겨웠다.

"명기 너, 안색이 아까보다 더 안 좋다. 괜찮겠나?"

"명기 이 자식, 아침에 하마터면 골로 갈 뻔했다구요. 어서 들어가. 마침 순임이랑 같은 동네잖아. 참, 태영이한테 전화해봐. 소식 알 때까지."

아무도 태영의 행방을 아직 모르고 있었다. 오전에 한번 태영의 할머니와 통화를 했을 뿐 그 후론 어찌 된 영문인지 아무도 전화를 받지 않는 거였다.

"우린 좀더 돌아다녀볼 생각이다. 한일은행 부근에서 한바탕 벌어지고 있는 것 같으니까. 잘 가."

"선배님 조심하세요. 민태두."

"돌아갈 때 조심해. 시내버스는 안 타는 게 좋겠다. 공수놈들이 길을 막고, 대학생 같아 보이면 무조건 끌어낸다잖아."

"알고 있어요. 갈게요."

민태와 영길은 충장로 쪽으로 사라졌다. 멀지 않은 곳에서 최루탄의 폭음이 연달아 터지고 있다. 금남로 3가 부근인 듯싶다. 명기와 순임은 서둘러 반대편 길로 걷기 시작했다. 거리엔 부쩍 긴장이 감돌고 있었다. 가게마다 셔터가 내려졌고, 어디에나 사람들이 모여 흉흉한 이야기들을 수군거렸다.

둘은 광주천 방향으로 접어들었다. 호남동 성당 앞에서 부상자 한 사람을 업고 네댓 명의 사람들이 허둥지둥 달려 지나갔다. 업힌 사람은 중년 남자였다.

"어떻게 된 거요. 누가 이랬습니까!"

길가에 서 있던 사람들이 놀라 소리를 질렀다.

"그놈들이, 그 개 같은 공수부대놈들이 죄 없는 사람을 이꼴로 만들었단 말이라우! 대학생들을 때리지 말라고 한마디했을 뿐인디, 다짜고짜 몽둥이로 머리를, 세상에, 아이구, 오십이 다된 사람한테까장, 그 찢어쥑일 놈들이……"

구두를 집어들고 뒤따라가던 남자가 헐떡이며 외쳤다.

"어쩌까이. 여보, 성철이 아부지이, 정신차리시요. 오메에. 어째사 쓸꼬이, 이 일을……"

부상자의 팔을 잡고 종종걸음을 치는 여자는 반쯤 넋이 나가 있다. 등에 업힌 남자는 의식을 잃은 상태였다. 타월로 감아놓은 머리에선 계속 피가 흘러나와 저고리까지 홍건히 적시고 있었다. 축 늘어진 팔다리가 허깨비처럼 출렁거렸다.

"아이고 어쩌까이. 저렇게 피를 많이 흘리고도 살 수 있을란가 모르겠네."

지나가던 여자가 말했다.

명기와 순임은 그들의 뒤를 따랐다. 대신 업겠다고 명기가 나섰으나 사내는 듣지 않았다.

"괜찮어 학생. 우, 우리 형님은 내가 업을 거여. 피가 묻어서 안 돼."

사내는 헉헉거리며 뛰었다. 적십자병원은 바로 인근이었다.

그들이 병원 안으로 달려들어가는 모습을 지켜보다가 순임이 갑자기 울음을 터뜨렸다. 명기는 말없이 순임의 손을 쥐어주었다. 손등으로 눈물을 연신 훔치는 순임을 내려다보고 있으려니 불현듯 가슴이 터질 것만 같았다. 목구멍을 치받고 터질 듯 부풀어오르는 뜨거운 불덩어리. 그건 분노였다.

천변도로는 차량으로 붐볐다. 중심가 도로가 막히자 차량들이 외곽으로 몰리는 탓이었다. 시내버스들도 정상 노선을 무시한 채 운행하고 있었다. 운전사들 역시 어딘가 서두르는 기색이었고, 승객들의 불안한 얼굴들이 차창 안에서 흘금거렸다.

두어 대의 빈 택시가 그냥 지나쳐버렸다. 그러다가 마침 개인택시 하나가 멎었다. 중년 여자 한 사람을 앞자리에 태우고 있었다.

"이 친구들, 보아하니 대학생들 같은디, 겁 없이 어딜 함부로 돌아다니고 있는 참이여?"

앉자마자 운전사가 꾸짖듯 말했다. 흰머리가 듬성한 오십대의 남자였다.

"충장로 쪽에서 오는 참인가? 아직도 공수들이 돌아댕기고 있어?"

"지금은 보이지 않던데요."

"반시간 전까지만 해도 난리가 났었제. 짐승 겉은 놈의 새끼들! 참말로 나 같은 늙은 사람도 그놈들 하는 짓을 보고 있을라니께,

총이라도 있으면 당장 모조리 쏘아 죽이고 싶드라니까. 허 참."

사내는 흥분해서 연신 욕을 퍼부어대었다. 앞자리의 여자가 말했다.

"으마, 아저씨. 나도 어려서 6·25 동란을 겪었소만, 꼭 그때맨 키로 난리가 터진 것 같당께요."

"6·25 동란이라우? 허, 인민군도 지금 저 죽일 놈들 허는 짓보다는 덜할 것이요. 대관절, 국민의 세금으로 유지되는 군대가 엠헌 시민들을 마구잡이로 때려죽이는 나라가 이십세기 지구상에 어디 있단 말요. 그것도 벌건 대낮에, 수천 명이 눈 뻔히 뜨고 지켜보고 있는 앞에서."

"공용터미널에서 사망자가 났다던데, 그 소문이 참말입니까 아저씨?"

명기가 물었다.

"내 눈으로 직접 목격한 건 아니지만, 직접 보았다는 손님한테 들었어. 터미널 앞 지하도에 공수부대한테 무참히 살해된 시체가 둘 있는디, 칠십 살 묵은 노인하고 대학생이라여. 첨엔 나도 설마 했었는디, 차를 몰고 다니면서 벼라별 광경을 다 보고 나니까 이젠 뜬소문이 아니라는 생각이구먼. 거기, 뒷자리 왼쪽 시트에 피 묻은 걸 봐."

정말 순임이 앉은 의자 등받이에 채 마르지 않은 손바닥만한 핏자국이 붉게 번져 있다.

"북동우체국 앞에서 청년이 대검에 찔렸어. 대학생도 아니고, 은성교회로 가자며 성경책을 들고 아가씨 둘이랑 함께 내 차에 탔지. 터미널 쪽이 난장판이길래 그 골목으로 빠져나가려는 참인디, 서너 놈이 튀어나와 차를 세우더니만 무조건 손님들을 끌

어내리는 거여. 여자들한테까지 손찌검을 하니까 청년이 대들었
는디, 그 자리에서 한 놈이 대검으로 대번에 허벅지를 푹푹 찔러
버리는 것이여. 피를 펑펑 흘리는 사람을 끌고 갈라고 하길래,
내가 내려가서 사정을 했지. 교회 가는 신자들을 이럴 수가 있느
냐고 말이여. 실은 나도 교회 신자거든. 아 그랬드니 그 징헌 놈
들 좀 봐! 나까지 몽둥이로 갈기려고 하더라니께. 그래도 그 중
에 좀 사람 같은 놈이 있었는지, 중위 하나가 와서 우릴 그냥 돌
려보내라고 하더군. 그래서 그 청년을 기독병원까지 태워다주었
지. 불과 삼십 분 전에 말여."
"세상에나, 그런 짐승 같은 놈들이 다 있으까라우. 이번에 내려
온 공수부대들은 전부 경상도 출신만 뽑아가꼬 왔답디다. 전두
환이가 이번에 전라도 사람들 씨를 아주 말려버릴라고 그런담서
요."
"나도 아까 유동로터리서 공수부대 한 놈과 잠시 얘기를 해봤
소만, 서울 말투입디다. 그놈이 그럽디다. 김대중이도 빨갱이고,
김대중이 풀어주라고 데모허는 놈들도 모조리 똑같은 빨갱이놈
들이라고 말이요. 어디서 왔냐고 물었드니, 전라북도 금만가 어
디에 있는 부대라고 헙디다."
차가 전대병원을 지나 기계공고 앞에 이르렀을 때 앞자리의
여자가 내렸다.
"기사님, 몸 조심허시요. 그라고 거기 학생들도 집에 들어가서
나오지 말어. 목숨은 살고 봐야 헐 것 아녀."
그 말을 남기고 여자는 서둘러 골목으로 사라져버렸다.
노동청 부근에 공수부대 트럭이 보이자 택시는 급히 우회전해
서 동명동 주택가 골목으로 접어들었다. 그러나 농장다리에서

또 십여 명의 얼룩무늬가 지키고 서 있었다. 다리 건너편이었다. 얼룩무늬들이 시내버스를 세우더니 차 안으로 뛰어올라가는 것이 보였다. 차도 한편엔 몇 사람이 꿇어앉아 있었다. 맨발에 팬티 차림도 보였다.

"큰일났구만, 숙여. 머리 숙이고 움직이지 마!"

운전사의 다급한 소리에 명기는 반사적으로 순임의 어깨를 잡고 의자 사이로 바짝 엎드렸다. 순간 차체가 기우뚱하면서 왼쪽으로 급커브를 돌았다.

"개자식들! 어디 죽어라고 고함질러봐라. 내가 멈추는가."

운전사가 혼자 소리쳤다. 차는 다리 왼쪽 철길을 따라 비좁은 비포장 골목길을 질주해 내려가고 있었다. 비로소 명기는 허리를 폈다. 가슴이 뛰었다. 순임의 낯빛이 하얗게 질려 있다.

"이 친구들아. 자네들 때문에 십년감수했네. 이제부터는 돌아다니지 말고 죽은 디끼 집안에 숨어 있어. 젊은 혈기에 목숨 아까운 줄 모르고 설치지들 말고!"

산수동 오거리에서 둘은 내렸다. 운전사는 격앙된 어조로 그 말을 남기고 떠났다.

의외로 산수동 오거리 일대는 평온해 보였다. 차량들의 통행도 막힘이 없고 행인들의 표정 역시 중심가와는 많이 달랐다. 한 도시내에서도 이럴 수 있는가 싶도록 한가해 보이는 풍경이었다. 공수부대가 아직 그곳까지는 출현하지 않은 눈치였다.

순임의 자취방은 무등산장행 도로를 십 분쯤 더 거슬러 올라가야 했다. 집이 가까워오자 명기는 걱정이 앞섰다. 이틀 간의 외박도 그렇지만, 이마의 상처를 보고 식구들이 놀랄 게 뻔했다.

"잠깐 다방에서 쉬었다 가는 게 어때."

"그럴까. 잠시만야."

둘은 이층 '송죽다방'으로 올라갔다. 제법 손님이 많았다. 둘은 창가에 앉았다. 텔레비전에선 한참 권투 경기가 중계되고 있었다.

"어, 박찬희 권투 벌써 시작했냐."

삼십대 사내들 한패가 입구로 들어서더니, 이내 텔레비전 앞자리로 우르르 몰려가 앉는다.

"아냐, 저건 오픈 게임인데 그래. 메인 게임 시작할라믄 앞으로도 한참 남았잖아. 그런디, 이번에 그 일본 선수한테는 박찬희가 고전하겠던데."

그들은 떠들썩하니 주고받는다. 그러고 보니 권투 타이틀 매치가 있는 날이었다. 변두리 다방이 모처럼 붐비는 까닭도 그래서일 것이다.

명기와 순임은 서로의 얼굴을 마주보았다. 어이가 없었다. 방금 여기 도착하기까지 보고 듣고 겪었던 엄청난 일들을 저들은 까맣게 모르고 있는 것일까.

그럴 법한 일이라고 명기는 고쳐 생각했다. 명기 역시 직접 목격하고 당하기 전까지는 그 모든 것들이 차마 믿어지지 않았으니까 말이다. 하지만 왠지 맥이 풀리는 느낌이었다. 지금 이 순간도 금남로나 광남로 혹은 충장로 어딘가에서는 끔찍한 상황들이 벌어지고 있을 것이다. 명기는 커피잔을 들었다. 커피는 쓰고 미지근했다.

와와. 함성이 흘러나왔다. 메인 게임이 시작되려는 모양이다. 그때 문득 화면 하단으로 자막이 나타나기 시작했다.

……계엄사령부. 18일을 기해 광주 지역 일원에 통행 금지 시간 연

장 발표. 21:00시부터 익일……

　명기와 순임은 자리에서 일어났다. 계단을 내려와 인도로 막 나섰을 때였다. 거기서 둘은 엉뚱한 광경을 보았다.

　길모퉁이 전화 부스 앞에서 오십대 초반의 두 남자가 무슨 까닭인지 서로 실랑이를 벌이고 있었다. 둘 다 약간 취기에 젖어 있었다.

　"아, 말리지 마란께 그러네이! 빨리 112로 신고를 해야 한단 말여."

　"이 사람아, 그러다가 실수라도 하면 어쩔라고 그러는가. 아직 똑똑히 모르잖어."

　"모르기는! 내가 시방 그쪽으로 택시 타고 옴서 두 눈으로 똑똑히 보고 오는 참여. 틀림없어. 그놈들은 김일성이가 남파시킨 무장공비들이란 말이시. 공수부대로 변장해서 지금 시민들을 마구 학살하고 있는디도, 모두들 깜빡 속고 있는 것이랑께. 당장에 112로 신고해야 돼."

　"일단 집으로 가세. 가서, 나하고 둘이 더 알아보고 나서, 그때 신고를 하든지 말든지 하자고."

　"허 참, 답답해 미치겄구마이. 그놈들이……"

　두 사람은 연신 다툼질을 하며 횡단보도를 건너가고 있었다. 명기와 순임은 마주보며 어처구니없는 웃음을 흘렸다. 그러나 이내 똑같이 입을 다물고 말았다.

　'정말이지 어쩌다 이런 일이 벌어지고 있는 건가. 지금 우리들의 앞에 기다리고 있는 것은 무엇일까.'

　또다시 암울하고 막막하기 그지없는 생각들이 가슴을 무겁게 억눌러오기 시작했다.

"내가 집까지 바래다줄까?"

"아냐 괜찮아. 동생들이 기다리고 있을 거야. 잘 가. 내일 전화 해줘."

순임은 등을 돌려 혼자 모퉁이를 돌아가고 있었다. 시계포 저편으로 지워지는 뒷모습을 지켜보다가 명기는 집으로 천천히 걸음을 옮겼다.

"지산동 파출소랑 동명동 파출소는 아예 작살이 났드란 말이요. 유리창은 남은 것이 없고 불에 시커멓게 탄 오토바이가 나자빠져 있는디……"

골목을 들어서니, 앞집 대문 앞에 이웃 사람들이 모여 웅성거리고 있다. 한가운데서 들뜬 목소리로 얘기하고 있는 사람은 이발소 안씨였다. 청산댁이 명기를 보자 깜짝 놀라며 달려왔다.

"아이고메, 이 자식아! 너 때문에 얼마나 애간장을 태우고 있는지 알어?"

"명기학생이 나타났네그랴. 세상에, 온 시내가 난리가 났다등만, 전화 한 통 없으니 식구들은 물론이고 우리까장 걱정을 하고 있는 참이구만. 아부지가 학생 찾아볼란다고 조금 아까 또 나가시든디."

이웃 사람들까지 다가와 한마디씩 거들었다.

"아버지께서 나가셨어요?"

"그래, 이 녀석아. 온종일 밥 한술 못 뜨고 애만 태우다가 금방 또 나가셨다. 그나저나 넌 돌아왔다만, 아, 이번엔 또 명옥이가 온다간다 한마디 없이 집을 나가서 아직까장 들어오질 않으니, 이 일을 어째야 쓸거나아."

"나가다니, 명옥이가요?"

얼핏 스치는 불길한 예감에 명기는 시가지 쪽을 바라보았다. 멀리 잿빛 도시의 지붕 너머로 해가 저물고 있었다. 서쪽 하늘은 선연한 핏빛이었다.

나는 모진 바람에 흩어지는
한 떨기 갈래꽃이라도 좋아
밤 깊어 끝모를 어둠
별빛에 어린 흰 꽃 그림자 밟고
네가 올 수 있다면 나는……
── 나종영, 「갈래꽃」에서

5월 18일 17 : 30, 계림동

"현주야 너, 엄마가 아시면 어쩔라고 그러냐. 시내가 아주 무섭다고 안 그러든? 집 바깥에는 얼씬도 말라고 가게에서 주인아줌마가 벌써 세 번씩이나 전화를 했는디도 나간단 말여?"

"아이, 언니도 참. 누가 시내까지 나간대? 요 앞에 문방구에서 뭘 살 게 있다니깐 그런다."

"문방구 가는디 교복까지 채려입고 나간다냐?"

"실은 말야. 성당에 잠깐만 다녀올게. 금방이야 언니. 삼십 분도 안 걸릴걸."

"아휴, 저거 보란께. 순전 거짓말이제. 아침에도 성당에 갔다 와놓고 또 나간단 말여? 주인아줌마가 지금이라도 불쑥 들어오시면 나는 어쩌라고 저러까이."

"엄마가 어떻게 벌써 들어오누. 가게 문은 아홉시가 넘어야 닫을 텐데."

"아녀어. 재엄령인가 뭣인가 떨어졌다고 통금이 앞당겨졌다 매?"

"오호호. 아이구 배야. 재엄령이 아니라 계엄령이야, 순자언니. 금방 올 테니까 염려 마아. 나 간다아."

철대문을 쿵 소리가 나게 닫아걸고, 현주는 골목을 깡총깡총 뛰어나온다.

"현주야아. 안 된단 말이여어."

가정부 순자언니가 담 너머에서 불러대는 소리가 들렸지만 현주는 재빨리 골목을 빠져나왔다.

"아휴, 맹꽁이 같기는. 내가 무슨 어린앤가. 이젠 완전히 엄마 명령대로 내 감시꾼 노릇을 단단히 하려고 들지 뭐야."

콧등을 샐쭉 찡그리며 현주는 쫑알거린다.

팔목시계를 들여다본다. 아무래도 조금 일찍 나온 듯싶다. 명옥이 고 계집애랑 광주고등학교 정문 앞에서 만나기로 약속했던 것이다.

골목을 막 빠져나오면 모퉁이에 작은 양장점이 있다. 말이 양장점이지 가게터라고 해야 손바닥만한 데다가, 진열장에 늘어놓은 옷감이며 견본은 초라하기 짝이 없다. 지난번 중학교 졸업식 날, 현주가 졸업 선물로 외출복 한 벌을 사달라고 졸랐더니, 엄

마는 학교에서 돌아오는 길에 그 양장점으로 데리고 들어가려
했다.

"엄마, 하필이면 이런 촌티나는 동네 양장점으로 들어가려구
그래."

"아니 뭐가 어때서. 촌티는커녕 내가 보기엔 이 집 아가씨 솜씨
가 보통이 아니든데. 지금 내가 입고 있는 이 투피스를 봐라. 충
장로 일류 못지않다 이거."

"피이. 부인복은 몰라도 우리 또래 예비 숙녀복은 다르단 말야.
촌티나는 걸 어떻게 입구 다녀, 창피하게."

"뭐어. 예비 숙녀 좋아한다. 이제 겨우 여고 일학년짜리가 벌써
부터 겉멋이나 부릴라고 그러는 거 아냐 너?"

결국 엄마 손에 끌려들어간 현주는 원피스 한 벌을 맞추었다.
밤색 체크무늬가 깔린 빨간색 천이었는데, 막상 찾아서 입어보
니 여간 맘에 드는 게 아니었다. 현주는 일요일이면 곧잘 그걸
꺼내어 입고 성당에 나갔다. 지난번 대모님 결혼식날 성당에서
축가로 독창을 했을 때 입었던 옷도 바로 그 체크무늬 원피스였
다.

어머, 우리 도미니카 얼굴 좀 다시 보자꾸나. 옷이 예뻐서 그
런가. 오늘은 훨씬 더 예쁜데 그래. 아까 그 독창 말야. 정말 오
랜만에 아주 멋진 노랠 감상하는 기쁨을 수녀님은 누렸단다. 고
맙다 도미니카. 넌 틀림없이 훌륭한 성악가가 될 거야.

안젤라 수녀님이 그렇게 칭찬해주었을 때 현주는 너무나 기뻐
서 한 순간 온몸이 구름 위로 둥둥 떠다니는 것만 같았다. 안젤
라 수녀님의 그 한마디는 다른 누구의 칭찬보다도 몇 배 몇십
배, 아니 비교할 수도 없을 만큼 현주를 기쁨에 젖게 만들었던

것이다.

 양장점 앞에서 현주는 걸음을 멈추고 쇼윈도에 비치는 제 모습을 슬쩍 훔쳐본다. 오늘은 일부러 교복을 입고 나왔다. 다른 옷이 몇 벌 있긴 하지만, 거울 앞에서 거의 한 시간 동안이나 궁리하던 끝에, 차라리 교복이 더 나으리라는 결정을 내렸다.

 교복인 하얀 블라우스가 눈이 부시게 환해 보인다. 머리를 두 갈래로 귀엽게 땋아내린 열여섯 살 소녀의 모습을 창유리 위로 비추어보며 현주는 혼자 흐뭇한 미소를 짓는다. 그때 양장점 문이 빼꼼 열리더니, 누군가의 얼굴이 돋아났다.

 "현주학생 아냐? 난 또, 웬 멋쟁이 숙녀가 나타나셨나 했지."

 "어머 언니, 안에 있었어요? 난 그것도 모르구……"

 양장점 아가씨다. 현주는 얼굴이 발개졌다.

 "근데 어딜 가는 거지. 이렇게 예쁘게 차려입고."

 "성당에 가는 길예요. 저녁 미사가 있거든요."

 현주는 얼른 몸을 돌려 걷기 시작한다.

 "정말 이쁘다아. 현주만할 때가 말야, 인생에서 가장 행복한 시절이야. 잘 다녀와."

 양장점 아가씨가 등뒤에서 웃음 섞인 목소리로 말했다. 현주는 흐뭇한 웃음을 삼킨다.

 요즘 현주는 부쩍 거울을 자주 들여다본다. 이층 제 방에서 문을 걸어놓고 손거울을 꺼내어 얼굴을 요모조모 뜯어보고 있는 시간은 마냥 즐겁고 행복했다. 별의별 표정을 다 지어보면서, 어떤 사람 앞에선 어떤 표정이 어울릴까 하고 고개를 갸웃거리기도 했다. 현주는 자신이 누구 못지않게 예쁘고 귀여운 얼굴을 지니고 있다는 사실을 알고 있었고, 또 그래서 만족스러웠다. 콧날이 조금만 더 가늘었으면, 하는 점만 빼놓고는……

'하지만 안젤라 수녀님은 정말이지 너무너무 예뻐. 아냐, 예쁘
다는 표현으론 어딘가 부족하고…… 뭐랄까. 너무너무 깨끗하고
순결해 보여. 백합꽃 같애, 진짜야. 수녀님이라서 그럴까. 영혼
과 육신을 오로지 성모님께 맡긴 채, 매일매일의 시간을 다만 기
도와 묵상으로 봉헌하며 살아가는 사람의 눈빛은 그렇게 아름답
고 맑아질 수 있는 것인지도 몰라. 아아 어쩜. 내게 우리 안젤라
수녀님처럼 예쁘고 착한 언니가 있었으면 얼마나 좋을까.'

현주는 고개를 옆으로 갸우뚱한 채 콧노래를 흥얼거리기 시작
한다. 기분이 썩 좋을 때의 버릇이다.

큰길로 나왔다. 저만치 광주고등학교 담장 너머로 껑충한 소
나무가 보이고, 로터리를 돌아 차들이 달려 지나가고 있다. 왼쪽
모퉁이를 막 돌아서면 꽃집이 있고, 그 꽃집 앞에서 명옥이와 만
나기로 했었다.

명옥과 현주는 중학교 때부터 단짝이었다. 현주가 성당을 다
니기 시작한 것도 명옥이 때문이었다.

'기집애. 둘이 함께 결정해서 선물을 사자고 약속했는데, 내 것
만 먼저 따로 준비했다는 걸 알면 팔짝팔짝 뛸 거야. 하지만 뭐
어때. 그럼 제 것도 따로 사라지 뭐.'

현주는 작은 꾸러미를 가슴에 안고 경쾌하게 걸음을 옮긴다.
기름통을 실은 자전거 위에서 고등학생이 일부러 찌릉찌릉 벨을
울려대며 지나간다.

식료품 가게 앞에 여자들이 모여 웅성거리고 있다. 연탄 집게
를 들고 서 있는 키 작은 아주머니는 현주네 동네 반장아줌마 같
다. 엄마와 함께 무슨 계를 하는 모양이어서, 집에도 이따금 들

렀다. 현주는 한층 얌전을 빼며 가게 앞을 지나친다.

"그러게 말이우. 우리는 경상도 군인 부댄디, 전라도 사람들 씨를 말릴라고 내려왔다아. 그럼서 시내를 떼거리로 휘젓고 다닌다드란께요."

"아까 우리집에 쌀 배달하러 온 대인시장 쌀집 아저씨도 그 말 합디다. 대학생은 물론이고 처녀들 노인네들까장 몽둥이로 사정없이 치고 밟아서 반송장을 만든대요. 머리 깨지고 피범벅이 되어서 실신한 사람 멱살을 움켜잡고, 쓰레기 치우디끼 트럭 뒤칸에다가 휙 던져버리드라요 글씨."

"아이고 인자 참말로 난리가 터졌구마이. 이 일을 어째사 쓰까아."

"벌써 공수놈들한테 맞아 죽고 대검에 찔려 죽은 사람들이 예닐곱 명도 넘는답디다. 대학병원이랑 기독병원, 적십자병원은 실려오는 부상자들로 가득 찼다드란께라우."

여자들은 빙 둘러서서 흥분한 목소리로 수군거리느라 여념이 없다. 무슨 일이 일어난 것일까. 대학생들이 데모하다가 전투경찰에게 많이 잡혀간 모양이라고 현주는 생각한다. 참, 군인들이 학생들을 잡아가고 있다고 아까 엄마가 전화로 그랬었다.

절대로 나오지 마라 현주야. 알았니. 여긴 아주 난리법석이란 말이다. 콜록콜록. 아이구 매워라.

엄마는 수화기에 대고 연신 기침을 해댔다.

그럼 가게 닫고 일찍 들어오지 그러우, 엄마.

이것아. 팔자 좋은 소리 하지두 마. 다른 코너들도 모두 안 들어가고 있어. 현주야. 이게 다 너 하나 공부시킬라고 엄마가 이 고생 하는 거란 말야. 알기나 해.

그 틈에서도 엄마는 또 그 지겨운 잔소리를 빼놓지 않았다.

하지만 현주는 엄마를 누구보다 사랑하고 또 동정하고 있었다. 현주가 네 살 나던 해 아버지가 돌아가셨고, 그때부터 엄마는 현주 남매를 혼자서 키워오셨다. 아버지가 남긴 재산이 약간은 있어서 지금까지는 그런대로 생활을 꾸려왔지만, 서울에서 대학을 다니는 오빠의 학비 때문에 엄마는 늘상 벅찬 눈치였다. 그래서 엄마는 작년 여름부터 학생회관 근처 작은 스넥 코너 한 자리를 세내어 음식 장사를 시작했던 것이다.

엄마의 잔소리가 아니더라도, 현주는 공부를 열심히하는 편이다. 초등학교 때부터 우등상을 빠뜨린 적이 없었는데, 그만 작년 중학교 졸업반 때 받지 못했다. 분해서 하루종일 징징 울었던 일을 생각하면 지금도 속이 상한다.

하지만 이젠 여고생이 되었다. 우등상을 탈 자신도 있고, 성악 공부도 열심히 할 결심이다. 현주는 장차 성악을 전공할 계획이다. 엄마는 이번 가을부터 성악 레슨을 받게 해주겠다고 약속했다. 과외비가 굉장하다는 것이 아직도 걱정이긴 하지만, 엄마는 그런 건 조금도 마음쓰지 말라고 장담을 했던 것이다.

이윽고 현주는 로터리 부근에 이르렀다. 모퉁이를 돌아서니, 벌써 명옥이가 기다리고 있다.

"지금 나타나면 어떡해?"

현주를 보자마자 명옥은 대뜸 잔뜩 볼이 부은 시늉부터 한다.

"기집애. 정각에 왔잖아."

"몰라, 오 분이나 기다렸단 말야. 창피해서 혼났어. 넌 왜 하필 남자 고등학교 앞에서 만나자고 그랬니?"

"왜?"

"여기 서 있는데, 웬 여드름투성이 남자애가 지나가면서 '광고생 애인 기다리는 모양인디, 뭘 착각하신 거 아뇨? 오늘은 일요일이라 수업이 없을 것인디?' 이러잖아 글쎄. 기가 막혀."

"뭐어? 네가 맘에 들었나보다 얘."

"어머머, 끔찍해라. 얼굴이 온통 멍게마냥 여드름투성이드라 얘."

둘은 길가에 서서 손뼉을 치며 깔깔깔 웃음을 터뜨린다.

문득 어디선가 펑펑 소리가 들려왔다. 로터리 오른편은 중심가로 이어진 길이다. 폭음은 계림시장 아니면 소방서 근처 어디쯤인 듯싶은데, 거기서는 보이지 않았다.

"무슨 소리지?"

"대학생들이 또 데몰 하는 모양이지 뭐. 괜찮아. 여기까진 안 올 거야."

"시내가 아주 굉장하다고들 그러든데. 사람이 죽었대. 나도 집에서 간신히 몰래 빠져나왔어. 오빠가 어제 나가서 아직 소식이 없으니까 어른들 걱정이 이만저만 아니거든."

"오빠가? 참, 느이 오빠도 공수부댄가 뭔가로 갔었대지. 지금 시내에 공수부대가 왔다더라."

"그건 둘째오빠구. 명기오빠 말야. 전남대 다니는."

"응, 알아. 근데 느이 오빠도 데몰 하니?"

"몰라. 대학생이 되면 대개 하는 거 아냐? 아무튼 집에 빨리 들어가봐야 해. 아빠가 아시면 난 큰일인데."

"알았어. 어른들은 다 똑같구나. 어서 꽃부터 사자 얘."

현주는 명옥의 손을 잡고 꽃집으로 이끌었다.

"어머, 현주 너 손에 든 게 뭐니."

"으응, 이거. 실은 어제 '까리따스 서원'에 가서 샀어. 아주 쬐그만 걸루."

"안젤라 수녀님 선물?"

"으응."

"세상에, 이럴 수 있니, 약속해놓구 얌체같이. 홍, 그래서 현주네가 이럴 줄 미리 알구 나도 사왔다. 봐, 이거."

"어머머, 기가 막혀라. 그래놓구 날더러 뭐……"

둘은 마주보며 또 한바탕 까르르 웃음을 터뜨린다. 두 소녀의 맑은 웃음 소리에 사람 좋아 보이는 주인 남자가 유리문 너머로 고개를 내밀고 싱긋 웃는다.

꽃집은 그다지 크지 않지만, 꽃은 많았다. 둘은 가게 안에 꽉 찬 갖가지 꽃들을 휘둘러본다. 빨강·노랑·흰색·분홍·자주·보라·주홍…… 가게 안은 흡사 꽃밭 같다.

"어머, 이 향기 좀 맡아봐."

현주가 허리를 굽히고 백합꽃 앞에서 눈을 한번 감았다 떠보인다.

"어디, 나도. 정말, 너무너무 좋다 애. 백합 향기가 이렇게 진한 줄은 몰랐는데."

명옥의 얼굴을 쳐다보더니 문득 현주가 배를 움켜잡고 또 깔깔거린다. 명옥의 코에 노오란 꽃가루가 묻어 있었던 것이다.

"뭘루 할까. 안젤라 수녀님이 무슨 꽃을 좋아하는지 아니?"

"글쎄에. 장미가 어떨까. 빨간 장미랑 안개꽃을 섞어서 말야."

"그건 너무 촌스럽잖니, 흔해빠진 게 장민데."

현주는 고개를 갸우뚱하고 뭔가를 궁리한다. 그런 현주의 모습을 명옥은 말없이 건너다본다. 오늘따라 현주의 갸름한 얼굴이 무척 예뻐 보인다. 한 무더기의 백합꽃 뒤편에 서 있는 현주의 하얀 교복 블라우스가 눈이 부시도록 맑고 깨끗하다.
"알았어. 백합하고 글라디올러스야. 언젠가 안젤라 수녀님이 사제관에 꽃꽂이하시는 걸 본 적이 있거든. 수녀님은 이걸 좋아하실 게 틀림없어."
"그럴까. 그럼 안개꽃은 여기 안 어울리겠어. 다른 꽃들이 너무 커서."
주인이 백합 세 송이와 분홍·주황·흰색의 글라디올러스를 보기 좋게 펴서 다시 한데 묶기 시작한다.
"학생들, 기분 좋은 일이 있는 모양이지? 허허."
"네에. 우리 성당 수녀님 생일이거든요."
"그래요 아저씨. 얼마나 예쁜 수녀님인데요. 현주 얘가 너무너무 좋아해서 탈이지만."
"기집애, 미쳤니. 넌 아니구?"
"아하, 그으래?"
덩달아 빙글빙글 웃음을 흘리며 주인이 꽃다발을 현주의 가슴에 안겨주었다. 둘은 꽃값을 반씩 지불했다.
"안녕히 계세요."
"그래 잘 가요, 아가씨들."
꽃다발과 각자의 선물을 들고 꽃집을 막 나서려는 순간이었다. 한 무리의 시위대가 명옥과 현주의 바로 앞을 뛰어 지나가고 있었다. 그들 대부분은 대학생들이다. 더러 고등학생과 일반인들도 섞여 있고, 후미는 여학생들이다. '전두환 물러가라.' '공수부대 물러가라.' '김대중 석방하라.' '계엄령 철폐하라.' 구호소리. 노랫소리. 어수선하게 뭉쳐진 대열은 로터리 쪽으로 돌아나가고 있었다.

명옥은 현주의 손을 잡고 모퉁이로 조심스레 다가간다.

"그냥 가자, 명옥아. 무섭다 애."

"괜찮아. 구경하는 사람들이 이렇게 많은데 뭐가 어때. 잠깐만 보구 가자. 혹시 우리 명기오빠가 저기 끼여 있나 보려구 그래."

둘은 길모퉁이 우체통 옆에서 구경꾼들의 사이로 고개를 내밀었다. 시위대는 계림시장으로 가는 도로 주변에 정지해 있다. 연달아 터져나오는 구호와 박수 소리. 인도의 구경꾼들도 함께 박수를 친다. 이어 노래를 부르기 시작한다.

"나 태어난 이 강산에 투사가 되어 꽃피고 눈 내리기 어언……"

그런 어느 순간이었다.

"공수다!"

"공수부대가 온다!"

대열의 후미에서 고함이 터졌다. 뒤쪽이었다. 거의 직각으로 꺾여진 길이라 이쪽에선 미처 보지 못했던 것이다. 이미 급정거한 트럭으로부터 얼룩무늬들이 뛰어내리고 있었다.

와르르. 대열이 일시에 흩어지며 사방으로 달아나기 시작했다.

"엄마아!"

우체통을 껴안고 비명을 지르는 현주의 손을 붙잡고 명옥은 뛰었다. 모퉁이를 돌아 오른쪽 길로. 숨이 막혔다. 모래밭을 달리고 있는 것처럼 다리가 마음대로 움직이질 않는다.

우두두두두두.

어지러운 발소리.

야아아아ㅡ앗!

엄청난 괴성에 놀라 힐끗 뒤를 돌아보다가 명옥은 기절할 듯 놀랐다. 바로 등뒤까지 바짝 쫓아오는 얼룩무늬들. 명옥은 기겁해서 달렸다. 순간 명옥은 갑자기 손이 허전해짐을 느꼈다. 현주가 넘어진 것 같다. 그러나 고개를 돌릴 틈도 없다. 눈앞엔 뿔뿔이 도망치는 사람들의 뒷모습뿐.

"엄마야아!"

명옥은 미친 듯 앞만 보고 달렸다. 앞서 달리던 사람을 따라 얼결에 골목으로 뛰어들었다. 갑자기 어느 집 현관 쪽문에서 팔 하나가 불쑥 튀어나오더니 명옥의 몸뚱이를 휘감고 재빨리 문을 닫았다. 낯선 남자들이 웅크리고 앉아 숨을 헐떡이고 있다.

"엄마, 엄마아."

울음이 터지려는 명옥의 입을 누군가의 손바닥이 재빨리 틀어막았다. 명옥은 자신의 몸이 믿어지지 않을 만큼 와들와들 떨고 있음을 비로소 깨달았다.

얼마쯤 지났을까. 한동안 들리던 고함과 비명, 최루탄의 파열음, 어지러운 발소리가 멎었다.

청년들이 조심스레 일어나 밖을 내다보더니 하나둘 문을 열고 밖으로 나갔다. 퍼뜩 현주를 떠올렸다. 명옥은 일어나 골목으로 나갔다. 도로는 텅 비어 있다. 얼룩무늬들의 모습은 보이지 않는다. 흩어졌던 사람들이 여기저기 모습을 드러내기 시작하고 있었다.

"잡혀갔어. 트럭 뒤칸에 가득 채워서. 사십 명은 더 될 거야. 개새끼들."

누군가 욕을 했다.

"안 돼. 맨손으로는 어차피 당할 수밖에 없다고. 총만 있다면 저 자식들을 그냥."

그런 소리도 들린다. 명옥은 두리번거리며 오던 길을 되밟아 가기 시작한다.

'현주야. 어디 있니. 넘어진 것 같았는데. 어딨을까. 분명히 내 손을 잡고 있었는데. 다른 손에는 꽃다발을 들고……'

그러나 지금 명옥의 두 손도 비어 있었다. 수녀님께 드릴 작은 사진틀을 어디서 놓아버렸을까. 하지만 그까짓 건 지금 문제가 아니었다.

"어, 사람이 죽은 모양이다. 저걸 봐!"

"아이고메, 저 피! 여학생 아녀?"

"맞다. 교복 입은 여고생이다!"

누군가의 음성이 명옥의 귓전을 때렸다. 퍼뜩 고개를 들었다. 로터리 중앙으로 우르르 몰려들고 있는 사람들.

청년 몇이 한덩어리로 엉켜 누군가를 들쳐업고 다급하게 큰길 쪽을 향해 뛰어가는 모습이 보인다. 택시가 멎었다. 열린 뒷문으로 청년이 등을 돌려 부상자를 막 태우려는 순간, 명옥은 허억, 숨을 들이켰다. 눈에 익은 교복 블라우스. 두 갈래로 딴 머리. 블라우스는 벌써 빨갛게 물들어 있었다. 명옥은 쓰러질 듯 달리기 시작했다.

"현주, 혀, 현주야아!"

그러나 몇 발짝 떼어놓기도 전에 택시가 출발했다. 명옥은 털버덕 길바닥에 주저앉아버렸다.

"엄마. 엄마. 현주가. 현주……"

눈물도 나오지 않았다. 눈앞이 빙빙 돌기 시작했다. 하늘이, 건물이, 땅바닥이 한꺼번에 뒤죽박죽 헝클어지고 있었다.

"이봐 학생. 정신차려. 정신차리고 말해봐. 그 여학생, 친구야? 응? 집이 어디지? 말해봐."
　누군가 어깨를 흔들며 물었지만, 명옥의 귀엔 들리지 않았다.
　그때였다. 얼핏 명옥의 눈길이 저만치 우체통 부근 길바닥의 어느 한 지점에 멎었다. 꽃다발이었다. 돌멩이와 최루탄 파편으로 뒤덮인 아스팔트 바닥 위에, 거기 짓뭉개지고 바스라진 꽃잎들이 아무렇게나 흩어져 있었다.　　　　　　　　〔2권에 계속〕